赘婿

② 心如猛虎

愤怒的香蕉 著

青岛出版社
QINGDAO PUBLISHING HOUSE

图书在版编目（CIP）数据

赘婿.2,心如猛虎/愤怒的香蕉著.—青岛:青岛出版社,2021.2
ISBN 978-7-5552-9650-8

Ⅰ.①赘… Ⅱ.①愤… Ⅲ.①长篇历史小说－中国－当代 Ⅳ.①I247.5

中国版本图书馆CIP数据核字（2020）第211750号

书　　名	赘婿2 心如猛虎
著　　者	愤怒的香蕉
出版发行	青岛出版社
社　　址	青岛市海尔路182号（266061）
本社网址	http://www.qdpub.com
邮购电话	18613853563　0532-68068091
责任编辑	李文峰
特约编辑	孙小淋　徐馨如
校　　对	张会卜
装帧设计	千　千
照　　排	梁　霞
印　　刷	三河市良远印务有限公司
出版日期	2021年2月第1版　2025年6月第4次印刷
开　　本	16开（710mm×980mm）
印　　张	18
字　　数	265千
书　　号	ISBN 978-7-5552-9650-8
定　　价	39.80元

编校印装质量、盗版监督服务电话 4006532017　0532-68068050

目 录

第 一 章	感诚意陆红提交心	起妒心顾燕桢买凶	1
第 二 章	遭绑架智计除匪徒	带重伤蛰伏斩黑手	20
第 三 章	陆红提好心传武艺	宁立恒倾囊授良策	41
第 四 章	救万民进献赈灾策	治父丧衣锦归故里	60
第 五 章	苏檀儿拍板争皇商	元锦儿自赎离青楼	82
第 六 章	连辽连金各有主张	言商言政戏谈时局	105
第 七 章	遇危险苏檀儿护夫	逛李颜燕翠楼钱行	125
第 八 章	撑宁毅双美竞献艺	骤生变江宁闭城门	145
第 九 章	负重压苏檀儿病倒	挑大梁宁立恒当家	165
第 十 章	书生意气贻笑大方	姐弟乔装如影随形	184
第十一章	小孔成像格物启蒙	阴谋浮现叛徒显影	209
第十二章	偷梁换柱先发制人	机关算尽自食恶果	229
第十三章	覆手为雨随意摊牌	意欲破局有心无力	255

第一章
感诚意陆红提交心　　起妒心顾燕桢买凶

端午之夜，秦淮河上灯火通明，校场附近用于举行花魁宴的大堂内座无虚席。

这次的宴席是三四百人的规模，在知府刘大人的主持下开始。先是小规模的歌舞表演，随后四大行首以各自的方式出场、感谢、落座，这是固定的流程了，绚丽而又正式。各界名流齐聚一堂，最前列的自然是官员和真正的名士，随后便是在花魁赛上出资的商人。例如濮阳逸、苏檀儿这等人居于前列，顾燕桢则身居中段稍后一点儿的位置。与沈邈闲聊时，他偶尔望望前方的众人，或是扭头看看大殿外的树丛。

与众人正式打完招呼之后，落座的元锦儿似乎是发现了什么东西，笑着朝旁边的知府大人开口。顾燕桢跟着笑了起来，扭头朝沈邈说道："子山，看吧，好戏开始了。"

元锦儿与聂云竹是好友，顾燕桢已隐约预料到什么，此时颇有算无遗策之感。果然，前方元锦儿笑着指的，正是那剥了壳的松花蛋："有趣又好看，刘大人，不知此为何物？"

刘知府以前大概没吃过这东西，但此次宴席由他主持，前面自然也问了一二，此时笑道："此乃松花蛋，又名'富贵蛋''翡翠蛋'。元姑娘，你看其中花纹，若松枝纹路。松风高洁，此次又是花魁宴，在座的皆是富贵之人，翡翠寓平安，正是符合此次宴席的上等菜品啊。"

"官"字两个口，有了前面松花、富贵、翡翠这几个名字做铺垫，那刘知府便一路娓娓道来，做了好一番引申。他哪里知道旁边这个四大行首之一的元锦儿姑娘是个可耻的托儿，便是要借他的口说出这些话来。一切顺利，元锦儿心中高兴，扭头望望殿外。

等在那儿的聂云竹笑着挥了挥手,心情激动。她自然没那个钱把知府大人找来当托儿,两个月以来在宁毅的指导下找关系布了一个局,便是为了如今晚这般通过知府大人让松花蛋真正扬名。虽然比赛之中对于"宁毅支持绮兰"这种事有些不爽,但此时的元锦儿还是蛮尽力的,露出一个迷人的笑容之后拿起那松花蛋:"既然知府大人说有如此寓意,锦儿一定要尝一个才是。不知怎样吃才对呢?"

这是很简单的广告手法,让与会众人在这松花蛋上停留的时间越久,效果便越好,因此元锦儿尽量维持有关松花蛋的话题。也是在此时,旁边一名老者挥了挥手:"且慢。"

元锦儿与刘知府都愣了愣,只听那老者说道:"不知刘大人这些松花蛋究竟从何处买来。老朽对此蛋的制作方法略有耳闻,其在制作当中会加入石灰,若比例太过,便有毒性……"

这事实在出乎意料,元锦儿保持着笑容,心中则大骂老头真多余,可是眼前这老人实在地位超然,她也只能赔着笑,看下一步发展。后方座席上,原本看着元锦儿表演的顾燕桢心中敞亮,这时失笑出声:"这下可好了,有人半途拆台,这人可不好应付。"

殿外树丛中的聂云竹料不到会有这样的事情发生,微微一愣,但望见那说话老者的样貌之后,便朝殿内的宁毅望去。这时候宴会上已经有人开始吃那松花蛋,听闻此言全都放下筷子,只有宁毅还在旁若无人地蘸着酱油往嘴里塞。在他身旁,妻子苏檀儿没好气地将松花蛋抢下来。聂云竹看得笑了起来,心中却微感酸楚。

殿内,那老者笑了笑。

"倒也无须太过担心,以石灰水料理入味,诸多菜品皆用过,只要用得适当,便能得生津开胃甚至养生之功。只是那些菜肴皆已烹饪有时,有了章法,不虞出错,这松花蛋却是今年才出的新鲜事物,老朽之前已吃过,唯研究出此方的'竹记'松花蛋为正宗,乃宴席佳品,可毕竟出现时日不长,听说坊间已有仿制出现。老朽只是怕若仿制不得法,这蛋非但不能养生,反倒伤身,那可就不是什么松花、富贵、翡翠蛋了,呵呵……"

他说到一半,元锦儿便微微张开嘴,后方的顾燕桢也愣住了。刘知府连忙遣人去问,随后管事过来回复,刘知府哈哈大笑:"此蛋确是由竹记买来。"

老者听闻,笑着点了点头:"如此便无碍了。"说完夹起前方的松花蛋放到碗里。对面也有人笑道:"明公渊博,想不到于此吃喝之事也有了解。"被称为"明公"的老者哈哈大笑:"此事非老朽夸口,年少之时便有为老饕之愿,曾经走遍天下名山,吃遍天下美食,这口腹之事,老朽今日认第二,尔等可找不出第一来!"

他一开始吃那松花蛋,旁人便再无疑虑,知府随即也夹起松花蛋来做个表率。他方才说了那么多,若后来被人认为这宴席的菜肴不正宗,那可大丢面子,此时自然要表示"我这宴席上不可能有假货",随后还为这松花蛋多说了好几句话。

殿内,康贤向宁毅使了一个"你欠我一人情"的眼色。殿外,聂云竹叹了口气,望望天空中的星海,笑了起来,再往殿内看去时,宁毅正仿佛什么事都未做过一般吃着东西。顾燕桢皱着眉头:"想不到他竟然已经放出此等传言……"他自然不知道宁毅与康贤有关系,只以为是这传言已经流入康贤耳中。

旁边,沈邈叹了口气,随后笑了起来:"燕桢,这十两银子,你怕是要提前输给我了。"

这年月消息流通不算灵活,多数只是口耳相传,但也因此没有太多杂音混淆众人的视听。花魁宴上有关松花蛋的谈论只是一段小插曲,但此后必定会以极快的速度传遍江宁,众人只要说起这松花蛋便漏不了这新闻,而有了康贤的那般说法,一时之间,恐怕也只有竹记的松花蛋能叫松花蛋,其余的皆不能称此名了,仿制之人的财路,短期内必然被赶尽杀绝,即便打价格战,对竹记也造不成任何影响。

宴会到达尾声时,一名女子说出城东似有一人前两天中毒,症状虽不严重,但怕是吃了假冒松花蛋的事情,这事半真半假,难以分辨。不久之后,一名聂云竹请来的新任掌柜诚惶诚恐地过来,表示东家担心假冒松花蛋害人,愿意献出松花蛋的正宗配比,由官府公布给那些仿制作坊。刘知府大手一挥:"这等窃人成果、罔顾人身安全的恶毒作坊,予它这等好处作甚!速速封了!"

实际上,此时外面仿制松花蛋的作坊仅有一家。宁毅早已知道配方保不了多久,因此竹记这边根本没做什么保密功夫,故意让配方流出,让他们在端午节前便能制出松花蛋来,以配合这次的作秀。否则,日后若有人吃松花蛋吃出问题,扣在竹记头上,会相当麻烦。那刘知府封的是一家日进账不到一两的小作坊,这也是小小的作秀,正好在这等宴席上得大家称道。若此时仿制松花蛋的产业已然成风,想来他也不会如此雷厉风行。

到得此时,先期准备其实已经够了,一切只待明天。

宴席上,宁毅这边倒出现了一段小小的插曲,原因在于苏檀儿认识松花蛋。

"相公第一次送妾身吃的便是此物呢,是相公制出来的?"

"无意间研究出来的,随手散出去了。"

"可是给某个朋友了?"苏檀儿笑着,"妾身知道呢。"

"嗯?"

"李频,还是顾燕桢……总之是这样传出去的吧?"

听到"顾燕桢"这个名字,宁毅微微疑惑。苏檀儿道:"早先曾在路上看见此物,想起那日相公拿给妾身吃过,后来打听了一番。那顾燕桢以松花蛋讨好一青楼女子的故事已传遍坊间,真是痴情人呢,相公成人之美,也算一件好事……嗯,虽然相公的东西套在他人头上总让妾身觉得不舒服……"

苏家不可能喜欢宁毅跑去经商，更不可能弄食肆，苏檀儿也只以为这位相公体谅家中难处，因此制出来便给了别人。宁毅对这一认知有些无言。也是顾燕桢坐在了后方远处，若坐得近了，听到苏檀儿说起这段"佳话"，不知会不会吐血。

第二天，一家经过精心装修和布置，有"竹记"招牌的小店在江宁城一个不算非常热闹的十字路口开了张。聂云竹请了一个有口碑的大厨，招牌菜肴是与松花蛋有关的一些吃食，例如已经实验出来的皮蛋瘦肉粥等，还有其他菜品。宁毅只将一些简单的理念融入其中，这个年代不是人情疏离的时代，专业快餐式的经营不能用，要给人以亲切，仿佛回到家的感觉。那个厨子非常专业，也很有本事，做出的各种皮蛋菜肴的味道比宁毅与聂云竹自己摸索的不知好吃多少倍。

每日推出去贩卖皮蛋的小车增加到四辆，分别以"梅""兰""菊""竹"为名，上面都有在顾燕桢看来匠气十足的画儿，每日活动在江宁各处。若能在这样的小车上消费一定的数额，可拿到一块有趣的木牌，集齐不同花纹的四块木牌之后，便能在总店享受八折或九折的优惠。

那些帮忙贩卖松花蛋的酒楼也挂上了一块写着"竹记松花蛋"的精美木牌，以做防伪，并且配合花魁赛上的传言做了隐形的推广。

虽然这些举动都经过了一番规划，但并没有花太大工夫，对宁毅来说，这些简单的安排不过随手而为罢了。他的心思不在那些想要与竹记抢生意的商人上，不在那些想要与苏檀儿争夺权力的家人上，不在江宁城中诸多文人才子上，至于顾燕桢，他如今还不认识顾燕桢。

第二天天未亮，他一路跑去秦淮河边，在小楼前见到了脸色红扑扑的聂云竹。今天开业，聂云竹已经等了他好久。她让宁毅举起一只手掌，轻咬着嘴唇做了一番努力，方才举起五指修长白皙的右手，在宁毅的掌上轻轻拍了一下，随后露齿一笑。

她望着同样笑起来的宁毅，心想他或许并不明白自己的心情，但无论如何，大家在笑，那就好了。这样的击掌有些逾矩，不过她确实想要这样做一次，心也因此扑腾扑腾地跳。两个月前，她的手被顾燕桢握了一下，随后她甩了对方一个耳光，赶到一边去洗手，那时候的感觉很糟糕，被握了一下的触感让她觉得恶心，洗也洗不掉。

她当时想着，若是立恒在旁边那就好了，可第二天见到他，她终究没能鼓起勇气来，到得此时，才这样子与他的手掌碰了碰，心中却仿佛做成了什么大事一般，就像是今天要起步的店铺已经有了新的意义。

宁毅对这轻轻的击掌并不在意——早晨他又看见装着松花蛋的小车从一条道路的对面过去，承载着聂云竹的努力——他此时有其他的事情要做。

他在附近的鞋袜店挑了一双鞋子，随后带着早点往学堂那边走去。

这天清晨，江宁城中，名叫苏檀儿的女子坐上马车，去经营她麾下已经形成相当规模的生意。城市一侧，名叫聂云竹的女子打了小小店铺的第一扇门板。人潮当中，宁毅提着小包裹，去接触一些能令他真正感兴趣的事物……

武朝景翰八年五月初六，在仿佛充满朝气和希望的城市，一切都刚刚开始。

宁毅推开院门，那风铃声传了过来……

五月的天气在江宁城中卷起阵阵炎热，风铃声慵懒地传来时，显得有些荒僻的院子里，碧绿的爬山虎爬满了黄土墙壁。野花野草在院中茂密地生长着，草蜢跳出来旋又消失，蟋蟀在砖块与土石下发出声音，有时蝴蝶飞来，一只鸟儿站在挂满藤蔓的架子上梳理羽毛，很快又展翅飞走，藤蔓轻晃，摇落一地金黄。

女子在靠墙角的架子下坐着，剑便放在手边的杂草里。时间是上午，墙壁后方传来孩童们朗诵诗文的声音，一阵一阵的，颇为好听。

偶尔，那个人的声音也会传过来：

"'乡愿，德之贼也'这句话的意思是……"

"子路并不欣赏所谓的'隐士'这样的行为……"

"关于这个，我想起以前看过的一个故事……"

声音听起来有些随意，没有满口"之乎者也"，没有太多"圣人有云"，与之前见过的夫子都不同，让她觉得，不太稳重。

他说的话也不像那帮学生诵读的文章那样好听，但她竟然也听得懂。他偶尔还跟那帮学子说些故事，态度有些散漫。学子们也不怎么靠谱，偶尔"先生先生"或者"立恒先生"，提些奇怪的问题，或者笑嘻嘻地跟师长谈论故事。

太没礼数了，要是在家那边，这样的孩子该被打肿手板，或者到太阳下站上一整天。

不过，尽管那说话的声音没什么为人师表的威严，老是说着白话，不如那帮学生的朗诵声好听，但是她有时候还是会觉得，这人说的话似乎是有些道理的。

早晨他会过来一趟，带来些吃的与用的，吃的都能满足一天所需。不过，若是中午过来，他就会带来一些热的饭菜。下午则在那个房间里做些古古怪怪的事情，偶尔会开口跟她说几句话，她也随口回答几句。

她并没有正式跟他见面，因为看不清这个人。他来的时候，她往往坐在房梁上冷眼看着，或者从窗户出去，到后方的院子里。小丫头也常常过来，在外面的廊院台阶上坐着，与家中姑爷说些话，唠叨些乱七八糟的见闻，她也因此听了出来，这人家中是经营布行的。

小丫头叽叽喳喳说完之后，往往便缠着他说些故事，如那人鬼痴恋的《倩女幽魂》，可惜没有说完，或许那日与丫鬟在来的路上便说过了。此时他说着一个名为《天龙八部》的故事，情节与如今的天下局势有些相似，只是在那里面，武朝被改成了宋朝。

便是在这样的夏日午后,安静的院子里,名叫宁毅的男子一面做着那古怪的实验,一面说着奇怪的故事。小丫鬟坐在前方的庭院中,黑衣女子抱着古拙长剑坐在后方的草丛里,听着那些武林、江湖、侠客、帮派,仿佛是与现实世界隔开的另一片天地。

到得傍晚时分离开,小丫鬟照例会回头说句话:"铃铛,明天见。"

声音甜美,融入了夕阳洒下的幽红当中。

最初的两天过去后,宁毅便未刻意地去经营什么了。

要让人觉得你足够真诚的方法有很多,最好的办法通常是,你真的很真诚。

不太过刻意地去想什么,不太过刻意地去做什么,那女人虽然偶尔也回答几句话,但不愿意真的与他见面谈一次,他也无所谓。他早晨准备一天的食物,中午、晚上若能过去,便尽量带些热饭热菜。对方的伤势应该不轻,不过反正是在避难期间,也讲究不了许多。

宁毅每日里也给她带些用的东西,还多买了一套黑色衣裙带过去用作换洗。他在外间的时候偶尔会说话,告诉她如何使用房间里的东西,哪些可以碰,哪些不能乱碰,对方或许觉得他古怪,但他暂时也不用解释什么。

端午过去,宁毅的生活回到了每日上课、闲逛、做实验的节奏里。到得五月初十这天下午,他回到家,苏檀儿还未回来,小婵也有事出去了,院子里空空荡荡的。他回到房间整理了一些东西,扭过头时,陡然发现门口有一道人影,乍看还以为是三个丫鬟中稍高一些的杏儿,过去开了门才觉得不对。

他拉开门后,那女子静静地站在那儿,穿的是宁毅为她买的一袭绿衫,与他对望,身影与目光英气而冷然。

宁毅吐了口气:"你这样太冒险了……"

外面的官兵巡查仍旧严密,不管她有怎样的目的,就这样跟过来,实在是顶风作案。听宁毅这样说完,女子有些疑惑地皱了皱眉头,随后转身离开。她似乎想要沿来路返回,准备翻过围墙时,宁毅陡然叫住了她:"等等。"随后指了指侧门的方向,"走那边,我去驾车。"

不久之后,马车离开苏府侧门,绕了一圈去往学堂的方向。半途当中,只听那女子说道:"我已知你家住在哪里……"她也算是刀口舔血的人,性格谨慎,这句话说到这里,不必再多言。马车行至那小院侧面时,夕阳下的道路上并没有什么人,女子掀开车帘,直接跃入那小院的围墙之中,留下话语悄然回荡:"我叫陆红提。"

如此一来,他们终于算是认识了。

第二天再过去时，那女子不再避免与宁毅见面，此后每日大抵也会说些琐事。又过得几日，下午，宁毅在外间做实验，外面天色渐黑，电闪雷鸣，下起雨来，哗啦啦的瓢泼大雨像是要淹没整座江宁城一般。房子在这样的大雨下开始漏水，宁毅拿了几个桶在里屋外屋放好接水，很快便响起叮叮咚咚的声音。小婵今天没有过来，宁毅坐在外间的椅子上休息，随口问起武功的事。

仅仅隔了一堵墙，正坐在里屋床上透过窗户看雨景的陆红提笑了笑："你听了那些演义的故事，便真想学武艺？宋朝又是什么地方？"

宁毅笑了笑："不管怎么说，总是很有趣啊。"

"有趣是真的有趣，"陆红提沉默片刻，"可终究是演义的故事。这世道……没有几大门派，没有多少江湖豪侠，没有那许多温文尔雅、江湖规矩，有的只是绿林强贼、大盗匪寇。说来或许好听，实际上一伙亡命之徒，哪有那许多讲究。若遇上贫弱之人，便下手劫了、杀了；若遇上官兵欺压良善，遇上同样的强贼，则是拱手放行、避之则吉……大侠，哪里真有什么为国为民的大侠？"

"一个都没有？"宁毅淡淡地问道。

"也许有几个。"

宁毅笑了笑，岔开话题："你在江湖上有多厉害啊？"

"听说过几个人，但是没打过，其余的……都是恶霸流氓，算什么江湖。"她语气中有几分自傲，也有些不悦，但并不是针对宁毅来的，"打得过几个十几个，打不过几十个上百个，到了军阵之中，便什么都不算。"

"原来你上过战场……"

那边的人顿了顿，随后笑了起来："你真想学武艺？我的武艺？"

"呃，如果能学……"

"我若教你，你知道会如何吗？"

从前一句话宁毅便知道有些不对，此时试探着问道："你的武艺只适合女子修习吗？"

"不是，男儿学了，或许更为厉害。"她笑了笑，说得轻松干脆。

"那么……不求成为什么高手，虽然过了年纪，但我天资聪颖，学识渊博，能到二流不？"横竖对方也没什么诚意，宁毅幻想着，胡诌几句。

"呵呵。"那边笑了出来，"你若学了我的武艺，毅力不够，半途而废，算是你的运气。你若真有毅力，勤练不辍，那我可以向你保证，你活不到五年之后……"

宁毅沉默半响："这内功到底是什么东西啊？"

陆红提道："所谓'内功'，说来无非是些呼吸吐纳之法。一般的吐纳法门，长久练来有强身健体之效，但真正的高深内功，其呼吸之法实则异常极端，以呼吸节奏控制人体。若让孩童修炼，久而久之，孩童的身体便会适应这呼吸的法门，他的身体本有可塑性，五脏六腑因此改变，此后便能以某些极端方式发力，并能适应这发力带来的巨大负担……

"然而成年人的身体已然定型，若是以极端方式发力，受到的损害便极大。你若有毅力，以与你现在相违背的呼吸方式锻炼下去，几年之后，便会脏器移位，咳血虚弱而死。旁人只以为孩童练功便事半功倍，大人则事倍功半，实际上并非如此……你现在明白了，你说的那演义小说中成年之人也能练功，得到了好的功法便能成高手，尽是臆想罢了……"

外面大雨滂沱，天空阴暗，宁毅坐在那儿愣了半响，这才明白过来内功到底是怎么一回事——从小控制呼吸方式，反过来改造自己的身体与脏器。功夫之所以需要从小练起，原来只是因为小孩子能适应改造而已。他心中有些想法，过得片刻将本子和笔拿过来："记下来记下来……"

感觉到宁毅并没有多沮丧，陆红提有些疑惑，不过没有刨根问底的打算。过得片刻，她觉得无聊："现在无事，不妨说说那《天龙八部》后续的故事如何了？"

"尽是臆测，不说也罢……"宁毅随口一句，那边的人沉默下来。几秒钟过后，他哈哈笑了起来，"说笑说笑，不过看起来，果然还是我这故事里的武艺更有趣。哈哈，好吧，今天算是我赢了。我们昨天说到六脉神剑对战如来神掌的段子……"

"火焰刀。"片刻后，陆红提的声音从里屋幽幽传来，听起来像是含着怨念的背后灵。

宁毅将凳子搬开一些，免得又有一剑从墙壁那边捅过来……

天阴沉沉的像是又要下雨，江宁城门附近，守城的兵丁严密检查着进出的行人。进城的菜贩都接受了异常严格的检查，出城就更困难了。宋宪遇刺已经过去十几天了，江宁城门附近依旧是一片肃杀的情景。

一队兵丁自不远处走过来时，她将身体隐入附近的巷道。

"已经过了快半个月，这几天还算好的了，前些天连一只蟑螂出城他们都恨不得翻过来检查一下……有三个江洋大盗被抓，这么说起来，也算是间接为民除害啊……接下来应该持续不了多长时间，江宁毕竟是大城，再这样下去，大家都会骂的，店铺的生意这几天都已经被影响了。朝廷命官……关老百姓什么事，那个宋宪本来口碑就差……但无论如何，我还是觉得你这样跑出去太冒险了……你的伤怎么样了？"

房间里，宁毅一边做着实验一边絮絮叨叨。陆红提就站在距离实验桌不远处，看着他将一些溶液混合，然后点亮酒精灯，却不回答关于伤势的问题。

"你这到底是在干什么？"

当宁毅将溶液倒在杯子里，再将一根生锈的铁棒扔进去，里面刺刺地冒出烟雾的时候，她方才开口问道。

"一些化学反应，我也不知道是在干什么。"

"化学反应？"

"我们假定世界是由一颗颗很小的原子组成，原子呢，就是……呃，譬如这张桌子，我们把它放大放大放大放大，然后也许就能看见那些最小的、一颗一颗的东西聚在一起，那些东西就是原子。有一定种类的不同的原子，这些基本的原子构成了天地万物。不同的原子之间有时候会互相吸引，有时会互相排斥，产生……化学反应。"

"……"

"嗯？"

宁毅耸耸肩，看着表情有些奇怪的陆红提。随后她笑了笑："我不信，怎么放大？"

"哦，有一定的规律，给你看看最基本的。"宁毅说着，从旁边的架子上拿下来一个小盒子，从里面拿出一片形状不规则的琉璃片来，随后推过来一本书册。

"这是市面上卖的琉璃炮灯的碎片，要找到理想的两面凸透的碎片不容易，不过还是可以用来看的。你看看，字迹是不是放大了？"

此时市面上已经有玻璃在卖，称"琉璃"，与西方的钠钙玻璃有所不同，不过透明度已经很高了。宁毅还没打算研究这方面的东西，否则大概得想办法弄架望远镜出来。看宁毅显摆了一番后，那女子眯着眼睛："水滴也能放大，可我从未见过能放得更大的。"

"弄清楚原理，就能放大，格物就是格万物之理嘛，哈哈。"

"可为何你们这些读书人格物了这么多年，我还是没见到比水滴、冰凌放得更大的东西？"

"呃……"宁毅一时间有些哑然。那女子笑了笑："其实照你这样说来，你弄这什么化学反应，莫非也是想求那点石成金之术吗？"

"真能弄清楚，什么事情都能做。有些化学反应不稳定，不稳定的若受到激发，产生高热膨胀，那就轰的一下……就像你旁边架子上那包火药，它的威力如果增加五倍十倍，你觉得可以拿来干吗？啊，对了，"宁毅说着，将那生锈的铁棒从杯子里夹出来，拿点儿水冲了冲，"你看，铁锈没了。"

"你煮了一遍，然后用水冲去了。"女子面无表情地说着。宁毅翻了个白眼，她却笑了起来。

"你这是歪门邪道，我虽不懂，可也不信你。"

"你若真懂，我便不跟你说了。"宁毅摇摇头，叹道，"对了，人家武林高手都有个很拉风的外号，你的外号是什么？"

"陆红提。"

"没外号太土气了，你得取个拉风点儿的才好，否则会被人笑话。你看那个在外面造反的方腊，自称'圣公'，霸气外露，所以他一造反，很多人就来了……我觉得这事该准备啦。要不然我们商量一下，叫作'铁拳无敌'陆红提……这个不贴切，你跑得比较快，可以叫'穿林北腿'。不过眼下都讲为国为民什么的，'河山铁剑'陆红提怎么样？是不是太霸气了？还是你想要更低调一点儿的？喂，出来聊聊嘛……"

"无聊。"

陆红提冷冷地转身回到里间，顺手关上门，双手将长剑戳在地上，忍不住笑了出来。笑了片刻之后，她才问道："为何我当日说你不能学武，你竟半点儿沮丧都没有？"

"你没说我不能学武啊。"宁毅又在调配试剂，"你是说我不能学习你的内功。"

"嗯？你便这么自信，有能让你学的内功？"

"打听过一些这方面的事情，只是猜……内力既然是配合呼吸发力的方式，纵然有那些极端的让人从小练起，应该也会有人研究成年人的发力方法才对，就算效果比不上你那样的，总该有些效果，这个……应该不会猜错。"

里面的人沉默许久："你当真想学？以为我会教你？"

"我不知道。要不然这样，你教我武功，然后说个愿望什么的，只要靠谱的，我想办法帮你办到。"

"商人？"

"不是，我从没想过要占你便宜，不妨看作等价交换？"

"师门艺业，虽然不堪，也不是可以拿来与人随意交换的。你救我一命，我本该报答你，你也可托我办事，可我不会教你武艺。我看不出你这书生为何要学武艺。你不上战场，也不是想以武艺与人搏命，你只是……好奇，学来玩……"她的语速渐渐快了些，"你们这些书生，开口闭口讲的是万人敌，讲的是经世救民，可如今，你们这么多读书人，我看不出你们是怎样救的……你是有才学的人，却将才华浪费在这些歪门邪道上。为何不去济世救民？为生民立命，为万世开太平……要交换，你若能为万世开太平，我什么东西都能换给你，如何？"

儒学在这世上盛行了千年，武朝更是文风鼎盛，这女人或许没读过什么书，但许多道理都听说过，心中明白，这番话或许并非针对宁毅。宁毅也就笑笑："为万世开太平，这命题太大太笼统，你这愿望，不怎么靠谱。"

"那便一世太平。"

"那也分武朝、天下还是百姓太平……"

"若让百姓太平呢？"

"划不来。花这么久的时间，费这么大的力气，一辈子都赔进去，我还练不成顶级高手，若还要做这么多事，就更没时间练了，恐怕二流高手都难了……"

"嗬，口气真大，你们这些书生……口气都大。"陆红提在里面笑了笑，大抵以为宁毅在开玩笑,"文武不同路,你们读书人,我知道很多也是有本事的,只是本事不一样。你没必要学。你不上战场,不与人搏命,没有真正的狠辣劲,或许拿起刀来杀鸡都有不忍,学了之后没有用处,反而分了心,倒耽误了你原本的艺业……我不觉得有必要教你。"

"啧,考虑一下嘛……"宁毅耸了耸肩,"而且杀鸡我还是下得了手的。"

时间还有,宁毅不急,他将话题引开,在阴天的房间里继续说着《天龙八部》的后续故事。其实陆红提也有些郁闷——今天提前说了,明天那小丫鬟过来要听的时候,她还要多听一遍已经知道的内容,不过这时候就是忍不住。

第二天她听得门口传来脚步声时,也传来了母鸡的叫声,那家伙走到外面敲了敲门:"出来出来,有些东西给你看。"陆红提走出去,只见他手上拿了个小包裹,手上抓了只母鸡,伸手指着那边的炉子,"帮忙烧点儿热水,谢谢。"显然是要在她面前表演有杀鸡的狠劲。陆红提一时间哭笑不得。这年轻人身上有一股气质,似乎做些什么事情,哪怕古古怪怪、离经叛道,也让人觉得理所当然。

她去旁边开动炉子烧了热水。屋檐下的风铃轻响间,宁毅熟练地将那只母鸡杀掉了,去毛洗剥内脏,随后打开那小包裹准备各种调料,先将母鸡刷过一遍,然后准备拿铁扦将鸡穿起来。

"接到可靠消息,再过两天,城门那边的布防便会撤下来,府衙那边也熬不住啦。不过明哨撤了以后,暗哨大概会更加严密。我不知道你的伤势怎么样了,这段时间呢,也没办法带些什么好吃的过来,今天招待你一下,以后你行走江湖,不能说我'血手人屠'宁立恒亏待了你……呃,最好别说我招待过你……"

"自己起的名号?"

"怎么样?杀气四溢吧?"

"难听……"

"这只鸡可以做证,外号很贴切。"

宁毅不跟她一般见识,将包括孜然在内的各种粉料准备好,随后将那炉子稍稍改变了一下。

陆红提说道:"我的伤势已好五成,此时要出去还得冒险。若恢复完全,不走城门对我来说也无大碍。"

宁毅愣了愣:"这么说……我还有机会把武功秘籍从你嘴里撬出来?"

"你这人……真令人生厌。"

"呵呵。"宁毅笑了起来,不再惹她,将穿好的鸡放在炭火上烤起来。这是竹记的大厨新弄出来的配方,不一会儿便香气四溢。外面雷声响动,眼看又要下雨,宁毅扭过头去。

"对了,一直不好问你,为什么要杀宋宪?"

对于这件事情，宁毅之前一直未提起，到得此时稍稍有些熟稔了才问起来。那陆红提微微眯起眼，像是汗毛参起的猫，就这样朝宁毅望了过来。窗外天色阴沉，房间里炭炉上的烤鸡呲呲呲地往下滴油，宁立恒站在那儿，无辜地眨了眨眼睛。似乎是考虑了片刻之后，陆红提的目光才稍缓下来，望向一边。

哗的一声，外面下起雨来，转眼间便将整个江宁卷了进去。

"我家以前住在雁门关以西，吕梁山那边。"过了好久，陆红提才说了这句话。

"自燕云十六州丢失之后，胡人打草谷，每年都去那里，杀人抢掠，没个安生日子，十室九空，无人耕种，每年在周围山沟里搬来迁去，像游魂野鬼一样，可是老一辈说故土难离……你或许不明白生在那里的感觉……"

宁毅沉默了半晌："欢欢喜喜汾河岸，凑凑合合晋中南，哭哭啼啼吕梁山，死也不过雁门关……"

"呵呵。"她点头笑了笑，"早些年，大家就已经在山里过了，其实一直在往南迁，可也挪不了多远，年轻人上了山，便是这数百年不绝的吕梁盗寇。大家都是汉人，武朝军队不来，胡人年年南下，也没把我们当人看，年年都与胡人的部队打起来，遇上小股的便一拥而上，遇上大队便赶快躲。我们也劫胡商，从那里过的商人，我们都劫，汉人多少留一条命，胡人便全杀了……

"武朝这边也没将我们当自己人看。有时候派个官员过去，说是要招安，招安过几次，还是跟胡人打，就是要我们卖命，但什么东西都不给。有时候又反过来说我们是匪寇，过来剿一次……"

闪电划过，雨越发大了，宁毅翻动着烤鸡，撒些东西上去。

"六岁的时候爹爹被胡人杀了，我随师父学艺，行走江湖，十三岁的时候回到吕梁，娘亲也已经死了，我就去了山里，随着师父每年打仗……侠客要为国为民？我没想过，大家过得……不像人……"她微微顿了顿，"后来……前几年，宋宪带兵进了吕梁山，一开始说要招安，说得很好。结果他把附近几个村子的人围起来，将他们全都杀了……辽国说吕梁盗是武朝境内的，让武朝处理，宋宪便拿这些人头做了战绩，给了上面，讨好辽国！老人小孩一个不留，然后说他们都是杀人不眨眼的匪寇……他因此升了官。山里有些人的亲族死在里面，我认识的村子里的人也都死了，有些人……出来找他报仇，又被杀掉，血都白流了；还有些人要出来，我不许，就只能自己来……

"所以我一定要杀了他。元夕的时候，一击未中。我原本还有些把握，但前些天再去设计杀他，却反倒被他设计。当时我想，这样下去，我可能就杀不掉他了……一个人，力量终究有限……

"你想要学功夫。我随着师父学了那么些年，每年战阵厮杀，不知杀了多少人，有几次是从死人堆里爬出来，不知道自己是已经死了还是活着，现在要杀宋宪却还是伤成这副样子。读书人有本事，能敌万人，比什么都好。何苦做这什么血手人屠……"她说着，抿着嘴笑了起来。

宁毅在那边想了想，还是摇头笑："还是坚持我的好奇心……这事再说。鸡烤好了。"

他说着将那烤鸡取下来，用刀切开，顿时，更加浓郁的香气充满了整个房间。他配上酱料给陆红提递过去。

"怎么样？"

"味道很好……"

"准备推出的新品，我的手法算是业余的，这些配料配得好。"

"你家中不是卖布的吗？"

"朋友的……若有一天你能在吕梁山吃到这味道的烤鸡，我便送你些东西……"

"呵呵，什么？"

"歪门邪道嘛……什么呼风唤雨啊，撒豆成兵啊，之类之类的。"

"那便一言为定了？"

"嗯。"

房间里随意的对话声被淹没在这轰鸣的雷雨当中。

江宁城另一端一家酒楼上，李频正望着外面的雨幕，与身边的沈邈说着话。

"燕桢这些天已经开始准备，半月之内便要离开江宁动身去饶州了。"

"不是说七月方才动身吗？"

"有一段路途要走，早去早好，免得路上出意外耽搁。另外，到了乐平之后，他恐怕得提前打点一番，也好平稳接过职务。"

"也好。"李频笑笑，点了点头。

沈邈深吸了一口气："前段时间，听说你与燕桢有了一些分歧，因此过来问问，毕竟以往皆是朋友，也没什么大事，不希望你们将事情放在心里。"

李频想了想："此事倒并非什么分歧、过节儿，子山好意，我全明白，只是并非我生他之气，而是他本身有些心事未解。"

沈邈皱着眉头想了想："原来如此……对了，德新认为燕桢此人如何？"

"背后说这话，不太好。"

"哈哈，无妨。他出行在即，此后怕是许多年都见不到了，他若与旁人有心结，我倒不至于担心，但德新的为人，我一向信得过，你识人的眼光也一向极准，因此我确实想要知道一二。此事不过做闲聊说说，绝不传诸第三人之耳。"

李频想了想，摇摇头："并非什么大事。燕桢此人，你我都相识多年，他有学识有能力有眼光，若论起来，我与之相比，皆有不如，这许多年来，你可曾见过他真在什么事情上吃过亏？"

"呃，吃亏之事，其实也有数桩，不过燕桢是豁达之人，并未将之放在心上。"

"若我说，他从未吃亏呢？"

"嗯？"

"子山兄，顾鸿此人……傲气，当然他也有具备这傲气的理由与才华。这些年来，他对自己的要求极高，许多时候也真让人惊叹，君子之风，便当如此。只是有些时候，他的看法有些过于极端，过分功利。不过，这也难说好与不好。"

沈邈笑着点了点头："德新果真识人极准，燕桢确有这样的偏向。前些时日他还对我说，为人当直面本心，其实我是觉得有理的，但他也曾说过，来日为一方县令，他需要的是解决眼前的问题，在这些事上当冷面无私，只求达成目的。相对于内心慈善实则被诸多规条束缚的贤吏，他宁愿为一不求表象善恶只求办事妥当之能吏，他这想法，令人钦佩……"

看到他顿了顿，李频笑道："确是如此，如今这天下，腐儒居多，办事者却少，燕桢若有此理念，实为百姓之福。"

对顾燕桢，他是有些佩服的。有些东西他隐约察觉了，但自己杜绝了也就是了，将莫须有的事拿出来指责，那就过了。沈邈今天其实并非为讨论而来，只是做个和事佬，不过他不明白，此次事情，的确是顾燕桢那边有了芥蒂。这芥蒂或许并非为了自己的隐瞒，而是因为那句"我知你为人"。当日顾燕桢虽然咄咄逼人，但自己或许的确不该说这句话。

外王而内圣，到底是"王"重要还是"圣"重要，多年来一直有争论，当然，中庸之道，本就不走极端，万事万物的评判方式和标准都相当复杂。这些年来，能吏的确比腐儒要有用得多，将来顾燕桢若证明他确为能吏，自己也该登门为这话道歉才是……希望是这样。

此后话题自然是顺着沈邈走了。

两人在酒楼上交谈的同一时刻，几条街道外的竹记总店内，顾燕桢正带着一名仆从坐在座位上，安静地品尝着菜肴。旁边的仆人身材高大，脸上有一道狰狞的刀疤，乃他的心腹随从，名唤老六，实际上也是他的保镖。近三个月来，这是他初次主动靠近与聂云竹有关的地方。当然，不是为了带人砸店，这时候他只是安静地等待对方的出现。

由于外面在下雨，店里的生意不怎么好，大雨之中光线也不算明亮，于是店里点起了油灯，点点灯火在店内摇曳着。

聂云竹此时其实在店内，不过作为女性，她没必要在这些事情上讲求光明磊落，何况这个年代也不存在多少男性与女性的光明磊落。当然，在对待宁毅时，她多少用了双重标准。想起上次被对方强拉住手的事情，她不愿意再出去。他拉自己的手是不该，自己反手打他也是不该。于是，她就这样安静地等待着时间过去。然而，一直到接近傍晚的时候，桌上的菜全然凉透了，顾燕桢还是稳稳地坐在那儿。她也没办法了，终于走了出去，站在桌子那边行了一礼："顾公子。"

顾燕桢抬起头看向她，露出一个笑容。他一向温文尔雅，此时的笑容也的确很能给人好感，轻松而豁达。

"还有几日我便要走了，去往饶州乐平上任，觉得应该来与你道个别。"

聂云竹想了想："云竹无别物可赠，只愿公子一帆风顺，官运亨通。"

"你这话让我想起三年前……"他低下头，轻松地笑了笑，随后站了起来，望着对方深吸了一口气，"若我……若我再真心说一遍，我愿娶云竹你过门，让云竹你随我一同前去乐平，你可愿再仔细想一想，或者直接点头吗？"

夏日的雨哗啦啦地下着，马车偶尔奔行而过，溅起四散的水花，路上行人匆匆。远远地望过去时，路口那家店里布置着几盏油灯，虽然光线并不是非常明亮，但由于当初花了心思，此时在昏暗的雨天里颇有温暖的意境，令人看了便忍不住生出进去坐坐的念头。

雨幕如帘子一般隔开了那片天地，一男一女在店内说着话，男方身后还跟了一名跟班。对话被雨声遮蔽了，传不过来，只在某一刻能看见那气质清雅的女子摇了摇头，有些抱歉地行礼。这阵对话并未因此便结束，但总有结束的时候，过了许久，他们才将话说完，穿一身墨青长袍的公子温文有礼地点头与女子道别，撑起雨伞，带着那脸上有刀疤的随从走进雨里。

直到那店铺的光芒消失在后方，他都没有再回头看。四周大雨如注，转过街角，他方才开口说道："去海庆坊。"

傍晚的暴雨丝毫没有停歇的迹象。海庆坊离这边不远，早年附近曾有座码头，商船停泊，货物往来热闹，后来建了新码头，这边渐渐地就废了。如今坊内脏乱，鱼龙混杂，算是江宁城内最为复杂的一片区域，隔一两天便会有一次斗殴砍人的事件发生，一般人家皆会告诫孩子平日莫要接近这里。

虽然乱，但坊内热闹还是蛮热闹的，各种底层商贩、跑江湖的，包括无钱的胡商、落魄的学子、接散活的流莺与帮派人士会选择这里作为居住地点。顾燕桢与老六到时，由于地势低，坊内的街道早在这样的暴雨中变作了水潭，两侧的店铺酒馆倒是灯火通明。他们朝里面走了一段，在看起来最大的一家酒楼前收起雨伞，走了进去。

油灯与火把的光芒之中，各种各样的人聚集在酒店的大堂里：看起来阴狠的江湖人士，手边放着兵器，一边吃饭喝酒一边高谈阔论；混混打扮的人在一旁与同伴眉飞色舞，偶尔打趣一下从旁边过去正在物色金主的女子；落魄的文士呼噜噜地埋头吃饭；有的人神色张皇，一边吃一边警惕而神经质地左瞧右看；有人喝醉了酒，吐了出来；还有孩子在里面打闹。

顾燕桢这样的神态气质，明显与这里的人格格不入，一进来便吸引了部分人的目光，不过老六阴沉的目光和脸上的刀疤打消了这些人继续观看的兴趣。落单的肥羊好宰，有这样的人跟着则多半表示对方有所凭恃。两人走到酒店里侧的一张桌子边，花了点儿碎银子让原本坐在那儿的落魄文士滚蛋了，随后才让小二收拾，送上新的酒饭。

喧闹的环境里，两人仍旧在安安静静地等待。酒饭上来之后，顾燕桢道："六叔，坐吧，应该还要一阵子。"老六依言坐下，却没有动手吃东西。过得片刻，顾燕桢道："六叔，你有话说？"

"只是觉得，公子上任在即，些许小事，恐怕节外生枝。"

"上次你却是支持的。"

"只因上次是与公子前程有关的大事。"

"于我顾燕桢来说，其实皆是小事。"顾燕桢笑了笑，望望老六，"区别只在做与不做。上次之事，未见得大，不过去一障碍；今次之事，也未见得小，我回江宁，大半为此事，纵然不完美，也得有个结果。"他顿了顿，"六叔，你说我那些好友之中，有几人来过这海庆坊？"

"怕是不多。"

"尽是腐儒书生，可笑。只以为写几首诗便风雅无比，与几名女子在船上打闹，夸口畅谈些国家大事，便以为能让海内清平，其实皆是一叶障目，不见泰山。三年前去往东京，路遇匪寇，一个个前一刻还高谈阔论济世救民，下一刻便慌乱不已。有几个在匪寇面前还能保持镇定，结果人家一刀砍下，他们看见那伤口便哇哇大哭，跪地求饶。"他抬起一只手到与双眼齐平的高度，"这些纯粹的文人，只以为世间真实在这里。"随后那只手按下去，直到触到桌面，"却不知所谓的真实，实则在这儿。那些人在文墨楼头嘲弄对方几句便以为占了大便宜，实际有何意义？前些时日知道那人赘婿身份，沈子山只以为将对方揭发，己方看些热闹便是占了大便宜，实际有何意义？就好像我今年种地，颗粒无收，看见别人也出了意外，颗粒无收，我便高兴，此事……又有何意义？我岂非还是饿着肚子？"

"我从小做事，必确定何事是我想要的，何事是无所谓的。只要是我想做之事，必定不顾一切获取成果，即便不能完美，也绝不放手，能有八成便八成，能有七成便七成。将来我若为官，也当如此，为黎民苍生办事，若不能完美，莫非就不去做了？"他敲了敲桌子，"如今局势纷乱复杂，武朝基业危如累卵，文人净说些太平道理，有何用处？如那东京街头说书，说谁谁谁如何折辱辽国跋扈使节，听者啧啧称快，但若真遇上辽人，还不是绕道而走？如今我朝还不是被辽人欺辱？我辈行事，当直面本心，知道自己所要为何物。"

"其实，也是我年纪尚轻，修养不够，此次回来预先有了太多欲念。我早知婊子无情，却未想到那云竹也是如此俗物，令我失望。再过几年，我当不被此等心情所乘，但今次若直接放手离开，他日想起，必成我心障，令我念头不得通达。"他微微闭上眼睛，脑中闪过那日在街头被扇了一耳光后，自己的哑然与错愕，众多旁观者耻笑的表情。

"一个为斗米折腰，入赘商贾之家，反过来写两首诗词便以为自己成了天下有名的文士，大概还以为自己格外特立独行，与众不同。一个妓女，做些小小生意，便以为自己多么高洁，忘了曾经的身份。其实皆是蝼蚁般的俗人。六叔，当今世道，这哪里是什么大事，不过些许小事，随手便做了，将来去乐平，再去北地，这事⋯⋯又算得什么？"

这话说完，他将目光投向店外，两道身影已经在雨幕中朝这边过来了⋯⋯

海庆坊，迎宾酒楼。

人声嘈杂，昏黄的灯火中，老六从座位上站了起来，站到顾燕桢身侧。顾燕桢的目光微微晃了一下，随后恢复了冷漠镇定。门口，两道披着蓑衣的身影走了进来，目光环顾四周。一些人与两人目光相触，话音都降低了一些——长期混在这里的人大都认识这两位。小二迎上去，立刻显出比为首人矮了两个头，看起来像是个孩子。

两人都身材魁梧，穿的并非武人的短打装束，看起来像是渔民，但为首那人身高两米有余，浑身的肌肉匀称结实，目光沉稳；另一人则满脸横肉，他比为首那人稍矮，但看起来如同铁塔一般，皮肤黝黑，眼睛显得有些小，充满戾气。这等人在江湖上恐怕是旁人最不愿惹的一种，连跟随顾燕桢的老六与他们相比，也显得孱弱。

在酒楼中望了一圈，为首之人大手拨开店小二，朝顾燕桢与老六这边过来。旁人基本上都不怎么看他们，只有几名在店门处高谈阔论看起来是外来的武人扭头打量两人。那铁塔般的汉子便站住了，瞪着眼睛望过去，这些跑江湖的武人也不示弱，双方对望片刻，终究还是这些江湖人收回了目光。

那"铁塔"跟上前方的人，随后又像是在酒楼中发现了什么，伸手碰了碰那比他高一个头的大汉，指了指一边，说了几句话。大汉点了点头，"铁塔"朝那边走过去，这个大汉则往顾燕桢这边走来，露出一个看起来豪迈的笑容，一巴掌拍在顾燕桢的肩膀上。

"顾公子，真是好久不见了。"

他语气沉稳，声音不大，不至于让旁边的人听到。顾燕桢却是被这一下拍得身体晃了晃。他咬牙稳住，淡然道："有事请你办。"

"又是什么活儿？"

"与上次差不多。"

"出了刺客,最近几天风声紧。"

"明天就会撤掉。"

"哈哈,所以说,你是公子哥儿……"

大汉坐在那儿,顾燕桢的体形与他的看起来完全没法比。大汉笑笑,看向某处,顾燕桢也看着那边。只见酒楼一侧,一个人拨开凳子拔腿就跑,那"铁塔"几步过去,拿起一张凳子将那人打翻在地。

"跑?"第二下那张凳子就碎了,"老黄,欠钱不还可不好!"

"见笑了,我兄弟收笔钱。"大汉拿起酒杯,喝了一口。

"你们兄弟什么时候也放高利贷了?"

"这是你该问的事吗?"顾燕桢原本是笑着问那一句的,被大汉望了一眼,顿时有些窘迫,大汉又拍了拍他的肩膀,"公子哥儿,要讲本分,不该问的,别乱问……钱没有多少,我也不放贷,只是他既然不打算还我,原就不该跟我借。"

老六轻轻点了点顾燕桢的肩膀,顾燕桢往酒楼一侧望过去,外面正有两名衙役走过,也注意到了酒楼中的混乱。

"我去楼上。"顾燕桢如此说着,待到大汉点头,方才与老六朝楼梯那边走去,到了楼梯上方才停下来回头看。

酒楼当中踢打喝骂之声不停,被打的那人不断求饶想逃。这种事在海庆坊中是司空见惯,两名衙役在门口看了一会儿,大概是不想管,但随后看被打那人已吐了满地鲜血,为首的衙役才过去:"住手!杨横,你想打死人啊!"

两名衙役比那"铁塔"要矮上一个头,身材的话,加起来或许才能抵他一个,但毕竟是衙役,就算是"铁塔"也得给点儿面子。地上被打得奄奄一息那人聚起力气跑到衙役身后,口中吐血:"杨二爷、二爷,我一定会还,我一定会还的。我已经加入铁河帮,我堂主是谭爷,你看他的面子,缓我两天,我一定还……"

"谭爷?我们兄弟虽没加入什么帮派,但就算是你们帮主,见了我们也得给我们面子,你拿他的名字出来……够吗?"

他说着,抓起一张凳子又砸了过去,随后还想追打。稍年轻的衙役陡然横跨一步拦住他,手上朴刀一拔:"你住手!"那刀拔到一半便被旁边的年长衙役按住。名叫杨横的铁塔壮汉看到他这动作,停了下来:"郑班头,你手下这个小弟,新入行的吧?"

那年纪稍长的衙役看着他:"你再打下去,他便死了!"

"哼。"把人打伤打残都没什么,若是直接死了人,终究不好交代,杨横笑着冷哼一声,随后抬起手来,"好,我杨横是奉公守法之人,今日给郑班头你面子。他欠我钱,是我有理在先,但现在我也不追究了,只是你今后可得管好你这新来的小兄弟。随便拔刀……吓死人怎么办？"说着，他伸出手指朝那年轻衙役的额头无声地点了点。

后方重伤那人只道："我一定还，我就还……"杨横蹲下来望着他，"不用还了，当你的伤药费吧！只是以后给我记住，这世上有两种人：一种是混混，一种是亡命徒。你是混混，若想污钱，当去污那帮与你同样是混混的人的钱，不该污我等兄弟的！"

话说完，他转身往为首那大汉的方向走去。

年轻的衙役涨红了脸，随后被年长的拖了出去。雨幕中，两人拉扯几下才转身离开。

"班头，那是什么人？"

那班头阴沉了脸："杨翼、杨横两兄弟，没事别去惹他们！"

"怎能让这等人如此嚣张？"

"这两人……是真正的亡命之徒……"那班头深吸了一口气，"不过他们平素不惹大事，还算有分寸。海庆坊这边的几个帮派都不敢惹他们，早年那杨翼曾一人杀入铁砂帮，杀得浑身血淋淋的，真正的狠人……"

"手上有命案？"

"谁都知道他们手上一定有命案，但帮派之间打斗，一笔糊涂账，不好管，其余的，则没有什么证据，他们不会学别人小打小闹。这次那欠钱的赌鬼也是该死，早年赌钱，把家中的女儿都输了，这次借钱借到他们兄弟头上，活该有此报。早些年雷班头在的时候，曾想过要治他们，结果抓了杨翼，跑了杨横。这杨翼在牢里一直熬着，怎么都不认罪，杨横在外面放言，若他哥哥出了事，必杀雷班头家小，最后……还是把杨翼放了。不过他们也会做人，此后送了礼物去雷班头家中道谢。再之后，没人会轻易去惹他们。"

年长的衙役说完这些，年轻的一时间也有些讶然。年长的衙役摇头道："总之，若真要做，便一次做死他们；若没这个机会，就尽量少管，否则后患无穷。他们兄弟在很多事上也算有分寸，这才是真正的狠人。海庆坊里多的是混混，管管这些人，不出太惹眼的大事，也就是了……"

闪电划过天空，两名衙役向前方走去。被抛在后方的酒楼中，那杨家兄弟一路走上二楼，在包厢之中与顾燕桢谈起交易来。

古城江宁，雨幕绵延……

第二章

遭绑架智计除匪徒　带重伤蛰伏斩黑手

　　五月将尽的时候，天气更加热了。不断升高的温度和不断流逝的时间将这座城池一步步推往三伏天。若在往年，早一个月苏檀儿大概就得搬去楼上，白日虽热，晚上若敞开窗户，终究还是二楼凉爽得多。不过今年她并没有吩咐搬房间，而宁毅算是随着她动的，她没说，宁毅无所谓，自然不会有家丁过来帮忙将家具迁上去。

　　晚饭一般在客厅里吃，有时候也会搬去院子里的小凉亭吃，五人横竖算个小家，熟悉了，气氛好了，也不用讲究太多规矩。宁毅本身随和，苏檀儿在许多方面恐怕比他更重视那些繁文缛节，不过在家中，她喜欢这般随意的感觉。三个丫鬟自适应了宁毅的作风之后，偶尔会说姑爷今日在学堂讲的故事不好听——这些故事多半是小婵转述的。

　　天气热了，饭后宁毅便不会留在房间里，大抵会出去散散步。苏府颇大，也有自己的小园林，他多数时候是在这里逛逛，乘凉。苏檀儿便与各房的女人们说说话，聊聊天。她以往是相对严肃的人，每日带着丫鬟进进出出，其余几房的男子多数不能与她闲聊，那些女人就更加不好亲近她了，现在大概是有了妇人的身份，偶尔能加入话题。旁人便说成亲之后苏檀儿变得更柔和了，因此他们多少有些佩服宁毅。

　　如今在苏府，没有几个人真傻了吧唧地给宁毅脸色看。才名他有了，老太公又重视他，花魁赛上他一去文墨楼竟令旁人不敢写诗词的事情也已经传开，而他本身也随和安分，守着学堂不涉足生意。旁人原以为，成亲之后，苏檀儿有了个入赘的夫婿，只会变得更加强势，想不到两人如今相处融洽，有模有样的，于是，他们见了宁毅，少不了要打招呼，寒暄几句，如文定、文方等人，更是态度恭敬。当然，真要说热络，那也谈不上，不是同一个层次上的人，只能说看起来亲近。

总之，到得夏天，宁毅与整个苏府的人多少成了点头之交。

苏檀儿总的来说还是忙碌的，不过这些事情无须宁毅去操心，她也不求宁毅操心，只是每隔几日与他在二楼碰面，吃东西，发些牢骚，释放一下压力，她的心态还是不错，就是忙。偶尔宁毅会在傍晚出去散步，若小婵一路跟着，他就到秦淮河边绕一圈；若小婵不跟，他就去学堂那边的小院子，与陆红提碰个面。

夜晚他回家之后，苏檀儿会让人端来几碗冰豆沙或其他的冰镇小吃。苏府每年都储藏冰块以备夏天用，当然只有主人们能吃到。苏檀儿这边的小院可算是待遇最好的，毕竟只有她接大房。这些吃的小婵她们基本不会被落下，与苏檀儿、宁毅一同吃这冰镇小吃的夜晚大概是每日里最惬意的时候。若是其余的府中人，即便是主家，想要吃上一碗，都得好好斟酌一番。

吃过小吃之后，气温其实已经降下来了，五人偶尔闲聊，偶尔下棋，偶尔各自有事情要做。直到晚上灯火渐熄，苏檀儿房间的灯光熄灭后，宁毅才上床睡觉，院子里终于安静下去。

每日早晨天未亮便开始的跑步与锻炼从未断过，不过不会有太多人注意到他有这样的习惯。他跑到那处有小楼的河湾边时，聂云竹已经坐在台阶上等着他了。竹记的生意很顺利，总店那边已经有些明显的熟客、回头客了，四辆小车各自发木牌的方式也很有趣，有人为了集齐四块木牌，在城里找过很久，这也算是某种集卡式的乐趣。

不过，目前来说，最主要的收入还不是总店与四辆小车提供的，而是竹记松花蛋仍在以高速铺往江宁的各家酒楼。现在谈这些生意已经不需要聂云竹亲自去了，她请了不少员工，宁毅给这些人员的运作定下了一些比较成熟的规章条例，能大大减轻管理负担。借着花魁赛上的宣传，江宁诸多酒楼茶肆都寄卖了松花蛋，还在各家高消费的青楼当中打开了局面，一切发展迅速，但平稳得惊人。

当然，多数时间，聂云竹不会跟宁毅汇报有关生意的事情，她喜欢说的是新鲜的琐事。店铺开了张，每天都有新事情发生，以前没见过、没听过的，被她说得颇有趣味性。有时她也会提起胡桃跟二牛的婚事，说准备过段时间便给他们办了，也算了了一桩心事。

两人依然保持着只在台阶上坐着聊天的习惯，直到后方房间里昏黄的灯火照出来。聂云竹会泡一壶茶放在盘子里，就那样放在台阶上，待宁毅过来了，喝上一小杯，说些话，再看着他离开，那时晨曦微露，城市便在那身影离去时渐渐现出轮廓来。

由于陆红提的关系，宁毅这个月不常去河边下棋了，当然还是去了几次。秦老最近在关心水患的事情，如今正值汛期，据说好几个地方告了急，有几处河道决了堤，不知道情况会怎样。

"今年不是好年景啊……"老人这样感叹着，康贤若过来，往往也会这样说。

"再这样下去，到了七月，怕是又会有灾民潮了……"

旱灾、水灾、冬季冰灾，有的地方还闹匪患，如今的社会结构很难撑过这些坎，每过几年就有一些灾祸出现。难民若无家可归，控制不住之时，自是往东边的汴梁、江宁、扬州这些富庶之地过去。秦老想想，放下棋子："或许还会有兵祸……"

辽、金局势看起来一触即发，当然，真要彻底动荡起来，以月计还是以年计，难说得很。到时候，武朝无论如何会有个态度，毕竟这一次若打起来，将关系到武朝国运。大军未动，粮草先行，要支撑起一次这样大规模的彻底的战事，对如今的国家来说又是一次考验。

"无论如何，撑着打完了，也该好转了。"对于这事，两位老人还是比较乐观的。事实上，整个武朝都很乐观。武朝的经济、农业底子还是有的，整个构架虽臃肿，但很大一个负担来自北方，若北方能定，整个朝廷算是大大地松了一口气，到时候要整顿要改革都有希望和余地。

每天下午，宁毅都在那座小院里做实验，同时与陆红提聊些事情。若涉及武学，他偶尔会拿笔记下来，陆红提便笑他一通。其实陆红提近期常常会替他打下手，顺便看看他设计的古古怪怪的容器和装置。她能帮忙的不是进行化学实验，而是有关制取高度酒的设备。由于"竹记"已经上了轨道，宁毅得尽早将高度酒酿出来，完善酿造方法之后便弄座小作坊，作为竹记的招牌推出去。

蒸馏造酒对他来说并不复杂，三月里他就开始了。一开始他只是做了个小装置，现在才开始放大和完善。这是基本技术，以后要将这些蒸馏出来的白酒做什么变化，那不是他的事情了，交给其他人去办便是。陆红提能喝酒，她的外表看来并不粗犷，但喝酒的速度委实不慢。不过，第一杯白酒下肚之后，她还是拧起了眉头："这酒……好烈……"

由于对酒感兴趣，她帮忙也比较起劲，偶尔问些问题，宁毅便与她说说蒸馏、汽化、液化之类的事情。陆红提仍是将这些事情当作歪门邪道，不过态度已然有了不少变化："你这些事情……还是有些用处的……"

"还不够完善，勉强可用，你走的时候大可抄上一份，不过……"

"山里没有多少粮食能空出来酿酒……有时候劫了些商人，酒也是不多时便喝完了，大碗大碗地喝看起来多，这样蒸出来便没多少了……"陆红提微感惆怅。

"还是可以考虑蒸一批嘛，受了伤之后可以用来消毒，那些度数低的没用。"说到消毒，宁毅便颇为显摆地胡诌着有关感染、细菌之类的概念，说那些肉眼都看不见的小小虫子，成千上万地爬进身体，有的有八只手，有的毛茸茸。看陆红提听得皱起眉头，他又问："你那伤药很好啊，看起来都不怎么留疤，怎么做的？"

"一部分是武艺的缘故。当然你若想要，走的时候给你抄一份，有几味药可不好找。"陆红提看了他一眼，"不过，你究竟是打算要武功秘籍呢，还是打算要配方？"

"你不是不打算教我武功吗……喀，我得考虑一下。"

"仍是不打算教。"陆红提说着，笑了起来，"你学来无用，当个先生，那帮学子都不怕你。"

"但是他们爱戴我。"

"你这人，是个好人……虽有些古怪，但确实是个好人。"

"喀，你不用重复一次。"

时间过去，她的伤势在渐渐变好，江宁城中的暗哨应该也已经松懈了。

"《天龙八部》该说得差不多了吧？"这几天她问了一下进度，"想在离开前听完它。"

宁毅明白她的性格，虽然看来很喜欢听这些故事，喝着白酒，吃些零食，然而一旦到了离开的时候，她绝对会果决地走掉，因为吕梁山那边，她还有很多事情要做。

宁毅上辈子是商人，但并非什么无情之人，如今多少将她当成了一个有趣的朋友，能跟她吹吹有关原子、分子的牛，晚上拿些东西去聊上一会儿天。日子一派悠闲，没什么急着去做的事情，没什么负担，如此，一直到六月初四那天傍晚。

小婵今晚有事，于是宁毅跟陆红提打了招呼，说晚上会带些酒菜过来。傍晚吃完饭离开苏府，宁毅准备在路上买些吃食。经过一段稍显僻静的街道时，一辆拉柴的马车跟了上来，上面的大汉跟他打了个招呼："喂，宁毅，宁立恒？"

那大汉身材实在魁梧，坐在马车上，令得宁毅仰了仰头，心中觉得有些不对，因为对方眼中闪烁的并非好意。警惕心正在翻涌而上，但他还没来得及思考这眼神的含意，棒风便呼啸着从脑后袭来。

"文弱书生……"

夜幕降临，陆红提在院子里等待着宁毅的到来，风铃轻响着。

待在这里养伤的时间已经接近一个月，想起这段生活，她竟微微有些眷恋，要是在以前，这根本是不可想象的事情。这一个月的生活很有趣，不过几天之后，她就该回吕梁了，此后……大概也没机会再来这里了吧。

时间渐渐过去。或许他有事……她心中想着。这并不奇怪，虽然之前几次他从未失约，但眼下已经知道他的具体身份，若有事不能过来也是正常，只可惜今晚听不到故事了，希望这几天能将那故事听完吧。

她又多等了一会儿，随后有些失落地走进房间，就着水盆里凉着的中午的菜吃起冷掉的馒头来。对她来说，没什么可挑剔的，眼前的东西就是佳肴了……

戌时二刻，天空中晨星闪烁，江宁城外一处荒僻的河滩边，夜风呜咽着拂过河边水面上的船屋，光从房间里透出来。

宁毅迷迷糊糊地醒过来，眼前没什么光，传入脑海的声音时强时弱，意识还没有恢复，大脑还没有正式运作，分析不出这些破碎语句的意思。

"少喝些酒……"

"一手无缚鸡之力的书生……"

"今次的'肉猪'……"

"子时大郎拿火把去山上等人……也该知道这些事了……"

"信号知道……"

"左三圈，右三……"

"爹爹，那肉猪……鞋子漂亮……"

"不许乱来！"

"可是……"

"这种肉猪……没有五十也有三十……"

"至少子时之前醒不过来，随他……"

"爹爹，这等肉猪……让他单手……"

"听话……"

脑后隐隐作痛，思维过了好久才凝聚起来，宁毅心中生起难以言喻的复杂感觉。

他已经有很久很久未曾感受过这种赤裸裸的敌意了，即便唐明远那一次也不是这样的敌意。

他努力回想之前发生的事情，那眼神，挥棒……是谁在做这些事情？

苏家人、薛家人、乌家人……应该不是。苏家人目前没必要对自己做这种事情，除非有谁想要杀掉老太公再干掉苏伯庸父女。薛家与乌家同样没有必要对自己动手，自己有的不过是些许才名，对同等级的商人来说，这种形式的动手通常都是最后手段，一旦做了便毫无转圜的余地，这样撕破脸之后，局势很可能失控，何况就算要动手，也不该首先对自己动手……

武烈军？更不可能，如果是他们，不会用这样的方式……

到底是谁，自己得罪过谁……

他对善意与恶意的判断算是敏感的，若之前显出了端倪，多半会被他察觉。这件事情……真像是突如其来。宁毅在脑海中一个个过滤着可能的人物：薛进是一个，不过那人不可能有这样的决断和勇气，就算脑抽了也不可能，除此之外，想不出人来。还是说，这是随机的绑人勒索？肉猪、子时……也不像。

他无论如何也判断不出敌意的来源，不过眼下也不是细细思考这些事情的时候。手脚都已经被绑住，房间黑暗，隔壁的房间里，有几个人正在吃喝，油灯的光隐约从墙壁的缝隙中透过来，房间微微摇晃，有水流声，是在河面上……

脑中想起昏厥前看到的影像，身高超过两米的大汉，简直像是拳王一般，还有同伙，很难应付……他闭上眼睛，身体微微紧绷，又放松了下来，手指在背后一刻不停地摸索着，寻找着一切可以利用的突出物。外面的走廊上，似乎偶尔有人走过……

莫名其妙！不可理喻！想不通！为什么？到底是谁……微微的焦虑和躁动翻涌上来，摸不清丝毫头绪对他来说是最恼火的情况了，但随即又按捺下去，手指不断地摸索，缓缓地、一寸寸地摸索，他努力不发出任何声音来。

系统地锻炼了一年，再加上看见那眼神时心中不祥的感觉，使他在木棒挥来时做出了一个微微躲避的动作，或许是因为这样，对方才会判断错时间。这或许是唯一的机会，没有什么可多想、多抱怨的，解决掉眼前的危机才能有思考的空闲，机会不一定找得到，但必须冷静，不要急躁，不要急躁……

时间如下方的水流缓缓地淌过，当脑后火辣辣的感觉逐渐退去，压抑的黑暗里，环境变得更为安静，周围的情况也更加清晰。对话声，喝酒吃饭的声音，隔壁的房间里有两个大人、两个孩子，但孩子怕是也已经成年了，还有一个女人……这也许是一家人。

肉猪……他们不是第一次干这个了，手上该是有命案的。那个大汉很不好对付，自己跟他不是一个重量级的，若是一般的书生看了恐怕就要胆寒。宁毅调整着呼吸，在心中分析着这些，不知什么时候，门口传来轻微的响动，他微微睁开眼睛。有人在悄悄地开锁。

锁开到一半时，那人停了下来："弟弟，你干什么？"

"哥，那肉猪的鞋……反正他也用不着了。"

"爹说了不许乱来，钥匙给我！"

"哦。"

兄弟俩都压低了声音对话，随后各自远去。宁毅原本深吸了一口气，此时又长长地吐了出来，手在背后的墙壁上加快了轻微摩擦的速度。

还没过多久，门口那边再度响起细碎的声音。

门被打开了一条缝，身材壮硕的少年悄然挤进来，随后轻轻哼了一声，有些得意。他手上操着一根棒子，进门后将手中的铁丝收进怀里。

少年朝墙角走过去，看清楚了被绑住手脚扔在地上的书生。这书生外表文弱，看来还没有他结实，简直弱不禁风的样子。

城里那帮富人都是这样。

"肉猪，你要是醒来了敢乱来，我一棒敲碎你的脑袋……"那少年恶狠狠地轻声说着，在旁边等了一会儿，随后将棒子放到一边，蹲下来脱掉了书生的鞋子。借着微光，他欢喜地看了看，随后背对那书生坐下来，脱掉自己的鞋——背对对方穿鞋，这是下意识的动作了。

第一只鞋，第二只鞋，又漂亮又合脚……就在少年准备站起来的时候，后方那道身影无声地坐了起来，双手在黑暗里舒展开，绳索从他的手腕上掉下来，那双手陡然合上。

咔——

脑袋被转了一个方向。

宁毅没有穿鞋，就那样无声地推开门走了出去。外面是船屋的走廊，"王"字形的构造，共有六间房，他被关在客厅与厨房中间的房间，另一侧的三间只有窗户。走廊上没人，他悄然走过去，朝客厅看了一眼，然后迅速闪了回来。

三个人，一张桌子，一盏油灯。其中一个是跟他说话的大汉，另一个也是身材魁梧，如同铁塔一般，第三人……应该是那大汉的大儿子，身高超过了一米八。

房间里，铁塔般的男人正在与那大汉的长子说话。

"大郎，叔叔告诉你，在江湖上，只有真狠，真胆大心细，才能立足，但不要以为狠就是争勇斗狠。真正的狠，在真正要用的时候才能拿出来，只要一次，所有人都会怕你。想当年，那姓雷的……"

话语进不了宁毅此时的脑海，叽叽呱呱叽叽呱呱，什么乱七八糟的，像个哲学家……他环顾四周，门在客厅这边，该怎么出去？自己水性不佳，外面的水流虽然比较平缓，但有人下水，声音肯定很大，如果被听见，自己逃不远。

他阴沉着脸，按照原本的步速往另一侧走去。厨房里，一个胖女人正在煮菜。宁毅看看周围，看看烟肉之类的东西，两秒钟后，他走了进去，拿起砧板上的刀。

女人回过头来，下一刻，血浆冲天，如喷泉般射进锅里，嗞嗞作响。黑影映照在墙上，菜刀不断地劈下去。

鲜血渗过地板，或许会滴向下方的河流。黑影站在灶台前，面无表情地将猪肉、煤油、其他油倒进去沸的锅里，同时目光转动，不断过滤厨房里的各种东西，有时候将一些纸包取下来打开，随后又扔掉。油锅完全沸腾之后，他将那些滚油倒进有草绳套着的瓦罐里。

随后，客厅那边传来声音："大郎，去看看你娘菜煮好没有……"

宁毅悄然推上厨房门，一只手上拿着秤砣，一只手上抓着一把剔骨用的尖刀，躲在房门一侧。脚步声逐渐靠近，门被推开，人走进来的一瞬间，宁毅吹灭灯盏，就像是风吹灭了一般，灶里的火光还在晃动，那年轻人微微愣了愣："娘……"

宁毅抡起秤砣，砰的一下轰在他的后脑上。那具身体朝旁边倒下去时，宁毅才将他抱住。

"那姓顾的这次听说是当了官，要去当县令……"

"若能让大郎二郎跟着去当个差什么的就好了，咱们手上有他的把柄……"

"这种读书人，不用逼得太过……"

房间里，杨翼、杨横正在说话，偶尔喝杯酒，吃颗花生。意识到大郎过去似乎有些时间了，杨横皱了皱眉。

"大郎怎么还没……"

"娘——"这时，声音陡然自厨房那边传了过来，凄凉而沙哑。两人一个激灵，杨翼抄起一把弩弓冲向里面的走廊，而杨横拔出钢刀去往门外。

"看肉猪！"

杨横冲出房门，去查看河里是不是有逃跑的人。几秒钟后，后方的房间里陡然传来杨翼的厉喝声："放开他——"

杨翼冲到中间的走廊时，眼前一片昏暗，只有厨房那边射出隐隐的幽光。他还没来得及打开第二扇门查看那肉猪的动静，他的大儿子就被人推着走了出来，头上满是鲜血，摇摇晃晃，显然方才被弄得稍稍清醒，眼下又被打成了这样。

一把染血的剔骨刀搁在了大儿子的脖子上，动作稍稍大一点儿就可能割破他的喉咙。躲在他儿子身后推着人走的正是被他绑来的肉猪，原本看起来人畜无害的书生身上隐隐都是血。

"放开他！"杨翼目眦欲裂，举起弩弓沉声喝道。

宁毅的身体其实并不矮，然而杨翼实在太高大，此时如同一堵墙一般堵在了前方。两边都稍稍停了停，然后，声音传了过去，没有杨翼那般高亢，只有简简单单一句话，透出深深的厌恶。

"射吧。"

"放开他！"

"射啊！"

"你会死得很惨！"

"你是什么人？为什么要绑我？"

"二郎！他娘——"

"……"

"你做了什么？！"

"退后。"

昏暗的船屋走廊上，没有灯，厨房细微的火光与客厅的油灯光芒在两端轻轻渲染着，对峙的气氛仿佛能令人窒息——巨汉，弩弓，尖刀，鲜血，看上去奄奄一息的人质，从脚下淌过的水流。那巨汉持弩怒喝着，身上的戾气完全压抑不住了，几米外的人影在他面前显得不堪一击，但那只手只是静静地握着尖刀，钩在那喉咙上。

当巨汉暴怒的威胁吼叫声传过去时，回应的声音直接传了过来，那声音并不激烈，也不轻佻，安静，沉稳，语句简短，像是死死地定在激流中的柱子，有时候看似要被水流淹没卷走，但下一刻，水花扑开，它没有丝毫变化，仍旧定在那儿。几乎是在那巨汉的每一句话语落下的瞬间，回应传来，没有丝毫迟疑与拖泥带水，一时间竟将那巨汉的愤怒气势给压了回去。

巨汉深吸了一口气，咬牙切齿，一字一顿地道："你把他们……怎么了？"

"你猜。"

"怎么了——"

怒吼震耳欲聋，但回应在这声浪中传了回去，安静而迅速："喜欢的话，多猜一次。"

那巨汉的牙关颤抖着，望着那道身影，仿佛是要以眼神将对方生吞活剥一般，然后巨汉深深地吸了一口气，终于退后一步。

"我看走了眼……"

"这很好。"出去的路在客厅，宁毅看着他的脚步，冷冷地回应了一句，推着晃晃悠悠的人质往前走了一步。随后，对方缓缓再退一步……

"如果他们没事，就有的谈。"

"好。"

"没死就行。"

"好。"

"否则，我发誓一定杀你全家！"

"好。"

"我会剥了你的皮，让你不得好死！"

"好。"

"宁毅！宁立恒！"

区区几步，几句对话，回答随意而敷衍。那巨汉此时已经到了客厅门口，灯光映照在他身侧，随着怒喝声，他的表情抽搐般扭曲着，显然是对这样的回答感到极度愤怒，若在往常，这等书生便是在路上遇上他都要胆寒。

人质身后，原本谨慎地只露出一只眼睛看着前方的书生偏了偏头，两只眼睛冷冷地望过来，然而片刻之后，杨翼才知道对方并不是因为他吼出了那个名字而在表示什么，那目光看着他，随后那人一字一顿地说道："继续退，继续说话，别，停，下。"

杨翼缓缓转过身，退过客厅与走廊之间的门槛。

豆子般的灯火在客厅中摇曳着，将他巨大的黑影投向那扇门，而就在门的旁边，杨横手持钢刀躲在那里，与仍在后退的他交换了一个眼色。听见第一句话后，杨横没有冲进里面去，而是站在门边准备偷袭。走廊里，宁毅看着黑影的转变，仍旧推着人质往前走。此时，双方互相都看不见。

"谁找你们来的？"

"行有行规！你一定跑不掉！"

"嗯。"

"这里是城外，没人会来救你！"

"哦。"

"离开这间屋子，你还是死！"

"好。"

"我承认看走眼，但你只是个书生，你会害怕！踏错一步……你就死了！"

宁毅的身影出现在门口。他冷冷地看着杨翼，将人质转了一个方向。

杨翼摇了摇头。

"我杨翼可以认栽！只要你留我杨家有后，什么都有的谈。"

灯火昏黄，房间似乎因这对峙的气息变得更加黑暗，门边的杨横紧靠着墙壁，钢刀在握，目光警惕。宁毅眼看就要将人质推进来了，那把尖刀仍旧架在人质的脖子上，杨横静静地看着那只握刀的手。

远处的桌边，杨翼的表情缓了缓："我杨翼说话算话。"

宁毅跨了进来，微微变化的声音忽然响了起来："怎么谈？"

也是在这一瞬间，对峙的紧张感似乎降到了最低。墙边，杨横左手五指轻轻动了动，微微往上抬。下一刻，暴喝的声音陡然响起。

"看棒！"

"小心——"

原本有所缓解的紧张感瞬间拔升至顶点，这是那个名为宁毅的书生第一次喝出声来。灯影晃动，人影晃动，劲风呼啸，一道黑影轰地朝杨横挥过来。杨横举刀上撩，草绳断在空中。

瓦罐旋转飞舞着，拉近了与杨横的距离，他下意识地将手肘上举。

轰——

"啊啊啊啊啊——"

"你——"

"射啊——"

"我要杀了你——"

"你死定了你死定了！"

"扣扳机扣扳机扣扳机——"

昏暗的房间里，瓦罐的碎片轰然四射，滚油扑向杨横的上半身，痛呼顿时随着嗞嗞的灼烫声响了起来。杨翼瞬间抬起弩弓，怒喝间再没有丝毫放松的迹象，简直就像是要立刻冲过来。宁毅推起那人质几步就冲进房间，随后拉着人往一侧的角落退过去。

整个房间里，三人的声音响成一片。杨横的手肘与上半身挡住了不少滚油，没有直接轰在他的头上，但一只眼睛还是受到了影响。这是夏天，他只穿了单衣，此时半个身体都被那滚油淋湿。惨叫声中，他挥刀劈裂了旁边的一张凳子，口中还在悍然地喝骂，脸上、身上满是水泡，狰狞得如同怪物，似乎随时都要扑上去。杨翼则在那边用力地摇头。

"我现在不信你会放他。"

"他不敢杀大郎！他不敢杀大郎！"

"来啊，试试看，为什么不扣扳机？！"

"我不会让你出去。"

"宰了他！"

"你们尽管过来。不管我会怎么样，只要出问题，这把刀肯定第一时间割断他的脖子。"

"你今天不可能走出这扇门！"

"堵住门！"

"他的气管会被撕开，血从喉咙里涌出来，更多的是泡沫，你的儿子肯定会觉得痛，然后他就会发现自己没办法呼吸……"

"他死你就死！"

"我要砍断你的手——"

"知不知道没办法呼吸是什么感觉？想象一下想象一下，就像是离开水的鱼，他会全身抽搐，手脚乱动，他的脖子已经被割开，他也许还会用手去抠，然后手上、身上会有更多血流出来，直到他完全没有了知觉。这个过程你也许可以一边喝茶一边慢慢看！来啊！"

"你一定会死得比他更惨！"

"但他是你儿子！"

房间里的三人形成了对峙的三个端点，即使偶尔移动一下，也一直保持着距离。

三人的语速都极快。杨翼持着弩弓挡住门口，语气听着挺坚决，他不时晃动弩弓，试图对准宁毅的要害。面目狰狞的杨横火暴凶戾。宁毅则安静而快速地说着话，盯着房间里的两名巨汉。怒喝声中，杨横甚至作势欲扑，但一见宁毅微微调整了方向，他便又退了回去。

"我不会再跟你讲条件，你不会放了我儿子！"

"他绝不敢动手！"

"你们动我就动！"

"今天谁都别想出去。"

"看我撑得久还是你儿子撑得久……"

"啊呀——"

杨横陡然暴喝一声，挥刀似乎就要冲上来。宁毅背在后方的左手唰地拿出一样东西，点点火星立刻在房间里晃动起来："来啊！"那是从厨房里带出来的一根火折子。杨横面目狰狞，止住步伐，口中喊道："扔啊！"

"我当然会扔。"

"那就扔过来！"

"有种你过……"

杨横冲出去一步，宁毅手一挥，他又陡然止住，朝后方退去，然而火折子也没有真的扔出去。如此重复了好几遍，这铁塔般的巨汉似乎是豁了出去，不断试图朝宁毅靠近。他笃定了不到最后关头宁毅根本不敢杀人质，试图制造混乱与破绽。宁毅右手持刀，挟着人质跟着转移位置。不远处，杨翼持着弩弓保持着警惕。某一刻，杨横与杨翼交换了一个眼色，杨横陡然扑出。

房间里的气氛本就紧张到了极点，三个人都是绷紧了精神。宁毅挥了挥手，杨横再度转移，接着又是一声大喝，随即与杨翼交换了位置。火折子脱手而出，朝杨横飞了过去。

那边杨翼的速度更快，一脚踢飞了一张凳子，火折子被打飞出去，杨横再无顾忌地冲了过来。宁毅反手一抓，抓向侧面柱子上的那盏油灯。下一刻，油灯没有动——那灯盏竟然是钉在柱子上的。杨横靠近了，出手抓向搁在侄子脖子上的尖刀。杨翼踢开挡路的凳子，同时发力逼近。

宁毅的左手唰地插进油灯之中，火焰裹着煤油飞溅出来。

房间里暗了一瞬，杨横的左手悍然抓住那把尖刀，用力拉开。下一刻，暗下来的火光在宁毅与杨横之间亮了起来。

轰——

火焰绽放，朝着两个方向扑出去。

这一瞬间，宁毅借着灯芯与煤油点燃了对方的身体，同时点燃了自己的左手。

升腾的火光中，杨横厉声惨叫，手却仍旧将尖刀拉离了侄子的脖子。宁毅用力抽刀，血光在火光中飙起。另一侧，杨翼逼近了，伸出手，将弩弓对准了宁毅。宁毅放开人质，朝旁边一冲，挥刀直劈杨横的头顶。

"啊啊啊啊啊啊……"

"呀啊——"

"啊——"

弩箭从宁毅背后飞了过去。杨横身上燃起火焰，不断地惨叫，和杨翼的喊声、宁毅奋力挥刀的声音响在一起。人影在这片刻间交错，光焰肆虐。杨翼瞅准机会，抓住儿子的肩膀将他往旁边推了过去，随后试图抓向宁毅，却扑了个空——宁毅原本是挥刀朝杨横冲过去的，此时却随着他的儿子一同冲了出去。他一时间反应不过来，只能看着兄弟身上火焰熊熊燃烧，头上还深深地嵌了一把尖刀，再追向宁毅与儿子那边时，才赫然发现两人之间竟然绑了一条绳子。

那浑身是血的书生几乎是推着儿子到了房间另一边，随后一转身，右手从背后拔出一根铁扦再度抵在了儿子的喉咙上，目光朝这边望过来。

杨横退后几步，在火焰中轰然倒地。烧伤不是致命伤，如果冲出去跳进河里还不至于立即死亡，但宁毅趁他慌乱在头顶砍的一刀却足以致命。

两方都在算计。方才杨横、杨翼露出些许破绽，引宁毅将火折子扔出手，若宁毅当时不是走到了油灯边，恐怕也不会那样轻易地将火折子扔出。这房间毕竟是杨氏兄弟的，那油灯被固定了他们知道，书生却肯定不知道。杨横以身犯险，便是要趁着这一瞬间的迟疑悍然破局，谁知那书生在一瞬间的反应竟能凶狠到这种程度，直接点燃自己的手将火引到对方身上。

此时房间那头，宁毅仍旧将人质勒在身前，左手揪住人质的胸口，手上的火焰还在熊熊燃烧。杨翼又悲又怒地转过来时，他也冷冷地与对方对望，燃烧的左手在人质身上拍打了几下，随后又在自己身上拍打。然而他的手臂和手腕上沾了煤油，一时间怎么都灭不掉。杨翼看到他的手在空中又挥了挥，随后陡然握紧成拳，反手用力一挥。

轰的一声。

后方原本有个黑瓦酒坛，很大，坛壁也烧得非常厚，宁毅这一下也不知道豁出了多少力气，一拳将那酒坛打破，估计手已经骨裂甚至骨折。酒液奔涌而出，他偷空将左手手臂的火焰灭去，但整只手都在微微颤抖，看起来已然废了。

然而，那望过来的目光依旧冷然，抵在儿子喉咙上的持铁扦的右手连动也没有动过，只是皱起的眉头微微抽搐了几下。

夜风呜咽，杨横的尸体在地面上燃烧着，在房间里照出浮动的光影。火焰刚熄的那只手在黑暗中缓缓颤动着，两人的目光在空中相触，即便受了这样的伤，那书生的目光仍旧冷然而锐利，从头到尾没有变过。

"有的时候就是这样……"书生一字一顿地道，"踏错一步，你就死了。"

后半句是杨翼方才说过的话。杨翼看看周围：濒死却依然被挟持的大儿子，没了生机的家里人，就这样死了的兄弟。这样的肉票他绑过数十了，从没遇上过这样的事情。文弱书生，文弱书生……那目光根本就不是什么文弱书生，他在最喜欢自诩亡命的凶徒眼中也没看见过那种凶戾果决到极点的目光，加上那只还在发抖的手，这个人不仅对敌人狠，关键时候甚至对自己都狠辣到了极点。

就像是他在毫无所觉的情况下将一只小白兔绑回了家，仅仅是一个疏忽，那只小白兔就露出了獠牙，在他反应过来之前便在他的家里肆虐了一番，当他回过头时，只能看见满地的血泊与小白兔那变成了血红的眼睛。

他磨了磨牙："二郎——"喊声响彻船屋，在夜空中回荡着，然而没有回音。片刻后，他又喊了一声："他娘——"声音传过去，依然没有得到回应。他红着眼睛笑了笑，吼出最后的名字："大郎——"然后放开了手中的弩弓，目光凶戾地望向一旁地面上杨横的那把钢刀。

"我剁碎了你……"

他咬牙切齿，一字一顿，便要朝那钢刀走过去。也是在这个时候，他看见那边的铁扦缓缓地离开了儿子的喉咙。失去了那只手的固定，他儿子的身体摇晃着，或许是因为他方才那声暴喝，他儿子的意识似乎清醒了一些。视线中，那书生解开了绳子，手在空中挥了一下，将绳索放开。

杨翼的精神瞬间紧绷到了极致。

那书生退后了一步，陡然间用尽全力一脚踹在了他儿子的背上。

火光摇曳，他的儿子在踉跄间往这边冲了过来，视线那头，书生挥手，铁扦在空中扬起。

"呀——"

"啊——"

喊声中，书生用尽了全身的力气，将铁扦掷出去。杨翼也在陡然间发力，直冲向前，一把将大郎拉向一边。铁扦飞舞，在他手上带出一蓬鲜血。书生的身影转眼间近了，手挥起一个酒坛。

砰。

杨翼躲也不躲，将书生撞了出去。酒坛结结实实地砸在他的头上，碎了一地，他唰地一把抹掉酒液。那书生撞在几米外的柜子上，口中吐血。杨翼心中只有杀意，没有丝毫的迟疑，他大步向前，一拳挥了下去。

书生的右手探向身后。

"踏错一步，你就死了……"

砰的一下，杨翼迟疑了一瞬间的拳轰在了空处。那书生眼中闪过一丝得意的笑，他几乎是拼了命地弓起身子，随后朝着一旁奔跑——那是门的方向。杨翼哪里会让他跑掉，挥起一个柜子轰然砸过去。那柜子砸在门上散了架，书生也踉跄几步转了方向——地上那把钢刀离他仅有几步。

酒坛呼啸而来，砰的一下砸在了杨横燃烧着的身体上，火光陡然暗了一暗，书生也因为一块碎片朝前方滚了出去。杨翼直冲而上，转眼间已经跨过了半间房的距离。那书生也很顽强，用力爬起来，抓起身后一个空酒坛砸过去。杨翼避也不避，直接缩短距离，左手抓向对方胸口，右手朝后方挥舞了起来。

书生在慌乱间抓向后方的另一个空酒坛，然而第一下没抓到边沿，他又去抓第二下。这时，拳风呼啸而来。

"我撕碎……"

噗——

他的身体在那一瞬间晃了一晃，拳头轰上了书生的肩膀，将对方打倒在后方的地面上，跌出了一米多的距离。

"……你。"

原本暴怒的声音陡然转低，还晃动了几下。

身影定在那儿，几秒钟后，杨翼的身体才动了动，踉跄着朝后方走出两步，眼神有些茫然。他望望前方地上的书生，又偏过头去，似乎想要将目光聚焦在地上的儿子身上。大汉的头顶上，带有棱角的生铁秤砣敲碎了他的天灵盖，如今就那样嵌在上面，血浆从头上涌出来，自额头、耳际滑落，涌过每一寸发丝，沿着耳根蔓延至颈项之中……

书生踉跄了好几下，方才用右手攀住旁边的柜子，爬了起来。

宁毅知道，酒坛对如今怒火攻心的杨翼没有威胁，空酒坛更没有，自己往背后探过去的那一下暗示已经让他怒火中烧，这一下不中，死的或许就会是自己。但狭路相逢，劣势之下，能做的只有这么多，自己没有更多选择了……

杨翼摇摇晃晃地试图站起来。宁毅深吸了一口气，感受着涌上来的疼痛，目光冷然地走到杨横的尸体边，拿起那把钢刀，在杨翼望过来的目光中，一刀劈在了倒在地上的大郎的脖子上，随后反手一刀直劈杨翼的头脸。

鲜血飙射出去。

"你们应该第一时间杀了我的……"

他轻声说完这句话，第二刀、第三刀连续而用力地劈出。终于，杨翼的身体倒在了地上。他又在屋里每个人的身上补了几刀，方才踉跄退后，靠在墙上，身体颤抖着，连喘气声都虚弱无力："哈……"

恐惧和紧张感这个时候才毫无保留地涌上来。他死过一次，但并不代表随时可以接受再死一次，恐惧、慌乱、紧张，这些情绪终究还是有的。即便在上一世，遇上这种狭路相逢刀刀见血的情况也不多，一旦遇到这种绝境，算计只是尽人事，绝大部分情况下只能听天命，几乎是与死亡的威胁贴着走。好在，终于还是过了这道坎，他这才有些许时间，心有余悸地庆幸一番……

他在屋内的血泊中走动着，然后端起一个酒坛砸在杨横的身体上，随后又是一坛，房间里的光芒渐渐微弱下去……

光又亮了起来，一灯如豆，尸体、鲜血、一片狼藉的屋子里，那身影坐在灯光下，旁边是摆开的跌打伤药，他用牙齿咬着绷带的一端，右手捏住另一端用力扯了扯，将左手包裹起来。

可惜没有余裕问出对方背后的人是谁。

那样的情况下不可能做到面面俱到，他以冷静压抑住心头的一切，所要达成的目标，原本仅仅是以杀死对方为极限，若不能达到，至少要拖住他们然后逃跑。后来，这对兄弟的凶悍的确出乎他的意料，在自己挟持住人质的情况下他们仍旧不断表现出强烈的侵略性，令他根本不可能以人质为威胁进一步打听情况。

有端倪的威胁好应付，可这次确实一点儿端倪都没有。背后有人盯住自己，却不知那人是谁，他最不能容忍的就是这样的情况。

手臂、肩膀、胸口的痛楚还在传过来，他喝了一口酒，站起来，再度环顾整间房子，然后捡起那弩弓放在桌子上，推门而出。这是一座位于荒僻河床边的房子，下方的水流看来倒是不深，有一条简陋的木制走道通往岸边。岸边有树林，远远的是一座矮山，天空中晨星闪耀。

宁毅站在那儿，望着远山、近水、前方的树林与背后的船屋，思索着，看了好一会儿。

然后他回头走进去。

房门关上，光线再度暗下来。

子时……距离子时还有多久呢……

亥时将近，城门外的驿站里，一场送行宴到达尾声，顾燕桢与一帮好友道了别，随后与随从老六一起，朝附近的一座小庄子走去。

这次去饶州他准备带的随从不多，几名心腹中，也只有老六知道的事情最多，其余人，隐隐约约能猜到一些，但也会保密。

他去庄子里检查了上路要带的东西：一共有三辆马车，中间那一辆，掀开车帘之后，里面是一个大笼子，像是用来关囚犯的。

略看了看，他冷漠地点点头。

"先在新林浦附近的宅子里待一个月,然后动身去饶州,之后就当她疯了死了,不管她。"

随后他又去检查那些到了乐平要用的东西和要送的礼品,虽只是刚刚动身,但他大部分的心思已经放在了乐平与未来的计划上。

至于做了决定的,无须多想,已经是小事了。

"走吧,时间差不多了,去看看那杨氏兄弟有没有将事情办成。"

"想是没事的,他们兄弟俩之前没有失手过。"

"任何事情,亲眼见了,再说成功。"顾燕桢摇了摇头,"我不做想当然之事。"

话虽然是这样说,但他其实并不担心,确认结果只是他的习惯。确认之后,就能考虑对云竹下手了。若是这边失了手,自己就算把云竹抓来,结果怕也只是大丢面子。他最受不了那样丢脸,如同在街头挨的那个耳光。接下来,一切事情都是板上钉钉,什么书生、风流才子,刀锋之下都是一个样子,给那女人看过,然后自己不会再对那女人起半点儿怜悯,一个月后……此事便完全结束,自己去乐平,斩却心魔,不留半点儿牵挂。

一路上,顾燕桢与老六商量着乐平的事情,要给谁谁谁送礼、送多少,要做些什么事情取得民心。老六拿着火把走在前面,接近那座山头时,他停下来看了看,山上也有火把,左绕三圈,右绕三圈,这边做出了回应,然后山头的火把朝后方示意了一下。

顾燕桢看着这一切。他以前来过一次,驾轻就熟,加上要考虑的事情很多,因此这时他只管低头沉思、布线,想着一年以及几年后的打算。或许下次走李相爷的门路比较好,李相爷毕竟是武官,自己想要投笔从戎,他应该不会拒绝。当然,自己在任上还得有亮眼的政绩才行。乐平那边,他已经有了全盘的计划——在任三年,争取让民生翻上几番,此事当大刀阔斧,锐意进取。三年之后,辽、金与大武之间的摩擦大概会达到高潮——不可能三年内就有结果——此正是英雄建功立业之时。

只可惜,若能再早三年,若自己此时便有了功绩,赶上或许今年或许明年的兴兵之初,那会更好。不过这等事情也没什么好抱怨的,时机差了,不过多付出几分努力而已……在东京三年走各种门路浪费了时间,若将来能上位,再回头来好好肃清这等庸弊。

他们穿过树林小道,过了江边的竹林,前方水面上的屋子里灯火朦胧。老六走在前方,他低着头跟在后方。老实说,面对那对兄弟的时候,他还有些不自然,这时候想着其他的事情能让他看起来更加从容。晚风呜咽,江水淙淙。靠近门边时,某种情绪提到了最高点,但他努力不去在意。酒气从里面传出来,这帮人或许在喝酒。

老六推开了虚掩的门,里面哐地响了一下,然后又是砰的一声,灯火灭了,想不通这是什么状况。

下一刻，一声巨响过后，门板在眼前陡然碎裂，一根梁木从里面呼啸而出，直轰老六的面门，然后又荡了回去。一秒钟后，前方房屋的屋顶在他面前轰然垮塌，巨大的震动中，那根梁木拉着房顶陷了下去。

老六倒在了旁边不算深的河水里，河床中几根倒插的箭矢从他的胸口刺出，浓稠的鲜血随着河水的流淌荡漾开去，前一刻还生龙活虎的护卫，这一刻已经化为一具尸体。

门板的碎片溅在顾燕桢的脸上，又掉进河里，所有的思绪戛然而止，他站在那里，愣了半晌。

夜风嘶吼而过，星光洒在船屋前孤零零的仿佛找不到归宿的身影上。

黑暗的还在垮塌的船屋，隐约传来的酒气，东西烧焦的味道，血腥气……河水淙淙流淌，血化开在人影脚下的水面上，渲染出一片暗红色。顾燕桢孤零零地站在那儿，好半晌，脑袋才偏了偏，不知道看哪里才好。

风刮过后方的树林与山岭，发出呜呜的低吼声。

门已经被打破，瓦片与垮塌的屋顶不断掉下来，借着微微的星光，顾燕桢能够看清地面上已近干涸的鲜血。三具尸体倒在房间里，其中便有杨翼与杨横，那两名每一次见到都让他觉得凶狠难言的巨汉竟然就这样死掉了。眼前的景象明明白白地告诉他，这栋船屋里的人都已经死了！

原本该是一件非常简单的小事才对，走过山岭树林，他的心中没有丝毫波澜，只是想着到乐平之后的事情。他的身边有老六跟着，去到那船屋，有那凶悍的两兄弟，虽然是亡命之徒，但至少是站在自己这边的，到了船屋里，有被抓的宁立恒，也会有那杨氏兄弟的家人。

也就在那一瞬间，老六轻轻地推了推门，那木梁轰然击出，房面垮塌，下方的木板震动，灰尘簌簌而落。在这一瞬间，他发现，原本存在于想象中的众人全都死了。

仿佛整片天地都压了过来，下方鲜血漾开，四周一片黑暗，充满了诡异的气氛。水、风、树林……所有的事物仿佛都在这一刻消失了，只剩下他一个人。

"六、六叔……"

他咽了一口口水，喃喃地叫了一声，四周的死寂似乎令他的声音变得格外大。然而箭矢从后方毫无保留地刺穿了老六的身体，水中的尸体除了血还在涌，再无动静。那看起来甚至不像是尸体，真正的尸体血怎么会涌得这么快？前一刻还生龙活虎，怎么可能忽然死得这么彻底？

仿佛在期待那具身体稍微动一下，他又讷讷地喊了一声："六叔。"

河面上已经拖出暗红色的绸缎，不可能再有回答了。顾燕桢这才茫然地转了两圈，开始举步朝岸边缓缓走过去。

约莫走到一半的时候，他看见了树林里的那道人影。

因为那道人影发出了声音，呕的一下，像是在呕吐，远远的只能隐约看见轮廓。那人坐在竹林当中的黑暗处，微微弓着身子。他几乎是下意识地停住了脚步，想要往旁边的河水里跑。河水并不深，然而回头看见老六身体被箭矢洞穿的样子，他还是没有跳下去，而是快步往前方走去。竹林中的人影提着什么东西站了起来，朝着这边走了过来，顾燕桢听见夜风卷起那若隐若现的歌声，旋律古怪，唱得慢，声音不大，似乎有些虚弱，歌声是这样的：

"左——三圈……右——三圈……脖子——扭扭……屁股——扭扭……早睡早起，我们来……做运动……"

那道身影显出端倪来。

星光下，宁毅，宁立恒。

他的身影看起来有些虚弱，手上缠着绷带，上面还有斑斑点点的血迹，却散发出一股难以言喻的气势。顾燕桢只迟疑了两秒钟，就拔腿沿着江岸往另一侧的树林跑去。

那老六被木梁撞进河里的一幕发生时，宁毅已经坐在黑暗中等了很久了。

左手、肩膀、胸口的疼痛还在翻涌而来，一次比一次更加清晰地牵动神经。他坐在那儿慢慢地咀嚼树叶，苦味与涩味持续地刺激味蕾与大脑，让他保持清醒，不过，撑到子时用火把引了人过来后，他还是有些受不了，胃部痉挛，吐了一次。

到得此时，看着那不认识的书生，宁毅忍不住又吐了一次。然后他摘了几片树叶塞进嘴里，拿起身旁的弩弓，哼着歌，走出竹林。

那书生拔腿就跑，往另一边的竹林奔行过去。宁毅提着弩弓不快不慢地跟着。他记忆有些乱了，但这时候也懒得用力去想，于是这样唱："抖抖脚啊……抖抖脚啊……勤做深呼吸……让我们快快乐乐，你也不会老……"

奔跑的身影在前方绊到了一根绳子，唰的一下，一根小竹竿抽上来，但是力量不大。这是个失败的陷阱，宁毅在心中想着。然而那书生还是惶恐地倒在了地上。宁毅看见他转过身来，挣扎着爬起来再要跑，却被同一根绳子又绊了一次，再度摔倒。

"怎么搞成这样？"宁毅举起弩弓，对准他，随后缩短了距离，借着星光仔细看着眼前这人的样貌，终于确定自己不认识他，"你是谁？我最近……喀……我最近又干什么……伤天害理的事情了？"

他的声音沙哑、怠懒而虚弱，风在这一刻仿佛格外猛烈，摇晃着后方的林子。摔倒的书生恐惧地看着他，过了好久方道："顾、顾鸿……顾燕桢……"

风似乎陡然停住了，宁毅愣在那儿，微微张了张嘴，表情有些错愕。这个名字他听过。没错，他当然听过，可是……他觉得有些荒谬，眨眨眼睛，片刻之后，嘴巴张大了一点儿，然后眉头皱了起来，似乎翻了个白眼。他举起持弩弓的右手擦了擦鼻下因虚弱而产生的汗水，此时，他的目光已经不在顾燕桢身上，转身如踱步一般走了一步。地上的顾燕桢刚刚放松了一下心情，那道身影陡然回过头来，举起弩弓，两步就靠近了他，随即扣动扳机，弦响了。

"神经病……"

顾燕桢根本没反应过来，在宁毅喃喃的念叨声中，他的身体陡然震了一震，随后，他有些不可置信地看着洞穿了小腹的箭矢。那箭矢的杆子嵌在他身上，在星光下高高地立起来。他的牙关颤抖着，表情像是要哭出来，又像是完全无法理解这样的情形。鲜血在渗出来，热辣辣的一片，他下意识地伸手去按。

"哈……啊……哈……"

没有眼泪，但他看起来像是哭出来了，不过声音不大，他有些慌乱。宁毅扔开弩弓看着这一幕，然后深吸了一口气，蹲了下去。

"用双手按，来，那只手也拿过来，双手按住这里，没错，没错，不要乱动，不要喊得太大声，这样会让你流血过多，那就救不回来了。"顾燕桢的两只手按在箭矢刺进去的小腹边，企图阻止出血，宁毅也将右手按了上去，语气平缓沉稳，如同哄孩子。顾燕桢像是在哭，一边哭一边看着他。

"没错，就是这样。运气好的话，这一箭应该没有射断你的肠子。不要激动，不要哭，我的声音也不大，我也很累，我们应该冷静下来交流……那么，你对聂云竹动手了？"

顾燕桢几乎是下意识地摇头。宁毅看着他的眼睛，随后点头笑了笑。事实上，他此时也是面色如纸，虚汗满面。

"很好的开始，燕桢兄，谢谢你。那么……除了已经死掉的，还有谁知道你来这里，做这些事情？"

这一次顾燕桢迟疑了许久。

"我、我是朝廷命官……我是朝廷命官，我如果死了，你……"他断断续续地说着这些话。宁毅目光渐冷，反手从背后抽出钢刀，一刀就朝他大腿上挥了下去。

"啊啊啊啊啊啊——"

惨呼声撕裂夜空，附近河边的树林里，宿鸟惊飞。顾燕桢满脸泪水，尿了裤子，大腿上鲜血横流。如此过了一阵。

"来，拿一只手过来，也按一下这里，按住，没错。我也很难过，我们应该彼此体谅……你看，燕桢兄，命官兄，接下来，我们可以重复一次刚才的问题……或者，你也可以重复一次刚才的回答……"

火焰在船屋间熊熊燃烧起来的时候，宁毅转过身，走向那片树林。他已经疲惫不堪，连神经都在抽痛。

　　杨氏一家、顾燕桢、老六这些人的尸体都被笼在了火焰中，等到被发现时，不知道会被烧成什么样子。

　　无妄之灾！

　　他这辈子遇上过很多事情，好事坏事都有，年轻时有过与人搏命的经历，重伤濒死的经历也有过，唯独这次最为莫名其妙，难怪发生之前他连一点儿端倪都感受不到，方才还为这事绞尽脑汁，想不到会是如此荒谬的缘由。

　　那个顾燕桢，真是个神经病！

　　自己在这之前甚至都不认识他。

　　最讨厌的就是这样不知所谓的混混！

　　宁毅心中暗骂着，还要强打起精神来。必须走过这段路，能走远一点儿尽量走远一点儿。在顾燕桢说的那个地方还有一两个知情人，但这时候不可能去杀人灭口，只能待到以后，或者拜托陆红提帮个忙，也算是把恩情扯平，毕竟不是小事。

　　如此想着，宁毅觉得越来越累，眼前的路途时明时暗，时清晰时模糊。某一刻，似乎有鸟儿的鸣啭在耳边响起，那声音隐约在哪里听过。不久之后，宁毅再努力聚起目光，前方的小路上，一道人影呼啸而来，转眼就到了身边，搀起了他。

　　"你怎么了？！"

　　这是陆红提的声音。

　　宁毅精神一松，晕了过去。

第三章

陆红提好心传武艺　宁立恒倾囊授良策

神志在黑暗中时而清醒，时而迷糊。

隐约间，似乎是陆红提背起了他，穿过山林。

"怎么找到我的……"

"你以为我是怎么找到你家的？我在你身上放了药粉，我的小青可以跟踪你，你若出卖我……只是这次你走得太远了……"

"早知道我就不拼命了……"

"什么？"

火焰燃烧着，黄色的光照亮了周围脏乱的环境，视野上方的屋顶瓦片残破，下方是剥落坍圮的神像。陆红提蹲在旁边，飞快地解开他左手上的绷带，随后拿出药物和一个盛水的葫芦，飞快地处理着他左臂上的烧伤，光芒映照在那聚精会神的侧脸上。

"我……我要笔墨纸砚，要写封信……帮我送去江宁城，我家里……否则她们会去找我，最好不要找……"

"这时候你还想这些。"

"有个朋友，叫聂云竹，住在……一栋两层的小楼，她跟她的丫鬟住在那里，样子是……要去看看，她有没有事……"

"记下了。"

"有两个人，有两个人要杀掉，就在……就在新林浦附近的一座院子里，一个叫小四……"

"好人还是坏人?"

"他们想劫持我那朋友……"

"你的事情真多。"

意识又模糊了下去,再醒来时,陆红提拿来了笔墨,宁毅发现左手已经包扎好了。陆红提似乎不想叫醒他,见他醒了,才将他扶起来,把毛笔放进他的右手里。

"还能写吗?"

"勉强……可以。"

"之前真是小看了你……"

"必须要做而已……我的左手,是不是废了?"

"不是遇上我就真废了。"

"哦,谢谢了……"

"你之前到底干了什么……"

"遇上个神经病。"

"睡吧,等我回来。"

身影呼啸着离去。

这个夜晚接下来的事情他就不清楚了。挂在心头的事情已经说了出来,随后,疲倦感排山倒海而来,推倒了一切。

第二天早晨宁毅才醒过来,身上还是痛,疲倦得根本爬不起来,鸟儿鸣啭,晨光自屋顶的破口处斜斜地倾泻进来。

他终究还是挣扎着爬了起来。胸口、肩膀、左手都已经换上新的绷带,衣服也换了——他身上原本穿的是在船屋里翻出来的一件,上面没什么血,但是大了许多。他正身处山林间的一座破庙,走出门口时,陆红提正在前方的树林间打拳。她穿着一身黑色的裙服,晨光之中衣袂飞扬,每一击都带着呼啸的风声,充满了战阵的铁血与杀伐之气,也充满了刚柔并济的美感。这的确不是江湖上的武艺,这是从战阵中锤炼出来的铁血武技。晨光同样倾泻在树林里。

宁毅坐在破庙前的台阶上静静地看着。过得一阵,陆红提静立收气,朝这边望来,看了他好一阵子。

"好吧,我改变主意了。"

"嗯?"

"你看起来确实有用得着武艺的地方,而且心性也够。"

"哈。"宁毅笑了起来,"这是我这些天听到的最好的消息。"

"有一套可以给你练的,成不了一流,但成了二流,也就够自保了。我逼问了那个小四和他的同伙,然后沿着你过来的那条路去看了看……"她摇了摇头,露出一个笑容，"吓我一跳。"

"兔子被逼急了咬人而已。"

"你说的事情都办了。你家里人昨晚很急，那个小丫鬟急得直跳，不过她不错，着急了也不哭，只是吩咐家丁去找人。我把字条偷偷放好让她看见，她看完就哭了，然后一边哭，一边跑过去跟你的妻子报平安，中间还摔了一跤。那个叫聂云竹的姑娘也没事，去的时候她正在睡觉。"

宁毅在字条上写了因好友有事离家几天的托词。有了字条，想必小婵她们不至于太担心。聂云竹无事便好。至于那小三小四的怎么样，就不必多问了。两人在台阶上坐了一会儿，陆红提说道："我去给你煮些粥。"

估计是陆红提之前在这破庙里住过一段时日，因此里面有一口破锅，她的手上也多了个包裹，大概是放在江宁某处，这次便带出来了。两人坐在破庙里吃完早餐，其间陆红提说道："武艺这东西，真学会了，有些时候就忍不住用它来解决问题。不过，将武艺当成解决问题的办法之后，不知不觉就有了戾气。我们那边只能这样，没有办法，可你们不一样，不是遇上敌人，能不动手，终究还是不动手的好。你是有学问的人，心性也坚韧，我要你答应我，一定要在真的该动手的时候才出手。"

宁毅想了想："我很不喜欢靠个人暴力解决问题，这个我答应你。"

陆红提点点头："那就好，待会儿我就开始教你。"

宁毅抬了抬左手："这样也能学？而且我现在全身没力气，我是重伤员。"

陆红提扑哧一声笑出来："先教你些基本的，你心中记下，有力气的话，纸笔记下也行，总之，你要到回去之后才能开始练习。"

"要磕头拜师吗？"

"不用了，反正教你的只是二流功夫。"陆红提想了想，"下午接着说那《天龙八部》吧，最好能趁这些时日说完它。"

"呵呵，好。"

两人就这样在破庙里住了下来。

每天上午，陆红提就跟宁毅说说那二流功夫的修炼方法，偶尔比画一番，述说各种情况。下午和晚上，宁毅说说《天龙八部》，或者聊聊天，说些乱七八糟的东西。快要进三伏天了，白日晚上都炎热，蚊虫也多，因此晚上陆红提会拿些古怪的树叶在破庙里驱驱蚊虫，结果倒是把宁毅驱得乱跑，但他只能笑骂几句。

若说得暧昧一点儿，感觉就像是在这破庙中安了家的一贫如洗的小夫妻。东西确实没什么，那破锅用来煮饭也用来煮菜烧水，好在第二天陆红提出去了一次，又带了锅碗回来，但除了这些，加上那个包袱，就什么家当都没有了。晚上陆红提会给宁毅换伤药，除了左手、胸膛和肩膀上的伤宁毅单手也没法弄，陆红提对此并不在意。

"山上的男人我都看过，你这不算好看，只比一般书生结实一点儿。"她总是一脸不屑。

宁毅锻炼了一年，把自己弄得结实了一些，但还没什么肌肉，自然比不过真正经过战阵杀伐的男子，不过他感觉自己还是蛮匀称的。他本想问是看过上面还是上面下面都看过，不过年代不同，这玩笑可不能乱开，否则大概会被殴打一顿，他只好在心里认可每次看起来都有些局促的对方的见多识广。

在战场上为人包扎上药，与这种状况下为人包扎上药，感觉应该是有些不同的。不过，宁毅只是偶尔想想，随即就打住了。

破庙后方不远处有一泓山泉，白日里陆红提会拿葫芦或者竹筒去打些清水来。陆红提养有一只绿色的小鸟，喜欢一种味道比较特殊的果实。陆红提将那果实弄成粉末，撒在某个人身上的话，味道可以几天不散，若非如此，那天晚上她也不可能找出城。

第三天下了一场雷雨，小小的破庙在瓢泼的雨中就像是随时将沉的船。陆红提折了些茂密的枝叶将破庙的屋顶加固了一番，随后与宁毅坐在破庙唯一干燥的角落里聊天，听宁毅说故事，感觉像是守在倾覆的世界中的最后两人。

偶尔陆红提也会跟宁毅说说吕梁山，虽然并非以诉苦的口吻，但若有辽军进犯，日子到底有多难，宁毅也能猜到一些。陆红提如今大概是领导着吕梁盗寇中的一支，规模应该不大。她的师父也是女子，很有头脑，但为了刺杀一辽国将领而犯险，得手之后被围困，战至力竭，为了不被抓住自刎而死，陆红提不乱教武艺大抵就是为此。

"师父人又聪明，又厉害。她的武艺若不是那么厉害，怕也不会考虑去刺杀，如果用计谋的话，或许也能杀掉，就算杀不掉，至少不会死。师父不死的话，带着我们，我们大概会有更多人活下来……因此你莫要迷信武学。你说你重格物，弄清楚也就够了，聪明人……就不要以身犯险，活着更有用……"

从生死边缘过来的人，反倒更加珍惜生命。也或许是因为师父过世之后，担子压到了她的肩上，她感受到了重量——要扛起一个小集体，不是光有武勇就够了。各种组织、协调的难度，越是敏锐的人，越能感受到。陆红提虽然未读过书，但为人聪慧，她那个师父或许也跟她说过这些，此时会讲出这种话并不奇怪。

到得第七天，陆红提大概将武艺的修习方法讲完了，而宁毅的《天龙八部》还没结尾。她发出抱怨时，宁毅才道："我也想教你一些东西，或许对你有用，原本是想用来跟你换这武功的。"

"嗯？"陆红提眼睛一亮，"又是那些古古怪怪的门道吗？"

她之前虽然一直说宁毅说的那些事情是歪门邪道，但也知道宁毅这人的性格，某方面还是可靠的，既然能这样自信满满地拿出来，想来对她是有用的。

宁毅点点头："也许有一部分是，但很多，很杂。之前不太清楚你的状况，我还没能完全理清楚体系，不知道你能不能用，但首先呢，我也会几套武功，你也许可以参考一下。"

陆红提皱了皱眉，以为他在开玩笑。宁毅笑了起来："看看总行吧，也许他山之石可以攻玉呢，有没有用你自己看着办。有些东西，比如说要害、关节技什么的，应该还是比较成体系的。"

陆红提吐了口气："都不知道你在说什么。"

不过，她反正已经习惯了，就像分子、原子、化学、物理这些乱七八糟的，常常都不明白他在发什么疯，他想要教自己武功，显然也是吧……

接下来的几天，偶尔能够看见陆红提坐在台阶上沉思的情景。

"反关节技呢，主要是追求在一定情况下打击人的关节，使骨节错位，让人失去战斗力，有的是借力，有的是强行破坏。我知道你的武艺中肯定也有很多擒拿的手法，所以具体的手法，你这么厉害，我肯定是班门弄斧了……这里要说的是一些更加直接的概念，直接在手指、脚踝、手肘、膝盖这些地方做文章，目的性也许比较强……

"眼疾、手快，咔，掰断，人家踢腿的时候，不是考虑躲避或者抢攻对方的其他地方，而是接住，在脚踝上直接用力，他往哪一边，你可以顺着往那一边。这里非常脆弱，只要一下，一般来说就是终身残废……我觉得很多武术在这方面做得不算直接和彻底，当然战场上可能不怎么用得着，呵呵……

"这个是基本概念，说起来简单，然后我们可以进行具体一点儿的分析。手指的受力，手肘的受力，膝盖、脚踝的受力，人身上有很多要害，我们可以列出来，譬如人的手部……这里，呃，应该是这里，只要一刀，一般来说就会流血不止，而后这里会……"

初时陆红提其实还是当成趣话来听的，战阵上打出来的人，一切招法走的都是实用道路，专攻掰手指、打关节这些动作的武功也有很多，人身上的诸多要害，陆红提也是清清楚楚。你一掌过来我掰断你的手指，或者我反方向打你的手肘，这有什么好说的？不过，随着宁毅一步步的细致讲解，有些东西开始变得不一样了。

过分详细，过分清晰，过分有条理了，那些说法对人体的每一丝每一毫似乎都在拿"因为，所以"的结构进行分析，甚至有一些要害是她以前都没有仔细想过的，就算知道，与人战斗时也不会想着第一时间就达成这样或那样的目标。

"这些……是谁教你的啊？"

"呃？"

"简直像是……以你那格物的法子来练武一样……"

宁毅想想，点头笑了起来。他所说的其实是对诸多现代格斗技的归纳，主要是防身术。上辈子毕竟是学过的，因此对各种武术都有所涉猎，如柔术、合气道、泰拳。虽然到后来他不可能全都系统地学一遍，但接触的基本上都是用于防身的杀伤力大的技巧，乃至军体拳、许多特种兵常用的技巧。他没必要告诉陆红提具体该怎样去做，陆红提对这些方面太熟悉了，因此他说的都是理论方面的分析，以便让她对这些技巧的目的更加明确。

"高手也许会有不同的应变，但如果是普通人，能做到手疾眼快，加上反复练习，以在最短的时间内摧毁人身上的某几点为目标，再配合这些二流高手的内功，虽然很难成为真正的高手，但如果是在特定环境下对上敌方的士兵，也许会更有效率……不追求全面或者驳杂，明确目的，做专门的锻炼，就像手术刀一样划进去……好吧，手术刀是格物方面的名词……

"譬如，可以考虑以几个人为一组，专门研究潜入、互相接应、无声地杀人，配合远程观察……并不是只有你才可以出来刺杀，几个人系统地配合下来，刺杀或者扰乱的效率会更高，但必须深入研究、找出规律、寻找破绽……好吧，这些想法是下一方面的了，几天之后再来商量这个，先讨论武艺……

"我有几套拳，用处有多大我也不清楚，不过你是师父，有没有用你来鉴别一下，没用就当看看了。第一套大概就是针对这些弱点弄出来的，可惜我一只手不太好用，也许演示不到位……"

已经过去了八九天，宁毅的左手稍微能动一下了。不过，要全部恢复，据陆红提说，需要半年的持续医治，好在应该不会留下什么后遗症。

第一套拳是军体拳，这是完全冲着致命要害去的真正的杀人拳。当然，并不是说学了就一定实用，一如反关节技，大量的练习必不可缺，普通人就算练了，也不见得一定能以宁毅这样的块头打败诸如杨氏兄弟那种水平的对手，不过其中蕴含的东西，陆红提自然一眼就能看出。

"这套……该是单单追求速度跟力量的拳，如果达到一定程度，确实是……很可怕。"

"到了极致的速度跟力量，跟一流高手能不能拼一下？"宁毅对这一点很好奇。陆红提坐在那儿笑了笑，随后走到他身前："你来打我。"

"我是伤员，而且不打女人……"

宁毅摊摊手，话没说完，右手就准备一拳打出去。不过，念头一动，拳头刚刚握起，还没出去，就没了力量——陆红提两根手指并起，无声地抵在他的手肘上，随后收了回去。他又想将右拳打出去，于是也不管左手可能受伤，准备发力。陆红提的手指在他的双手上随意地点了一下，跟着在腿上也点了一下，同时裙摆微扬，足尖悄然点上他的足踝。随后宁毅张嘴，还想拿脑袋撞过去或者咬上去，谁知额头上被轻轻地推了一下，嘴巴才张开一条缝就立马合上，然而还是吃了颗豆子。

从头到尾，宁毅的手脚根本连抬都没能抬起来，看起来就是身体摇了几下。他捂住嘴巴，一脸郁闷："你这样子不对……"

陆红提开心地笑着："秋风未动而蝉先觉，你的格物求的是简明的目的，可如果你抬手之前，气血就已经告诉了我你要怎么做，你就算速度再快，力量再大，又有什么用？你今后学武艺套路时，师父也会告诉你，那些招式不是要来玩的。若我们水平相仿，方才你的肩膀一动，我就要开始抬手，你看见我手指动，你的身形立刻就要变，然后我就知道我这一下没用了，也要接着变……"她想了想，"但若只求速成，这套拳其实够了。"

"好吧，反正我只能当二流高手……"宁毅吃了颗豆子，这时候说话还有些含混。

这个下午两人研究了一下军体拳，宁毅又说了一段《天龙八部》。

到得第二天，宁毅给对方演示了一套太极拳，口中念念有词。

"太极拳，无极而生，动静之机，阴阳之母……"

这句话他就记得这么一点点，不过无所谓，拿来故弄玄虚足够了。说完之后他赶快闭嘴，做高深莫测状演示起来。其实他练的也不是那种很厉害的太极套路，不过是公园里的老公公拳老太太拳，从起式到揽雀尾到单鞭。

这时是清晨，陆红提坐在台阶上，一边吃从树林里摘的小红果子一边笑。

"开玩笑，这是什么拳，哪里有这么慢的？你怎么打人啊？"

宁毅的左手本身就不怎么灵活，这时候停了下来："闭嘴！好好看好好琢磨，不许笑……肤浅！"

见他恼羞成怒，陆红提将一颗小果子放进嘴里，严肃地点头，但眼中还是有着笑意。随后宁毅从头再来，大概到了"白鹤亮翅"的时候，陆红提咀嚼着东西，点了点头，喃喃道："这是刀盾兵的拳，只是拳意有些散啊……"

进步搬拦捶，如封似闭，开和手，右单鞭，肘底捶……宁毅其实打得软绵绵的，姿势也不怎么标准。他在理念上走的是纯理性纯逻辑路线，数据流统筹流的军体拳和要害分析更合他的胃口，只是想看看这套拳法对陆红提是否有用。拳打到一半的时候，陆红提就只是皱着眉头看着了，待到打完，她坐在那儿抿着嘴："就这么多？"

"嗯，我就会这些。"宁毅摊摊手，"怎么样？"

"想不通……"陆红提的声音有些低，随后她望向一边，仿佛自言自语，"你这拳太怪，太碎了，不该是这样子的，这是道家的东西……我师父是个道姑，她……"

她的师父已经去世了，也不知以前教过她什么，但太极拳这年头肯定是没有的。宁毅也知道这种太极已经变了，如果说拳法分练法跟打法，这一套根本连练法都不是，甚至接近舞蹈。不过陆红提既然能有感悟，他自然不会去干扰太多。中午他拿着葫芦打完水回来的时候，就看见陆红提在破庙前重复那套太极拳，不过，从起势到揽雀尾她都一连做了三遍。

做一遍，重来就变个姿势，有时候她摇摇头想一会儿，变个姿势再来。如此打完花了一个多时辰，有的地方变得宁毅根本认不出来。她的速度时快时慢，然而逐渐脱去了诸多舞蹈动作，看来颇有杀伐之气，裙摆舞动间也有着一股特有的英气与美感，一式搬拦捶甚至打折了旁边一棵小树，出手间破风声疾响。这一遍打完，随后她又开始一式一式地推演，这一次速度又慢了下来，但是变了的动作更多了。

到得黄昏，拳法未停，阳光从树隙间穿过来，陆红提头顶袅袅地冒着白气。她已经快快慢慢地将拳法变了好几次，在宁毅看来，每一次似乎都很吓人。随后他燃起篝火煮饭，饭煮好已经是晚上了。宁毅还想着要不要叫她停下，陆红提已经收了气，自己过来了，坐在他旁边。

"悟通了？"

"想不通。你这套拳有的是战阵上用的，这些倒是好想清楚，但另外一些想不通……"她摇摇头，"以柔克刚，像是道家里关于阴阳的说法，这不太像是格物里的……你这些到底从哪里学来的？"

"呃，小时候有个道士经过我家门口……"

陆红提笑了起来："他吟了两首词……你莫糊弄我，我打听过的。不愿说便不说，你若说是你自己所想，我也只会认为这世上有生而知之的天才……"

打听人的艺业毕竟是忌讳，陆红提对这方面看得比较重。宁毅摇摇头："如果真有这样的人，我倒想介绍给你，不过确实没有……嗯，确实是以柔克刚，有些很厉害的说法，你想不想听听？"

于是这个晚上，宁毅又拿各种关于太极拳的说法来忽悠了一番，既有他偶尔接触到的，也有电视里的，当然也有商业、哲学上的，有的是瞎掰，有的说得太玄，商业层面的又太过务实，宁毅倒是有自己的一套理论，写成论文也没压力，但于武学的意义毕竟不大。

陆红提要重现太极可不是一天两天能办到的事情。又过了两天，宁毅填鸭般灌输了一番寸劲拳、咏春拳、半步崩、截拳道等概念。这些拳法宁毅都没练过，只是知道一鳞半爪而已。譬如"二字钳羊马"怎么站他知道一个大概姿势，至于该怎么用就随便陆红提去想了。寸劲拳这些贴身短打他说起时也是信口开河——譬如有一种拳可以这样打，可以达到这种效果。至于怎么达到的，管他呢。至于首重气势的日本剑道和泰拳，他也能说上一通。

一方面是因为这些东西说起来没有压力，另一方面，对宁毅来说，讲这些不仅仅是为了炫耀，还因为他对这些东西很有兴趣。武学还会发展一千年，这一千年有变形有进步有倒退。当他将这一千年发展出的成果一股脑地送过去后，结合一个武学大师的经验和心性，到底会变成什么样子，这是他很感兴趣的事情。

他目前对陆红提的感觉大体上可以归纳为三点：一、大家是朋友；二、大家是交易伙伴，以后或许还能互相拜托一些其他的事情，这就是隐形的资源；三、这是投资，他很想看看以后事情到底会变成什么样子。当然，凡事不用想得这么细致，不过既然是朋友，他也愿意给对方提供一些自己能提供的东西，特别是这些东西对他来说不过是举手之劳。

原本他是打算提供一些东西来跟陆红提换取武功秘籍的，因此前些天他一直在思考与组合信息，考虑到底哪些是适合对方的。这就像无事的时候去替对方管理一家公司，要提供各种方案，他首先得了解这家公司的内部情况。

于是，几天后的清晨，宁毅对陆红提说道："接下来我想要跟你讨论一下吕梁山的情况，讨论辽军每年打草谷或者进犯的情况，讨论你们在山里的那些村子的情况。我已经有了一个轮廓，但具体情况还不是完全清楚。然后……我会帮你制订一整套的方案和计划，替你规划一些发展蓝图，当然是结合你那边的实情，以确保方案可以用。"

陆红提理解了好一会儿方才看了他一眼："我大概明白你在说什么，可是……这个你也懂？"

宁毅笑了笑："这才是我真正擅长的东西，应该会有帮助。"

缺了一块的月亮悠然地挂在天上，散发着晶莹明澈的光芒，银河如带，从树林中的空隙望上去，这片夜空像是蓝色的海。

"就这样，《天龙八部》的故事结束了……"

破庙前方的林地上，篝火毕毕剥剥地烧着，宁毅缓缓地说完了故事的最后一段，随后耸肩笑了笑："我把时间掐得真准。"

陆红提在旁边拿着树枝在火里挑来挑去，沉默了许久："后来宋朝呢？"

宁毅想想，翻了个白眼："我怎么知道？"

"这个故事真没意思。"

两人就这样沉默下来。此时已经是六月二十三的晚上，即将过午夜，也就是快到六月二十四了。在这将近二十天的相处中，该说的其实大都说了。陆红提教了他能用的内功，慢慢练下去便会有成果，宁毅则为陆红提那个在吕梁山上的小小土匪窝制订了一系列发展计划，这是他以前就擅长的事情，问题应当不大。

这些计划及配套教学从组织分工到战斗分配到合纵连横到钩心斗角都有涉及，但也不是什么大公司的模式。吕梁山的这些人大都是村庄式家族式的经营，要制定规范健全的规章条款那是不可能的，只能在潜移默化中做些不动声色的调控。

一个相对健康和稳定的结构本身会具有巨大的生命力和发展力，真正厉害的调控者往往能看见一个小动作可能引起的连锁反应。不过宁毅没办法亲自去到吕梁山，这时候便只能为她设计几个关键的节点。一旦某几个目标达成，就能简单地改变一定的社会结构，然后顺理成章地推出下一步动作。陆红提麾下不过百十人，这一点儿人在简单分工之后的许多变化宁毅还是可以预测的，陆红提只要能确保几条基本规矩的通过，此后就能更加顺利地领导这个小组织的发展，类似这次大家吵吵嚷嚷要杀宋宪最终弄得她不得不自己出来的情况应该不会再发生了。

要在几天十几天内将能够活学活用的管理课程说完真是太难了，这东西本身没有章法，宁毅也只能讲几个关键的原则，然后寄望于陆红提能够靠本身的智慧活学活用。她不是笨人，又有着高强的武功，有高强武功的人往往有巨大的人格魅力，所以问题应该不大。

在宁毅的课程中，基础的东西占了一半，另外一半则是如何与途经的商人和其余的吕梁群豪打交道，如何扩宽这些人的生存空间，增加凝聚力，以及一些应付辽人的方略，等等。

这部分方案和意见也相当驳杂，宁毅考虑了很久。例如给路过自己地盘的商户提供部分保护，赚取固定资源；影响力稍大一些的时候，可以跟周围一些山头的老大联系，协商这部分事情。当然，资源如何收取、如何分配、如何监理、如何做到公平，这些是最重要的。宁毅也给了一些原则性的条款和监督方式，以毛笔抄成小册子由陆红提带回去，将来陆红提提出这些条款后，若能行之有效，影响力自然又会增加。

例如组建三到四支精锐的五人小队，采用特种兵那种目的性极强的训练方式。山林中的猎户或盗匪有些在个人能力上很突出，但要说分工配合这些方面，他们很可能不懂。由陆红提以尽量铁血的方式训练这帮人，给予好的待遇，顺便给小集体一定的特权。当然，必须有积极正面的原则约束，否则特权恐怕只会带来负面影响，而如果能正确引导，这种特权也能引发其余人的积极性。

例如让会说故事的老人多说说辽人的残暴，说说一两个英雄人物的事迹——抗胡抗辽，精忠报国——尽量少说山精野怪狐媚传说，甚至可以专门找一个有这等才华的人，只要陆红提去简单地说几句，对方自然会在晚上说这类东西，长期下来，便能增加凝聚力与向心力。

他能够想到的东西和对未来发展的一些预测都抄在了那个小本子上。出于保密的原则，宁毅原本是不想这样做的，何况陆红提识字不多，不过按照她的说法，寨子里有个爷爷是不错的，也很有见识，她以前很多事情都得请教对方，现在也要把本子带回去给他看过之后才能做事。不过，这个原因只是一方面，另一方面，宁毅发现，她大概是把这本册子当成一本为吕梁量身打造的兵书，准备带回吕梁，他好几次看见她将那本小册子看得非常珍贵的样子。

也罢也罢，以她的本事，应该不至于遗失册子导致连累自己，十多天的时间她也很难将所有的东西都融会贯通，如果能带一本教材回去，能有一个真正信得过的人辅佐一下，这些规划才不至于失败。于是宁毅与她约法两章。

"第一，这本东西跟我没有关系，你没有被'血手人屠'招待过；第二，一定要是真正无私的、信得过的人，才能给他看看，让他指点你。你说的那个梁爷爷，他如果真的七老八十了，没有子嗣，没有什么势力、私欲，应该就没关系。当然，如果你挑错人，我想说，那跟我关系也不大，只是不久之后你的位子可能就没有了，你可能被人阴，那个时候我只希望……你能保住一条命。凡事莫强求，命留着，赶快跑。"

"你这书生懂的东西还真多。"听完故事，陆红提回味和伤感了一阵，"老实讲，一开始我可没这么想，但现在我忽然想……是不是该把你劫回吕梁。"

宁毅笑了起来："我就会些歪门邪道，你太看得起我了。老实说，这些东西具体有没有用，我也不清楚。"

"是不是歪门邪道我分得清楚。"陆红提摇了摇头，过了一会儿，说道，"你将来会去当官吗？"

"入赘之人不好当官，而且我研究的这些格物，恐怕还真是旁人说的歪门邪道。"

"对了，跟我说说当日那《倩女幽魂》吧，那日……没能听到结尾。"

"不说。"篝火旁边，宁毅斩钉截铁地回绝了。

陆红提在那边愣了半晌："为什么啊？"

"别死了，下次能再见，再说给你听。"

陆红提想了一会儿，先是笑笑，随后扭过头冷哼了一声："睡了。"说完砰地躺倒在后方的草地上。

宁毅拿着冒烟的树叶熏了熏蚊虫，随后也倒下去。头顶星河流转，陆红提睁着眼睛看了一会儿天空："哎，你在想什么啊？"

"蚊香。"宁毅说道，"这几天晚上都快给熏死了，在苏家的时候，蚊香的味道其实也不好。现在的蚊香里面有少量砒霜，估计对人体有危害，我在想有没有更好的蚊香配方。这个应该是比较简单的，可惜我以前居然没有涉猎，很痛苦啊。没有好的蚊香，味精也难弄……"

听宁毅如同往常那般絮絮叨叨说着有关格物的言辞，有的能听懂，有的听不懂，陆红提躺在那边笑笑，就这样听着，也不知过了多久，就这样沉沉睡去。

无论如何，她明日要走了。

第二天早晨起来后，顺序照例是打招呼，洗脸，煮粥。去打水的时候，陆红提觉得自己有点儿木木的，于是在水边稍微调整了一下，回去给宁毅演示了一套简单的拳，然后两人吃过早餐，在破庙前方的台阶上坐了一会儿，没有说话。清晨逐渐过去，到某个时刻，陆红提终于站了起来，去破庙里拿了包袱背到身上，走出庙门。

"我要回吕梁了。"她笑道，"有件事还是要告诉你。"

"嗯？"

在宁毅疑惑的目光中，陆红提笑得有点儿像是恶作剧一般得意："虽然你很喜欢武功，可你成不了一流高手了，顶多只能当二流高手。"

这话她以前就说过几次了，宁毅嗤之以鼻："早就说过了不是吗？我就喜欢当二流高手，知足了，没打算当什么一流，我都不稀罕当一流。"

"因为你昨晚不肯跟我说《倩女幽魂》，我才告诉你的。"陆红提笑着，朝前方走去，一直走到一棵大树前才停下。那棵大树的树干约有水桶粗，日光照射下来，陆红提回过头："你知道一流高手可以怎么样吗？"

这句话才说完，宁毅看见她目光一凝，衣袂扬了起来，身形如绷紧的弹弓，轰然前推。

轰！轰！轰！

巨大的冲击声连响了三次，然后，宁毅看见她转身回过头来，裙摆在空中晃起一个圆圈，这一瞬间，她简直像是足不点地一般。后方，在咔啦啦的声音中，那棵大树的树干彻底断裂，树冠开始倾斜、倒下，枝叶轰然乱舞，风压朝四面八方散开。日光照耀下来，她就沐浴在灿烂的阳光里。

"你这样不对……"看着那壮观的一幕，宁毅呆了半晌，方才喃喃地说着，摇了摇头。

陆红提开心地笑了起来："我要走了。"

"等等。"

"嗯？"陆红提愣了愣。宁毅吐出一口气："我把你当成朋友。"

陆红提望着他，等待着接下来的话。

"所以，我不会跟你去吕梁山，但如果你有了麻烦，可以来找我……如果发生了什么事，记得一定不要死。"

陆红提沉默了许久，方才点了点头："我会等到在吕梁山吃到那只烤鸡的那天，你也要记得，让你朋友把店开过来。保重。"

"保重。"

他看着那道身影转身下山，逐渐在那光芒中消失，再也看不见了，方才伸了个懒腰，回头看看后方的破庙。山风吹过来，过了好久，他从怀里拿出一本册子随手翻了翻，里面记录的是陆红提给他留下的内功心法。

"到最后还是让我拿到了……"

说这句话时未必有多少得意，他拍拍那小册子，叹了口气，随后再度将小册子放进怀里，朝山下走去。

左手仍旧是缠着绷带的状态，但经过二十天的休息与内功训练，此时精神已经很好了。不一会儿，宁毅转出小路，上了大道。等江宁在望时，他才发现一些事情：道路上衣衫褴褛、拖家带口的外地人多了许多。他回想了一下，意识到或许秦老、康老说过的灾民潮正在往这边过来。

　　此时情况还不算严重，他进城之后，这种感觉也淡了些。他一路朝苏府的方向走去，偶尔看看缠了绷带的左手，心中想着该怎么跟婵儿她们解释才好。经过一处街角时，一辆马车从身旁驶过，苏檀儿的脑袋陡然在前方探出，她回头朝他这边看着，口中喊道："停、停、停！"

　　马车行出十多米后停下了。苏檀儿将他缠着绷带的左手看得清清楚楚，她咬了咬下唇，随后脑袋在车厢中隐没了片刻，似乎在说："相公回来了。"随即她从马车上跳了下来。另一边，婵儿、娟儿、杏儿也相继跳下车。

　　苏檀儿拉着裙裾小跑了几步方才慢了下来，似乎是等着身侧的婵儿、娟儿跑过去，但她一直望着宁毅的左手，微微皱着眉头。不一会儿，三个丫鬟就围在宁毅身边，为着他的左手焦急地说着话。宁毅看着走近的苏檀儿，有些无奈地笑了起来。苏檀儿有些复杂地舒了一口气："回来了？"

　　"没事了。"江宁街头，阳光明媚，宁毅如此说道。

　　凌晨，秦淮河畔。

　　天还未亮，聂云竹从床上起来，洗漱完毕，随后泡了一壶茶，走出小楼的前门。

　　夜色笼罩着远处的城郭与山峦，让人看不清楚远处到底有些什么东西。她坐在楼前的台阶上想着事情。其实这些天，她想的多是一件事，就是那原本熟悉的脚步声已经有二十天未曾在这里响起了。

　　回想起来，这样的早晨已经持续了近一年——从最初因那只鸡而认识他，到后来看见他每天清晨跑过去，到说上话，到聊上天。每一天的清晨，对她来说都是一段最为特殊的时间。除了下起大雨，那身影每天都从这里过，即便下雪天都不例外，她几乎以为以后都会这样子下去了。

　　然而，这二十天的时间告诉她，两人的联系原来只有每天这简简单单的一晤。他没有过来，她也无法找过去，那人……毕竟是那苏家小姐的夫婿。

　　这想法令她有些烦恼。

　　最初的几天，她只以为他有什么急事，或是出了远门，或是忘了清晨的锻炼时间。然而，随着日子一天天过去，她心中不免焦急起来，担心他出了什么事情或是意外。前几天，她曾经有意无意地去了苏府附近走走，还绕着那大院墙走了一圈，想看看有没有什么端倪，然而根本看不出来。她心中焦虑，又觉得自己这样偷偷摸摸的不太好，真是自己都不明白自己在干些什么。

这样的担心发展到最为严重的时候是数天前几名捕快来找她。她当时在竹记总店的后院里发呆，揣着心事，店里小厮进来告诉她有捕快找的时候，她真是一下子就蒙了，浑浑噩噩地跑出去时差点儿被门槛绊一下，听了那捕快问的问题，愣了半晌才反应过来。

"顾燕桢、顾燕桢，又是顾燕桢……管他去死呢。"

那两名捕快问的正是她与顾燕桢之间的情况。

她几乎就要那样将心中的埋怨说出来，但还是心不在焉地简单说了一下之前的关系。最后两名捕快方才说出顾燕桢离城之后被杀掉的事情，让她错愕了半晌。

假如是在平时，她或许会为此伤感一会儿，不过原就有些心事，错愕半晌之后又转了回去。世道其实不算太平，立恒不会也遇上了什么事情吧……

直到不久之后她去苏府附近，望见宁毅的妻子苏檀儿与丫鬟出来上马车，虽然神色有些急，但看来只是去处理生意，她这才渐渐安下心来。不过到得第二天又想，立恒没有出事，前一天与他闲聊时他也不曾说过要出远门，如今这么久不来，可能是……不会来了？

随即她又觉得这等想法真是傻气。

近些天来多是低落复杂的思绪，不过每天早上，她还是会将那壶茶泡好，坐在台阶上等着，一直等到天亮。在这期间，她会尽量调整情绪。

哼，你若一直不来，我便每日都在这里等着！

她尽量带着俏皮的情绪如此想着，坐在那儿喝了一口茶，晨风轻拂，竟将那脚步声带过来了……

时隔二十天，宁毅再度恢复了每日清晨跑步的习惯。虽然他起床后在房间里由小婵给他手上换药时会被小婵噙着眼泪埋怨唠叨，昨天刚解开绷带看见那烧伤的左手更是让小婵哭了一场，但坚持锻炼还是必要的。

左手的伤基本康复了。这个康复指的是可以做一些基本动作而不再痛，生活上的问题也不大，只是拆开绷带之后未免有些难看——如今整只手都是红色的。前些日子他在陆红提面前吹嘘自己是什么"血手人屠"，想不到一语成谶，无论实际上还是外表上都相当契合，真是令人哭笑不得。

伤势完全康复需要半年时间，这还是因为陆红提的伤药的确好。他原本是做了左手废掉的准备的，当日那种情况下，他没有更多选择的余地，尽管有些可惜，但能够活下来就是万幸，没什么可婆婆妈妈的，如今已经是赚到了。

伤药有些成分很贵重，但苏家有钱，这个问题不大。昨天晚上宁毅向岳父大人以及苏老太公大概交代了一下"朋友有事我去帮忙然后手臂被烧伤"的过程，该轻描淡写的就轻描淡写了。今天早上小婵之所以不想让他出去，主要还是害怕锻炼会导致手臂出汗，毕竟烧伤主要就是对皮肤腺体的伤害。不过，宁毅如今有了陆红提教的内功心法，自然没必要停下来，只在运动量上克制了一下。

今天的跑步也是到聂云竹的小楼前便停住了。

"前些天出了一趟城，帮一个朋友做了点儿事情，后来出了点儿小意外，手被烧伤了。好在找了个名医，伤药很神奇，半年的时间就能好。"宁毅喝了一口茶，举起缠满绷带的左手在空中展示着，"怎么样？有没有觉得这样挺好看的？"他自己就觉得这个造型果然很拉风。

聂云竹浅浅地笑笑，垂下眼帘："痛吧？"

"呃，现在没什么感觉了，当时的确很痛。"宁毅笑了笑，"最近怎么样？"

"嗯，还好。前些日子发生了一件很有趣的事情，有人拿着自己雕的木牌来店里……"

凌晨的河湾边仿佛又恢复了往日的情景。看见宁毅，聂云竹才放下心来，只是回想起这些时日的状况，心中有些地方空空落落的。待到晨曦微露，宁毅起身道别，聂云竹心中犹豫着："你……"

"嗯？"

"你手上受伤了，每日都要上药，不能出汗的。为身体着想，这些日子……便不要再跑步了吧。"她有些艰难地说出这话来。宁毅点了点头："嗯，我明白，不过没事的，简单的锻炼问题不大，不会出汗的。我最近得了种内功，能随时锻炼，这点儿运动强度不会出汗，哈哈，说不定过段时间就会变成武林大侠了。"

宁毅以往也会跟她说说武林之类的传闻，如今说起这事，他自然很是高兴。聂云竹站在那儿看着他的背影远去，一滴凉凉的眼泪陡然自脸颊滑下，掉在身前的手背上。她微微愣了愣，随后有些慌乱地擦了一下，猛地朝前方跑去，只是跑出两步又停了下来。宁毅在前方转过身。

"啊，对了，酒应该已经快好了，到时候我把各个部件的设计图拿过来，最好找几个能保密的工匠分开弄。嗯，我会尽量想办法保证规格统一，接下来就需要作坊保密了……制酒的师傅联系到了吗？"

聂云竹将手绢揪在胸前，呆呆地站了一会儿，方才用力点头："嗯，之前已经联系到了。"

"哦，那就好。"宁毅笑了笑，随后挥挥手，"先走了。过几天才开始上课，这两天可以偷偷懒，中午也许去竹记那边坐坐，呵呵，我怀念皮蛋瘦肉粥了。"

聂云竹笑着点点头："我等你过来。"

心中的一丝失落渐渐退去了。

他中午会过去呢……

心情开朗起来，其余的事情也大可抛诸脑后。在这个充满活力与希望的清晨，她准备去总店那边等着，这时候才又想起两名捕快传来的顾燕桢的死讯。那两名捕快为何要来找自己呢？聂云竹心中想着。她对顾燕桢未必有多少恶感，那人还是有才华的，他死了，聂云竹觉得有些可惜和伤感。不过另一方面，死了也要跟自己扯上关系，就让她有些厌恶，明明什么关系都没有。这两种心情并不矛盾，混合在一起，让她颇感困扰。过得一会儿，她叹了口气，困扰逐渐淡去。

几日之后，城外灾民渐多。有天早晨，聂云竹跟宁毅说起有个认识的人前些天在城外出了事情死掉了，这人原本是动身去当县令的，颇有几分才华，前途光明，因此告诫宁毅最近局势不太平，多注意安全。当时宁毅神色复杂。

"熟人？"

"不熟。"

"哦。"宁毅耸耸肩，"天妒英才，太令人遗憾了。"

这是后话，暂不再提。

时间回到六月初六那天傍晚，距离那天晚上的血案过去了将近两天的时间，几名捕快在荒僻的河岸边那栋烧毁的船屋附近调查。狂风呼啸，天色也变得阴暗起来，今夜大概便会有雷雨降下。

"这场大雨之后，怕是什么都调查不出来了！"一名捕快的声音在风中响彻河岸。河流的浅滩上，那栋船屋被烧得彻底，当然也有一些垮塌的残骸，人被烧得焦黑的尸体混在其中，眼下还不知道被冲走了多少。

"如果其中真有那顾姓县令的尸体，这算是怎么回事啊？"

"估计是那顾县令与这边的杨氏兄弟做了什么交易，结果被那刺客一起收拾了呗。"

捕快一共有五名，三名普通捕快，另两名是正、副捕头，是江宁府中正式的捕头。五人在河边围着那残骸已经找了好一阵子。其实他们今早刚发现尸体时就已经找出了一些线索，大概能确认当中一具残尸便是顾燕桢。现在是估计要下雨，赶过来找第二次。

那三十来岁的捕头走到岸边，在附近寻找其他线索，不一会儿，另外那名年纪稍大、身材高瘦的副捕头也跟了过来。

"陈头，顾家两名仆从的死，其余人都说是那女刺客所为，眼下他与这杨翼、杨横一家死在这里，结案倒是好结了。"略显高瘦的副捕头姓徐，此时如此说着。那捕头姓陈，他则笑了笑："知府大人也是这样希望的吧。"

他们今天之所以会过来，是因为昨天早上城外发生了一起血案——顾家的两名仆从被人掳走，尸体又被扔了回来。当时出现在现场的，正是端午那天刺杀了宋宪的女刺客。当时顾家其余几名仆从是眼睁睁地看着那女刺客杀人的，此后有着县令身份的顾燕桢也找不见了，众人才觉得是出了事，扩大搜索范围找到了这里。

杨翼与杨横兄弟本身就是出了名的恶徒，住得又偏僻，他们死了，官府基本上是不管的，或许还会拍手称快。不过那顾燕桢的案子正好发生在这时候，有些事情就不得不查一下，一个县令在江宁地界死了，必须给上面一个交代。

杨翼与杨横兄弟素来飞扬跋扈，极是凶狠，江宁没多少人会轻易去惹他们，也惹不动他们。此时一调查，全家死光，想来只有那女刺客一般的强人能够做到。至于顾燕桢与他的仆从为何会在这里，其理由主要就看上面是要抹黑他还是要洗白他了，这个无所谓。

这等事情如果单独说起来，一个县令在江宁地界死了，案子能不能破，江宁知府的压力都会很大，但那女刺客身手高强，以武乱禁，杀了人，如今也已经跑出城了，横竖有了宋宪的案子，到时往上面一推，并为一案，顾燕桢一案反倒成了点缀。中午的时候众人分析案情，知府就露出过并案的意思，他不想直接留两件恶心的案子在这里，不如并成一件。眼看来，逻辑上其实还是准的——顾燕桢买凶干了些坏事，干到了那女刺客身上，结果与杨翼、杨横一家死在了这里，那女刺客性格凶悍，甚至去杀了对方两名仆从泄愤。

"大概就是这样结案吧。"

陈捕头笑了笑，如此说着。两人在河滩上随便走走，副捕头去一边看那可能是第一杀人现场的河岸边的血，片刻后回过头来，却找不见陈捕头的人影了。他回头进到这边的竹林，才看见陈捕头不知为何竟然"坐"在那里。

他并没有真的坐，因为后方没有椅子，但这个样貌沉稳的男人在竹林里扎了个马步摆出坐的姿势，双手放在膝盖上，俨然是四平八稳坐着的样子，还微微侧着脸，望向远处浅滩上那房屋的残骸，神色惊疑不定。徐副捕头正要走过去，他陡然伸了伸手："别过来！"

"怎么了？"

已近黄昏，两名捕头站在竹林边沿，风拂过河滩，陈捕头在那儿看了好久，才喃喃地开了口："真是……好狠的人哪……"

"怎么了？"

"那个人……他坐在这里……"

仿佛代入了某个场景，陈捕头有些不适地深吸了一口气，蹲下来，从旁边拿起一根树枝。这附近一小片区域基本都是竹子，眼前这根树枝显然是从旁处折来的，叶子已经微微蔫了。

"他应该是在这里等人过来……坐在这边……凳子或者椅子应该已经被烧了……等的时间不短，他身上受了伤，伤很重，但还是没打算走，仍然在这里等下去……这个时候，他可能已经杀掉杨翼、杨横一家了……"

他如此说着，望了望那边河滩上的废墟，摘下一片叶子，想了想，将叶子放进嘴里，眉头立即皱了起来。

"这不对，不是那个女刺客的作风，如果真是武林人士，不会受这么重的伤……"

另一边的徐副捕头也皱起了眉头："你是说，顾燕桢的案子是另一个人做的？"

"很有可能，太有可能了，那个人……"陈捕头顿了顿，"那个人因为某些事情，杀掉了杨翼、杨横一家，他……受了伤，重伤……仍然在这里等着，等顾燕桢主仆过来，再将顾燕桢主仆杀掉。你来看这地下……"

陈捕头指了指前方的林地，这边堆积的基本都是掉落的竹叶，但有一些细微的东西被掩在其中，在黄昏的光线下看得不是太清晰。

"他在咀嚼这种树叶。明明味道很苦，他却一直咀嚼，为什么要这样？这里、这里……他呕吐了两次，虽然吐得不多，但他走的时候没能将这些痕迹掩盖起来……为什么要一直待在这里？又为什么会吐？为什么嚼这种叶子？总不是什么特别嗜好吧……"陈捕头顿了顿，"他受了伤，而且是重伤，需要用这种叶子来提神，这样的重伤甚至导致他呕吐了两次。他坐在这里等，可能并不是有把握杀人，而是……非得见到来的是谁……"

徐副捕头看着那些咀嚼过的树叶残留与呕吐物："这下节外生枝了。"

"我也知道节外生枝了。"陈捕头吐掉口中的树叶，随后将手中的树枝也扔掉，"真不想再嚼第二片……杨翼、杨横兄弟这几年干的是绑人的勾当，绑肉猪，有的是仇杀，有的是接受大户的委托绑他们心仪的女子，顾燕桢晚上过来，说明他也不是什么好东西，怕是委托了对方绑人。坐在这里的这人，不知道到底是家中亲人被绑架，还是他本人被绑架，因此他才非得等在这里，等着幕后主使出现。"

"能杀死杨翼、杨横一家子的，怕是个难惹的狠角色，应该不是他本人被绑架吧。"

"太狠了……"陈捕头叹了口气，"杀死杨氏一家之后身受重伤，还能一直安安静静地在这里等着，硬挺到幕后主谋过来，再连顾燕桢主仆都杀了……老徐，咱们干了这么多年捕快了，遇上的亡命徒，有几个能做到这种程度？"

"重伤之后仍然杀了顾燕桢主仆，会不会就是那女刺客？假定一个对她而言很重要的人被绑架，杨翼、杨横以此相威胁，导致她重伤，但她最后还是杀了杨氏全家。她艺高人胆大，继续在这里等着顾燕桢主仆出现，杀之。"

"不失为一种推论。可第二天她杀死顾家那两名仆从时仍是生龙活虎的样子……"陈捕头摇了摇头，"此人或许不会武功，但狠辣到极点，对人狠对自己也狠，豁出命去也要在这里看到幕后主谋，因为他不愿意有人在背后盯着他他却不知道。这样的人太可怕了……"

"那……案情有变,接下来怎么上报?"徐副捕头试探着问道。

"能怎么上报?大人都说了那些话了,难道还要跟他说这可能是另一桩案子?何况这点儿东西能说明什么?难做实据。何况这场雨下来,就什么东西都没了。"陈捕头拍拍旁边的竹子,摇了摇头,"并案。确认事情皆是那女刺客所为,发海捕文书。这杨翼、杨横手上的命案怕有十余条,那过来委托绑人的顾燕桢也不是什么好东西。若是我家人被绑,也必杀其全家!事情未明之前,你我暗中探查一番便是。"

诸多民间演义故事皆说某某某人刚正无私,得民间称道,实际上刚正也须有章法,小事情上刚正一番无所谓,但若任何时候脾气都硬得像牛,那就根本到不了高一点儿的位置。特别是敢在这种能让上官挨骂挨训、减政绩考评的事情上乱顶,第二天就别奇怪对方给你穿小鞋。现在调查的这事只有在完全查明之后再上报才能皆大欢喜。

陈捕头说完,旁边的老徐点了点头:"该当如此。"

不久之后,暴雨开始降下来。

第四章

救万民进献赈灾策　治父丧衣锦归故里

　　过了六月中旬，长江上游水患的影响开始显现。宁毅回到江宁的时候，灾民也陆陆续续地从西边过来了，而这还只是个开端。城市的气氛微微紧张起来，并不明显，不过有这类经验的人，大都知道将会发生什么事。

　　宁毅与秦老、康老见了个面，与李频等人也重新见了个面。对于他左手烧伤的事情，大家都问候了一番，问及过程时，宁毅就用说给苏家人听的理由敷衍过去。苏崇华原本叮嘱他多休息些时日，不过总不好直接休息半年，几天之后，他就再次去豫山书院上课了。

　　高度酒的蒸馏实验基本已经敲定，没有陆红提在小院里住着，宁毅也就不必再每日去那边做实验，于是下午基本是去秦淮河边与秦老下下棋聊聊天。

　　他不在江宁的这段时间里，基本是李频代他给那帮孩子上课，于是回来之后，他也请李频吃了顿饭聊作酬谢。李频这人与秦老、康老类似，最近关心的也都是灾民的事情。

　　"到如今，上游已有四地被淹，黄河更是决了堤，七月之后，灾民如潮涌来，怕是又得大闭四门了。今日粮价已在飞涨，唉，这个秋天不知又要死多少人……"

　　这个秋天大概会死很多人已经算是大家的共识了。当然，江宁城中还看不出多少动荡的痕迹，生活还在继续，青楼画舫的生意仍然不错，官员士子们夜夜笙歌的同时还在忧国忧民，倒也有些不错的表达忧国忧民情怀的诗句出来。这几日都能看见粮车在苏府门口进出，参考每次这等灾情暴发的轨迹，可以推知诸多大户已经在屯粮了。苏檀儿也在忧虑，当然，她忧虑的方向有所不同。

"最近各地的生意都在降，到七月中下旬城门一关，城里估计也得闭店……得去城内城外施粥施饭，还得捐一大批给官府。家中信鸽准备得不多，若是飞出去被人打下来吃了就更麻烦了，在这样的时间段，要雇信使请快马，开支更大。几个月的时间，怕是要全给耽误了……"

晚上，苏檀儿与宁毅在二楼的走廊上，一边吃着东西，一边说起这些。她最近蛮忙的，不过，尽管都是诉苦，但她的精神看起来不错，皇商一事应该进展顺利。

六月底去竹记总店吃东西的时候，宁毅遇上了元锦儿一次。她大概是闲来无事，跑来找她的云竹姐玩，看见宁毅过来，自告奋勇地端了碗皮蛋瘦肉粥出来，砰的一下砸在宁毅身前的桌子上，把宁毅给吓了一跳。待看见这道有些眼熟的身影，他才笑了起来："小二，这么不专业，当心被人投诉。"

"投诉便投诉！"元锦儿双手叉腰，吐出舌头做了个鬼脸，然后转身朝里面走去。不久之后聂云竹笑着出来，她才跟了出来，随聂云竹在桌边坐下，板着脸好一会儿，随后道："宁才子，给我写首诗呗。"

宁毅吃着皮蛋瘦肉粥，点了点头："好啊。"

"啊？"她听到宁毅干脆的回答吓了一跳，愣了半晌之后才道，"真的帮我写啊？"

"你上次帮松花蛋做宣传，现在既然开了口，没理由拒绝你啊。"

"哼，上次我那是帮云竹姐。"元锦儿托着下巴想了一会儿，手指在脸颊上敲着，"可那道士不是只写了两首吗？"

"这次就说是和尚写的。"

元锦儿忍住笑："不过我可是会拿出去唱的哦，会说是宁立恒给我写的哦，会说是宁立恒'专门'给我写的哦！"

宁毅摊了摊手。

元锦儿看了他好一会儿，又看看聂云竹："你这人还不错，不过我还是讨厌你。云竹姐我们走，不要他的诗，也不跟他说话！"

她拉起聂云竹的手就走，聂云竹"锦儿、锦儿"地叫了几声，终究还是让她给硬拉走了。

元锦儿对他的不满，宁毅早些时日就听聂云竹说过，大抵是因为花魁赛上自己支持了绮兰。这事没办法讲理，当然也没必要讲理。

六月底，还未出三伏天，天气炎热，然而因为上游的汛情与灾情，连带着江宁的气息也有些沉闷和萧索。

除了水情、灾民、学堂里读书的学子、与李频偶尔的议论，宁毅也在关注官府那边的动静——顾燕桢死后，官府似乎找过李频、聂云竹打听情况。竹记的生意已经很不错了，苏家这边则忙着为应对灾情做准备。苏檀儿继续着她的计划，有一天带了一小块颜色非常鲜艳的巴掌大的丝绸回来，晚上偷偷拿给宁毅看："漂不漂亮？"

这天中午喝过粥，下午宁毅去了秦淮河边，见秦老、康老都在。汛期其实已经快接近尾声，但或许还有最后一波大潮，两位老人最近都在说水患后赈灾之类的事情与方法。

"绍和在江州那边，接下来怕是有的忙了。赈灾不同于其他事情，此等急务，嗣源当多做提点。"康贤说的是秦嗣源的大儿子秦绍和，如今正在江州一带为官。秦嗣源点了点头："前两月已递过去几封家书，该说的大都已经说了，那边的情况大多也是从他回寄的家书中得知。"

此时主要是秦老与康老在聊，宁毅在心中想着一些事情，过得不久，秦老问起来，他才笑道："只是有些想法……嗯，今晚整理一下，明天拿过来看看，若然有用……呵呵，便要送两样东西给秦老。"

傍晚回到苏府之后，宁毅拿出纸笔来，写下一些有关赈灾防疫的章程和条款。近些天，这些问题他已经想过许多遍，因此写出来并不算费力。

现代的赈灾方略与古代的赈灾方略自然有所不同，不能照搬，但在许多方面的监督与制约更有力，处理事情更有条理，更有前瞻和远见，这是毋庸置疑的。将这些事情与武朝的实际情况结合起来，调整一番之后才能拿来用。宁毅除了写下许多疫情防治方法，也设计了一个如何指挥、调配、管理这些灾民的金字塔式的结构和体系，这类管理哲学正是宁毅擅长的东西，因此便一起写了上去。

他将这些条款整理出来，也是因为有一点恻隐之心。作为一个现代人，哪怕见惯了世情黑暗，想到某几个月里许多人就这样活活病死或饿死，多少是有些难受的。他不是真正冷血的人，只是强大的理智令他往往可以看清楚许多事情，于是习惯了压下许多心情。当然，恻隐之心仅仅是一部分原因，另一部分原因则是他对于其他事情的一些谋划，那是明天要送给秦老的第二样东西。

当天晚上宁毅忙忙碌碌地写了一夜，小婵端着冰镇银耳羹进来催他快点儿喝的时候他才停了一下，与小婵说了几句话。

"姑爷不吃的话，冰块就要没了呢……"

若是以往，小婵大概不会在他聚精会神做事时打扰他，但夏日里这冰块实在宝贵，小婵才会这样有些委屈地说几句。

喝完银耳羹之后，宁毅又开始全神贯注地写东西，小婵拿了针线坐在房间的角落里安安静静地纳鞋底。其间苏檀儿来看过一次，见他写得专注，便对小婵笑笑，离开了。

第二天早上，宁毅跑到聂云竹的小楼前时，聂云竹一边喝茶，一边说起元锦儿最近的事情。

"锦儿其实提起你好久了，就是想不到，你们俩的第一次见面，竟是昨日那等情形。呵呵，锦儿太胡闹了，立恒莫要怪她才是。"

"哪有，挺率真的。"宁毅笑着，"她最近常去店里？"

"倒也不是，她哪有那样多的空闲，我倒是偶尔去找她。最近这些日子，她的情绪似是不高。"

"怎么了？莫非让绮兰得了花魁，不开心？"

元锦儿这人的性子其实不错，因为松花蛋的事情，宁毅对她的观感挺好的，于是脑中开始想可以帮人炒作名声的诸多诗词。聂云竹却摇了摇头。

"哪有，锦儿原本就不想夺那花魁，她情绪低落，大抵是看见了不久前冯小静的事情。"

"嗯？"

"那几日立恒尚在城外，或许不是很清楚，花魁赛后，武烈军指挥使陈勇又去纠缠冯小静……以前就发生过这样的事。当时冯小静是花魁，被逼得差点儿跳楼，这次又是这样。偏生陈勇家的夫人以为冯小静老勾引她家夫君，带着一些侍卫打了过去，将冯小静打得到处跑，听说在街边差点儿被打死，如今还在卧病休养，也有传闻说破了相瘸了腿，不过现在还不清楚。冯小静所在的悦然楼告了官，但这几日又撤了诉状，不了了之了，其中的缘由不言而喻。那天锦儿似乎正好经过看见，大抵是……有了些自怜之心吧。"

"哦。"宁毅点点头，"难怪她想要去竹记当跑堂了……她如果真去当跑堂，我常可以给她开两倍薪俸，要不三倍也成，保证她不挨打。"

聂云竹笑了起来："亏你想得出来。"

"哈哈，且叫她早些嫁人吧。"

聂云竹笑笑，微微垂下眼帘。

不久之后，天亮了，宁毅离开小楼。聂云竹目送他的身影远去之后，方才轻轻叹了口气，端起茶盘回去。胡桃在房间里幽怨地望着她："小姐啊，你知不知道，再这样下去，要是让他家中那苏檀儿找上门来，我们也要被打死了。虽然小姐你说什么君子之交，但人家要是真误会了，才不管这些呢。"

聂云竹看了她一眼，却是开心甚至有些俏皮地笑了："好啊，让她打死我，我若真被打死了，他一定会过来的……"随后她又叹了口气，将茶盘放下，"只是若真这样……倒是让他难做了。"

胡桃痛心疾首："小姐你别疯了，男人都是这样的！你别看他现在花言巧语，正妻真打上门了，他才不会来呢！而且他是入赘的，那苏家小姐多厉害啊！小姐啊……"

"不许你这样说他！"聂云竹回头瞥了一眼，倒是没有什么生气的成分在内，脑中想的都是自己被打死后的情景。胡桃哭丧着一张脸，兀自担心。不一会儿，聂云竹深吸一口气，回过头，从旁边拿了那农妇一般的头巾给自己包上，走过胡桃身边时，掐了掐丫鬟的脸。

"胡桃你真可爱，越来越漂亮了……该嫁人啦。"

她开开心心地说了这句话，到走出房门方才低下头，在心中针对某些东西有些俏皮和任性地低喃了一句：

"我就不嫁人……"

上午上完课，吃过饭之后，宁毅去到秦淮河边，康贤早已等在那里了。对于宁毅每次拿出来的东西，他其实还蛮感兴趣的，不过也没想过是这样的一份稿件。

诗作、一些新奇有趣但未免离经叛道的观念、粉笔、松花蛋之类的事情，无论对秦嗣源还是对康贤来说，尽管感兴趣，但都是些旁门左道，多数时候他们觉得宁毅颇有才华，也觉得他若真去管理某事必不负所望，但这些都是假设，未有真正得到过证实，但这份东西拿出来之后，看法就变得有些不一样了。

此时武朝也有类似的赈灾防疫条规，然而与宁毅写的这些有许多不一样，多数是以维持稳定为主，一旦有事情，就让军队强行镇压，或者让灾民自生自灭等，总之，是以不伤及根本为主。几人原本还在谈笑，待翻开那小册子看见标题之后，秦老、康老才认真起来，随后神色变得凝重。待到看完，两人沉默了许久，康贤才让陆阿贵找来武朝的赈灾条规，一一对比，随后自卫生方面问起，宁毅也一一进行了解释。

"疫情这个东西，往往是因为脏乱滋生的，所以首先要尽量解决卫生方面的问题……以手头的资源来说，管理人员往往会不够，因为一个地区都是灾民，局面多半一团糟，应该令各级官员将权力逐级下放，从灾民当中挑选出一到两个层次的管理人员，迅速告诉他们要做的事情……

"目前还是夏天，寻找开阔通风的地方，迅速搭起能够遮阳避雨的棚子，尽量保持章法，在周围选择合适的地点挖出坑道，建立统一的茅房、排水沟。将能找到的生石灰迅速运去灾区，在聚集点内外撒上，用来消毒。安排专人做宣传，老鼠、死鱼死虾这些一定不能吃！一旦发现死老鼠，立刻找地方烧毁掩埋……

"另外开辟一片区域，只要有生病的人，头疼脑热、咳嗽痰多、拉肚子什么的，立刻送进去，分重病、轻病区，一定要隔离好。我知道很多地方物资跟不上，所以这后面列了先后顺序，只要能找到布，大夫必须戴口罩。还有，清洁的水源很重要，死鱼死虾死老鼠这些是绝对不能有的……

"只要秩序能维持，就立刻着手安排逐级挑选官员，因为需要人去宣传那些腐烂的东西的害处、老鼠的害处、不讲卫生的害处。环境脏一点儿没办法，但是尽量注意别让脏东西进口里，只要能找到清洁的水源，有条件尽量多洗一洗。安排人宣传朝廷的措施，有多少赈灾粮款要来了，等等。当然，这一切必须建立在他们能拿到最低口粮的基础上，我朝大多数地方的灾情应该还没到连基本口粮都无法保证的程度……"

听到这里，康贤点点头："多数地方赈灾粮还是有一定储备，抠总能抠出一些来。"

"那就行，保证他们不饿死，每天能拿到一两碗粥，他们就不至于暴乱，也不至于去吃那些老鼠或者死物。第一个环节不出错，后面的就能控制。若是大灾再加上疫情，那就控制不了了，基本只能自生自灭，挡都挡不住……

"一些人员的管理、赈灾粮款的安排分配、简单的记录，需要寻找一些识字会算数的人严格执行这几项程序，并分出等级……劳动量应该不大。有了这些数据，事后要做追查也就简单了。当然，秋后算账是一部分，最重要的还是在第一时间做出最高效率的分配。

"如果说上面全是贪官，到了绍和兄那样的层级已经一粒粮食都拿不到，那没办法了，谁也没法做无米之炊，但只要有一定数量的粮食，一切就还好说。保证不了上面也得保证下面，抓出几个典型，杀一儆百，多杀几个没关系。用这个记录方法，每天或者隔几天安排一些信得过的人查账，我在后面已经写了几个查账的关键点。如果这些点上出了问题，情节严重的，杀！短期内能钻这个方法的空子的人应该不多，哪怕钻了一些，问题也不大，我们必须保证最高效率……"

下午，秦淮河畔微风阵阵，宁毅侃侃而谈，流畅而从容，他用围棋做示意，啪啪啪啪地演示着。前方，秦老、康老以及陆阿贵等人都默默地看着，领会着，思考着，无人说话，气氛显得有些凝重。旁边的茶摊上，那茶摊老板与他的女儿嘀咕几句，偶尔探头看看，不明白这几人又在讨论什么。

看那宁公子摆得流畅，大概是什么新式的棋局吧。茶铺老板如此想着。

悠闲的午后，世界一如往常。

一整篇赈灾防疫条陈，每一条都言简意赅。宁毅一条条说下去，指出何为重点何为次重点。秦老与康老只是听着，偶尔小声说几句话，点点头。跟着康贤过来的四名仆从之中，如陆阿贵一般的两名男随从也是有见识的，这时候在后方听着，偶尔望宁毅一眼。

待到他说完，秦老与康老方才问起其中一些不解的地方，主要还是卫生这一块。这年月虽然也有"外邪入侵"之类的说法，但主要讲五行、养气之类，于卫生的作用没有太多论证。虽然人们对在太过脏乱的地方容易生病的事情有一定认知，但在赈灾的背景下，显然不会有太多人关心卫生状况。

宁毅没办法从细菌入手来说明这些问题，因此也只能说一些外邪入侵的理论——人身体的感染证明诸多死物之中带有致病物质，老鼠很脏会导致鼠疫之类的。

"另外，一旦受灾，整个地区很容易失去规矩约束，而没有规矩会越发难以管理。从灾民当中选出管理人员，统一安排住的地方，统一吃喝，在统一的地方上茅房，容易给他们一种简单的约束感和归属感，让他们觉得有人在为他们打算，于是心中安定。实际上，底层管理人员是从他们中间选出来的，需要花的力气绝对没有真乱起来时多。只要有吃的，就能让人安定下来。棚屋整齐，通道整齐，四周干净，可以给予更多这样的暗示和引导。

"约束不能只用高压，能因势利导才是最好的。更何况到那时他们有时间，越闲着越慌张，也越想要捣乱。一层层将事情安排下去，平整周围的地面，搭建统一的棚屋、统一的茅房，一切统一起来，才能让他们不至于争抢，否则每天就算有两碗粥，喝不饱他们也会想着去抢别人的。捣乱的、坏规矩的就杀，不用手软。

"卫生太差会让人生病大夫多少知道一些，到底占多大比重我们先不去说它，但毕竟是因素之一。因此要运来石灰，让他们撒在周围，这也是让他们有事情可做。还要反复强调，卫生差，就会让你们生病……因为药物问题或许一下子解决不了，但卫生问题是能尽快解决的。姿态要做出来，就好像在直接告诉他们：你们这样就不会生病了。宣传越有力，他们做到之后，信心就越强，心情开朗了，不担心了，患病的可能也会减小。

"譬如，我们眼前有一只死老鼠，但宣传力度不够，有人看见了，不管它，这件事很平淡地就过去了；而如果宣传力度大，这个人看见了，立即向上面报告，大夫过来将死老鼠清理走，烧掉、埋掉，这样的姿态一做出来，就容易给人信心。至少我们知道，老鼠蛇虫这些东西死了、腐烂了，跟人死了、腐烂了是一样的，是致病的一个因素。另一方面，对病人进行隔离，才不至于引起大范围的恐慌。大夫也要尽责一点儿，让人们看见他们尽力治疗，这样其他人才会心里安定。虽然会有小部分人因为家人被隔离而担心，但病情扩散才是最可怕的，挡都挡不住，因此隔离必须有力……"

卫生方面的细则，暂时只能加入各方面的理由来说明一下，能尽的力气只有这么多了，如果时间够长，以宁毅的风格，绝对可以做一份详细得能够把古人吓死的病例统筹来证明讲卫生的重要性，但是现在，水患导致的灾情已经迫在眉睫，不能再慢条斯理。

听他说完，康老叹了口气，将手中的武朝赈灾章程扔给陆阿贵："有立恒这本册子，其余的皆可扔了。一章一法环环相扣，仅仅是关于茅房的问题，竟也能顾及人心、管理、卫生各个方面。看这墨色，立恒竟是昨晚才赶出来的？"

"这些日子两位常说这些，在学堂之中，我对一帮孩子也说过一些，偶尔也与人议论过这些问题，因此昨晚归纳了一下，觉得或许有用。"

"何止有用。"康贤摇了摇头,"不说其他,只说这统计数据以备审查的方法,此次只要能推行下去,赈灾损耗可减三成以上。立恒此篇乃造福万民之策,此策一出,立恒便真要闻名天下了。"

"这正是我担心的。"宁毅笑了笑,"如果真有用,秦老可以将它寄给绍和兄,明公也尽管分寄给用得到的人。我只有一个要求:不要透露是我写的。这并非推辞,请二位理解,我说这话,非常认真。"

宁毅上次说出这种话是表明他不愿出仕的决心。然而这次的性质与上次全然不同,听他说完,秦老与康老真正严肃了起来。秦老沉吟半晌:"为何如此?这等大事,立恒竟也要置身事外?"

康老想了一会儿,望着宁毅低声道:"立恒莫非真的对世事朝堂……心灰意冷,或者有些不满?"

这句话中的含意可大可小,但眼前的老人显然没有什么恶意,只是在做推断。

宁毅摇了摇头:"实在是不喜欢那些钩心斗角,在下……性喜悠闲,不愿对上司点头哈腰,对同僚勾结算计……"他点了点那册子,"这些已经拿出来了,莫非两位连这点儿要求都不能答应我?"

康贤与秦老原本还有许多说辞,但这句话出来,将他俩要说的话彻底堵住了。秦老叹了口气:"立恒啊立恒,你这人……着实让人心情复杂。以前还没什么,现在拿出了这本册子,你却不愿出来做事,老夫真不知是该庆幸还是该扼腕了……"

"我就是普通人一个,偶尔有些异想天开的想法,有用的便拿出来了。两位便当我是那纸上谈兵之赵括,如何?我这人眼高手低。出谋划策,让别人去做还成;若自己去做,倒未必做得好。此时藏拙,属有自知之明之举……哦,其实我并非没有私欲,这样做也是有求于人。昨日我也说过,若有用,便算是送秦老两样东西的第一样。"

秦老与康老对望一眼:"第二样为何物?"

宁毅顿了顿:"一个女儿。"

"嗯?"

"其实……眼下还只是我的一个想法,还未跟对方说,秦老若拒绝也正常。这位女子二位也见过,便是那卖松花蛋的聂云竹。说起来可能有些不敬,她曾经身在金风楼卖艺。我跟她认识是因为有天早上锻炼时遇上她杀鸡,这事秦老也知道……"

秦嗣源是当代大儒,曾经当过礼部尚书,让他收一个曾经沦落风尘之人为义女,对他来说是相当不敬的事情。宁毅并非不明白这一点,不过还是继续说了下去。

"她离开青楼之后,不会生活便去学,不会杀鸡也能咬着牙在市场中学会这事,为证明自己能如普通人一般养活自己,她甚至准备去卖煎饼,这些都是让我很欣赏的地方,因此我才将松花蛋的制法教给她,后来也有帮忙出谋划策,只是她的生意如今已经有了一定的规模，接触的事物层次与以前不同，我能直接帮忙的地方或许不多了……"

"明公应该更明白这些事情，日后……若遇上什么大人物或者官员刁难，她有个比较雄厚的背景才能走得更远。当然，经商而已，我保证她不会出现利用秦老名义招摇撞骗、仗势欺人的情况。当然，也不好让秦老亲自收她为义女，我在想，是否让芸姨娘出个面，就说看她洁身自好，因此认个干女儿。她本身为官宦人家之女，礼数方面……"

后面这些话说得谨慎，他还没说完，秦老就笑着挥了挥手："立恒真是过分谨慎小心了，你我相识已有年余，我秦嗣源在你眼中莫非是那种势利的世俗之人吗？"

"身份这东西有时虽然并非自己所选，但世俗人的眼光许多时候也不得不去考虑。"

秦嗣源摇摇头："这聂云竹的事情，之前也听立恒说过几次了，以往便觉其不凡，如今更是知道她是这等洁身自好、性情高洁的奇女子，无甚卑贱之处。立恒能为一好友开口，让芸娘收其为义女就太过怠慢了，我当亲自收其为女，如亲生女儿一般对待，宁恒无须担心我会亏待她，她的两位兄长也必会高兴有此义妹的。"

康贤在旁边看着："听立恒这样一说，老夫也动了心了，这等高洁努力的女子当有个好身份，不妨由老夫收其为义女，如何？老夫也必不亏待于她。而且立恒方才说起生意，只要认我康贤为义父，保证她在江宁城中无人敢惹，如此岂不更好？"

宁毅笑着朝他鞠了一躬："谢过明公好意，只是明公若认其为女，她岂不是成了郡主？这身份怕是真的会给明公添麻烦。"

临近黄昏时，康老坐着轿子离开了秦淮河畔。下午，几人为着收聂云竹为义女之事说了一阵，随后让陆阿贵拿来笔墨将赈灾册子抄了一份，又议论了一番，此时方才分开。

当靠山，收义女，这些事情看起来敏感，但说不上太大，眼下压在康贤心头的皆是与这册子有关的事情，他在轿子里又看了一遍，随后将陆阿贵叫了过来。

"阿贵，你如今觉得，这册子，这宁立恒……如何？"

康贤沉吟许久，方才问出这句话。

陆阿贵想了好久："若在以往，怕是难下决断，只是今日见了这册子之后，小人觉得这宁立恒……是经世之才……"

"我也觉得……"康贤叹了口气，"仅此一册便内容繁多，如何管理、引导、暗示，令灾民本身发挥出应有效率，而非盲目镇压，此乃真正的王道之学。这卫生的说法也并非信口开河。他以往提起那格物之时，曾言格物之学，须先确认凡事皆有规律，以统筹之法记录各种类似事件，以对比、归纳、分析其内在缘由，找出客观的因与果来，不能想当然，也不可接受怪力乱神之说。他今日说起这卫生之事曾多次举例，或许也是他以格物之学得出的结论……"他想了想，"今夜我还得斟酌一番，考虑如何将这册子交出去，明日再跟秦公商议……赈灾之事迫在眉睫，一旦有空，阿贵，我要你召集所有能够召集的大夫、医官，做一次详细的统合，对比各种病情发生时周围的状况，如立恒所说，了解卫生以及其他条件对病情的影响，仔细记录，一切皆须以事实为基，不可信口开河。"

"是。"

"水患过后，灾情将起，有些事情如今就可以去做。家中的生意在每一地能调拨人手的，皆安排人手做好观察记录。今年灾情处处，秦公会将这本册子发出去，我也将递交至朝堂，总会有些人用，有些人不用，有些人敷衍塞责。着人记录执行情况、疫情暴发始末、详细天数、暴发之后的情形，把这个……立恒怎么说的来着……比例计算出来，若真确认此等方法能阻挡疫情，几万人十几万人啊……这可是在菩萨那里积了功德了……"

"是。"

"可惜他不愿真出手做事。"康贤摇了摇头，"纸上谈兵，我是不太信的。至于拿出这册子来仅仅是为了让秦老收那聂云竹为义女，让其有个靠山，呵呵，文气与痴气皆有。不过，阿贵，你信吗？"

"属下……不信。"陆阿贵想了想，"宁公子虽然说得有几分功利，但实际上，这等章程的意义绝不是一个商户比得了的。以他如今与秦公、老爷的交情，就算有些许小事拜托老爷照拂一二，也不过是举手之劳，一般的商贾之事，便是与小人说上一声，大概也能解决，宁公子本身也并非无能之辈。以眼下这册子的分量……小人觉得，这些事情他虽有想过，但恐怕更多的还是不愿出仕的托词。"

康贤笑了起来："哈哈，莫非他本身未将这小册子看得太重？"

"虚怀若谷之人也是有的。宁公子谦和，但见事极准。若要说他真将这两件事对等相看，那实在令人费解。就算他承了秦公的情，也该明白这本册子的用处，否则，小人觉得他也不会那样郑重地叮嘱莫要说出他的名字。"

"便是这道理，但无论如何，他仍旧只愿在这江宁为一赘婿。《论语·微子》一篇中，子路曾言'君子之仕也，行其义也'，他有隐逸之心，可平时又做了很多事情，其言论或有偏激，但并不激愤。此时拿出这册子来，也证明他心怀天下黎民，因此会有这等想法实在令人有些不解。"

"心忧黎民却不愿入朝堂。老爷，会否他以前得罪过什么上官，被不公对待过，因此对官场心灰意冷？以小人听来，宁公子年纪虽不大，但他说起那钩心斗角逢迎算计之类的事情时，确似有些感触。"

康贤点点头："之前未曾细查，这次你便着人仔细查查，若真是得罪了谁……那便到时候再说。"

"是。"

夕阳半落，轿子回到驸马府时，有下人通报康王家的一对儿女过来了，正在后方公主那边玩耍。康贤笑笑，走了进去。

"公主"这样的名词，听起来总是让人觉得很年轻，不过作为康贤的妻子，成国公主周萱今年其实已经五十四岁高龄了。这位公主是当今圣上的亲姑姑，年轻时颇有才华，与康贤成亲之后夫妻感情很不错，算得上相敬如宾。如今这位公主虽是韬光养晦，但由于与康贤一起打理着大量生意，虽不涉政界，但在皇室之中，其实影响力不小。

这对夫妻立场中立又有钱，附近同样是富贵闲人的几个皇室成员也愿意与他们亲近，例如周雍的这对儿女周佩与周君武今日便又来府上玩，还带着康贤的一帮孙子孙女在花园里跑来跑去。康贤那雍容贵气的妻子周萱在凉亭里笑着看着，见他过来，说了一句："官人回来了。"随后伸手为他泡上一杯茶水。接着，那帮孩子也咋咋呼呼地往这边过来了。

老实说，这帮孩子当中，康贤最喜欢的是小大人一般的周佩。这女孩确实聪明，自家的孙子孙女都比不了，至于常被姐姐欺压的周君武则比较受自己那几个孙子孙女欢迎，周雍家确实有一对好儿女。他才坐下，周佩首先跑了过来。

"驸马爷爷驸马爷爷。"

口中喊得甜，这是有求于人的征兆，当然康贤也知道她求的是什么。这女孩非常厉害，前些天弄了一套调配赈灾物资的方法过来，颇有发人深省的地方，她知道康贤手下有些能人，因此拿来让他看看。她是自信满满地要呈到皇帝伯伯那里去的。

"驸马爷爷，那东西……怎么样了呢？"

小姑娘笑得灿烂，康贤笑了笑，夸奖了一番。

"这等调配方法，确实颇为发人深省，而且兼顾了开源节流之分配效率，府中几位账房大赞佩儿真是神童，只做了几处小修改。不过，州县之间的分发调配环节，有几个小细节佩儿怕是不太清楚……"

康贤拿出一份册子来细细讲解了一番，果然只是几个小小细节的问题，待到这些讲完，他又拿出另一本册子来："不过，爷爷今日也拿到了另一份筹算记录的方式和规程，与佩儿你的着眼点不同。佩儿你精通此道，且看看这个是否行得通，也给爷爷拿个主意。"

"呃……"打扮漂亮的小郡主微微疑惑，片刻之后头一偏，"好啊！"

她拿起那册子翻看起来。"后面一些。"康贤指点了一声，随后在一旁与妻子及一众孙儿笑着轻声说起话来。周佩坐在凉亭一边，皱着眉头翻了几页，随后眉头皱得更紧了，噔噔噔地跑去旁边的书房。透过窗户可以看见少女在里面找来纸笔写写画画，全神贯注。周萱看了，扭头问康贤："官人，你给佩儿看了什么？"

"无妨，待她出来之后再说。"康贤笑着，又去与孙儿说话玩闹。周君武也有些疑惑地望望书房那边。

少女从书房出来时拿着那本册子，神情有些沮丧，她已经又从头翻起了，翻过一遍，想想又翻了一遍，过了好久，才将册子合上放到康贤身边："驸马爷爷，这是谁写的啊？"

康贤看着她，想了好一会儿，方才说道："原本不该说，不过……佩儿你若发誓保密，我便告诉你。此事并非玩笑，佩儿你要想清楚，觉得自己能守住秘密，我方能跟你说。"

周佩想了好一会儿，神色有些凝重地举起了右手。

夕阳斜斜地垂在东边的城墙上，将暖黄的光洒满这座院子，不久之后，凉亭中陡然传出一声低呼："吓？那个蛮子？"

小君武正靠过来，听到姐姐这样说，不禁疑惑地开口道："蛮子？姐姐，那个宁立恒又干吗了？"自从端午以后，姐姐对那个第一才子很不感冒，称呼对方为蛮子。

周佩眼睛一瞪："走开！"

"我怎么说也是个小王爷，你不能这么……"一帮弟弟妹妹在不远处看着，小君武决定反抗一下，话没说完，看见姐姐的眼睛，他只能灰溜溜地转身跑走，"哦……"

对宁毅来说，送给秦老、康老这两样东西的目的自然不是看上去的那么简单。于灾民心有恻隐，顺手做件好事固然是理由之一，但让秦老收聂云竹为义女方为主要原因。虽然在康贤与陆阿贵看来，这个付出与回报并不平衡，但在宁毅来说，他实际上有着更多考虑。

自从顾燕桢的事情发生，他一直在注意后续的发展。为聂云竹找一个靠山，其实不仅仅是为了避免她今后再遇上顾燕桢那样的人，或者是让她在经商时更加便利，还因为宁毅发现有捕快找李频、聂云竹询问有关顾燕桢的事情。

虽然他与聂云竹之间的联系只是每天清晨的一晤，除此之外见面不多，但刑侦手法不可小看，对方通过聂云竹那边查到自己身上来的可能性不小。退一步说，顾燕桢既然打算绑架聂云竹，说不定会准备一些东西，捕快可能因此找到蛛丝马迹，重点盯上聂云竹。自己既然要做预防，不如干脆将她的身份提一下，将捕快的调查直接掐灭在这一层，这事不仅对聂云竹有好处，对自己也有好处。

他向来算计甚深，已经进了骨子里成了习惯，有危险先掐灭再说。即便发生了最坏的事情，譬如顾燕桢死之前没有说实话，还有人知道顾燕桢雇人绑架自己，在自己杀对方是自卫的前提下，加上赈灾册子，也已经是一份分量极足的保险。

加了保险，满足了秦老、康老救国救民的心思，为聂云竹的未来开了道，自己还能悠悠闲闲地生活下去，这自然是最好的结果。他是个商人，凡事等价交换，这个动作里，谁都得了好处，谁也不欠谁的，挺好。救人也满足了自己的恻隐之心，今年或许会少些人病死饿死,拔一毛以利天下的事情,何乐而不为?

替聂云竹找了个义父的事情他还未跟她提起,也不知道她的想法如何,要等到明早才能跟她聊一聊。以往只知道对方生于官宦之家,条件不错,秦嗣源性格好,当不会亏待她。当然,假如她心中有阴影,自己便还得帮忙回绝秦嗣源。

心中还在盘算这件事,回到家的时候,宁毅无意间见小婵在大门边的一座小院子里与一名男子说话,样子似乎有些焦急,晚饭时分又见她匆匆忙忙的,但宁毅一时间也没往心上去——小婵要处理一些院子里的事情,有时候也着急,但都处理得很好。直到夜晚一家人坐在客厅里聊天下棋之时,宁毅才发现有些不对,小丫头坐在角落里低头纳鞋底,偶尔传过来的声音也是闷闷的。宁毅观察了一会儿,叫道:"小婵,过来一下。"

"嗯,姑爷有事吗?"小婵努力让自己的声音开朗起来,低着头走过来。宁毅伸出手指在她的脸上擦了擦,才发现眼角附近已经湿了。他与苏檀儿对望一眼,苏檀儿放下手中的账本,走过来看了几眼,拉着小婵过去坐下:"婵儿,怎么了?出什么事了?"

"下午家中来人说,爹爹两天前过身了……"小婵咬着嘴唇,这才哭了出来,"我想……我想请小姐准个假,回去一趟,不过小姐最近也很忙……"

房间里安静了一阵。

"这事你竟憋着不说?我叫……呃,常总管陪你回去一趟。府中的事情你个丫鬟担什么心……"苏檀儿双手抱了抱她,随后瞪着眼睛,语气有些冲。

常总管算是大房中职位最高的管事了,让他陪着,是显示苏家对婵儿的重视。原本一般不需要给出这样的规格,但苏檀儿与几个丫鬟从小一起长大,情同姐妹,婵儿在府中管事管得也不错,所以苏檀儿打算派他走一趟。

"可是常总管也很忙的,要是关了城门我们俩回不来……"

苏檀儿闻言摇了摇头:"说了别想这些。婵儿你安安心心回去,安葬叔叔,料理完事情再回来。我们这么多年一直情同姐妹,若不是最近有事,我该陪你回去一趟的。"

"小姐……"婵儿哭了起来,娟儿与杏儿也红了眼睛聚过来。

宁毅想了想:"那便……我陪小婵回去一趟吧。"

小婵回过头来,伸手擦着眼泪:"姑爷……"

"小婵照顾我这么久了,常总管有事,檀儿你不能去,我倒是个闲人,去一趟,也算表个态度。如何?"

小婵揩着眼泪,然而眼泪仿佛怎么揩也揩不完:"姑爷、姑爷不能去的……姑爷手还没好呢……"

苏檀儿抱着婵儿,微笑着与宁毅对望一阵,随后微微点了点头,摸了摸婵儿的脸颊:"这样也好,那便辛苦相公走一趟了。且带上耿护院随行,如今陆续有灾民过来，相公与小婵一路上务必小心。"

凌晨宁毅跑出门的时候，小婵已经回到房间窸窸窣窣地收拾东西了，娟儿与杏儿也起来帮忙。

最近几日，宁毅锻炼都是到了聂云竹的小楼前便停住，配合陆红提教他的呼吸节奏、锻炼方法，基本上不会出汗。宁毅抵达时，聂云竹已经在小楼前等着了，微黄的光芒从后方的窗户里透出来。

"小婵的爹爹过世了，所以这几天会陪着她回家一趟，过了头七，下葬了之后才能赶回来，这几天不会跑过来了。"

"我、我又不是在这里等你……"聂云竹这句话脱口而出，随后却是微微一窘，低下了头，"呃，也是在等立恒你过来说说话。不过，在这里喝着茶，等着天亮，其实也挺有趣的，我都习惯了。"她微微笑着，随后顿了顿，"倒是你们这时候出城，若过得几日难民来得多了，封了城门可怎么办？"

"应当没这么快。附近州县水患还不算重，再远一点儿就是江州，若要往这边来，也得一段时间，真要关城门，得等到半个月之后或者七月末，我跟小婵，加上今天的话也就是五天便能返回。就算发生了最坏的情况，最初每日也会有军队护送出城施粥施饭，以苏家的关系，我们可以跟着进来，没有问题。"

"嗯。"聂云竹点了点头，"不过毕竟过来的是灾民，怕有人闹事或者半路抢人钱物，你还是得当心。"

听她说起这个，宁毅哈哈一笑："没事没事，我现在是武林高手，江湖上人称'血手人屠'，以后你就知道了，何况还有金丝大环刀的耿护卫他们跟着，问题不大。"

他将那缠了绷带看来很拉风的左手在空中挥舞几下，其中一段布条散开，聂云竹便在旁边顺手接住。她微微愣了愣，随后眨眨眼睛，无声地将宁毅的左手拉过去，替他将绷带缠好了才放开，随后转了身子坐开一点儿。她看起来是自然而然、流畅地做完这一切，实际脸上已经一片滚烫，心扑腾扑腾乱跳，好在此时光线不足，宁毅也看不到多少，只听见她轻声的嘟囔传来："还说呢……"对于他没保护好自己左手受伤仍然有些埋怨。

"呵呵。"宁毅笑了笑，拿起茶杯喝了口茶，过得一阵，方才问道，"云竹……以前家里的情况是怎么样的？"

"嗯？"聂云竹瞪大眼睛望过来。

"呵呵，知道有些冒昧，但是……想了解一下。"

聂云竹的脸又红了红。若在以往，在他人面前她是绝不愿说起这些的，然而眼下立恒说想要了解一下，情况就有些复杂了，她想了一会儿。

"家中祖籍原本在宣州，也是官宦人家。爹爹很疼我，小时候请人教我诗词歌赋……小的时候也被人说是才女的。不过十岁那年，爹爹犯事了……我就进了教坊司，然后……立恒想知道哪些事情啊？"

虽说心情复杂，她也不介意跟立恒坦承这些，但话说出口也只有简简单单的几句。她问起宁毅具体想知道的事情，宁毅想了想，轻声道："家中……如今还有能找到的亲人吗？"

聂云竹摇了摇头："找不着了……爹和娘，听说在发配的路上就过世了，有个姨娘听说改嫁了，也许有其他的亲人……其实这几年原可以回宣州找找，不过……不过反正爹娘也死了……"

低声说到后面时，她已经快要落泪了。宁毅待她稍稍平复一些，方才说道："以前……每天推着小车过去，现在也走来走去的那个摆棋摊的老人家，云竹应该认识了吧。另外一个是驸马爷，叫作康贤，你去他府上送过松花蛋，他端午节还帮忙当了托儿。"

聂云竹吸了吸鼻子，鼻头微红，这时却是轻声笑着点了点头："嗯，现在见着了还打招呼呢，秦老爷子很和气，驸马爷也去店里喝过几次粥，吃过东西。"

"秦老爷子算是书香世家，人也好，有修养。我最近在想，他若愿收你为义女，云竹你意下如何？"

"我……我？"聂云竹愣了愣，瞪大眼睛，片刻之后，有些手足无措，"这……怎么可能……"

"我说可以就可以。"

"但是……立恒你当然这么说啦！"聂云竹有些焦急，皱着眉头，"我、我以前毕竟是在金风楼……立恒你说这话，不是让人为难吗？"

宁毅笑着："人家也有这想法。"

"怎、怎么可能……"

"呵呵，前几日大家在一起聊天，正好说起云竹你，我跟两位老人家说起你学着杀鸡、卖煎饼的事情，然后……便说到这上面来了，康驸马爷也说想收你为义女。不过老实说，想要个郡主头衔确实麻烦，秦老那边便简单一些，老人家性子也好，他有两个儿子，一文一武，皆在外为官，多了这两个哥哥，以后绝对没人敢欺负你了。"

聂云竹坐在那儿望着他，听他将这些说完，低下头，隐藏起神色："立恒……立恒为何要做到如此地步？"

"嘁，说着说着他们就主动提出来了，关我什么事。"宁毅摊了摊手，随后笑起来，"不过他们其实是喜爱你的性子和风骨，我的功利心就比较重了。秦老这人呢，以前是个大官，犯了点儿事被罢了，每天在那里下棋，但人脉广，影响力的话……江宁知道的人或许不多，但绝对不弱，你还多了两个大哥，以后做点儿生意卖点儿松花蛋什么的绝对没人敢找碴儿了，大家朋友一场，我也跟着沾点儿光。老实说……我也想他们收我当义子什么的啊，这世上干什么干得好都不如有个厉害的老爹，可大家下棋下久了，这事不怎么靠谱，没这个机会了……"

聂云竹在那边扑哧笑了出来，之后似乎就抑制不住了，仰了仰头，随后又迅速低下去。老实说，她忍不住笑出来的样子很漂亮。她低下头之后，双手放在膝盖上，额头抵着手臂坐着笑，但笑着笑着便有些克制不住了。宁毅等了一会儿，看见她坐在那儿哭了起来，后方油灯的光芒照亮了挂着泪珠的侧脸。

宁毅吐了口气，待她哭了一阵，方才开口："喂，这反应可不好。"

"我……我……我这身份……会给老人家添麻烦的……"

"没有麻烦。对在官场上用心钻营的人来说或许有麻烦，但对他来说，对你来说，没有。我说没有就没有！"就算真有人说闲话，宁毅也能编些故事，用些炒作手法，把名声往需要的方向引导过去。

"这几天我正好出城，你考虑一下。不要觉得是高攀，认了这个义父便是一家人，今后他将你当女儿待，你也得像对待父亲一般服侍他，他老了病了，你也得时常照看。秦老的性格不错，他是个好人，因此才建议你选他当义父；若不是，理都不用理他。有个厉害的义父不是为了向旁人证明什么，只是……让你从今往后有个家而已。"

聂云竹坐在那儿兀自抽泣不停。宁毅举起一只手，想拍拍她的后背，想了想，又收回来，坐在那儿等她将情绪宣泄完。不久之后，晨曦微露，聂云竹才擦掉眼泪坐起来，露出一个笑容。她的哭泣并非因为伤感，因此这个笑容很自然，只是眼皮有些红。

不多时，宁毅准备起身回家，双方道别走出两步之后，聂云竹又在背后叫住他："那个……那个……我想到一件事情……"

"嗯？"宁毅回过头，女子在那边带着红红的眼圈有些赧然地笑着。

"那个……立恒跟秦老爷子、康驸马爷，是平辈论交的吧……"

"嗯，平时下棋聊天倒是没讲什么辈分。"

"那……若我真认秦老爷子为义父，不是要叫你立恒叔叔了吗？"她偏了偏头，想着事情的模样有些俏皮，"若有一日你们三人在那儿聊天，我过来见礼，是不是要说'义父好，康叔叔好，立恒叔叔好'？然后你难道要答'云竹侄女乖'吗……我比你年纪大啊……"

她憋着笑，一脸苦恼的样子。宁毅微微张嘴，愣了半晌，随后嘴角抽搐了几下，有些无奈地指指她："找事。"说完转身往前走去。

后方有笑声传来，晨光之中，声音仿佛银铃一般。虽没有朝后望，但脑海中隐约可以"看"见聂云竹捂着嘴那俏皮而高兴的神态，宁毅笑了笑，径直前行。

"这几日当心些啊，别又受伤了。"

喊声传过来。宁毅举起右手朝后方摇了摇:"知道了!"

两家人要成为一家人不是小事,聂云竹这边的事情交代好,也给了她几天的考虑时间,接下来便是陪着小婵出城奔丧的事了。

他一路回到苏府,该准备的东西已经准备好了,一辆马车之中装了不少东西。随行的还有带一把大刀、走惯了江湖的耿护院,驾车的名叫东柱,是去年入府的小伙子。小婵穿一身素白的衣裙,身上系着黑色的缎带,看上去楚楚可怜。她应该一晚没睡好觉,因此有明显的黑眼圈。宁毅拍拍她的头,她吸了吸鼻子,朝宁毅笑笑。

"姑爷,我没事呢。"

四人到齐,随后与苏檀儿道别,听苏檀儿叮嘱了一番若城门关闭该怎么办以及让宁毅照顾好小婵之后,马车便离开了苏府,离开了江宁,往小婵的老家——一座名叫南亭村的小山村驶去……

小婵的老家南亭村是江宁附近靠近润州的一座山村,从江宁城到南亭村,千年之后或许不是多远的距离,但此时山路难行,要走四五个时辰,也就是八到十个小时,相当于一个白天了。

葬礼说起来是一件很严肃的事情,实际上各种俗气的问题少不了。小婵固然为父亲过世而悲伤,然而她四岁便被卖入苏府,一两年才回去一次,对父亲的概念其实也不是非常清晰,一部分是为悲伤而悲伤。若说起实际的问题,这次回去要带大量的东西,拜访这家那家,要合各种礼数,要负责葬礼上各种有讲究的开支,等等,再加上姑爷陪她一块儿回家,这是苏家对她的重视,自然不能因为家里有事就怠慢了姑爷,总之,各种问题要顾及,不是说回去跪跪拜拜,把人埋了就行了。

某种意义上来说,她这次回去也有衣锦还乡的意思。虽然说起来与葬礼有些格格不入,但老人家过世了,在大家都攀不上的城里的大户人家做事还有一定地位的女儿回来了,大户人家的姑爷也跟着过来拜拜,这是对婵儿的感谢,也是一种脸面。人家说起死者,说他养了个好女儿,说过身之后风光大葬,死者在世的时候,追求的大概也是这类东西。当然,绝大部分情况下,我们无须如此愤世嫉俗,将人情世故说得这么赤裸裸,毕竟这些都是人之常情。

他们吃过早点之后离开苏家,名叫东柱的少年负责赶车。随行的耿护院今年已经过了四十岁,看起来沉稳可靠,使一把九环大刀,如今是苏家的护院头领之一。他是从小跟着苏伯庸出来的人,在苏家长大,跟着苏伯庸做事,后来也是苏家给他主持了亲事,娶的是苏府之中地位颇高的一个丫鬟,如今有两个儿子,对苏家称得上忠心耿耿。

耿护院对宁毅的态度相当尊敬,因为他的小儿子在豫山书院读书,宁毅正是那孩子的先生。上车之后他与宁毅打了个招呼便坐在外面，还是宁毅招呼他进来，他才坐进来说了会儿话，随后又出去了，将空间留给里面的宁毅跟小婵。

虽是一晚没睡，不过小婵此时还是挺精神的，偶尔掀起帘子看外面，跟宁毅说些话。宁毅则详细地问了她家中的情况，亲戚有些什么人，四邻有些什么人，有些什么长辈之类的。

小婵是做惯事情的人，这些人际关系怎么应对，她昨晚便已有了计较，在她心中，让姑爷在旁边坐着，不用操太多心，自己办完就行了。不过，宁毅不是愣头青，聊了一个时辰，就在心中画出一个轮廓来——这几天要帮小婵感谢什么人，说些什么，送什么礼品……毕竟自己跟过来不是为了当个摆设。

离了江宁，官道上能看见诸多往江宁而去的行人，多数衣衫褴褛面有菜色，与宁毅下山回城时看见的差不多，不过还没到多么吓人的程度。最初这批灾民的情况还算好的，多是有亲人可以投奔，据说日后被洪水、疫情等赶过来的才真是吓人。小婵知道这些事情，便低声说与宁毅听。

随后离了官道，这类灾民的行迹渐渐少了起来。道路颠簸，中午马车在路边停了一会儿，主要是让马儿休息。宁毅取出带着的食物如千层饼与几人吃了。这类吃食质量不错，多少能存放几天，因此细心的小婵带了许多，主要是担心宁毅吃不惯农村的东西。

上午小婵与宁毅是相对坐着的，再次启程后，马车颠簸了一下，角落里用作送礼的一些盒子翻滚下来，两人收拾了一阵，待到坐好时，两人已然坐到一边去了。小婵坐在宁毅身边，低着头，双手放在并拢的双膝上，有些安静。事实上她在想着要不要坐过去，可那边有盒子……宁毅对这事倒不在意，掀起车帘往外面看了看。青山绿水，远远的有小村庄，田地不多，总体还是显得荒凉。

"小婵，你昨晚没睡好，晚上到了以后也许还有很多事情，在车上睡一下吧，就是太颠了……"

宁毅这样说了，小婵也就嗯了一声，点了点头，闭上眼睛准备睡觉。她毕竟累了，心中乱想了一阵，过得不久，脑袋偏过来，缓缓地搁在了宁毅的手臂上。

山路难行，又颠了几下，宁毅怕她撞到，侧了侧身体，扶着她的肩膀让她趴在自己腿上睡，还轻轻地拍了拍她的肩膀。在宁毅看不见的地方，小婵睁开眼睛，微感赧然地眨了眨，感受到宁毅拍的两下，才又将眼睛缓缓地闭上。她侧着身体睡在马车座上，枕着宁毅的右腿，过得一阵，双腿也挪了上来。时值盛夏，少女穿着一身单薄的白色衣裤，显出苗条的身材。她就这样安安静静地睡着，曲线柔和，气质纯净。

她就这样静静地睡了一路，快到南亭村时才才醒来，在旁边红着脸整理因沉睡而弄乱的发鬓，宁毅则揉揉已经麻掉的大腿。小婵见了，安静地低头靠过来，跪坐到宁毅腿边为他按摩。

不一会儿马车抵达村庄，几人从车上下来，接着便是诸多固定的应酬与问候。

小婵父亲的葬礼今天已经是第三天了，毕竟是夏天，下葬耽搁不得，加上小婵理论上已经是被家中卖掉的女子，主家不给假也是可能的，因此不会等着她回来再开始办。

他们一进村子便看见前方搭起的棚子，而小婵的几名亲戚与她的哥哥嫂嫂都迎了过来。

以前宁毅就听小婵大略介绍过她的家人。父亲母亲，如今父亲过世，哥哥娶了邻村最漂亮的女人当老婆，小时候有个弟弟饿死了，而她被卖进苏家。小婵的父亲姓许，不过小婵四岁就进了苏府，并没有正式的名字，此时也不冠许姓，她的哥哥则可以称为许大郎。

由于小婵在苏府做事，眼下许家的家境也不错，在村子里尚算殷实，葬礼也称得上风光。吹打说唱、和尚道士什么都不缺，过来的人也多，在农村，这就称得上体面了。小婵是这体面的来源，她一回来便有诸多人过来寒暄，七大姑八大姨、乡人邻里等。

这倒不是势利，在民风淳朴的乡下，大家对在城中"富可敌国"的大户人家做事的小婵有诸多好奇。小婵也一一与这些人打招呼，介绍宁毅，随后宁毅就会过去认识一下，说些客套话，谢谢他们对小婵一家的照顾，或者说说小婵在府中管着很多事，很重要，等等。听说他是苏家的姑爷，众人惊讶了一番，或者在旁边说小婵遇上了好主家，许家命好，大抵是这些言论，不一而足。毕竟富人家能陪一个下人回家办丧事，这一举动的分量够重。也有说小婵当了通房丫头，等同宁毅的妾室，将来是少奶奶的命，这也是好命的一部分……

小婵看起来稚嫩，其实见过很多世面，把控全场、调节气氛等都相当擅长，倒是没料到宁毅会将一系列招呼和寒暄做得这么好。宁毅这次过来，便是严肃得一句话都不说，也算是家中的面子，这年月农村人只会觉得有钱或者有身份的人这么做理所当然，然而他不但应对得体，还不时说些好话，旁人自然受宠若惊，连连称道丫头跟了个好主家等。

此后便是与小婵的母亲见面，参加丧礼，随后的晚宴上基本也是不算频繁的招呼和应酬，晚上小婵则是披麻戴孝与母亲一起跪在灵堂里。宁毅其实是不必一直出现的，虽然灵堂里也有一个唱戏的班子，但对他来说实在没什么看头，小婵的兄嫂早已给他安排了房间，不过他还是出来了，与几位村中耆老以及有头脸的人物说了会儿话，替小婵挡下了一些应酬。

农村中没什么娱乐，主要就是靠灵堂里的表演和闲聊挨过通宵，不过应酬到了一定程度就差不多了。亥时（九点）方至，宁毅回去房间，准备给手换药、梳洗睡觉。不过，他回房不久，小婵便端着脸盆和帕子过来了。灵堂那边的喧闹声传过来，更显出这边院子的安静。小婵换上一身月白小衣，头发也有些湿，带着微微的发香，如同还在江宁一般为宁毅换药。

"这时候跑出来不会有问题吗?"

"没事的,娘和哥哥嫂嫂在那边,也不是真要守一晚上……娘也叫我过来……"她低着头驾轻就熟地为宁毅拆下绷带,声音渐渐变小,但手上动作不停。

"村子里的乡亲都挺不错的。"

"他们才说姑爷好呢……"

小婵轻轻巧巧地说着话,如同在江宁一般替宁毅换了绷带,伺候他洗脸、洗手……进出几次,一切做完之后,她才端了水盆出去。外面的廊院中传来小婵倒水的声音,远远的还有笑声传过来。宁毅走到窗边打开窗户,感受着凉爽的夜风吹过来,坐回床边时,门又打开了。

小婵低着头走进来,默默地关上门,望了宁毅一眼,缓缓地走到床边,一身月白小衣下,胸口微微地起伏着,手指揪着衣角,期期艾艾地咬了咬嘴唇。

"姑、姑爷,小婵……小婵今晚睡在这里,可以吗……"

小婵的声音细若蚊蝇,不过因为安静,宁毅还是听得清清楚楚,他略略想了想。小婵揪着衣角,窘迫地红了脸。

"那个……那个……哥哥嫂嫂他们……没准备小婵的房间,他们、他们……"她咬了咬下唇,偷看宁毅一眼,陡然间深吸了一口气,"而且、而且小姐说了,让小婵服侍姑爷的……"

"嗯?"

小婵一开始说得很快,到后面又结结巴巴起来,小脸涨得通红,身体也晃了晃,再这样憋下去不知道会不会晕倒。宁毅微微笑了笑,伸出手去,拉住了她的左手。她的手指像是有些僵硬,又像是软绵绵的没有力量。亮着油灯的房间里,少女轻轻地在床边坐下来,样子有些无措。宁毅拉着她的手,待她稍稍定下神来,方才开口说话。

"小婵……也愿意吗?"

"嗯。"小婵连忙点了点头,看看宁毅之后又点了几下,"姑爷……是个好人,对小婵好,对小姐也好,所以、所以……而且小婵本来也是要当通房丫头的……"

听得她的回答,片刻之后,宁毅笑了笑:"一辈子的事情。"

那语声不高,语气听来也是平平淡淡的,之后便没了下文。小婵坐在床沿上沉默了一会儿,方才抬头看他:"便、便是一辈子的事情啊……"她这句话说得理所当然,没有多少犹豫在其中。宁毅点了点头,随后笑道:"那……我先去关上窗户。"

前方撑开的窗户正对着那座小院,偶尔能听见声音从外面传过来,宁毅走到窗户边。在他朝外看了看的时间里,小婵坐在那儿,胸口起伏着,随后举起手解开了上衣的一粒扣子,解开之后又停了下来,放下双手,故作无意地坐着,抬头再看看宁毅之后,又举起手去解第二颗……当宁毅转身回来时,她已经解到第四颗了。

这小衣本身便是适于睡觉的,朴素轻柔,扣子也不多。待到在宁毅的目光之下解开第五颗时，衣服也就打开了，露出里面绣了朵莲荷的白色兜肚来。小婵低着头，伸手拉着外衣，低声说了一句："姑爷……"声音楚楚可怜。

宁毅将油灯拿了过来："你睡……里面好吗？"

"嗯。"小婵点点头，俯下身子将鞋袜脱掉，要上床的时候又迟疑了一下，害羞地脱掉了外衣。房间里一时间没人说话，穿着兜肚与月白绸裤的小婵将衣服折好放到床边的凳子上，低着头爬到床铺里侧躺下。这姿势等于是将裸背对着宁毅，不过眼下的一切对她来说都有些陌生，她鼓起了好大的勇气才做出这样的事情来，肌肤都是粉红的。她翻了个身，直挺挺地躺在那儿，光裸的小香肩收得窄窄的，双手先是放在身侧，然后交叠放在兜肚上，再然后，她不知道手该放在哪儿好了，只能扭过头去看宁毅。

宁毅也已经脱掉袍子上了床。扭头看过去时，小婵的目光僵了僵，赶快转开，心扑腾扑腾跳，她等待宁毅过来对她做些什么。然后，宁毅俯身过去，伸出一只手，拔掉了……一根发簪。

小婵方才洗漱过，湿了的头发用一根木簪固定起来，之前忙着强忍害羞脱衣服，倒是就这样睡下了。此时宁毅将她的发丝散开，把簪子放到外面床头的凳子上，挥灭了油灯，随后在旁边躺了下去。房间里有些微光，宁毅似乎躺得也有些不舒服，偶尔往左边挪一下，偶尔往右边挪一下，偶尔侧过身子，过得一阵，连他自己都忍不住笑了起来。小婵害羞得不行："姑、姑爷……姑爷不要小婵吗？"

宁毅躺在那儿，望着蚊帐："我刚才想到，你会怀孕的。"

"不、不会的……小婵一定不会在小姐之前有宝宝的，会吃药的，吃药就没有了。"

对于这一点，小婵陡然敏感起来，撑起身子，用力地摇了摇头。

宁毅叹了口气："担心的就是这个……吃药伤身体，你才十五岁……"

"快、快十六了……"

"嗯，那种药吃多了，以后很麻烦，你不许吃。"宁毅说着，伸手将她拉下来，拥着那娇小的身体，然后又笑了出来，喃喃自语，"一辈子的事……今晚痛苦了，呵呵……"

小婵大概是第一次被男人这样抱着，又是穿着兜肚接近半裸的状态，于是身体僵硬，脑袋蒙蒙的，不过心中想着"我是姑爷的，我是姑爷的"，还是渐渐放松下来，趴在宁毅怀里，有些不解："但是、但是……姑爷……"

"啊，干脆来聊天吧。"

"呃？"

"小婵……跟爹娘、哥哥嫂嫂相处得好吗？"

"其实，不知道呢。"

"呵呵，这话怎么说？"

"小婵一两年才回来一次啊，进了苏家这么久，回家的时间加起来不过十多天……不过，他们毕竟是小婵的家人……"

"嗯，当然……小婵会觉得他们把你卖掉不应该吗？"

"没有啊，要不是卖掉小婵，小婵现在不知道是什么样子呢……过不下去了嘛。现在苏家人也是小婵的家人了啊，小姐是，娟儿姐、杏儿姐是，还有姑爷……"

"呵呵。"

"其实呢，爹爹爱喝酒，也不怎么做事，从小婵能寄钱回来开始，他就连地也不种了，整天跟人喝酒吹牛……娘蛮勤快的，就是舍不得，小婵带些糕饼回来，她有时候只吃一口就偷偷包起来，说是晚上吃，其实估计要放到发霉了。嫂嫂挺势利，不过对哥哥还好。哥哥老想着去城里做大事，他说能娶到邻村最漂亮的姑娘就说明自己是很有本事的人……"

"没小婵漂亮。"

"嘻——"

"人之常情。你哥哥可以当个机灵的伙计，嫂嫂可以管管账，娘亲可以当个管家的。今天在灵堂里，你娘还去做些琐碎的事情，旁人也听她的，没有不让她过去帮忙，说明她平时做事大家都看在眼里。你爹爹若还在世，大概可以坐堂当个掌柜什么的，呵呵……"

"姑爷就会说好听的，要是真有家这样的店，不垮了才怪呢……不过小姐有时候也说一样的话：是个人都有用。我就觉得娘亲还算厉害……"

"有小婵在就垮不了。十几天就知道家里人是什么样子，小婵才厉害呢……"

"那姑爷不是更厉害吗？才见了一面……"

"我是顺着话头往下说，书生嘛，就是瞎掰厉害……"

"那我哥哥不是当不了伙计，嫂嫂也管不了账了？"

"呵呵……"

"对了对了，姑爷，小婵虽然四岁就被卖掉了，以前的事情记不起来，不过还记得有个地方很有趣哦……"

"……"

絮絮叨叨间，偏远的南亭村中，大屋那边的灵堂中还亮着火光，其余地方的灯光都已经灭了，星星在天空中眨着眼睛，守护着这片陷入沉睡的大地……

第五章
苏檀儿拍板争皇商　元锦儿自赎离青楼

宁毅做了个春梦。

当然，这事很正常。

这个晚上对他与小婵来说都是一场考验。对宁毅来说，与十五岁快十六的少女做些什么事情，如果只是做，那没什么可在意的，因为这个过程并不怎么伤身体，但在这个年代，十五岁的少女无论是怀孕生孩子还是避孕打胎都相当伤身体，这才是令他叹息和觉得好笑的主要原因。

小婵是不能在苏檀儿之前生孩子的，大户人家的规矩是这样，因此他说起这事时，小婵立刻为之担心、表态，表示自己一定不会在小姐之前生宝宝。宁毅不在乎这点，但旁人都在乎，小婵本人也在乎，那这事就为难了。

他不是没有欲望的人，只是理智总是牢牢约束着他的行为，曾经阅尽繁华，随便找个女人发泄一番这种行为与自己动手对他来说没什么两样。与小婵之间的关系没什么可矫情的，做了决定，自己会负起责任来，十五岁还是十六岁不成问题，只是在这个晚上，在与苏檀儿发生关系之前，反倒成了问题。

两人就那样聊着天，到得很晚才睡去。

小婵早早地醒了过来，睁开眼睛时，天还未亮。

两人身上盖着一床薄毯子。

她被宁毅抱在胸口，光裸的脊背贴着宁毅的胸膛，宁毅的双手从后方环抱过来，她也抱着宁毅的手臂，心口暖暖的。

这个晚上对她来说有着特殊的意义——温暖的感觉，归属的感觉，当然也有诸多羞涩与期待，可惜姑爷担心怀孕会伤了自己的身体……

醒过来之后，她一开始只是感受着这股温暖，直到意识到后方有什么东西梗着，她的小脸红了红，忍不住想起一些事情来。

当初苏家举办婚礼之时，苏檀儿在家中已经有了一定的地位，她可以不管这事，可以发脾气宣泄烦躁，也可以在婚礼当天跑掉，但小婵不行，她与娟儿、杏儿那时都在学习和了解一些东西，有些恼人的、似懂非懂又让人害羞的东西，作为通房丫头是必须去了解的，后来她被留了下来。入赘的姑爷地位不高，小姐似乎也没这方面的意思，她们便将这些事情压在了心底，毕竟在小丫鬟心中，这些事情哪怕只是想想，也觉得害羞。

于是那些东西一直被放在心底，但后来跟着姑爷，偶尔也会想起来。五月份小姐说了那番话，许了自己为姑爷侍寝，之后便给自己开脸、收房之后，更是常常想起来。直到此时，这些想法忍不住又往上涌。

脸与身子滚烫，又忍不住感到羞涩，小婵感受着后方的身体，姑爷也说昨晚很痛苦呢……还有，自己要在小姐之前试试姑爷……呃，当时是那个婶婶说的……姑爷他也不好受……可这样想会被人说是不知廉耻的淫妇……不要想了……

黑暗中，她抿了抿嘴，蜷缩着身子，从宁毅怀中退了出来，披着那毯子趴在宁毅的身上，内心纠结着、咬着嘴唇，有时像是要哭出来一样……

反正我是姑爷的了……

夜色深重，某一刻，小丫头轻轻地吸了一口气，缓缓地退入那薄毯当中。星光照出隐约的轮廓来，同时有窸窸窣窣的声音响起，过了片刻，声音停下，随后又是一阵动作，缓缓地、轻柔地、小心地动了起来……

天还未亮，星星又眨起眼睛来……

梦里很难说是看见了谁，场景有些现代，醒过来的时候宁毅才发现自己一泻如注。

武朝的夜晚，蚊帐，难以言喻的感觉，下身像是被包围在柔软的水里。蒙蒙眬眬间，听见微微的咳嗽声，他过了好久才反应过来。黑暗中微微隆起的被单，小婵的身体，然后小婵半坐起来，掀开毯子，隐约的光芒中，能看到她颇有些苦恼和为难地鼓着腮帮，嘴里含着些东西，又苦恼地往下方望了一眼，像是要哭出来了。再后来，她朝宁毅的脸看了看，喉间艰难地动了动，又俯下身子去。

又是在水中……

宁毅闭上眼睛。身下的人儿小心地、缓缓地动作着。

过得一阵，小婵方才悄然从薄毯中钻了出来，她看了宁毅一眼，拉上薄毯，自床边下去。

小丫鬟明显忐忑不安，但脸色并不是太复杂，只是在床尾披上衣服，扣好扣子，随后悄然出门。不久之后，门外传来零零落落的水声，大抵是在洗脸、洗手、漱口。宁静的夜晚，蟋蟀在草里叫着。小婵悄悄地推门进来，悄悄地关门、脱鞋、脱衣服、上床，躺回宁毅怀里，身上带着清新的水的气息。

"这样子……不太好……"宁毅轻声说了一句。

"姑、姑爷……"小婵微微缩了缩脖子，身子僵了僵。

宁毅笑笑："没必要这样……"

"可是……可是……这本来便是小婵要做的，而且……姑爷不舒服啊……"小婵轻声说着。

宁毅揉了揉她的头发："从哪里学的这些呢？"

"成、成亲前有几个婶婶拿了图画来，说是……说是……"

做的时候或许鼓起了勇气，但被抓了个正着，她终究没能说下去，在宁毅怀中转了转身子，和他脸对脸，额头抵在宁毅的胸膛上，过了许久才说道："姑爷……会不会觉得小婵不懂事，说小婵不孝？爹爹的事情……"

宁毅笑了起来："怎么这么说？"

"其实……娘和哥哥嫂嫂都以为小婵已经跟姑爷……跟姑爷……呃，其实娘和哥哥嫂嫂说小婵跟姑爷一间房的时候，小婵心里……还高兴了……爹爹过世了，小婵其实也没觉得……很伤心……"

她说到后来，声音低了下去。宁毅搂着她的肩颈，沉默了许久。

"我不好说，但我很高兴。"

"嗯？"小婵眨眨眼睛。

"小婵四岁就进苏家了吧？"

"嗯。"小婵点头。

"小婵觉得苏家更重要，觉得自己是苏家的丫鬟，觉得……觉得我不舒服……虽然我很高兴，虽然对你来说有些不公平……"

怀中的小少女听不懂这话，抬起头望了望宁毅，随后有些苦恼地眨着眼睛："但是……本、本来就是啊，小婵本来就……本来就要做这些事的，而且……"她贴近了一些，微微压低了声音，"小婵喜欢姑爷……"

"喜欢就好。"

"那姑爷刚才说的……"

"呵呵，没事。"宁毅拍拍她的肩膀，过了一阵子才道，"不过，有些东西讲究一下也没关系，这几天……不用这样子了……"

"嗯。"小婵乖巧地点点头，又过得一阵，她道，"可要是……姑爷不舒服……"

"忍一忍没关系，你姑爷很厉害的，有毅力，要不怎么叫宁毅呢。"

"可小婵不喜欢姑爷忍着……"

"说了没事就没事，不许多嘴！"

"哦。"

沉默了一会儿，随后小婵低低的声音传来。

"姑爷现在是忍着吗？"

宁毅睁开眼睛，无言地吐出一口气："好吧，我去洗个冷水澡。"

"我带姑爷去。"

"躺下，不许动！"

"呃……"

"我知道在哪儿洗。"

"可是……"

"躺下，睡觉！"

非常严厉地批评了热心的小婵，宁毅穿上衣服走出去，关上门后，方才在屋檐下撇了撇嘴："小小的考验。"走出几步，他又耸耸肩，自言自语道，"这么多风浪都过来了，我怕过谁……"随后非常豪迈地走去尽头的房间。

不久之后，他无言地走了回来，推门进了卧室。小婵端端正正地躺在床铺的里侧，双手交叠放在小腹的位置，如同木乃伊一般安静地闭着眼睛睡觉。宁毅叹了口气："小婵，井在哪儿？没水了，我还得去挑水。"

小婵仍旧闭着眼睛，过得一阵，方才发出可爱的声音："小！婵！睡！着！了！"

"……"宁毅愣了半晌，方才摊了摊手，怎么会有这种集悲伤、香艳、滑稽于一体的夜晚？

当天晚上，宁毅还是在小婵的带领下出去找了一条小溪洗了个冷水澡。当然，要说是小婵的带领也不怎么靠谱，主仆两人偷偷摸摸地出来，没有惊动隔壁院子的耿护卫与东柱，然后借着小婵的记忆寻找水井，却扑了个空。

小婵回南亭村的时日也不多，大晚上的弄不清楚水井在哪儿，主仆两人摸黑慢慢找，找到溪流宁毅才洗了个澡。由于小婵等在一旁把风，宁毅也没什么机会做第二次宣泄，第二天早上起来时，宁毅觉得自己可能有了黑眼圈。

算了，自己和小婵能够在不惊动任何人的情况下从那边再度返回房间，其实已经是一种幸运了。

对小婵来说，现在或许有两种情绪存在于她心里——高兴的，悲伤的……

四岁便被卖入苏府的她，内心早已在苏家安定下来。至于南亭村的这个家，旁人说那是她的家，家里的都是她的亲人，她便每年都寄钱回来，也带东西回来看看，关照家里人，叫他们爹爹、娘亲、哥哥、嫂嫂，但具体的认知有多少，或许连她自己也难说清楚。

近十二年，总共才十多天的相处时间。自己往后会不会再回到这个家庭，会不会有落叶归根之类的念头，这个已经十五岁快十六岁的少女怕是说不清楚，至少现在是没多少这样的念头的。她已经生活在苏家，是苏家的丫鬟，要帮苏家做很多很多事情，服侍小姐姑爷，这些是理所当然的要务。至于回家，真正空闲的时候，她或许会请个假，回来一次，但心中到底有多期待呢？估计跟办一件必须办但又丝毫不紧迫的小事类似。

如果将她挂心之事分成两层，比较重要的一层必然是苏家的，而南亭村，或许只是点缀。爹爹过世了，她的伤心并非假的，不过，这种伤心并不属于比较重要的那一层，就仿佛她在做重要事情的时候听了个小故事，觉得感慨或者好笑，然后又急匆匆地跑掉了。

这是宁毅说对她不太公平的理由。不过，这个年代的许多人连同小婵在内都觉得理所当然，只有他明白，一个人全心全意地想着自己，这种感情有多珍贵。

有一天，假如小婵大了、老了，觉得生活不好，或许会想起"落叶归根"这样的词，会设想如果当初跟家人在一起会如何。不过宁毅眼下已经不打算给她这样的机会，"一辈子"这样的词只是浮云，"眼下"还是比较好实现的。

葬礼的第四天。

灵堂吹唱，每日守灵，简单应酬，其实都是很枯燥的事情。由于准备了一些礼单，白日里，宁毅便与耿护卫、东柱一块儿去拜访邻里，一家家送礼，感谢他们对小婵一家的照料，然后聊聊天说说话。他态度平易，礼数也做得足，但带有距离感的气质也是有的，拜访之后基本是赞誉声一片。宁毅想，自己去勾引村子里的姑娘家怕是十拿九稳，不免有些感叹。

"嫂嫂今天跟哥哥说，咱们送去穆大婶家的礼物太贵重了，还跟哥哥说不用送这么好的礼，如果能拿回来一部分，贴补家用最好……不过她不好跟我讲这些，哥哥爱面子，有些吞吞吐吐的，我就装作没听懂……"

晚上宁毅仍然跟小婵一间房，小婵便趴在床上，晃动着光裸的小腿与纤足，跟他说些发生的事情。

村子里的人都认为小婵已经与宁毅有了关系，宁毅眼下也没打算去澄清。不过，两个人真的只是睡觉，没干别的事情，就算难受，他也只有忍着，或者一个人在房间里洗洗澡，好在两人在一起说说话的感觉挺好的。

晚上，宁毅将床铺划分了一下。

"你睡里面，我睡外面。"他将毯子卷成一条长绳，铺在中间，"讲个故事给你听。"

"嗯。"小婵往里面挪了挪。

"很远的山里面呢,有一天,女孩子家来了个客人,是个看起来文质彬彬正人君子的男孩。这天下了雨,男孩要求留宿。由于女孩子家只有一张床,江湖救急,所以女孩决定两人一块儿睡,反正君子坦荡荡嘛,对方看起来挺正派的。不过睡觉的时候,中间放了根绳子隔着。女孩说:如果第二天绳子乱了,你就是禽兽,根本不是正人君子。那女孩很漂亮,于是这天晚上,正人君子的男孩忍啊忍啊忍啊,第二天起来一看,哈哈,绳子果然没动,于是他得意地一抬头,女孩啪地一巴掌扇了过来……"

"那男孩真狡猾,肯定是晚上弄乱了,又想办法弄直了。"

"没有,那女孩子骂他:'你禽兽不如!'"

宁毅耸了耸肩,小婵笑了起来。

第二天凌晨起来时,小婵如同八爪鱼一般附在宁毅背后,他身子一侧,觉得可能已经把少女给压扁了,不过小婵像是棉花糖一样动啊动啊动啊,从他背后挤了出来,再迷迷糊糊地爬上他的胸口,继续沉睡。

那毯子早就不见了。

第五天下午,需要拜访的人宁毅基本上已经拜访了一遍,接下来还要再挨两天,等待后日辰时将棺木下葬。也是在这天下午,江宁城中,柳色青青的河湾边,从店铺回来的聂云竹望着不远处摆棋摊的老人,稍稍停留了一下。以往也打过几次招呼,算是认识,这一次,老人抬头笑笑,在那边向她招了招手。

她恭敬地躬了躬身子,随后抚了抚有些乱的发鬓,朝棋摊小跑过去,站在棋摊旁笑着与老人说话。

老人笑着站起来,几句话之后,伸手示意了一下对面,然后朝旁边茶摊的小妹要了一壶茶。两人坐下之后,在柳荫之中聊起了正身处偏远山区的名叫宁立恒的男子的事情。这是个好话题,可能成为父女的一老一少也算是真正认识了。

棋子落下第一颗……

此时此刻,宁毅正站在又脏又乱的大屋厨房外,嗅着大锅菜肴散发出的腥味,觉得有些牙酸。对大家来说,这是晚上最好的一道菜,因为有肉。不过,老实说,真的不合他的胃口……

他是吃得了苦,也能面不改色谈笑风生地吃下这些东西,但并不代表真喜欢吃。他嗅了嗅味道,面带微笑地点点头,转身离开。迎面有人过来,以为他对这味道很满意。

"他可是我们村里菜煮得最好的人。"

"呵呵呵呵……"

唉,还有两天……

夜幕降临的时候,山村里亮起了稀稀疏疏的光芒。池塘那边的打谷坪上,一群孩子正追追打打,坐在屋边闲聊的老农手上拿着旱烟杆,偶尔敲敲身边的青石台阶。东柱与耿护卫在池塘边的大树下坐了一会儿,闲聊了一阵子。

"原本啊,也以为这个姑爷和传言一样,性子软弱,不过后来越看就越觉得不太对。书生当然还是书生,可这副样子才对嘛,如今在江宁城,说起家中姑爷叫宁立恒的,有谁不知道?我家小子如今也在学堂念书,去年还被宋茂宋知州夸了,啧——我老耿家从来都是目不识丁,若不是苏家,那小子哪有读书识字的机会;若不是姑爷,那小子又怎么可能让宋知州那样的人夸奖……"

耿护卫拍了拍大腿,跟名叫东柱的赶车小子说起这些事情。

"你是不知道,姑爷那人,是真正的性子谦和。他不爱出风头,从不与那些沽名钓誉的才子出去狎妓啊喝酒啊什么的,对二小姐呢也真是好。你看看跟他来往的是些什么人,李频李德新,这可是真正的大才子……他上课是怎么上的?从来不发脾气,不说一句重话,那帮小子呢,也弄得有些没规矩,可就是书读得好,就算这样,他们也比以前那些小子读得都好……

"我耿烈大字不识,原本只以为先生严厉才能把书教好,去年被宋知州夸了,我高兴啊。后来有一天那小子回来,说起课堂上的事情,我才觉得有些不对劲。先生脾气好不跟你们这班小子计较,你们这班小子不能不自觉啊,于是把他吊起来狠狠地打了一顿。后来姑爷还专程跟我说了一次,说不必如此。这才是大人物的气度,以德行服人,以才学服人……

"以往先生严厉,那帮小子都摇头晃脑地读书,但没用啊。现在那帮小子闹归闹,对这位姑爷可是真的服气,整天跟我讲话就是先生说了什么,我们先生说了什么。哈哈,有几次那小子还跑到我面前说这种话,啧,想想也有道理。你看这次到这村来,拜访这家拜访那家时,姑爷说话做事应对进退,比之大老爷也不差。一开始也许看不出来,慢慢地,我就觉得,这真是有学问的好处,家中没几个比得过姑爷的……"

耿烈这人外表豪迈凶悍,对自己人倒是谦和,说起话来一句一句的并不快。东柱坐在旁边,看起来像是他的子侄。东柱先是沉默了一会儿,随后方才说道:"听说姑爷刚进府的时候让人打了,是吧?"

"嗯,薛家那个薛进,大概是趁着没人拍了一砖……也就是当时没人看到,若那时让我逮到,就算他背后是薛家,我也非得打他个半死然后告官不可……不过后来姑爷也将他狠狠折辱了一番，呵呵。哦，对了，那时候你应该已经进府了吧？"

"嗯。"东柱点点头，"那时刚进府不久，听人说起过，不过不是很清楚。不过，耿叔，姑爷既然这么厉害，那他为何要入赘？"

耿烈想了想："这事有些复杂。一来老太公与姑爷的爷爷那辈有过约定。二来呢，如今苏家的基础较厚，二小姐也有本事，性子强悍。不知道当初是怎么谈的，其实我们觉得比较可能的一个理由是……呵呵，成亲之前，二小姐曾经私下去看过姑爷，二小姐的样貌、气质都是顶好啊……不知道他们之间有什么事情发生，反正，姑爷就答应了……不说二小姐，就说二小姐身边的几个丫头，婵儿多贴心，娟儿也好，杏儿那丫头……漂亮是漂亮，就是太泼辣……"

三个丫鬟中，婵儿贴心，娟儿活泼，杏儿作为大一岁的姐姐，有时候会跟人吵架，跟耿烈也为着些小问题吵过几次，虽然彼此都没放在心上，但说起来也有些好笑好恼。说得一阵，耿烈拍拍东柱的肩膀。

"二小姐跟姑爷这一对，确实是天作之合。今后的苏家，必定是二小姐来接的。你还年轻，好好干，往后若能当个管事……"

他如此鼓励了一番，东柱点头称是。

不久之后，黑夜降临，灵堂那边人群进出，无事的农户们聚集过来，场面变得更加热闹。随着时间的过去，人又渐渐少了。东柱偶尔会过去看看，发现名叫小婵的少女在里面，姑爷偶尔在，偶尔不在。

东柱去年才进入苏府，对原本身在农村的他来说，能够进入城市，进入这样一个高门大户做事，对于所见的一切都有"很厉害，很新奇"的感觉。

一座座院子，一条条规矩，那些管事似乎什么都懂，其余的人，无论年纪大小，似乎也都非常厉害，偶尔听他们说起这个是谁，那个是谁，地位有多高，或者城里文人才子的传说，总之，所有人都像是他无法企及的存在。

他常常听府中的人说起，二小姐才是这府中最厉害的人——当然，是除去几个老爷之外——他没什么机会见到厉害的二小姐，不过二小姐身边的几个丫鬟见过好几次。

那个常常带着笑，训起人来也很好看的少女是婵儿，虽然看起来比他小，但他见了还是得称呼"小婵姐"。这个也理所当然，人家那么厉害。叫作娟儿的呢，吩咐事情的时候显得安静严肃，没什么表情，不怎么笑，生起气来阴沉着脸就有些让人害怕。杏儿姐吩咐事情的时候往往表情温和，但偶尔跟人起摩擦的时候就很可怕，有一次看见她跟三房一个管事争吵，一条一条地列举着什么，一副绝不让步的模样……明明她也是丫鬟啊，居然敢跟那么厉害的管事争论，到最后还赢了，让东柱觉得真是厉害。

相对来说，比较引起东柱注意的还是小婵姐。其实两人没怎么说过话，有几次她过来吩咐了事情就走了，不过在府中的时候，东柱常常能看见她，偶尔见她一边走一边伸懒腰，口中念念叨叨，偶尔会看到她一路小跑，偶尔又见她跟在姑爷身边蹦蹦跳跳的，他就觉得，小婵姐笑的样子真好看。当然，除此之外，他没有什么其他的想法。

中秋节那天晚上，东柱驾马车送她出去，不过也没能说上几句话，只是告诉了她自己的名字。后来她竟然还记得，有几次在府中见到，她还跟自己打了招呼，而且称呼是"东柱哥"。那几次他都没能好好回答，事后想起来就很懊恼。

府中也有些仆役追求丫鬟的事情，不过这样的事不在他的考虑之中。二小姐的三个丫鬟，在府中的身份是与管事差不多的，他如今既没有适应"追求"这样的词，也不会觉得自己有这个身份。当然，小婵这次要回来，分配了他来驾车，那天早上他原本想要说几句安慰的话，可是口拙，最终到启程时也没能说出来。

到南亭村的这几天，他心里总有些空落落的。他要做的事情其实也不多，喂喂马，保养一下马车而已，偶尔与耿护院一块儿陪着姑爷走访各户人家。姑爷真厉害，要是自己，绝不会说那些话，听起来只是简简单单的几句，可感觉就是那么理所应当，如同耿护院所说，有学问的人，被人尊敬是应该的。

小婵姐会跟姑爷睡一间房，这事本身是应当的，他并没有觉得有什么不妥，但空落落的感觉总是很难抑制。

天越发黑了，他再过去看时，姑爷跟小婵姐都已经不在灵堂之中，于是他回到休息的地方。经过姑爷那边的院子时，看见里面亮着灯，他站在外面看了一阵。姑爷在窗前坐着，大概是在写字，小婵姐的身影却似乎不在里面。

东柱转往一旁安排给自己与耿护院住的小院，才发现马车那边窸窸窣窣的有动静，他疑惑地过去，一身白衣的小婵从里面爬出来，手上捧着些东西，看见他时，点了点头："东柱哥。"

"呃，小婵姐……呵呵，我还以为是谁呢……"

"姑爷这几天吃得不太好，我先前来的时候准备了一些东西，现在拿给他吃。"小婵点头笑了笑，手中是几块耐放的饼子和干果，随后她递了一块饼过去，"东柱哥饿不饿？也吃一个吧。"

"呃，我、我……"

"拿着。"小婵微笑着将那饼子放进东柱手里，随后挥了挥手，"那我先回房了，东柱哥再见，明天还得麻烦你。"

"不、不……不麻烦……"东柱拿着那饼子，心中有很多话想说，但说不出来，就那样看着那身影去了那边的院子。

其实仔细看会发现，她的脸上并没有平日里那样的笑容，身影也有些悲伤，不过到得那扇房门前时，还是能看见她顿了顿，嘴角拉出一个笑弧，然后推门进去了。

两人的剪影在里面动了起来，东柱手中拿着那块饼子，怔怔地看了好久，随后小小地咬了一口。这饼子平时对他来说或许是美味，但这时的味道似乎并没有那样好，他只是望着对面那团光芒中的人影，体味着并不强烈但无论如何也挥之不去的些许情感，逐渐迷失在这夏夜里⋯⋯

　　"这是地主老财做的事啊⋯⋯"
　　房间里，宁毅感叹着，将桌上的饼子与干果分成两半，一半推往小婵那边："吃不惯人家热心准备的饭菜，半夜三更让丫鬟偷偷拿东西过来吃，这种行为被人知道了会怎么样？"
　　"被人知道也没关系啊。其实姑爷才厉害呢，明明不喜欢吃，还能坐在那儿一直吃下去⋯⋯"
　　"呃，我不喜欢吃很明显吗？"
　　"小婵看得出来，旁人肯定看不出来的。"小婵笑了笑，"我已经吃饱了啊，姑爷不用给我了。"
　　"不管好不好吃，总之拼命塞我也吃饱了。你既然拿过来了，那就有责任一人一半消灭掉，不要浪费了。"
　　"那我要小半就好了。"
　　小婵拿起部分饼子与干果往宁毅那边放。宁毅摇着头协商："不行不行，拿过来太多了，这下我就吃亏了。我们可以按照比例来算，分成五份，小婵你怎么着也得分担两份，这能成交⋯⋯这颗太大了，换颗小的！"
　　如同谈判一般的协商在桌子上紧张激烈地进行着，小婵拿着那颗大干果，与另外两颗小的放在一起抗议："不能这么算，这颗大的都抵两颗了⋯⋯"
　　"那你拿出个比较靠谱的分法来啊。我觉得这几块饼子也不是一样大，你看，你那边那块很显然比较小，对不对⋯⋯这样可不好，你故意占便宜。"
　　"姑爷要把大的放过来，就得拿两块小的过去！"
　　"我有另外一个办法。"
　　"嗯？什么⋯⋯呜⋯⋯"
　　小婵嘴巴一张，宁毅将那颗大的扔了进去："好了，现在大的没有了，这下就比较好分了，我们不算那颗大的⋯⋯"
　　"呜，煮么楞不酸，毋吃掉了（怎么能不算，我吃掉了）⋯⋯"小婵一边艰难地咀嚼，一边抗议。
　　"你吃掉了还怎么算？是你吃掉的。而且你话都说不圆，还学人谈判，你到底想说什么⋯⋯啧，反正听不懂。好了，接下来我继续分，你有权提出意见，你提出的所有意见我都会当作参考的⋯⋯"

没什么事做，只能找些无聊的事情娱乐一番，两人就这样拉锯一般在房间里分吃东西。待到分完细细一算，小婵才发现自己吃掉了一大半。她平素也是精明能干的金牌小丫鬟，只是对上宁毅就没辙，只能嘟囔着"姑爷欺负人"，随后脱衣服上床，睡到里侧去，并决定不理他。不过，不久之后，宁毅一睡上来，她就忍不住往中间挪一挪，握住了宁毅的手。

这一晚安安静静地过去了，第二天辰时，死者下葬。原本中午、晚上村里还有饭局，不过考虑到这些日子水患导致灾民去往江宁那边，能早一日回城便早一日回，于是下葬祭拜之后，宁毅等人便与众人告别，准备启程了。

巳时，阳光刚刚变得有些灼热，马车便离开了南亭村，驶上了回江宁的山道。山中闷热，不久之后，远处似有乌云开始聚集……

晚上，风声呼啸，经过金风楼与内院相接的二楼走廊时，能听见那边传过来女子的喝骂声。

"没良心的东西！白眼狼——"

这声音是扯着嗓子在喊，听起来像是金风楼的所有者——杨妈妈的声音。只是这杨妈妈四十来岁的年纪，虽是半老徐娘，但平素打扮、气质都不错，一副端庄淑雅的样子，很难想象她会这样不顾形象地乱喊。席君煜听着，饶有兴致地停下了脚步。随后，对骂的声音竟也传了出来，是个女子，声音同样中气十足，还很好听。

"贪得无厌的女人！蚂蟥——"

金风楼有外层与内层的区别，里面的一栋楼跟外面是连着的，内层的楼房再下去方是内院。每一层都开门营业，席君煜喜欢在外楼宴客，这个倒没有档次的分别，全看个人喜好。此时他站在那通道前听着里面的动静，有人摔了东西，大概是杨妈妈。

"犯贱！少奶奶的命……本来是少奶奶的命……你犯贱……"

"少奶奶又怎么样，我不稀罕！"

"犯贱——"

天气闷热，天色也有些不对，接近傍晚时外面开始刮风，晚上估计要下暴雨，因此金风楼的生意不算顶好。一名女子神色匆匆地从那边出来，看见他，福了福身，笑道："席公子。"这个女人他以前便认识，"今日宴客吗？"

"嗯，在外面，春晓间，快散了。"席君煜点了点头，"里面怎么了？"

那女子有些犹豫："妈妈生气呢。唉，这事……"

她有些欲言又止，席君煜倒不打算问下去，恰好后方传来一名苏家掌柜的声音："君煜，怎么了？怎么去了那么久？"他于是回头说了一句："马上来。"然后转身朝这女子告辞。

今天他与那位掌柜一同在这里宴请宾客，此时宴会已经接近尾声，他方才只是去上了个茅房。回来时，双方已经开始告辞，由那位掌柜领着人离开，他只送到门口，主要负责结账与善后。横竖无事，他打发了其余作陪的女子，仅留下相熟的一位，让对方在房间里弹些简单的琴曲，自己则坐着吃东西、想事情。

他坐在靠窗的位置，虽然窗户是关上的，不过舒缓的琴音中，大风还是将那边的吵闹声带了过来，作为点缀，有些意思。

"若是哪位公子哥儿有钱人给你赎了身，我半句话都不说，还送你嫁妆，你现在就是犯贱——"

"我犯我自己的贱！赎身的钱不够还是怎么的！"

"不稀罕你这点儿钱！没有我，没有金风楼，你还想有钱？钱是怎么来的？"

"你就想让我在这里接着做，接着帮你赚钱！你就喜欢我一辈子都走不掉——"

"放屁！白眼狼！放屁——你去问问，你自己去问问！我杨秀红送谁嫁人的时候不是开开心心心甘情愿的！以前的思思、筱雨、丽虹、白朵儿、潘诗……白朵儿还是我撮合他们的！她们哪一个在楼里不是红牌！她们找了个好归宿，哪一次我不是开开心心地送嫁妆，可你现在是要去干吗？！"

"我！喜！欢！"

"你是被猪油蒙了心了！你在这里是抛头露面，赎身以后还是抛头露面，那你赎个什么身？！我就知道我不该好心，那个聂……她以前是官宦人家的子女，不通世事……我就不该再好心让她做事。她不通世事你也不懂吗？你以前是什么出身？！你让猪油蒙了心了！"

"就让猪油蒙了心了，蒙了心我也要这样子！"

"我就不许你这样！不许你这样怎么了？！"

"……"

"那个陈员外、铁家的公子，还有那个郑老爷，哪个不好？又不是让你嫁个老头子，你要有钱，当少奶奶，那去当啊！你嫁给谁我不高兴？哦，他们不喜欢，曹冠、柳青狄，大才子了，钱少一点儿但也是富贵之家吧，将来若是当了官……少奶奶的命！你嫁给谁不是嫁！你将来还真不嫁人了？你要是真跑去卖那什么蛋看看还有什么人肯要你。丢脸！丢脸啊！以后他们都得说我杨秀红教出来的女儿是怪胎，性格古怪——"

两人在房间里大声争吵，杨妈妈说到愤怒处，都带上了哭腔。席君煜听得有趣：她说曹冠、柳青狄……要走的莫非是那元锦儿？这女人是连续两届花魁赛的四大行首之一，想不到这次才当了两个月，竟打算给自己赎身了。亏本生意，难怪那杨妈妈气成这样，而且听起来竟不是要嫁人，而是要自己赎身……这是要自立门户吗？又不像……

以席君煜的身份，平素如果要捧捧这种头牌的场不是不行，但也的确是一笔大开销，因此他虽然来过金风楼许多次，但与元锦儿没什么交集，只是在公开场合看过几次她的歌舞，皆是活泼灵动，想不到吵起架来如此泼辣，对上这杨妈妈也是半点儿不让。

"反正钱在这里了！你要觉得不够你就说，大不了我全拿出来给你……"

"你出去也是抛头露面到底有什么好的，还是抛头露面给那些人看，现在至少是些文人才子！"

"头和脸都是自己的！"

"一辈子都是！没男人要你！"

"我也不要男人！"

那边杨妈妈被气得嗓子都哑了。

"你就算出去自立门户，我都不会这么气，至少还有个少奶奶的命，至少还有个少奶奶的命……"

元锦儿倔强地沉默着。

"你到底有什么不满意的？！你到底有什么不满意的？！你来了楼里，我捧你当花魁，让你成红牌，你认识的都是别人想认识都认识不到的，文人才子，大官名流，也有富豪地主。我由着你任性，没让你张开大腿接客，你不喜欢我就不让那些人碰你……现在你猪油蒙了心，要往绝路上走，你到底有什么不满意的……卖笑，抛头露面……女人就是这个命！要靠自己，开什么玩笑！你能靠自己一辈子？能当个少奶奶就最好了，别人求都求不到！你儿辈子修来的！你不喜欢？那你就去死，下辈子投胎当男人啊！女人就是这个命！都是这个命！犯贱——"

啪啪啪啪的几声在屋顶响起，下一刻，暴雨轰然而至，笼罩了整座城池。两人的声音听不太清楚了，只隐约听见元锦儿在嚷："那你就打死我啊……"

席君煜推开窗户，由于上方的屋檐伸出很长，大雨不至于飘进屋里来，从这边望过去，金风楼内层临着秦淮河的二楼中人影闪动，隐约能看出是两个女人在吵闹。零零碎碎的吵闹声随风雨飘过来，隔着雨幕只能大概辨认出激烈争吵的身影是谁，某一刻，大概是元锦儿的身影往窗户走去，直接推开了临河的两扇窗，房间里烛影摇动。

"你跳啊！跳河里死了一了百了！我就当没养过你这个女儿——"

在杨秀红的喊声中，席君煜看见窗户边那道身影二话不说爬了上去，然后半截身子自雨幕中探了出去，纵身一跃，砰的一下落进下方在暴雨中波浪翻滚的秦淮河里。

"哈！"席君煜笑了笑，想不到这年头还有这等女子。

"小姐——"楼里隐约传来喊声，又一名女子往窗口那边过去，大概是元锦儿的丫鬟。杨妈妈也大喊了起来："喊死啊！喊死啊！死了最好……她水性那么好，王八淹死了都淹不死她！王八蛋！白眼狼——"

"小姐……"

"拿上！拿上！拿上你小姐的东西……喏，卖身契，你的，你小姐的……滚！都滚！"

杨妈妈又在摔东西。那丫鬟在地上跪下，磕了几个头，随后拿起东西，喊着"小姐"，往外跑。

"叫上陈师傅！撑船过去跟着！把那作死的女人给我捞上来！别让人说我杨秀红逼死了人！"

大雨之中，金凤楼的一侧热闹了起来，席君煜看着这一幕，在楼上笑了许久。看完戏后，他从房间里出去，准备离开，却在走廊上迎面遇上了几个熟人，那是乌家的大少爷乌启隆与二少爷乌启豪。见到他们，席君煜站到走廊一边让两人过去，两人倒是一脸惊喜。

"哈哈，席掌柜，真巧，你今日竟也在金凤楼，可是有什么应酬？"

"方才接待四庆坊的余掌柜，如今余掌柜已然离开了。"

"哦，左右无事，不妨过来一叙。今日并无要事，能够遇上，也是缘分。"

席君煜笑着摇了摇头，随后礼貌地开口拒绝："谢过两位公子盛情，只是君煜尚有些事情要处理，便不打扰了，下次，下次……"

乌家这两位都是以热情和礼贤下士著称，那乌启隆以往就很欣赏席君煜，双方在那儿说了一会儿话，乌家两兄弟终于遗憾地笑着告辞。席君煜等着他们过去了，才转身朝楼外走去。

今日这等暴雨不利出行。算起来，那小婵的父亲今天才下葬，宁毅大概是明天晚上回来。这边的话，四庆坊的事情已经差不多了，该去报告一下情况了……

他站在门口看着那惊人的暴雨，那边跟班驾着马车过来："席掌柜，接下来去哪儿？"

"回……"他想了想，"苏府。"

马车嗒嗒地驶入那片雨幕当中，沿着仍旧显得明亮的长街往苏府的方向而去。不久之后，不远处河边的街道上，另一辆属于苏府的马车也驶入雨幕，朝这边过来了，赶车的是披着蓑衣的东柱，他们终于还是在晚上回到了江宁。

武朝的夜生活比较丰富，城池晚上一般不关门，偶尔关也关得很晚，只是最近外面聚集了灾民，一路上宁毅都在担心晚上城门会不会早关。回来的路上也看见了阴沉沉的天色，好在进了城门之后暴雨才落下。宁毅将耿护卫叫进车厢里，然后取了蓑衣给赶车的东柱披上。经过这边时，隐约听见有人在喊："小姐……"

宁毅掀开侧面车帘的一角看了看，秦淮河附近有许多楼房，多是青楼，屋檐下的灯笼散发着朦胧的光。虽然楼中有人，但街道上没什么行人了。他掀开帘子看时，一个女人正从河边两栋木楼之间的青石阶边爬上去，一个丫鬟模样的人拿着个小包裹站在旁边。

这女人也不知道是因为什么掉进河里，因为刚才下了雨，晚上的秦淮河也是波浪翻滚，颇为危险，难为她能爬上来，还一副游刃有余的样子。只是这女子掉下去的时候穿着单薄，此时浑身都已经湿透，衣服贴在曲线玲珑的身体上，几乎成了半透明，双腿优美修长，一只脚上的绣鞋大概在水里掉了，纤足赤裸，站在暴雨之中，这一幕委实诱惑力十足。

对街和附近楼上有几个人无意中看到了这一幕，赶车的东柱应该也在看。那女子伸手擦了擦脸，才注意到这一点，低头看了看自己，随后皱眉抬起头："没看过女人啊……"

听着像是很泼辣地骂出来，但实际上颇为心虚，声音不高。说完之后，只见她一个转身，扑通一下又跳进河里，转眼间已经在那波浪之中游出好远。

"小姐、小姐……"丫鬟在路边跟着，沿着河岸追了过去……

"啧啧。"帅姐啊……宁毅心中感叹，隐约觉得似乎在哪里见过那女子，但想想又有些不对，可能是以前看过某个电影明星，出演过类似的一幕吧。他如此想着时，小婵靠了过来："姑爷，你在看什么啊？"

"呵呵，没什么。"

"不信。"小婵摇头。

"东柱也看到了，你去问东柱吧。"

"呃？"小婵一阵疑惑，过了一会儿，方才掀开前方车帘："东柱哥、东柱哥，你们方才看到什么了啊？"

"什、什么？"东柱愣了愣，随后一阵窘迫，"没、没看见什么，没看见什么啊……"

"呀？"

宁毅在车内哈哈笑了起来。小婵迷惑地望望前方的东柱，再望望车内的宁毅，随后闷闷地退回自己的座位上："欺负人……"

"四庆坊的事情已经跟那边的余掌柜谈妥，十月初六以前能给他们货，以后就没什么问题了，我有个想法……"

暴雨笼罩的苏家大院内，水滴如帘子般自屋檐落下，亮着油灯的会客间里，席君煜正在与苏檀儿说着生意的进展，随后杏儿拿了帕子过来让他擦擦身上被雨淋湿的地方，片刻后，娟儿托了茶盘进来，将一份茶点摆在席君煜身边的小几上。

"席掌柜请用茶。"

"麻烦娟儿了。"席君煜笑着点点头，随后继续与苏檀儿说着生意上的事，"既然四庆坊这边已经起步了，我想可以在袁州那边再投入大概一万两，兴建两座印染的作坊与库房，以袁州为枢纽，再往周围发展，就可以十拿九稳……"

他说完，等待着苏檀儿的回答。苏家生意的扩张基本上都是这样的步骤，但苏檀儿喝了一口茶，抬头看了他一眼，声音有些低："袁州那边，虽然时间到了，但并非最近的要务……过段时间再说吧。"

苏檀儿声音柔和，这样的回答也在席君煜的预料之中，只是那目光让他有些看不懂。他与苏檀儿相识时对方才只是个十二岁的小姑娘，不过自从开始接触家中的生意，这几年来，这个逐渐长成少女如今名义上已为人妇的女子越来越让他看不懂了。

当然，这种感觉只有一点点，这个女人的绝大部分性格他自认还是清楚的，包括她所承受的压力以及在那样的压力下付出的努力。

早几年，应该是从苏檀儿十四岁接近十五岁开始，她就与他及其余几名掌柜一起做事，一起商量各种生意上的对策。少女偶尔有惊人的主意，多数时候却稍显笨拙，想出来的点子多数不能用，被指出来的时候她往往尴尬地笑笑，然后惊奇地说："原来会这样啊……"

她的性格柔软谦和，对谁都很和气，怎样都不会发脾气，下人做错了事情她也不恼，旁人因为她是女子而风言风语她也不生气。当然，有时候她也会遇上不知该如何应对的情况，毕竟只是十几岁的少女。那时她就不说话，脸上带着微笑，很用力地抿着嘴，沉默以待。

人的思想很奇怪，转变往往没有非常明显的分水岭。席君煜也不知道自己是从何时开始决定留在苏家布行的。他小时候境不好，母亲死得早，父亲多病，而且是个酒鬼，他天资聪颖，本以为一直念书会有个好前程，后来去布行帮工也只为赚些工钱贴补家用，谁知道就一直这样做下来了。

聪明人干什么都快，席君煜自信哪一行都能胜任，不仅仅是经商。为商久了，渐渐明白了人性人心，在他看来，掌握了这些东西，了解世间万物也不在话下，读书什么的反倒是旁支了。

只在苏家布行打些零工的时候他就帮忙搞定了好几单生意，赚到的钱也足够让家里宽裕起来。当然，那时候他还是打算再回去读书的，后来……留在苏家与那个老往布行跑的少女的关系具体有多少很难说，但肯定有很大一部分与她有关。

他想得其实也清楚，家中贫寒，真要读书走科举之路很麻烦，光是送礼走各种关系都负担不起，而有钱的感觉也蛮好的。那时的他给自己定下了一条相对理想的线路——在苏家打工，成为掌柜、大掌柜，然后入赘苏家，当苏檀儿掌握了苏家之后，自己就能与她平分秋色。

当时已经在布行中崭露头角的他与那名不断学习的十五岁少女配合得相当默契，

苏檀儿摆出的一些乌龙他也能非常及时地补上漏洞。自从知道苏伯庸与苏檀儿的想法之后，他就明白，有一天苏檀儿会需要一个入赘的夫婿，他显然是最理想的人选，而他本身也并不介意这种事。

无能的人总是期待身份或者这样那样的先天因素——当然它们的确有影响——但对真正有能力的人来说，知道自己本身的能力其实是一个很大的优势。他自信无论在什么地方都会有崭露头角的机会，迟早能让人重视。出身贫寒这个先天因素肯定是改不掉了，那么入赘也没什么不可接受的。

苏檀儿会明白自己的能力，自己也明白她的性格，这样的默契之下，成亲之后两人也会是最理想的伙伴。一部分人在最初或许会拿赘婿的身份来说事，但没关系，只要自己的能力得到展现，旁人自然会刮目相看，一年、两年……事实会改变一切。苏檀儿同样背负着枷锁，但依然能咬着牙往前冲，自己有什么不行的？

只可惜后来的发展出乎他的意料。苏家肯定考虑过他，必然考虑过他，但到得最后，由老太公拍板，竟然选了那样一个无能的书生。

仅仅是因为这个男人更好驾驭。

有时候太有能力反倒成了一种缺点。他当时在心里讽刺地想，又想着，若安排的成亲对象是自己，檀儿必定不会在成亲那日找借口跑掉。

他原本很有自信，即便知道苏家在考虑那宁毅也没担心，直到突然决定了就是宁毅，他才感到错愕。他原本有过直接找苏檀儿说出心中爱慕之情这样的想法，但那时候才发现一直以来这个少女与旁人保持的那种距离，虽然曾经也叫过他"君煜哥"，但不久之后就成了"席掌柜"，并且一直都是用"席掌柜"这样的称呼。

她或许柔软温和，或许灵动可爱，或许俏皮幽默，但更多的时候，这名少女其实将心神的一部分置于场外旁观，那一部分或许仍然会觉得有趣，觉得好奇，或许观看的时候会可爱地笑出来，然而就是一直保持着旁观和学习的态度。聪明人只要用了心，学什么东西都非常快，这也是席君煜一早就知道的。

那时候他才发现，爱慕之情有些说不出口了，因为人家并没有想象的那么亲切。

他也是孤傲之人，如果跑过去说了，少女表面上也许会无比亲切无比柔和甚至无比伤心，真正在旁观的那颗心却丝毫未将他当一回事，这是他受不了的结果。

苏檀儿在成亲之后便摆出了为人妻子的态度，这是他早就料想到的事情。身份问题原本便是苏檀儿成亲的主因，就是不知道那书生跟她在一起的时候会怎么样。苏檀儿是不会在表面上给人不快的，但是那书生肯定看不出自己妻子的内心到底是什么样子吧。

他想起来就觉得有趣，觉得可怜，他们甚至都没有同房。后来的发展虽然有些出乎他的意料——那书生至少在学问上竟真有些门道，但无论如何，貌合神离是肯定的，除了自己以外，不可能有人真能明白苏檀儿。被她藏于背后的那颗心，隐藏着在长久的压力与孤独之下迫不得已被逼出来的清醒。

想要以女子之身执掌苏家,受到的阻力永远都会有,即便哭也不会有人真的同情;即便手下的掌柜是在苏伯庸的授意下帮助她,每一次做生意的时候,他们还是会去考虑主家是个女人这样的问题。就算她不断证明自己的能力,到了四五十岁,甚至能成为武则天那样的人物,人们仍然会去考虑她是个女人,她只能在私下保持一份绝对的清醒。

想起来有些冰冷,有些孤独,有些可怜。她需要一个真正能与她相濡以沫,能与她共患难的人。席君煜喜欢这样的感觉,但眼下他也只能喜欢和接受现状。事实已经发生了,抱怨无用,还是考虑做些什么吧。

他有时候会觉得苏檀儿内心深处的那道人影有些看不清楚,她也在不断地成长,但无论如何,从某种意义上来说,苏檀儿算是他教出来的,最近几年里暂时还不会失控到哪里去。

袁州的事情,苏檀儿已经做了决定,他只是"掌柜"身份,无须多说。必要的时候,两人都可以很健谈,席君煜说着与四庆坊余掌柜聊天时听到的几件趣事,又联系到最近灾民的情况,分析了一下城内城外可能发生的事情。他知道苏檀儿平时喜欢听什么,苏檀儿端着茶杯,也确实听得入神,偶尔点点头,追问几句,少女般的好奇神态这几年来都未变过。这毕竟是消息不怎么灵通的年月,而席君煜说起来的,往往是她不知道的。

随后席君煜顺口说起有关小婵父亲丧事的事情,说了说宁毅大概什么时候才能回来,只是点到即止,暗示了一下自己的作用与宁毅的不一样。虽然看起来有些东西并没有进入对方心里,但今天晚上也许可以多聊一阵。明天宁毅就会回来,他有些想法,考虑着要不要今天明说出来。

也是在这个时候,杏儿撑着雨伞,从院子外面小跑着进来了,看起来有些开心。她朝席君煜点头,笑了笑,随后跑到苏檀儿身边:"姑爷和小婵他们回来了。"

"真的?"站在苏檀儿身后的娟儿首先开了口。苏檀儿抬起头,笑了起来,同时皱起了眉头:"这样大的雨,这么晚赶回来,有淋到雨吗?"

"倒是没有。哦,赶车的东柱淋湿了,姑爷让东柱先去洗个澡,然后吩咐了厨房准备些饭菜,他们一路赶回来,晚饭估计没怎么吃。"

"嗯。"苏檀儿想了想,"杏儿你去让厨房准备些姑爷喜欢吃的,然后准备一碗小米粥,我肚子也有些饿了,待会儿过去……另外准备一些冰镇的银耳羹,主要是让耿护院和东柱晚上消消暑,他们平时不常吃这个。你与娟儿若要,自去准备一些,我是不用了,姑爷和小婵用过晚餐之后估计也不会很想吃这个……呃,席掌柜要吗?"

"我不用了。既然宁姑爷和小婵他们已经回来了,我也没有太要紧的事情,这便告辞了。"

席君煜神色自若地笑着，苏檀儿点点头。

"既是这样，我送送席掌柜。"

"不用了，雨大。"

"没事。而且席掌柜方才说的有关袁州的计划，我还想多听些。"

你真想听才怪了……席君煜心中笑了起来，但他随后撑起雨伞与苏檀儿、娟儿一块儿往外走的时候，还是将一系列计划与想法说了出来，无论是袁州那边的风土人情还是各种关节、官员的资料，都相当细致。苏檀儿一边听一边点头。

雨声轰鸣，他走在道路上，有时候只能隐隐看见远处院落的光，给人的感觉就像是偌大的苏家宅邸中，仅有他们三个人在这雨中走着。待到靠近侧门时，他才能看见那边仍然有奔走进出的人，无不匆匆忙忙，他的跟班也在那边的门房里等着。走到一处不用撑伞的院廊下时，席君煜深吸了一口气。

"其实，这一年多来，苏氏虽然看起来发展情况不变，但各个地方都在截留资金，这些我都是明白的，你已经在做准备了。这件事情太大，你不想说我原本也不该提，但是……真的是太大了，如果血本无归，那意味着什么，你有没有想清楚？"

苏檀儿停下脚步，静静地望了他一眼，轻抿双唇，没有说话。那眼神有些复杂，像是在说"抱歉，不能跟你说这些"。她毕竟是要总揽全局的……席君煜并不介意这点，只是摇了摇头，叹了一口气。

"我不知道这个想法你是什么时候有的，或许几年前你就在想了……你想要拿宫引，你想要当皇商，这个……没错吧？"他望着苏檀儿，略顿了顿，"早几年或许还好一点儿，不过从去年开始，薛家也开始打皇商的主意，乌家也已经在考虑了。你的想法，遇上了最棘手的时候，这些事情，你知道吗？"

雨夜中，这几乎是最严厉的警告。席君煜的考虑，是其来有自的。

自澶渊之盟订立以来，每年需要交付给辽国的岁币中都包含布帛一项，但要不要成为织造业方面的皇商一直都是一件让人纠结的事。

每年三十万匹绢的需求不是个小数目，若不化整为零，任何一家布商都不可能吃下去。即便化整为零，朝廷方面给出的仍旧是一个个大数。偏偏这样巨大数量的布帛需求，朝廷的收购却不可能给出真正的高价，毕竟这不是当奢侈品收的，给的价格往往比市面上的价格还要低。

每年也会有一些珍品丝绸被宫廷购入，给的就是奢侈品的价格，利润当然有，但相对三十万匹来说，需求量就不算大了。成为皇商肯定会有一定的特权，所以有的大商户会空出余裕来吃下岁布的订单，薄利多销或者干脆不考虑赚钱，以朝廷给的一些特权去发展其他方面的生意。

苏家的底蕴这时候就稍嫌不够了，虽然承接下一小部分没问题，但如果主动去要求，那要面临的问题就相当大了。苏家本身就有大量的生意需要维持，一旦接下皇家的单子，他们可不会管你需要时间缓冲什么的，到时间就一定要货，要想不影响已经饱和的生意供需关系，苏家就必须保证足够的供货能力。也就是说，这要求苏家提前准备新作坊和新的原材料来源。这些生意提供不了太多利润，或许会带来一定的特权，但扩充这些新作坊所花的精力，本身就会让苏家的扩张能力真正达到饱和，之后就算有特权给苏家，苏家也没力气去扩张了。

另一方面，如果能接下一部分岁布生意，而苏家又有一种比较好的布匹，宫廷也会放开一部分对珍贵绸缎的需求，这一小部分赚得就比较多。谁都想要这一部分生意，但除了几种全国闻名的珍稀丝绸外，其余的布商想要将自己的名贵丝绸献上去，都得打包一部分没什么赚头的岁布份额，再加上打通各种关节的杂七杂八的费用，想在这上面赚利润，很难，因此，皇商不过是有余裕的超级大商户用特权将生意做得更大的手段罢了。

汴梁一带这样的大布商很多，江宁虽也是织造业兴盛之地，但皇商生意基本是几家中型布商固定接，他们虽然是转做这一块，但够风光，在布行的地位与乌、薛、苏三家没什么区别。当然，偶尔也会有一些生意分出来。倒不是说只有那些中型布商去接岁布买卖，而是成为皇商的，最后都只做到了中型，原因就在于岁布的压力太大，利润不高。

要解决这样的问题，最好的办法其实是改良技术。席君墨大概能感受到苏檀儿在这方面做的一些努力，这种努力做了好几年，估计已经有了些眉目，偏偏现在问题出来了……

"在前几年，你若能进一步降低岁布的成本，提高效率，这生意你就算大包大揽都没问题……当然一两年后肯定就会有眼红的，但问题在于，从去年开始，辽国与金国关系紧张，现在一个两个都在等这场战争开始。一旦打起来，两虎相争，我朝必定出兵，之后肯定不会再送岁币给辽人，这三十万的布帛，亏只能自己吃……

"如果岁币不再有，皇商所接的就尽是送入宫廷的绸缎，薛家跟乌家，眼下肯定已经在跟进了。我们或许可以赢过薛家，但赢不过乌家，他们在宫廷之中本就有关系，与织造府的大人们也很熟。我知道你这几年费了些工夫做准备，可如今这种情形，胜算已然不高了。最主要的还是在岁布方面，你献上的丝绸再好，宫里的需求也不高，假如岁布他们不要了，而你已经建了大量的新作坊，相当于资金一下子就被掏空了；可你若是不准备新作坊，假如岁布仍有一年的需求，我们怎么办？"席君墨说完这些，苏檀儿沉默了许久方才说话："岁布的题目，薛家跟乌家不也一样难做吗？"

"如果还有一年的岁布要求，他们是打算死撑的，不加筹码，先将市面上的份额让出一部分，明年或者后年出兵了，翻脸了，他们便拿着那绸缎生意，拿着皇商特权，再把市面上的份额要回来。可是你在改良织机，你在冒险，你投入太多了，若是几年前，我当然支持你，可现在明面上未必争得过，这已经不是一本万利的买卖，不如及早抽身。"他叹了口气，"这不是你算计错误，而是凑巧遇上了，也没办法……"

以往因为岁布的关系，皇商不是什么香饽饽，对真正有能力吞下的大商户来说，他们本就可以变得更大，而对苏家或是更小一点儿的商家来说则是负担甚至毒药。偏偏就在苏檀儿想要有动作的时候，又要打仗了，战事看到了希望，岁布可能就没了，到时如果薛家和乌家也过来争，苏家的投入反倒成了个笑话。

听席君煜说完，苏檀儿微微蹙眉，摇了摇头："席掌柜觉得……这次仗打完之后，局势会怎么样？"

"呃？"席君煜微微愣了愣，随后道，"打过之后……"他说到这里，陡然明白了对方的意思，"你这也……"

"自我出生开始，岁币就年年都在给。"苏檀儿放轻了声音，"有些东西，说起来不光彩，但看起来就像是没完没了的事情。我当然也希望我们能打赢辽人，可是……没有赢过啊，六十多年前的澶渊之盟，七年前的黑水之盟，如今又多了个金国，打起来会怎么样呢？两虎相争同归于尽那当然好，可真会这样吗？"

苏檀儿摇了摇头："人人都说辽人野蛮残暴，金人粗鄙不文，说起我武朝来就是泱泱天朝，我……我也很喜欢听这样的故事，小时候上茶楼听说书，总忍不住拍手大笑，可要说真是如此……我是不信的。哪里都会有智慧之士，我们打不过他们，只能说明他们比我们强，强，就得认……

"会认输的人才能赢回来。我是个商人，输就是输，钱没了就是没了，找什么借口都没用。借口当给别人，知道他若怎样做便不会输，我才知道该怎样防着他；缺点给自己，我才能看清楚自己。席掌柜，辽国七年前还能那样逼着我们订立黑水之盟，金国现在便能与辽国叫阵，他们打起来的时候，就真没人理会旁边有个武朝在看着吗？

"我如今逛茶楼酒肆，听那些文人才子每每议论我武朝要如何坐收渔人之利，辽国、金国如何野蛮粗鄙、蠢笨无脑，议论如何挑拨他们两国，如何让两国杀红眼……我便是女子，若在辽国、金国，也不会短视到如此地步啊。我朝被欺压近百年，他们竟还如此开心地说着对方乃蠢笨畜生，我们会被一群蠢笨畜生欺压如此之久吗？或许就是因为这些学人才子整天说着我武朝侠士打败辽国蛮子的故事，我朝才会如此积弱吧……"

她的神色黯了黯："若真打起来，最好的结果当然是他们真的两败俱伤，我朝再不用给任何岁币，到那时，改良的织机也还是有用的，可还有其他结果啊，万一辽国赢了，兴师问罪，我朝给辽国的岁币还得增加。何况金国若赢了，他们莫非就不要岁币了？哪有这么好的事。听说辽、金两国的摩擦，很大一部分还是因为金国想与我大武做生意，所以也有可能两国罢战，我武朝不仅要给辽国岁币，还得同时给金国岁币,唯独……不可能有他们给我武朝岁币的事情发生……

"我也希望我朝能胜,若有一日大军开拔,官府必定来家中要钱,爷爷和父亲已经准备好了。可若到头来不能胜,那可……怎么办呢?"

席君煜在旁边愣了半晌。如今金、辽局势紧张,举国上下皆言两虎相争必有一伤,武朝喘息的机会到了,结果再差,也不会比现在的情况更差。想不到苏檀儿竟是抱着这种想法,到底该说她太悲观还是太清醒呢?回想这女子以前的行事作风,柔软的外表下确实隐藏着极其刚硬的内核。实在是……他的心微微颤抖,太令人欣赏了。

即便是这样,席君煜依然抱持武朝不会变得更差的想法。改良织机,以空余的力量接下大量岁布生意,降低成本,冲高利润,这的确是再堂堂正正不过的阳谋,但这样的利润赚不了多久。一般来说,印染或者针法的独门秘法往往可以维持得久一些,但织机的改良,只要一两年,方法就会被传出去,有心人就都知道了,到时候大家都改良,利润还是会被冲下来,费了力气往往并不讨好。

他张口,正准备将这番话说出来,旁边陡然响起了鼓掌的声音,一道身影在走廊那边的黑暗里拍起巴掌来。方才苏檀儿那番话说得认真,席君煜竟然没有注意周围。娟儿讶然地道:"姑爷,你怎么在这儿?"

那边黑暗中的人正是宁毅,他一只手上提了把油纸伞,另一只手上拿了两挂看起来很土气的山货——像是熏干的野兔,这时笑着朝后方示意了一下,那是停着马车的小广场的方向:"原本在等着吃饭,我想去厨房看看,经过这边时,想起马车上有点儿东西没拿……啊,这个是小婵的乡亲给耿护院的,我就顺手拿一下,是份人情,免得被整理马车的家伙给顺手牵了羊去,过来时就听见了说话声。"

他笑着,伸手指了指苏檀儿:"你不对,不爱国。"

席君煜原本是打算针对这事说上几句的,此时听宁毅首先说出这句话,不禁微微皱眉。这厮也是书生一名,哪怕文章做得好,与檀儿说的那种整日喜欢讲武朝侠士打败辽国蛮子故事的家伙也没什么两样。单从逻辑上来说,苏檀儿方才说得极有道理,只是与生意上的变化不能一概而论。

他偏过头去,只见旁边的苏檀儿忍不住扑哧笑了出来。这样的笑容在席君煜的印象里是极其少见的,因为隐约间,她背后的那个女子似乎也在笑,并与眼前的苏檀儿融为一体。

她就那样笑着,有些没好气地扭了扭头,但目光还是在宁毅身上,语气微嗔,却并非撒娇,只如朋友在自然地开玩笑一般:"相公啊……"

与此同时,城市的另一处,暴雨下的秦淮河湾,有一道身影敲响了那亮着灯光的吊脚楼的房门。聂云竹推开门时,看见了抱着身子、全身都被雨水淋湿的元锦儿。

她今天跳出金风楼时穿的是单薄的棉质睡衣睡裤,一路淋着大雨过来,灯火之中，那衣物贴在身上，更是恍如透明。当然，在同是女性的聂云竹眼中，这样的状态只是令元锦儿显得更加娇小和孱弱了一些。这位平日青春活泼的少女此时露出了一个笑容，伸手摸了摸脸上的雨水，然后低着头用力甩了甩那一头水草般的长发，顿时水花四溅，随后她打了个哈欠。

"啊……云竹姐，我好厉害，差不多……呃，是一路从金风楼游过来的，就算是这样……嗨，我好想睡觉，云竹姐你的房间在哪边？我睡地板就行了……"

她一只手捂着嘴狂打哈欠，随后咳嗽几声，看起来是困得不行的状态。聂云竹只是微微愣了愣，立即伸手将她抱住了："不行，你得先洗个热水澡……胡桃，快点儿烧热水……"

"嗯……不洗澡了……水好难喝，我都快被泡成一个馒头了……嘻，云竹姐你好暖和……"

元锦儿软在她的怀里，双手搂住了她的脖子，闭上了眼睛，嘟嘟囔囔地笑着，随后将脸在聂云竹肩膀处的衣衫上擦了几下，心满意足地靠在那儿，眼看便要睡过去了。随后，暴雨之中又传来声音："小姐、小姐……"

同样几近全身湿透的扣儿抱了个小包裹追了过来。

不久之后，聂云竹苦笑着看了看那个全身赤裸、在她床上抱着她的被子正自沉睡的女子，大概知道了事情的来龙去脉……

第六章
连辽连金各有主张　言商言政戏谈时局

雨还在下，马车离开附近的街道时，掀开帘子回头看雨夜中的苏家大宅，能见到的只有侧门檐下仍亮着的两盏灯笼而已，其余地方都是黑暗的院墙轮廓，那轮廓中偶尔会有微光升起来，席君煜叹了口气。

"早知道你不会听，不过……"他喃喃地说了一句，脸上露出一个笑容，"那就勿谓言之不预了……"

有关皇商的事情，宁毅出现后，他还是开口稍稍提了几句。当然，由于不知道宁毅是否清楚整件事，最后说的话有些旁敲侧击的感觉，无论如何，意思应该是传到了。他在苏檀儿面前能做的、该做的，也就这么多了。

马车自这边离开时，那边的院子里，宁毅已经与苏檀儿、娟儿两人去了不远处准备用餐的小院。宁毅对于宫引的事情早有察觉，但并不是非常清楚其中的关节，也没听见两人对话的前半部分，无非是听苏檀儿说起国家情况，方才出言调侃一番。这时候苏檀儿便笑着嗔道："妾身方才说的那些，有大半明明是相公上次随口议论的，此时倒来说妾身不爱国……相公也不是好人。"

"语境不一样，你不能一概而论。"宁毅在大雨中笑着瞎掰一番，娟儿在后方一路跟着。

他出去了几天，回来之后感觉没什么变化，虽然与小婵之间的感觉似是有些不同了，但晚上大家仍是一块儿吃饭一块儿说话，聊聊这几天去南亭村的事情。

耿护卫与东柱离开之后，宁毅与苏檀儿等人也就撑着雨伞回了自家小院。婵儿、娟儿忙着烧洗漱的热水，杏儿里里外外地做着打扫，苏檀儿回到房间，继续处理席君煜过来之前正在处理的账目。

暴雨在院子里几乎汇成涌动的水流,宁毅在屋檐下看了一会儿,抬头望向对面。苏檀儿房间的窗户是打开的,女子的身影在窗前的桌边写写算算,的确是与平日无异的景象。他准备回房时,才看见娟儿站在后方,端着一小盆热水。

平日里娟儿给人的感觉比较文静,但跟宁毅之间的关系不错,这时候她笑了笑:"姑爷今晚早些睡吧。"

宁毅想了想:"嗯?"

"姑爷没回来的几天,小姐总是睡得很晚。虽然是在清账,可我跟杏儿姐都劝不动她。"

她说完,微微低头,端着水盆从旁边走掉了。

"啧。"宁毅扭头看了看窗户上的那道身影,耸了耸肩,"我也劝不动啊。"

夜间又在房间里看了一会儿书,计算着到了午夜时分,见对面的灯光还亮着,宁毅想了想,放下书卷,吹熄灯火,上床睡觉。那边的房间里,苏檀儿抬头望过来一眼,手上还在翻动账册,微微皱了皱眉。

她托着下巴,忍不住又往那黑暗的房间望过去,片刻后又翻过一页,随后再伸手,将整本账册给合上了。

差不多了,熄灯睡觉吧。她如此想着。

侧面的丫鬟房间里,穿着单衣的娟儿从窗口探出身子,望望对面宁毅的窗口,再扭头往苏檀儿那边的窗口望了一眼,趴在窗台上感叹了一声:"姑爷真厉害。"

一阵窸窸窣窣的声音过后,院子里终于安静下来,唯有暴雨的声音仍在继续……

也是在这个晚上,千里之外的武朝首都东京没有一丝乌云,仿佛透着希望的上弦月正放出冷玉般的光芒,星光点点,聚成如玉带一般的广袤银河。夜色中的城池仍旧热闹,集市、青楼、大大小小的宅院中仍旧灯火通明。城中最热闹的御街一直通往皇宫正门宣德门,从这里望过去,宽广的街道、满城的灯光一目了然,高耸的皇城也笼罩在一片灯火之中。

皇城的门虽已经闭了,不过那边的风貌每晚都是如此,因此很少有人知道,有一项极其秘密的重大事件正在这个晚上的皇城中悄然发生。

中书门下朝堂中声名显赫的一些大臣正聚集在这儿:李纲、童贯、吴敏、唐恪、耿南仲、张邦昌、秦桧、高俅、周植……如今这些人的官职有大有小,也有各自的小团体。此时乃议事的休息时间,众人三三两两地聚在一旁,一边喝茶休息,一边议论一些事情,声音虽小,实际上心中的激动无法抑制。

"辽人前不久递来国书,要求再议岁币之事,甚至愿放弃岁币,央我武朝出兵一同伐金。这事,想必你那边的路子他们也走了吧?"

"确有此事,那辽使央我在上朝之时帮忙说些好话,还送来诸多礼品,其中一尊香炉委实名贵,其余的……呵呵,不过如此。"

"辽人急了。要等到他们急,真不容易啊。"

"唇亡齿寒,我还是认为此次不当出兵。女真人如今占了上风,一旦灭辽,焉知下一个攻打的不是我武朝?"

"这事太过危言耸听,女真人太少,一旦灭辽,其举国上下可用之兵怕也不过十万之数,还得维持局势,岂能千里兵伐,再攻我武朝?"

"种师道如今也是这等看法,其与人言,不当联金伐辽,此次当联辽而伐金,只因辽国与我武朝兄弟之邦已有百年,金国才是虎狼之邦。另外还有邓洵武……"

"胡说!远交近攻,自古如此,哪有远攻近交的道理!此次收复燕云指日可待,数百年啊。若能成事,我等……都将名垂青史。"

"种师道那才是真的糊涂了。"

"辽国气数已尽,我等当顺应天命行事……武朝将兴了。"

"可惜童大人才离京不久。"

"一介阉人……"

"闭嘴!小声些!"

嗡嗡嗡嗡的声音持续不断,无论如何,当初由童贯在明面上推动的联金伐辽提议,此时已然度过了最初阶段,进入细节商议环节。

真正的伏笔或许在七年前的黑水之盟就已经定下,特别是在四年前,辽国天祚帝亲率七十万大军伐金,结果几乎被完颜阿骨打两万战士全歼于护步达冈之后,联金抗辽的呼声在国内就一直高涨。虽然也有一部分人认为武朝不应当参与此次战争,或者该联辽抗金,例如西北名将种师道。

枢密院执政邓洵武也曾为此进言:"什么'兼弱攻昧',我看正应该扶弱抑强。如今国家兵势不振,财力匮乏,民力凋敝,这局面人人皆知,但无人敢言。我不明白,与强金为邻,难道好于与弱辽为邻?"

高丽国王则偷偷捎话说:"辽为兄弟之国,存之可以安边;金为虎狼之国,不可交也!"

当然,如今保持这种观念的只能是小众。石敬瑭丢失燕云十六州已有两百余年,能够收回燕云,这样的诱惑是哪个皇帝都抗拒不了的。

尽管察觉到危机的辽人也开始向武朝求助,甚至愿意以取消岁币为条件央求武朝与之联手抗金,但从几年前开始,武朝便一直派人自海路与金人联系,往返了几次。这一次金人派来几名使节,武朝终于有了相对确切的答复,接下来便是这边商议好谈判条件,随后派人过去,就算真正进入谈妥的环节。

这次过来的金国使节只是表达了合作的意向，没有一条条拍板的权力，武朝这边商议好之后，还是得派人去金国与完颜阿骨打面谈。

众人还在皇城之中商议时，位于御街附近的一家酒楼上，两名金国使节团中的人员正在喝酒。其中一名是四十出头的中年人，另一名则仅有二十来岁，身上都有着女真人的那种剽悍之气，只是中年人望着外面热闹街道的目光有些复杂。他们两人看起来只是使节团中的随行之人，没什么地位，这时也未跟着进宫，但对话中的意味颇不寻常。

"谷神大人此次既来，为何不干脆现身，早日签了那约定？如此一来，武朝挥军北上，那些契丹人必然左支右绌，我们这边也好减些负担。"

如果是真正通晓金国情况的人路过听见这称呼，大概会被"谷神"二字给吓到。欢都之子谷神，又名完颜希尹，乃完颜阿骨打身边最重要的谋士，从阿骨打起兵反辽以来，诸多大事都有他的参与，此人不仅军略极强，也是女真有名的文士。早几年阿骨打称帝，认为女真没有自己的文字，让他造一套女真文字，他仿照汉人楷书在去年将这套文字造了出来，如今已经开始在金国境内推行。他望着外面的灯火，摇了摇头。

"虽然我等在起兵之初就考虑过请求武朝援手，但这事乃武朝首先提出，既是武朝有求于我等，我等自然不能表现得太过迫切。我此来中原，只为看看武朝繁华、东京风貌……这时所见，已然不虚此行了。你看这东京景象，辽国五京与之相比，仍然大有不如啊。"

"没里野倒觉得太过奢靡，软绵绵的没半点儿剽悍之气。谷神大人，其实此次过来的队伍中有些人说，这武朝，除了奢靡之外，其余实在无甚可取之处，他们被辽人欺压百年，毫无建树，我们就算与之结盟，怕也没什么大的益处，虽然也可吸引些许视线，但实在可有可无，便没有他们，我女真将士也可拿下辽国，联盟不过是平白被他们分一杯羹去……"

"勿要自大。"那完颜希尹皱了皱眉，"武朝居中原之地，地大物博，我女真出现之前，汉人便在这里生息千年。他们这些年虽然看起来是被辽人欺压，可若真是积弱到那种程度，辽人岂不早吞并了他们，哪里还能由得他们发展至此等程度？"

他摇了摇头，目光之中也有些不确定的成分："我这几年造字，专研汉人文化，越是深研，越是敬佩其底蕴之深不可测。没里野，便是陛下、二国政大人，说起武朝之时也是心存敬畏。中原之国，不可小觑，一旦我等联手攻下辽国，彼此接壤，便可能成为敌人，对于你的敌人，岂能心怀轻视？"

他说完这些，目光再度投向外面的繁华夜景。名叫没里野的年轻人低头沉思着。若是旁人，怕是怎样说也不能改变没里野的认知和想法，但眼前的谷神大人不同，他不光有着过人的武勇、军略、智慧也是超群，他说的话，必然都是有道理的。

如此想着，没里野同样将目光投向外面，开始思考起这些汉人到底有多厉害来。

或许有一天……能在战场上见到。他如此想着。

属于开封的这个夜晚，多年之后或许会被人记起，在史书上占有一席之地。然而，这也只是接下来许多年发生的诸多事情中的一段小小插曲，人们此时都在做着他们认为正确的事情。

方腊以及一些义军在武朝东南造反的影响开始广泛传播。名将童贯在提倡联金伐辽的同时考虑着先以雷霆之势将这些泥腿子平定，然后挥军北上。皇帝等着收复燕云，还我河山，再慢慢地励精图治。此时身处汴梁的完颜希尹，身处抗辽前线的完颜阿骨打，都在考虑武朝北伐会产生的助力以及今后的局势——女真的人口、军队都太少了，拿下辽国之后，他们要怎样才能维持住与武朝的平衡，让自己接下来不至于被武朝吞噬……

当然，这些事情宁毅一件都不知道。

他正在睡觉，到得早上起了床，看暴雨已经停了，便照例去跑步，跑步途中按照陆红提教的呼吸方法练习内功，一路去到聂云竹的小楼前，喝杯茶，说说话。毕竟几日未见了，两人稍稍寒暄之后安静地坐了一会儿，聂云竹考虑着如何跟他说起自己已经跟可能变成自己义父的秦老见过面的事情。宁毅拿起茶壶给自己倒水的时候，一只拿着茶杯的手从后方递了过来。

"喏，也给我一杯吧。"

女子的手白皙而小巧。宁毅愣了愣，还是倒了，随后回头看看，穿着一身似乎是属于聂云竹的衣裙的女子坐在后方高两级的台阶上，举起茶杯呼呼呼地吹了几下，然后慢慢地喝了下去。

两人应该已经认识了。聂云竹回头，微微讶然，想要开口，但又不知道有没有必要介绍。过了片刻，元锦儿将茶杯放下，咂了咂嘴，发现宁毅还在看她，她嘴巴一努，瞪着眼睛，身子朝后仰了仰："一直看着我干吗？"

"哦。"宁毅眨着眼睛，点点头，随后转过脸去喝茶，不再看她，过得片刻又耸了耸肩，"昨天看见一个女人从河里爬上来，当时下着大雨，她全身都湿透了，喀，很透的那种……应该不是你。"语气听着很是淡然。

元锦儿瞬间瞪圆了眼睛，聂云竹微微"嗯？"了一声，扭头看看她。元锦儿进门时的那幅情景她还是记得的，后来拉着对方去洗澡时人已经睡着了，为了不让元锦儿染上风寒，还是她脱掉元锦儿的衣服为对方擦拭身子。

元锦儿眨着眼睛与聂云竹对望了两眼："当然不是我啦！"随后一拉裙摆，起身跑掉了。聂云竹比她稍高，因此裙子也稍长，她跑到里面时啊了一下，差点儿摔倒。

聂云竹没好气地笑了笑，扭头再看宁毅。宁毅还是淡然地喝着茶，然后瞥了她一眼，又瞥了她一眼，道："你这么看着我干什么？她都说不是她了！"

"登徒子。"聂云竹拿起茶杯，将脸别到一边。

聂云竹去江边与秦老认识其实并非意外。虽然宁毅已经说了让她认秦老为义父，她对这样的安排也不排斥，但就性格来说，聂云竹本身是有主见、独立的女子，在宁毅离开的几天里先去见了秦老，有一部分也是因为她想主动结识这位可能成为她义父的老人。

见过之后，这两日她都会去秦淮河边听对方说说宁毅有才学且特立独行的另一面，仿佛从一个侧面再次认识了这人。早晨再见宁毅，顿时有了种熟悉而又新奇的感觉。

虽然有锦儿那丫头过来搅局⋯⋯

知道聂云竹已与秦嗣源认识之后，认义父的事情宁毅就不打算多做引导了，这事能水到渠成最好，何况眼下也不着急。

昨晚下了暴雨，今天白天天气晴朗，下午宁毅去到河边时，秦老正在与聂云竹下棋。聂云竹看了他一眼，眼神灵动，却不跟他说话。宁毅与秦老打过招呼后就在旁边坐着看。

聂云竹琴棋书画各项技艺皆晓，不过她在琴艺歌舞上是大家，书画下棋虽然也很不错，但自然到不了秦老的水平。宁毅看了几眼，便知道秦老留了手，算是稍稍指导了聂云竹一番。与此同时，他与宁毅说起那赈灾防疫手册的事情。

秦老已经将这本小册子寄给了远在江州的大儿子秦绍和，康贤那边据说也已经动用关系将册子递了上去，随后分发到各地。当然，要见成效还得等一段时间。秦老跟宁毅说起这些的时候，聂云竹便在旁边沉默地看着他。

对聂云竹来说，宁毅的这一面她还是第一次见到。与宁毅相识以来，她的所见一直都很片面，就算知道他有才学，也都是从旁人口中听来的。他俩每日见面都只说琐碎小事，或者听他喜欢的那些古怪的歌曲，看他画古怪的漆画，因此她只感觉这个人非常真实。虽然宁毅之前也在跟她议论生意时展现出一份从容，但生意不过是商贾小道。

此时，宁毅给她的感觉却不同了。这时谈论的是国家大事，而且并非那种无知书生的夸夸其谈——那些夸夸其谈她曾经在金风楼中见得多了。这两日她也听秦老说立恒并非那种无知的书生，办起事情来务实稳妥，如此才是真正做大事的态度。秦淮河边风起之时，女子在那儿听两人说那些事情，想起老人对宁毅的评价，隐隐的似也有些与有荣焉的开心。

其后几天，日子与平时无异地前行着，当然，一些该有的变化也在发生，但于宁毅的影响不是很大。

城内城外的灾民随着时间的流逝仍在增加。豫山书院附近的街道上、围墙下也常常能看见一些乞丐游走聚集，看起来可怜，但若真要关心，那是关心不过来的，这些情景连小婵也已经司空见惯了。乞丐在江宁城里从来不缺，只是眼下多了一些而已。从各地过来投奔亲人的灾民也不少，苏家也有些亲戚受了灾，然后过来投奔。因此，令城市稍稍显得拥挤和混乱的主因还是人群骤增。官府与军队加大了管束力度，城内的情况还不算坏。有路引有身份证明的可以进城，若没有引条，没有可投奔之亲人的，便只能聚集在城外等待接济。

这几天还能维持住秩序，城门就没关，不过有一次，宁毅路过城门时看了看，城外的难民比起他回城那天又多了不少，又只弄了些简单的棚舍住下，场面混乱，人心惶惶，吵闹声、哭声混在一起，特别嘈杂。武烈军派了大量人手驻在城门边，随时准备应变，关闭城门。

由于灾民持续增多，有关制造高度酒的设备和作坊的计划，宁毅在思考过后还是暂时搁置了，反正设备图纸已经做好，不如过了这段时间再来考虑。他如今早晨跑步到那栋小楼前时，常常看见元锦儿与聂云竹在那儿喝茶，他一来，元锦儿便拿着茶杯跑掉了。

元锦儿离开了金风楼，这事一时间在江宁传得沸沸扬扬，就连宁毅都听李频说起过，他还说这位四大行首之一目前下落不明。每天早上看见她在那儿喝茶的时候，想起李频的说法，宁毅就觉得心情复杂，据说几个痴情人士眼下还在寻找她的踪迹。

这女人是打算过来跟她云竹姐学着当老板的。她从金风楼出来前，给自己赎身花了一笔钱，但仍然剩下不少积蓄，如今准备全都投入竹记。这不是一笔小钱，按照她的说法，从今往后，"我就是云竹姐的人啦"。这几日她正在休息，准备过两天去竹记当个小掌柜。

宁毅回来的第二天，李频跟宁毅说起一件事。

"对了，前几日，曾有一对姐弟过来书院找你。"

"姐弟？"

"嗯，看来是富贵人家的子弟，年纪不大，但气度不凡。姐姐十二三岁，挺难缠的，像是故意跑来踢馆，你当时不在，她便把我结结实实地考校了一番。呵呵，弟弟的脾气倒还好。"

李频说笑着，比画了一番那对姐弟的身高，然后说起那日考校的过程。李频这人性子豁达，不会将一个孩子的冒犯放在心上，何况以他的才学当然不可能输掉，这时候道那对姐弟颇有学识，看得出来，他对两人蛮欣赏的。

宁毅看他比画的身高，恍然笑了出来，知道是周佩、周君武那对姐弟。不过端午见过一面，居然还专程上门踢馆，得罪女人的感觉可真不好……

随即他便将这事抛诸脑后。

宁毅每日固定的活动还是上课。如今已然教完《论语》，开始讲《孟子》了。孔曰成仁，孟曰取义，如果说孔子的思想以人为本，多半说的是人的行为，那么孟子的思想便有许多是直接涉及国家与集体的。每日说起时，宁毅大抵也是夹些有关国家的故事来说说。到得这天，他大概说了几年前的护步达冈之战。

金国的动向宁毅打听了一些，秦老与康老也常常说起。这场战斗就发生在四年前，天祚帝御驾亲征，七十万大军压过去，完颜阿骨打以两万军队迎战，甚至已经做好战死的准备，可是到头来，两万军队却是大胜——不是惨胜，而是反过来近乎全歼天祚帝的七十万大军。无论这背后的原因有多复杂，这场战斗都是数千年来战争史上的一个奇迹。

宁毅只是用这种极端的例子讲述一下女真人的勇猛，国家与人的关系等，不可能跟一帮孩子说得太多，倒是上完课后与李频能多说几句，聊聊对女真的看法。两人一路去往旁边用于办公的房间，进去将书卷放下之后，李频方才叹道："之前尝有言说，女真不满万，满万不可敌，这些年看来，果真如此。只是此等战绩可一不可再，辽人终究势大，女真人太少，这场战事的结果究竟会如何，目前还难说得紧。"

宁毅笑了笑："这样不是更好吗？街上整天都在说两败俱伤，我武朝才好从中渔利。"

他这话语之中带些调侃，李频看了他几眼，笑了起来："立恒又在敷衍了……街头巷尾那些话不过是想当然的言辞，我武朝积弱，无论将来与谁为邻，皆非好事。若能成三国之势，或可得一时喘息，当然……此话也是过于理想，这时所成的，并非易于平衡之局。尽管积弱无力，动作总得有一些，不能坐以待毙。幽云十六州割让已两百余年，此次若真能把握时势将其取回，借长城天险，我朝或真可得一时喘息，再徐徐图之……"

"嗯。"宁毅感同身受地点点头，等着李频将话说下去。不过李频看到他的反应，倒是微微愣了愣，随后苦笑起来："立恒仍是不以为然……"他说完这句，正色起来，抱拳一揖，微微躬身，"事到如今也无须遮掩，于这时局，我一直想听听立恒的说法。局势积弱至此，这天下，立恒觉得，到底如何做方有希望？"

"啧……"宁毅看着他，微微皱了皱眉，随后笑道，"你这句话憋多久了……呵呵，问我又能有什么用……"

"确实已有些时日。"李频笑了起来，"之前听立恒说过几堂课，觉得发人深思，当时想要跟立恒聊聊对这事的看法，又觉得与酒楼茶馆之中夸夸其谈的行径无异，但后来再反复思考立恒的许多说法，委实是独成一脉，有的务实之言甚至振聋发聩。立恒于之前朝代的历史皆有独到看法，对时局也很熟悉，此次我是真心想要听听立恒对时局的看法，以共勉……你我便当是在酒楼茶馆之中夸夸其谈，如何？"

时间往前推一点儿，书院一侧的走廊上，两道孩子的身影正一前一后朝这边过来，是一对姐弟。姐姐周佩，弟弟周君武，两人各自拿了个小口袋，一边走，一边吃着软糯的糕点。随行的跟班和护卫已经被他们留在了书院门口，接近这边的课舍时，姐姐周佩将口袋挂在腰上，擦了擦嘴，然后偏过头看看弟弟，这家伙还在一边走一边吃，于是她连续瞪了弟弟好几眼。

直到听见那边传来的说话声时，周君武才抬起头来，随后眨着眼睛愣在那儿，不明白姐姐为什么要瞪他。姐姐一副"朽木不可雕也"的表情扭头往前走去，他才连忙跟上去："怎、怎么了啊？"

他原本是出来吃东西的，听说那蛮子回来了，便被姐姐拉了往这边来踢馆，肚子还有点儿饿。这句话说完，他将剩下的半块糕点放进嘴里，疑惑地咀嚼着……

时间已经渐渐从三伏天转出来，但天气仍未脱去暑日的炎热，豫山书院的某间书房里，李频倒了两杯茶水，递给宁毅一杯。

"国事天下事，有时候见多了夸夸其谈又自信无比者，总觉可笑。不过许多想法也是从夸夸其谈中出来的，若真埋头苦干，从不与人议论，行事又难免偏颇。景翰三年，我赴京赶考，进士及第，黄榜第十一名，可惜……当时因策论过激得罪了吏部侍郎傅英，虽中了黄榜，却难得实缺。数月之后我心灰意冷，离开东京，辗转回到江宁。"

李频说完，拿着茶杯摇头笑了笑。

"旁人求官，中了进士，在东京一待数年求各种门路的都有，而我几个月便走了，有时我都不愿跟人说起，怕被人笑话。不过在东京的那段时间，见到那官员与官员间的利益网，心情着实复杂。东京风貌与江宁稍有不同，去了便能感觉到，皇城所在之地，仿佛所有地方都被那种感觉笼罩——在御街附近你每日能看见那巍峨的宫墙，即便在见不到皇宫的地方，你往那个方向望过去，皇宫似也矗立在你眼前一般……

"求官的、求门路的、谈论国家大事的，为往圣继绝学，为万世开太平……茶楼酒馆、烟花之地谈论的也都是这些，到哪里你都能看见官的影子，一方面朝气蓬勃，另一方面却又暮气沉沉，总之，大家都在干着急，都不得要领。但日子总得过下去，我也试着走各种门路，想各种办法，比如找那傅英的政敌之类的，或许能得到提携，可到头来还是无甚大用。或许只是我路子未走对，原本以为第十一位总该有些价值，人家虽然不拒绝我，但也只是推诿，给我安排些位置，但并非实缺，人家的安排也滴水不漏，于是几个月后，我就明白这条路暂时是走不通了。"

"何必在人家的地方想着钻那点儿空子呢，钻不进去的。我的家境尚算不错，真要在东京住下等着机会也不是无钱，只是觉得没有必要了，不妨趁着这段时间再安心沉淀思考。于是我离开东京，辗转许、唐、伸、安几州绕回江宁，当时也遇上水患，见了不少事情，回来之后这几年里也在思考，这世事何至于此……"他喝了口茶，"之前百年我武朝也有大小数次变法革新，失败者多，可论及原则，不离富民、强兵、取士三项。若要做事，从这三者入手确有道理，然而究其根源，使我武朝军民皆弱、取士不得其法的根本原因到底为何，最近每每与人谈论之时，皆在思考此事。"

宁毅喝了口茶，随后耸了耸肩："这个原因……不是很简单吗？"

李频原本等着他的看法，听到他这句话，微微愣了愣，随后笑了出来："确是简单……立恒当初说，凡事皆有基本规则，有其根源，若能看清，或许对之后的发展就能把握得更加准确，我觉得很有道理。其实如今看我武朝，因由相当清晰，谁花点儿心思都能看清楚。"

他稍稍顿了顿，拿起粉笔，在一边的小黑板上画出个三角形："我朝原本以武立国，立国之初，武力强盛，只是几次叛乱让太祖看清此事弊端，随后抑武崇文，以强干弱枝的方式治理我朝。此等方法令我朝消弭了内乱之因，一度令国民富庶，国祚绵延，可也制造了诸多弊端，令我朝难敌外侮。诸多压力之下，为保强干仍强，令得弱枝更弱，财富仍然流向尖端。武力原本便因强干弱枝而被抑制，如今国家更加虚弱，武力越弱，外来压力也越大；压力越大，武力越弱，由此形成循环，不得解脱……"

李频吐出一口气，看着那黑板："若能解决商业上的问题，稍微壮大一下弱枝，我朝自然有余裕顾及武力，此为任何富民之策皆须解决的问题。若能武力强盛，外侮不敢侵，我朝自然能得喘息，此为强兵之策须解决的问题。取士也是为富民强兵，令国祚绵延……可惜，皆是空话。"

他扔掉粉笔："若单说一策，似是谁都有方法，便是几策并行也毫无问题。可我朝强干弱枝局势已成，譬如一棵大树，强干未饱，稍有养分，弱枝这边便被那强干夺取一空。如何引导这强干，让其自然而然地将养分输往弱枝，这才是问题所在。立恒认为呢？"

宁毅想了想，笑着点头："嗯，很有道理，而且你是在说……让那些已成强干的大地主、大商人，就好像我们苏家这样的，还有那些皇亲国戚啊、富贵闲人啊，把他们赚到的钱心甘情愿地拿出来，还富于民……"

李频笑着，并不否认："确是有些书生意气，不过除此之外别无他法。当然，世事皆是向前，不可能退后，世人皆言恒帝、惠宗之时我武朝兴盛，国富民强，可后退是不可能的，问题在于如何引导它到达下一步，让这些人心甘情愿拿出钱来。不成循环不切实际，也无甚大用，凡事皆需考虑一环环推行流动，因此，须得有个方法，让这些人拿出钱来，投入贫穷之所，然后必须保证双方皆能赚钱，这样继续下去，方能生生不息，不令强干财富减少，却可令弱枝情况得以缓解……或许，可以考虑让朝廷先做介入。"

"王安石变法了……"宁毅微微皱了皱眉，喃喃低语。李频自那边转过头来：

"嗯？"

武朝没有王安石，但是数十年前有一位名叫谭熙谭子雍的宰相也做过类似的事情——变法，试图让朝廷介入诸多生意，以盘活经济。

宁毅笑笑："德新此言岂非与当年谭相想法类似？"

李频点点头："我确曾反复思索当年谭相变法之事，受启发甚多。谭相当年所想，或许也是如此，只是他当年未曾料到阻力之大，政令不行，下方阳奉阴违，所以国事之首，终是肃清吏治……"

"这句话倒没错。"宁毅点头，"不过办法错了，经济不是这样玩的。"

"嗯？经济？"

"呃，也就是商业体系，货物的流通，货币的流通，整个体系……"宁毅笑着解释了一番，"任何让特权介入的商业体系都不是正常的商业体系，特权在这里只能是毒药，特别是朝廷、官府这样的特权。"

"立恒也认为不该与民争利？"

"不是这种原因。"宁毅摇摇头，"你不是要有基本规则吗？经济的基本规则就是贪婪。商人逐利，目的只会是利，其余的都可以含糊以待。贪婪这种东西在很多情况下是积极的，我在店里做事，我想要买件衣服，于是我努力做，努力想办法赚钱，或者努力得到主家赏识赚更多钱，这就是好的贪婪。赚钱其实有很多办法，偷啊抢啊，可是那样要坐牢，划不来，所以只能按照游戏规则去办。我做了这么多事情，这些事情值那么多钱，值那件衣服。能让人留在游戏规则里的贪婪才是好的贪婪……

"可朝廷不在游戏规则里，他们当着裁判，你却让他们加入这个游戏，到头来别人就都玩不下去了。前面说过，商人逐利，目的只会是利，你让一个人看见了利，教会了他贪婪，他一回头，看见手上有块免死金牌，有把刀，他简简单单就可以把利益拿回去，你凭什么不让他去拿呢？如果情况真能那么理想，那不就跟直接让大地主大商人们拿钱出来一样了吗？"他稍稍一顿，"谭公变法失败并非因为法律不够完善。人总会钻空子，贪婪太强大，一旦有了我上面说的那种想法，那么他眼中除了利益就什么都没有了。这种想法可以让人很积极，它产生的推动力很大，可关键是，最好别让有特权的存在有这种想法。如果对特权的抑制不够，最后就谁都玩不下去了……

"只要有任何小空子可以钻，法律就永远不会有称得上完备的时候，特权阶级做生意，无异于放狼入羊群。与其考虑让更多特权介入，不如打掉已经进来的特权，或许反而会有些促进作用……简单来说就是一句话：让裁判下场玩游戏，那这游戏怎么玩？要说监督，也只会让原本简单的事情变得更复杂，破坏不可避免。"

窗外，一对姐弟蹲在窗台下的走廊上偷听，男孩点了点姐姐的肩膀，小声道："姐姐姐姐，他说的是不是应该打掉我们家的生意？"

"这蛮子……"周佩眨了眨眼睛,有些气恼,随后看了弟弟一眼,"不过他说得有点儿道理,你要好好记住想想,不可轻信,但也不可因人废言,这样将来才能做成大事。"

"哦。"周君武点了点头,随后解开腰上的口袋,拿出一块糯米糕来,小口小口地吃着,周佩在旁边恨铁不成钢地瞪着他。

"让裁判下场玩游戏……"房间里,李频沉默良久,随后笑了出来,神色有些复杂,"立恒这句,确是正中那基本原则了。我若是裁判,一旦下场,那的确是……"

他是会想事情的人,虽然未必会放弃原本的想法,但宁毅说了这句话,他多少能想到其中的后果:"想不到我苦思几年,立恒一眼便看出其中最难解决的一点。或许,这也是因为立恒见事方法不同?"

"这毕竟是件很有趣的事情。我朝每年交予辽国数十万岁币,通商所赚却有数百万之多,到头来还是我们占了便宜。商人之重要,商业之益处,如今不光是德新兄明白,许多人都已经明白。我朝与之前数朝都有不同,我朝并不抑商,谭公的变法虽然有问题,但也表示了朝廷对商业的重视,可是……"宁毅想了想,忽然道,"哦,对了,我刚才在想,那个傅英如今怎么样了?"

宁毅忽然转了话锋,李频愣了愣,片刻后,陡然大笑起来:"立恒果然厉害,真是什么事情都瞒不了你。吏部侍郎傅英今年三月因贪墨被查,上月已被大理寺判流放。待到这次水患之事过去,我大概……"他的表情有些惆怅,但他终究是高兴的,"我大概会再去东京一趟,上下打点一番,看能否得补实缺。此事已等了五年,立恒莫要说我官瘾太重才好。"

宁毅也笑了起来:"既是如此,恭喜德新兄了。"

"尚早,尚早……倒是立恒何以看出此事?"

"商业机密。"宁毅只是从对方的表情察觉了一些端倪,于是随口问了一句,此时便开了个玩笑。李频摇头笑了一会儿,喝了口茶:"言归正传,言归正传,立恒既能明白其中利害,不知可有想过,若只让朝廷引导一番,有何折中之法呢?"

"那……玩笑之语。"

"便是玩笑之语。"

"好吧,反正你要去当官了,讨论一下也好。"宁毅笑着点点头,"我个人认为,有,也没有。"

"何出此言?"

"其实很简单,让朝廷、让儒家有意识地提升商人地位,那么行商之风自然更加盛行。若要让朝廷主动引导,而不去干涉破坏,这是唯一的途径。"

这话说出来,李频皱了皱眉:"商人地位……这事……毕竟商人重利……"

"不在于商人重利，"宁毅喝了口茶，"国家也重利。这些年来，商业发展，商人的地位比之前几朝也有改善，若主动放开一点儿，商业必定增长，可这是不可能的……他们不敢。"

"谁？"

"上面的人、朝廷、圣上、儒家……你、我，或者说所有人，都不敢放开。"

窗外的走廊上，蹲在墙边的周君武微微愣了愣："姐姐，他又胡说八道了。我才没不敢呢，我们家也在做生意啊，驸马爷爷家做得更大……"

"闭嘴。"周佩小声地制止了他，随后想了想，"我也没不敢……他这是激将法。"

然后他们听见里面传来宁毅微带调侃的声音。

"若然放开，砰的一下，武朝这个国家……就都没了。"

房间里，宁毅做了个手势，李频皱起眉头："岂会如此？"

宁毅沉默了一会儿："李兄可有想过，儒家发展数千年来，为何要一直重复商人逐利的说法？"

"圣人提倡德行，反对自私逐利的行径岂非理所当然？"

"一部分是这样没错。"宁毅点点头，"另一部分在于商贾之学不利于统治，三个字：不好管。一个人一辈子都在山村之中种田没什么，按照祖祖辈辈的方式去过，成亲，生子，死了葬在山里，可有一天你进了县城，看见那些花花绿绿的稀奇之物，又有一天你进了省城，看见更多让你反应不过来的东西，就好像你看见了那件衣服，你想要，你就去想办法……贪婪哪……"

宁毅笑了笑："当然，大部分情况下，你会老老实实打工赚那买衣服的钱，可一旦你有了欲望，有空子你就会去钻。李兄，你觉得到底是一个面朝黄土背朝天一辈子老实巴交的农民好管，还是一个心中已经有了欲望的人好管？我朝数千万子民，李兄，我朝的法制，真能管住的有多少？他们有多少人真是这样安安分分过一辈子的？商业再往前发展一步，要多出多少欲望来？

"这其实是一个很有趣的系统。诸子百家时期便有法治与德治之辩，法治之说应该还占上风，可一直以来，秦、汉、三国、两晋、南北朝、隋、唐……慢慢发展下来，你就会感到疑惑：以前的法治，能管住多少人？呵呵，其实多数靠自觉。民风淳朴，小乡村自己有一套规矩就成了。若将现在的江宁放去秦朝，李兄，你觉得，以那时的律法和手段，能太太平平管住这里多久？也许秦朝很严苛，可江宁……聪明人太多了，可钻的空子也太多了……

"儒家是很伟大的，因此才能发展数千年。李兄，商人的好处不是直到武朝才有人发现，若放开对商贾的限制，那滚滚而来的利益肯定也不是今天才有人知道。陶朱公的例子都摆在那里了，为何千年以来，举世皆抑商？其深层理由无非是他们看见了后果，而法治能力……跟不上。

"我朝也是如此，意识形态。"宁毅点了点脑门，"世人越有欲望，行为越是难测，越容易受诱惑，越是逐利而往，有空子就钻。我朝不抑商，有其好处，可文官贪钱，武官怕死，民众贫弱，官兵得过且过，焉知不是这甜头带来的部分后果？其实……至少要算一部分原因吧。"

李频瞪着眼睛，愣在那儿，就连"意识形态"这种词汇的意思都没什么心思去问了，因为能够听懂的部分就足以让他震撼了。过得好半晌他方才说道："立恒此言……可是指那商人逐利之学才是我武朝积弱的罪魁祸首？"

"没有。"宁毅喝了口茶，"绝不是这样。这是一种发展趋势，我朝底蕴有了，法治规条在商人发展的过程中也在跟着发展，这本身是互相促进的过程，只能说，很多东西没能跟上来，这就很麻烦，情况太复杂……要解决武朝如今的问题，再盯着商人、货币这些，希望国家介入经济，把什么岁入翻一番甚至翻几番，国富民强，然后解决所有问题，这不可能。总不能在商业上尝到了甜头就死盯它一个，这样发展下去，平衡只会被打破得更快，这太畸形了，迟早要出事……"

宁毅摇摇头。李频在那边想了好久："那么，立恒觉得，若要解决问题，应当注重哪些方面呢？"

"真要立足现实，我不知道，可若只当作玩笑，不负责任的话，呵呵，"宁毅笑笑，"何不从儒家入手呢？"

"儒家……立恒莫非指如今的冗员冗生？"李频想想，笑了起来，"以往常与人聊，也有说过，我朝的问题根源，可能在于学子官员太多了，是个大问题。不过，此事要解决，只怕比商事更难……"

"若我说，不是太多，而是太少了呢？"

"啊？"

李频眨眨眼睛，一脸迷惑。宁毅扭头示意了一下课室的方向。

"李兄觉得，那些学子读了书，将来可以干些什么？"

"以立恒的教法，不光教其学识，也教其见事、决断之法，其中数名将来为一方良吏当无问题。"

见李频说得认真，宁毅坐在那儿忍不住笑了出来，然后喝了口茶，拍拍手。李频疑惑地道："不知立恒所想，他们能做何事？"

"这些人里面，那苏文义大概可以当个小官，他成绩不好，但性格最为跳脱，交际能力不错。其余的人……我其实是将他们当成掌柜或者伙计来教的。当然，读了书，如果有机会当官，大可前去试试，毕竟当官福利好……"宁毅掰着指头算，"正俸、禄粟、职钱、春冬服、从人衣粮、茶酒、厨料、薪炭、牲畜饲料……这年月一且当官,衣食住行家眷从人的开销全都国家包了,国家还会发给良田数顷。而且工作轻松,刑不上士大夫,不以言治罪,三年一磨勘,无大错便可升迁,谁不想当官呢……"

李频沉默半晌:"立恒竟说,此等学生,只能当掌柜?"

"并非只能当,而是适合当。他们的性格多半木讷老实,当官很难。为官之道,审时度势、与人来往最重要,若再加上有能力有抱负,方可为能吏良吏。德新知应对进退,有能力抱负,有权衡辨别的能力,可为良吏,他们多半不行,这些事情可不简单。"宁毅摇摇头,"富民、强兵,接下来是取士。取士之道其实专人专用便可解决,为何不能开些专业学堂?凡有技艺,无须敝帚自珍,可安排人学木工,安排人学冶铁,安排人学厨子,安排人学管理——也就是当掌柜。最重要的是,可安排人学军略,安排人学水利,安排人学采矿……"

李频表情疑惑,明显不怎么认同这种理念:"能有钱读书者,谁愿学这些?"

"这便是问题所在了。当官多好,有机会读书的都冲着当官去了。书中自有千钟粟,书中自有黄金屋,可是……如今为何会有如此多的冗生冗员?古时候有机会读书的只是一小拨人,识字的人不多,学问要传承下去,国家需要他们治理,千金易得,一士难求,因此,这士只存在于最高的那一团,因为本身便没多少,为天地立心,为生民立命,为往圣继绝学,为万世开太平,太忙了……

"可如今呢?几千年了,世事在发展……世上有许多事情等着人去做,其中有一件是最重要的,我们当然首先做这一件,而且一直提倡。但现在,德新,做这件事的人已经多出来了啊——我并非指儒学,而是说为官——为何不能分出一些去做其他事情呢?读了书,他们就会想事,如今水患到此等地步,若能有专人去研究水利,整理一套学说,后人继续学习、研究——这些人不研究其他,就专研水利,儒学只当修身养性——每年水患还会至于此吗?

"专人专用,任何事情的效率都可以提高,并能少走许多弯路。譬如以往织布,娘亲教给女儿,那些农妇在家中弄台机器慢慢织,速度有快有慢,质量参差不齐,如今布行皆有作坊,聘请女工做事,有人教她们如何用那机器,有何等诀窍可以让速度更快,另外还有人考虑织机该如何改造,一个人可以发挥以前几个人的作用,而且质量统一,效率也翻了好几倍。若任何事情的效率都能翻上好几倍,那如今的武朝会是什么样子?强兵岂非也是易如反掌?

"当然,这只是玩笑,其中的困难,大到你无法想象。你说儒生多了,我说能读书之人少了,若真专人专用,能选择的人实在太少。如你所说,家中有能力上学之人,不会去学这些商贾、匠人的学问,儒学也不会做这种形同降低其地位的事情。不过,既然已经饱和了,多了,武朝真要往前走一步,或许只能考虑从这里走。譬如,逐渐制造舆论,先将军略、水利这等紧急的项目做好,抵御外来压力,保证民生,到大家不那么苦、更多人可以读书的时候，再考虑专人专用。这不像那些呆板的强兵之策，那些人的地位一上来，自然会有懂的人去想、去做。如今其余项目皆无地位，大家当然只能都读书……"

房间内外静悄悄的，李频低头苦想，房间外蹲着的姐弟都托着下巴，有些苦恼。宁毅拿过茶壶，给自己斟了一杯茶。

"儒学是很伟大的体系，除了修身之外，它也是管人、权衡人与人之间关系的学问。十数万的学子，如此之多的官员，还有隐形层面上，全国数千万的子民，都在它的权衡、掌控之中，特别是在我朝，冗生冗员的情况已经非常明显，加上佛家、道家各种学说的冲击，它稍稍转变之后弄出的这个游戏规则，不仅让这么多官员之间的利益联系得以平衡，还能不断壮大，让众多学子前赴后继地朝这个体系扑来，十年寒窗苦，一朝成名天下知，近乎完美的权衡……"他深深地吸了一口茶香，"我很崇拜这种学问，无论功过，总能记录一些人以某种形式在某地生存过的东西，可称为艺术。儒学绝对是古往今来众多艺术中最为伟大精巧的一种，如此大的一片土地，如此多的人，以如此极端而又和谐的方式将他们统合在一种游戏规则之下，几千年的智慧，高山仰止……"

他举杯过去，在李频的茶杯上碰了一下："适逢其会，你我，且品尝之吧。"

茶香其实已然淡了，然而李频还在想，闻言站起来，退后两步，深深地鞠了一躬，宁毅只好无奈地站起来。

"立恒所言，许多我还未能想通，不过，仅就已想通之处而言，立恒已胜我远矣，此事当受我一拜。"

"只是玩笑。"宁毅回了一礼，随后笑道，"若非本朝不以言治罪，你我此时又无足轻重，我都不敢跟你说……玩笑，且做闲聊罢了……"

走出房间的时候，宁毅叹了口气。

李频还在房间里待着，可能是在消化那些想法，甚至可能记下了一些。无所谓了，说出来的东西，便不在乎他去想，就算将来继续推敲形成了体系，那也是李频的思想和路了。

有些想法他说了，有些想法他没说，如同他说的那样："都是玩笑。"这并非只是一句故作姿态避嫌的话，而是这一切，在他看来真的只是玩笑，不负责任的玩笑。

要弥补目前这个政体的缺陷和漏洞近乎痴人说梦。当然，若纯粹只说面临的问题，他自然有想过，例如商业。商业在武朝不是迫切需要发展的短板，它已经是一块长板了，而且比其他方面都长，以平衡发展的观念来说，许多制度眼下已经跟不上商业的发展，再发展商业，就算能尝到甜头，那也是畸形发展，对一个国家来说，这种畸形太危险了。

儒学眼下则已经到了饱和溢出的地步，若真有可能积极地往前走一步，细化分工是一个很好的方向，一方面合理分流溢出的教育能力，另一方面迎接未来可能的工业革命。看上去很美，问题在于，这就是个玩笑。

一切的原因就在于儒学。

宁毅说他崇拜儒学，这不是什么奉承话或反话，而是发自内心的。他以前做惯了管理，能够看清楚各种管理学科的优劣，一个公司几千几万人，他可以将制度完善，将人管好，大家照着制度去做，体系就能逐渐建立起来，严格遵循这套体系，一切无事。可人生不是这么简单，管理一个国家也绝非如此肤浅。

儒学不是什么孔老二的迂腐无用的学问，孔子的《论语》只是教人修身养性的道理和一些人生的规律，后来的统治者们在这样的规律里找出关窍，找到了制定规则、利用和引导这些规律的方法，然后一代一代地完善、增补，若遇上问题，就修改、微调，找出折中的方法。数千年来，每一个朝代的顶尖人物都会投身到这套统治哲学的完善中来，如同大浪淘沙……

撕去看起来温和迂腐的外皮之后，这是一套实干到极点的统治系统。现代的管理哲学中，譬如一家公司，培养出公司文化，让人产生归属感，就已经要花极大的力气，甚至这几乎是大公司的终极目标。如果说现代管理学是一套八位的计算机程序，儒学就是一整套基因树图，它管的是几千万人心，而且让人根本感觉不到，人们只会觉得理所当然。

几千年的发展、进化，物竞天择，适者生存，如果将汉民族作为一个整体，儒学可以说是它发展出来的一道基因束。此后千年，任何人统治这片大地，最终都只能变化式地使用儒学。并不是说那些统治者都真的心慕汉族文化，而是不用这个模式，就只能被淘汰。以精巧与复杂程度而论，无论是欧洲的君主立宪、议会制、教会统治，还是日本的武士道，抑或是印度的种姓制度，与儒学相比都远远不如。

像是一张庞大的蜘蛛网，你动一下，旁边的人就会拉着你，一环扣一环，层层叠叠。想要进行内部改良，谁也不知道要往哪里用力，谁也不知道要用多大的力气才能取得成效，好像一拳打在水面上，就算溅起的水花再高，它们最后还是会落下来。一个人想要改革，面临的是几千万人组成的巨网，是数千年来每个朝代最顶尖人物的智慧的集合体，一张硕大无朋的太极图，这等于是想要凭一个人的力量在这样的体系中翻个花绳。

作为宁毅来说，他会坐在那儿思考和欣赏这样的体制，甚至为其中精巧绝伦的部分战栗，他将之当成一种艺术品来看，可是要让他在其中做改革，他没有这样的自信。有些朝代会有些卓绝的天才找到其中的关键点，可那关键点到底对不对，没多少人知道。北宋的王安石变法，一个天才得到了皇帝的支持，坚持了许多年，最后还是被巨大的压力压死。秦朝的商鞅变法找对了一个关键点，他成功了，但作为个人，他得罪了太多人，最终被五马分尸。

中国的哲学有太极阴阳之说，其中一个观点就是，用力越大，返回的力量就越大，因此，想要在儒学体系中大力推行改革的人多半没有好下场。当然，有一定想法的人，可以努力在这个体系中推一下。李频有这样的资格，而且想做就去做了，因此宁毅才会随口跟他说那些东西。

不过，在宁毅的本心之中，内部改革吃力不讨好，他就算再擅长权力斗争，有现代理论支持，或许可以耍着太极拳带动一个朝廷乱跑，但当这股力量返回时，他也没有自信能挡住。

当然，何必去挡呢？如果要做些什么，宁毅只会考虑建立另一个辽或金，从外部将整个武朝打垮。统治体系一定要依附于人存在，国家被打垮之后，儒学体系陷入僵化状态，人便能趁机将一些想要塞进去的东西塞进这个体系，这个统治系统运行这么多年产生的诸多积弊也能一扫而空，就像电脑重装系统，然后，看它再度运行起来，慢慢消化这些新塞进去的东西之后会变成什么样子。

这是宁毅真心觉得最简单的改革方法。当然，即便闲聊，他也不可能跟李频说这个。李频想要的是有关内部革新的手段，他便说说对内部革新的看法，李频不是那种盲从而不懂思考的人，即便自己危言耸听，他被吓到一次，此后也会渐渐消化，转化成他自己的观念。若将来这人真能有所建树，他大概也会饶有趣味地在旁边看着这一切的变化。

无非闲聊而已，他也只是个闲散无聊的商家赘婿，空谈的话说完之后也就被抛诸脑后。

两人一路朝书院外走去，到得豫山书院门口时，看见两辆马车停在外面路边的墙角处，一些跟班护卫大概在等人。是雍王府的车，宁毅微微疑惑，回头朝书院那边看了看。

那对姐弟莫非又跑来踢馆，跟自己错过了？

错过就好。宁毅坏心眼地摇头笑笑，径直离开。他还没吃午饭，这时准备去书院附近街道的酒楼上吃些东西，走过道路转角时，看见小婵自道路那边过来，经过路边一棵大槐树的树荫时，小婵看见了他，便笑着挥了挥手："姑爷。"阳光从槐树上方照射下来。

跟着小婵过来的还有一名家丁，手上捧了些盒子。最近忽然进城的灾民不少，虽然治安还好，不过苏府还是叮嘱女眷丫鬟出门必须有人陪同，免得出事。这家丁大概是被小婵支使着一路过来当跟班和保镖的。看见宁毅，小婵便回头说了几句，随后微微点头躬身道谢，将对方打发回去，那家丁明显有些受宠若惊。心情好的时候，小婵一向是最有礼貌的，对谁都是很和气亲切的样子。

与此同时，宁毅方才离开的豫山书院门口，一对姐弟正鬼鬼祟祟地走出来，没见到宁毅的身影，才又恢复成光明正大的样子。周君武看着两边的街道，垮下了肩膀："姐姐，那个宁毅很厉害啊。"

周佩沉默地皱着眉头，过了许久才瞥了弟弟一眼："我也知道他很厉害。"

"那我们还考他吗？"

"当然要问他。"周佩想了想，朝马车那边走过去，"不过等到准备好了再来。"

"嗯嗯。"周君武在后面跟着，赞同地点头，"他竟然能让那个李频都甘拜下风，太厉害了！他到底有多厉害呢？不过他说的我有些不太懂……姐姐姐姐，你懂了吗？"

"闭嘴。"

"哦……可是我觉得呢……"

姐弟俩的声音随着马车的起步消失在这边的街头。初秋的午后，白云悠悠，另一边的街道上，宁毅与小婵正去往附近的酒楼。

这天晚上，周佩坐在康王府的花园里发呆。周围没有掌灯，没有过来打扰的丫鬟，拥有郡主身份的小小少女从来喜欢在这样幽静的环境想事情。她穿着长长的裙子，沐浴过后的头发还带着湿气，她脱了鞋袜，倚靠在花园凉亭的长椅上。时间接近七月半，月光皎洁，萤火虫在附近的花草丛中飞舞着。

周君武今晚不在家，吃过晚饭之后跑去驸马爷爷那儿玩，这时候同样在驸马府的花园中坐着乘凉，乘着其他孩子乱跑玩闹的空闲，他偷偷地跟康贤复述了今天听到的事情。

"驸马爷爷，那个宁毅，他说得有道理吗？"

康贤皱着眉头，目光严肃得如万丈深潭。他的治学向来以严肃著称，不过在周佩、周君武这些孩子面前是另一种严肃，不常有这样的目光，除非与秦老等人真正谈起非常重要的事情，否则即便只是朋友之间，他也不会将这种目光展现出来。

"他……就说了这些吗？"

"嗯。姐姐好像听懂了一些，不过应该也有很多不懂的。我觉得他很厉害啊，那个李频也甘拜下风了呢。驸马爷爷，请他来当我的老师可不可以？"

同一时刻，苏府。

小楼二楼的廊道上，宁毅早已忘了白天说的乱七八糟的东西，此时正跟苏檀儿、婵儿、娟儿、杏儿悠闲地坐在凉亭里剥橘子吃。当然，真要说有多悠闲那也不见得。吃完了一个橘子，苏檀儿擦擦嘴起身："我吃饱了，相公慢慢吃。"

"喂，不用这么快吧。"

宁毅语气随意，却正是苏檀儿颇为适应的风格。桌上小竹筐里的橘子还有很多，苏檀儿回过头来歉然而无奈地一笑："还有事情要做呢。"

"要帮忙吗？"

"不用，相公吃橘子吧。"

苏檀儿嫣然一笑，转身回房。她最近确实挺忙，水患将至，城门快封了，各种事情都要先做预案，然后抽调手头的资金悄悄地积累，准备有大动作。好在虽然累，她的精神看起来倒好，估计是皇商的事情真正有了突破。

一切看起来都挺顺利的，就如同这生活一般……

第七章
遇危险苏檀儿护夫　送李频燕翠楼饯行

中午时分,秦淮河畔的街道上分外喧嚣。这是一个位于码头附近的街区,商铺林立,一片繁忙的景象。挂着苏氏布行招牌的小商铺后方有一座大库房,门从侧面开,便于出入,此时一整船货物正被从码头那边运过来,货物、搬运工人、伙计进出不停,将整个场面弄得有些拥挤。

长江上游的水患导致各地受灾严重,灾民还在往江宁聚集过来,城门一旦关闭,持续一两个月都有可能,城内布行的生意肯定要受损,但货物仍旧要准备充足,以往也有过这样的情况,如今也是按部就班。

库房外层看起来像是一间大药铺,巨大的架子上陈列着一些布匹盒子,也陈列着各种染料,一些需要精心储存的样品还在不断地被搬进来,搁在柜台上给掌柜和负责这方面的伙计过目。不过,除了负责这边店面和库房的廖掌柜,作为东家的苏檀儿也在柜台内一样一样地验看这里的东西。

现在是初秋,只是刚刚脱了暑热,还不算凉爽。苏檀儿今天是一身简单的妇人打扮,穿着白色的衣裙,衣襟与袖口是天蓝色,简洁清爽,不烦琐,却不失大气。旁人在店铺内外忙碌的时候,她也在柜台内走动着,不时打开一个新送来的盒子看看嗅嗅,或是抽开里面柜子的小抽屉,看看里面原本放着的东西,不时发出一两个指示。

"朱砂、茜草、明矾、马兰花,这是冬青……这些鼠尾叶有问题,廖掌柜你来看看……另外,那边的五倍子发霉了,虽然只是用来对数的原料,但发霉的还是要换掉。是不是因为渗水?今天下午就找人把那边弄一下——啊,杏儿,你来……"

"估计还得一个时辰才能卸完,船不等人,叫那边继续卸。让隆庆楼那边把饭菜准备得好点儿，要有肉。下午还有一艘船到，今天会很累，看子时以前能不能全卸完。茶水一定要够。另外，去街口那边买一担凉粉来，喜欢的，喝喝解渴也行。"

这次入库的东西种类繁多，有许多染料的原料，也有已经制成的染料，还有蚕丝和已经是成品的布匹，乃至织机都有。东西多，大部要塞进这边的库房，有的还得分流到其他库房去。搬运工、伙计们忙碌时，苏檀儿与杏儿这样的女子混在其中，却没有丝毫的不协调，这主要是因为苏檀儿对这些事情已经驾轻就熟了。

她若是不过来，廖掌柜也能把这边的事情弄清楚，不过她过来一趟，这些干活的人的福利就能好些，若是时间紧任务重，提前完成还能从她手上拿到些赏钱——真到需要旁人出力的时候，她在这方面从不吝啬。

吩咐完杏儿去处理吃喝的事情，又吩咐完柜台里的事情，之后，她出了门，一路往码头那边过去，廖掌柜与一名伙计连忙跟在后面。这条街道上鱼龙混杂，虽然没有旧码头海庆坊那般乱，但也是三教九流云集，繁忙的生意背后也有各种利益牵扯，外加帮派势力争来抢去，每过几日就会或大或小地打上一架。不过，苏檀儿已经熟悉了这里的气氛，一路前行，还帮着两名抬箱子的伙计扶了扶箱子，两名伙计连忙道谢，她只是笑笑："没事，快过去吧。"

街道上人群熙攘，店铺林立，与一名行色匆匆的年轻男子擦肩而过时，苏檀儿陡然停下。那男子也回头望了一眼，他的一只手上拉着的是原本挂在苏檀儿腰间的粉白色香囊。看起来柔弱的女子单手抓住香囊的另一端不肯放，下一刻，那男子猛地用力，抢了香囊便要跑，被跟着廖掌柜过来的伙计扑倒在地。

人群一时间混乱起来。苏檀儿的右手大概被香囊的绳子勒了一下，此时她握着拳头，眉心微蹙地看着这一幕。那年轻男子爬起来就要继续跑，刚跑出两步，陡然被迎面而来的一名大汉一拳打倒在地。

鲜血溅出来，苏檀儿偏过头，微微眯了眯眼睛，随后捡起香囊并且将伙计扶起来。她低着头将香囊挂回腰上，叹了口气，快步朝前方走去。后方的殴打还在继续："瞎了你的狗眼！"

距离这里不远的河边有个扎了凉棚的小茶摊，凉棚中有一拨人正坐着休息，为首的是一名身材干瘦但目光有神的中年人。看见她过来，此人笑着起身抱了抱拳："苏小姐。"

"荆五叔。"苏檀儿笑着打了招呼，然后回头看了看，"谢谢荆五叔，已经好久没遇上这样的事情了。"

"哈哈，不知道是哪里新来的小子，招子不亮怎么出来混？既然苏小姐心有恻隐，这便算了，否则得废他一只手。"

"不是什么大事，若少了一只手，往后做其他事也难……"

这名叫荆五的中年男子是这片码头的黑帮老大之一，与耿护院有过命的交情，也因此，耿护院早已知会过这边暗中关照苏檀儿。荆五挥了挥手，那边才停止了殴打。苏檀儿道谢之后，一路往码头边的一艘货船走去。娟儿正在船上拿个小本子清点东西。三个丫鬟中，娟儿最为冷静缜密，因此这些细部的事情通常是让她来。

午后白云悠悠，一船货物下完之后，杏儿叫了饭菜过来。搬运工、布行伙计就聚在河边那些凉棚里吃起饭来，杏儿拿了一壶茶水走来走去。作为大丫鬟，她在苏府的位置与廖掌柜比也不差多少，因此只是象征性地走一圈。娟儿与苏檀儿坐在不远处的一张桌前，拿着一本小册子做着整理。她们准备吃的食物与其余人差不多，分量也并不多。这年头午餐不是定时的，不过对那些做体力活的人来说，能多吃一顿自然更好。

方才有人偷苏檀儿的香囊然后被殴打的事情已经在众人之间传开了，娟儿也在问："小姐，先前有人偷你东西？"

"嗯，被荆五爷的人打了。"苏檀儿简单地回应道，娟儿也就哦地点了点头。

在其他人那里，话题明显复杂了许多。

一些搬运工不是很清楚苏檀儿的身份，布行中也有新伙计，此时人群正在窃窃私语，显然无法理解这样一名娇弱的女子为何会来到这边管这些事情——这种女人在生意上明显该是外行。不过话说回来，吃喝的东西准备得倒真是丰盛。

这些疑惑之声不断地出现，随后也会有人解释一番。

"我们家小姐可不简单，你懂什么……"

"将来是要管整个苏家的。"

"看不出来吧？你这样的当然看不出来……"

"别看小姐这副娇滴滴的样子，也不泼辣，可管起事情来就是有声有色……"

"人家的厉害是藏在心里的，她要真生起气来，苏家那些少爷在她面前可连大气都不敢喘……"

"怎么样，想不到吧？做久了你就知道，小姐虽然是个大家闺秀，可人家想的事情比你多多了……"

不久之后第二艘大船靠岸，众人便又行动起来。杏儿负责掌控全局，她擅长这个。娟儿则又第一个跑去船上清点一些贵重的东西。苏檀儿坐在凉棚中的桌边，扭头望望那大船，看着码头那边的情况。另一侧，那荆五一众手下聚集的地方，闲聊间，也有些人往这边看过来。

"这女人跑过来能干什么啊……"

"这女人可不是凡人……"

"长得真漂亮。你说，这么漂亮的小娘皮抛头露面做生意，太可惜了……"

"少废话，人家做生意可做得比你好。"

"看不出来。"

"这要是能嫁给我当老婆……啧……哎，你说她就真不嫁人了吗？女人就是要嫁人的嘛，相夫教子……"

"你也傻啊，没看见人家都是嫁了人的打扮吗？以前过来这边，她们可都是打扮成男人的。不过就算打扮了，样子也俊……"

"嫁了？"

"没错，听说招了个赘婿，是个书生。"

"没骨气的男人。"

"人家苏家有钱。你刚才不是说嫁给你当老婆吗？你不入赘能娶到这样的女人？"

"可那是书生，入赘了会被压一头，我就不同了……"

"喊，这女人是真厉害，她厉害在心里，就不跟你发脾气不跟你说半句重话你也得听她的话，你就是长得壮点儿，还想压人一头……"

码头内外异常繁忙，一家家店铺的掌柜、管事都在附近看着或者干脆过去帮手，所有人中，年仅十九岁的苏檀儿是最为另类惹眼的一个：年轻貌美，对人和气，让人喜欢又让人疑惑，看起来平易的身影背后有着难言的分寸感与距离感，样貌、家世、才能都能令许多人忍不住自惭形秽。

她也不好抛头露面太久，在河边的凉棚里看了一阵后，起身朝苏氏店铺那边走去，随后像是发现了什么，皱眉笑了笑，一路小跑过街。之前她虽然平易，但一直显得很沉稳，这时候才有了少女的模样。到了街道那边，她与一名走过来的行人打了个照面，那男子微微露出惊奇的脸色，随后也笑了起来。众人看见苏檀儿笑着向他行了个礼，随后两人就在路边交谈起来。

从她行礼的态度和表情来看，那名男子该是女子的丈夫或情郎，因为那感觉，亲密而随意。

萧萧车马声从远处传来，仓库后方的巷道间树影斑驳，两道身影坐在那儿，各自捧了一碗凉粉在慢慢吃。

"江宁城里的几家店，每天都要走走管管。爹爹以前带我过来，说真想管这些，就得花大工夫把该弄懂的都弄懂。现在家里的那些少爷没几个真能把店管好，我就能管好这些，哪个掌柜手上的事我都可以代下去……"

隔着矮墙、树影、水沟，隐隐可以看见那边集市的情况，喧闹声也不断传来。宁毅是今天中午下课之后闲逛到这里的，便与苏檀儿在这后方吃凉粉，稍稍休憩，顺便闲聊。苏檀儿平时不怎么吃零食，此时倒像是晚上在小楼二楼的廊道上一般，一面捧着个小碗，一面说些琐事，从留仙裙的由来到一些染料的配比等。

"《西京杂记》里记述，留仙裙的由来是赵飞燕。西汉以前的裙子是没有这样的褶皱的，据说有一次赵飞燕跳舞的时候裙摆被一位宫女拉了一下，有了皱纹，跳起来反而更好看了，后来宫中女子便纷纷效仿。不过当时裙摆的褶皱不像现在这样，唐朝的时候有一种好看的纹路，比现在的裙子要多七道工序，不过呢，穿的时候有些麻烦……

"现在的衣裳白色跟蓝色也不是简单的颜色，这种白色要染出来很麻烦，一共有二十三道工序。首先，选用的染料就很特别，不用硫黄也不用石灰……蓝色相对好染，不过这种是介于翠蓝跟宝蓝之间的颜色，用了很贵的暗蓝星彩石，就是家里二楼的屏风上的那种。如果用作描眉的脂粉可贵了，安南坊那边有一种，很小的一盒要十五贯……"

苏檀儿在家的时候多半说些家长里短，讲讲一帮傻瓜堂兄弟的坏话，或者骂骂生意伙伴什么的，吃着东西的模样显得有些坏心眼。这时候她却只讲与印染、织布、制衣有关的东西，随便指着宁毅身上一件东西就能侃侃而谈。她的模样明显不是在背书，而是本身就非常了解这些，也不知在这上面花了多少工夫。宁毅端着半碗凉粉，听这个有着自己妻子名义的十九岁女子说着这些，颇觉有趣。

前方仓库里的搬运一直在继续。辛时左右，仓库那边的街道上隐隐传来喧闹的声音，杏儿跑过来说前方打架了，两个帮派在打群架。苏檀儿只是扭头看了宁毅一眼，笑道："这儿常打架，有时候会死人，我们别去看了吧……"

她的言语之中有些恳求的味道，宁毅点点头："嗯，免得被误伤。"杏儿看看气氛，又笑着跑掉了。苏檀儿才扭头朝杏儿跑走的方向喊了一声："别受伤啦。"

一边是隐约传来的混乱的厮杀声，一边还是繁忙的车马声，两人坐在后巷里聊着天，听着秋日的蝉声，看着从树隙落下的斑驳光影，那些声音似乎都变得有些遥远。凉粉并不好吃，苏檀儿喝了一口便端在手上没有动过，一片树叶落在碗里，她也只是看着，过了好久才用调羹弄出去。

"好久没有这么悠闲的时日了呢，若是闭了城门，怕是要更忙了。"

"闭了城门不是应该更悠闲吗？"宁毅从拿在手上好久的半碗凉粉中又舀了一勺吃下去。

"几年前也闭过一个月的城门，那时候妾身年纪还不大，但也觉得闷。"苏檀儿看看他，"相公莫非连这事也忘了？"

"不记得了。"

"相公以前是个什么样的人呢？想不透……"

"大概是个书呆子吧，也许是很呆的那种，也可能跟现在没什么两样……呃，你那种眼神是在想什么？"

"我以前去看过相公，跟小婵、小娟她们去的，想打听相公是个什么样的人。"苏檀儿想了想，笑了起来，"那时候大家确实都说相公是个书呆子，我偷偷去看过相公一次，远远地看见了，没能上去说上话，所以也不知那时的相公究竟怎么样……相公那时候正埋头走路,不知道我跟小婵她们在不远的马车上掀开帘子看你。"

远远地传来惨叫声和"杀人了"之类的喊声,像是混乱不堪的背景音。宁毅想了想,笑笑,没有说话。苏檀儿偏了偏头:"相公生气了?"

"没有,只是觉得事情很有趣。"

苏檀儿点点头,会心一笑:"妾身也觉得有趣。"话语之中似有些感慨。她的心情的确有些复杂,当然,这份复杂与宁毅心中的或许不同。

不久之后,衙门的捕快过来,驱散了打斗的人群,大概也抓了些人。将至傍晚时,宁毅与苏檀儿穿过仓库去到前门,街道上已经恢复了正常的状态:行人往来,搬运货物的工人们来来往往,店铺负责人和之前一般吆喝着指挥工作。两人经过仓库的时候,发生了一件小事。

那是一个看起来不是很稳的木架,在两人经过的时候摇了几下,加上有一名伙计正在上大件的货物,一时间有些摇摇欲坠。宁毅看见了,本想用手去扶一下,走在前方正望着另一侧上货场景的苏檀儿扭头注意到了这边,几乎是在同时挥手退了一步,试图将宁毅挤开。

这或许是个下意识的动作,因为连话都没来得及说出来。苏檀儿将宁毅挤得停了一下,伙计又没能完全扶住架子上的一个大袋子,白色的棉纱锭从袋里掉出来,都是些轻巧的东西,其中一颗砸在苏檀儿的头上。苏檀儿眯着眼睛缩了缩脖子,轻呼一句:"啊——"随后又道,"相公……"两人前胸贴后背,几乎就这样靠在了一起。过了片刻,宁毅才退后一步。

就算一整袋棉纱锭掉下来砸到人,事情也不大,不过那个下意识的阻挡结果帮了倒忙的动作让宁毅多少觉得好笑,倒是充分展现了苏檀儿隐性的强势。过得不久,宁毅笑着说道:"知不知道上面如果是其他的东西,被砸一下就麻烦了?"苏檀儿只是偏了偏头,淡然地笑笑:"看见是棉纱锭才过去的嘛。"

"哦。"宁毅点点头,随后又笑了起来,"帮倒忙。"

"知道了。"苏檀儿做出有些糗的表情。

只是一件小事,在苏檀儿整理了一下稍微被打乱的头发后,似乎就这样过去了。

夕阳西下,跟廖掌柜说了几句话后,苏檀儿与宁毅一同找到娟儿与杏儿,然后搬起大大小小的盒子准备上马车回家。仍在码头上忙碌的众人估计得一直忙到子时左右才能休息。

时间接近七月半,回苏府的沿途可以看见不少卖纸、竹、冥钱等的摊子。如今灾民正在拥过来,各种面有恓惶之色的行人也不少,道路两旁的乞丐、流民更多。回到苏府之后,偌大的府第之中也多了不少生面孔。一进门,便有等在门房中的十余人过来与苏檀儿说话,苏檀儿也笑着一一点头打招呼,宁毅自得陪同在旁。不一会儿,大概也忙碌了一天的小婵自夕阳那边的院门中小跑出来，笑着朝这边挥挥手，随后悄然挤入人群，无声无息地移动到苏檀儿身后。

回院子的路上，小婵一直在叽叽喳喳地汇报家中的情况，比如哪位亲戚遇上了什么困难。其中有些与大房关系比较密切的，或者由苏伯庸那边处理，或者得由苏檀儿这边搞定。据说有一位远房来的表少爷近几天常在江宁城中闲逛，今天在一家赌坊惹了事，被扣下了，他的母亲不好找苏伯庸帮忙，听说苏檀儿一向很好说话，便求了过来，苏檀儿也只得皱着眉头问了涉及的银钱数目，随后让小婵去找府中一个比较擅长处理这类事情的孙护院过来。

类似的事情常常会有，特别是这几天，还不止一两件。晚饭之前，那个名叫孙二的护院就过来了，跟苏檀儿了解了具体情况之后拿了张银票就出去了。晚饭之前，苏檀儿还去了父亲那边一趟。入了夜，又有各种人来拜访，都是远远近近的亲戚。等这些人都离开了，苏檀儿才能回自己的房间里处理一些需要处理的文件。

许多时候宁毅其实觉得这样的忙碌很有趣，对真正有心、有目标的人，例如苏檀儿来说，这点儿忙碌在平时不会造成太大问题。看着她熟练地处理掉这些事情，宁毅偶尔会想起以前的自己。不过，最近几日，她有些超负荷运转了：准备七月半祭祖的事情，安排和处理一些大房亲戚的事情，应对城门将要关闭的事情，最重要的，恐怕还是皇商一事的进展。

这天午夜时分，苏檀儿那边房间的光芒未灭，宁毅看了一会儿书，去到院子里走走。秋夜凉爽，他最近练习陆红提教给他的气功吐纳方法，破坏力方面的成果还没有见到，但精神不错，他走到苏檀儿那边屋檐下的走廊间停下来，微微叹了口气。

苏檀儿卧室的窗户打开着，书桌就摆放在窗前，油灯的光芒在桌上微微地颤动，暖黄的光芒中，苏檀儿趴在几张信笺纸上，已然睡着了，发鬓稍显纷乱。

宁毅站在窗前看了一阵子，随后呼地吹灭了桌上的油灯。窗户暗了下来，明月的清辉洒在这片庭院中。宁毅正准备转身离开，后方的人似乎察觉了光芒的变化，发出嗯的一声。宁毅回过头去，苏檀儿在那边艰难地坐了起来，迷迷糊糊地伸手揉了揉眼睛，随后吸吸鼻子，朝窗外望了过来。

月光下，两人平静地对视着，苏檀儿的双眼在黑暗中像是散发着光芒一般，但睁得不是很大，有几分慵懒与迷茫："呃……夫君……"苏檀儿发出如小女孩一般的呢喃，表情看起来有些迷茫。她以往称呼宁毅皆是"相公"，此时一声"夫君"，嗓音柔软，仿佛带着能软化心田的温暖。不过，那有些迷茫的状态过得不久便即退去，她举起手揉着脸摇了摇头，随后拿起桌边的火折子。光芒在窗间亮了几次，之后点燃了房间里的油灯。宁毅撇撇嘴，她也不好意思地笑笑。

"呃，就快处理完了……有点儿累。"

她摇了摇脑袋与已经有些散乱的发鬓，随后双手交叠放在桌子上，仰起头笑望着宁毅。过得片刻,宁毅转身离开,窗边,女子的身影又忙碌起来。待到灯光终于熄灭,已经是半个多时辰以后了。

这一天是景翰八年七月十一。

第二天,宁毅到书院后,苏仲堪、苏崇华以及其他几名书院老师开了个会,当然也叫上了宁毅与李频。主要是因为外面的形势变得有些紧张,书院准备暂时关闭。

在书院里学习的这帮孩子一般都与苏家有着亲戚关系,这个时候,家在城外的,大都已经与他们的父母入了城,并在苏府住下。闭城门之后的一两个月里,城外相对乱一些,城内其实也不怎么好受,不可能生活还一切如常。例如秦老,早两天就已经收了棋摊,不再出去摆了。

书院里已经知道了李频将要赴京的事情。李频本拟水灾之后走,这样可以在这里多教一个多月,但既然书院要暂时关闭,这一个多月大抵不会在书院度过了,于是,中午由苏仲堪做东,在书院附近最好的酒楼摆下宴席,以作送别。

从李频进入豫山书院开始,苏崇华等人便知道他不可能在这座小书院长久教下去,不过,借着李频的名气,豫山书院可以提提身价。李频此次离开,一些知道内情之人大抵也明白他要去当官了,苏仲堪毫不吝啬地送上大笔薪金与盘缠,又说了不少好话,祝其一路顺风、飞黄腾达。

"德新与立恒乃是我豫山书院最出色的两人,我等皆已老朽,无甚大用了。只是立恒的性子太过清冷,令人扼腕,当多向德新学习,德新人情练达,是做大事之人……"

在场其余的都是中年老年人,免不了将宁毅与李频放一块儿说。事实上两人如今都被人认为是江宁顶尖的才子,但宁毅的情况比较极端,听说他名气的一部分人认为他是江宁第一才子,他一出现,旁人连下笔都有些犹豫,可他不参与诗会应酬,不与众多文人往来,又顶着个赘婿的头衔,有这等才气,却实在看不出他想要些什么,如今也只得认为他性情古怪。私下里,认为他沽名钓誉者有之,认为他乃鬼才者也有之,但跟李频、曹冠这些人的名气总是不太一样。

苏崇华说这番话是以长辈身份,宁毅也只得笑笑:"山长莫要挖苦我了。"李频笑道:"立恒为人处世胜我颇多,是我向立恒学习才对……"

"哎,我知你二人关系亲近,不过德新不用替立恒讲好话。"苏仲堪在旁边笑着挥了挥手,"这城门一闭,也不知何时才得开,德新至少还有月余才走,总不好老是闷在家里,若去参加什么诗词聚会,德新尽管过来将立恒带上。立恒虽是书生,但性子太闷了,不好。要不这样,今晚我着文兴等人在燕翠楼做东,立恒、德新同去,都是年轻人,聚一聚,勿要推辞,家中晚辈都不成器,立恒、德新便当是教教这帮兄弟辈,如何?"

李频对这类事情本身就不介意,苏仲堪作为二叔开了口,宁毅一时间自也不好推辞，只好答应下来。待到宴会过后，一行人下楼，苏仲堪走到宁毅身边。

"旁人在家中划什么大房二房三房，不过是外人看着热闹而已，其实都是一家人，哪有这许多好分的。你那几个堂兄弟不争气，若真让他们接了家业，迟早得败个精光，檀儿商才不让须眉，将来若是她接苏家，反倒是最好的结果。可惜她终究是女儿之身，有时候难免势单力孤，最近城内城外形势紧张，她那性子又是事必躬亲，最近见面，看得出来檀儿有些劳累，你是她夫君，当多看顾怜惜她一些，劝她适当放松心情。天下的生意，一时是做不完的。"

苏仲堪言辞恳切，宁毅也恭敬地点头应是。苏家第三代除苏檀儿之外无甚可取之辈，但第二代可不是这样，苏伯庸、苏仲堪、苏云方各有本领，苏家大局如今还是由他们掌握。无论是真心还是假意，只凭这段话，便能知道苏仲堪这人确实不简单。

宁毅回到家时，这个下午已经过去了一半。由于最近安排了许多亲戚住到苏家这边来，外面有些喧闹。回到居住的院落时，那些喧闹声便小了起来。阳光透过高高的树杈洒进有些寂静的庭院，似乎没有人，婵儿、娟儿、杏儿都不在，也不知是随着檀儿出门了还是去处理那些跟大房亲戚有关的事情了。苏檀儿那边房间的窗户开着，宁毅走过去时，看见她趴在桌子上睡觉，与昨晚的情况差不多，恐怕是午间处理事情，然后睡着了，吹过庭院的风将女子的发丝拂起。

她既然在睡，宁毅也不打算打扰她，径直回房间看了会儿书。蝉鸣声中，他又起身去旁边的小厨房看了看，随后生火烧水，准备洗个澡。

这年月，洗澡其实是件麻烦事，每次洗澡要将那个浴桶倒满都得来来去去许多次，蛮费事的，洗完之后要将浴桶里的水倒掉就更费事了。浴室里有一个储水的大缸，不过今天水用完了，宁毅只得从隔了一间房的小厨房提水过来，热水也得从那边提。若是冬天，浴桶下可以生火保持水温，不过夏季和初秋基本不这样弄。

他近来力气见长，特别是练了陆红提教授的吐纳法子之后，这等简单的劳动连汗都不出，提进提出的也颇有成就感。倒满了大半桶之后，院子里还是静悄悄的，喧闹的人声远得有些不真实。初秋的下午，在距离曾经那个现代一千年的古代世界里，一个人做着这样的事情，感觉还蛮奇妙的。

许多东西都没有，不过自己至少有武功了，还有这样一个……小小的家族。往水缸里打水的时候，他感受着身体里蓄积的力量，想了想在这样的下午，那三个丫鬟又各自忙碌着怎样的事情，随后提着两个水桶转过走廊，一路去浴室外间，随后掀开帘子进入里面，走了两步，才看清楚站在浴桶前的那道身影。

青色的外衣与长裙已经搭在了旁边挂衣服的架子上，女子穿着红色的兜肚与白色的薄绸裤，身材婀娜，白皙光洁的裸背正对着宁毅，鞋袜也已经脱在了一边的地上。她伸手拔掉了头上几根簪子，一头长发如瀑般披散而下，随着她摇头的动作晃动着。宁毅注意到这光景时，女子也回过头来，双手捧在脸颊上，几根手指插入乌黑的发丝里，目光带着些刚刚醒来的迷蒙。

苏檀儿的迷蒙其来有自。中午她在家中处理些事情，由于昨晚睡得晚，这几天睡眠质量也不好，正午气温偏高，院子里又安静，她便有些犯困，趴在桌上想打个盹。外面不时有声音响起，估计是娟儿在搞卫生，擦着瓷器、茶具、桌椅板凳，于是她下意识地吩咐娟儿烧点儿热水洗澡，随后意识越来越模糊，没撑住就睡着了。

娟儿听了吩咐，兴冲冲地跑去烧水，待到一切准备好，跑去喊人的时候，才发现小姐已经睡着了。娟儿是知道她这几天的辛苦的，心想睡觉最重要，于是继续搞卫生，搞完卫生自己也一身汗，见小姐睡得沉，水快冷了，干脆自己去洗了澡。随后有人过来找苏檀儿，娟儿便跟着出去处理事情了。宁毅回来见到浴室里的水缸没水了正是这个原因。

苏檀儿才醒过来，一时弄不清时间，迷迷糊糊往这边走来。她都不确定自己有没有说过要洗澡，看见水已经好了才拉回了认知，刚脱了衣裙，回头就看见自家相公在后面提着两桶水，微微皱着眉头。

宁毅也有些疑惑，但他的反应快得多，此时略想了想，就将水桶放下，默默地转身出去了。

他还没出那帘子，后方传来啊的一声低呼，砰的一下，苏檀儿掉进了已经有大半桶水的浴桶里，显然方才也被吓了一跳。

被吓到的时候不会喊出来，也不知该说有自制力呢还是该说性情被压抑得有些古怪呢……宁毅回头看了一眼，心头叹了口气，随后拉起旁边的一块浴巾走过去，伸手将苏檀儿从浴桶里抱了出来，用浴巾裹住她的上半身，随后扶着她到旁边坐下。

靠在宁毅怀里，苏檀儿不断咳嗽着。宁毅隔着浴巾拍拍她的后背，叹了口气。

"如果在自家浴桶里被淹死了，传出去不知道别人会怎么说，啊？"

"喀，呵……喀喀……相公……"

苏檀儿身体颤抖着，她赧然而艰难地笑了出来，结果咳嗽更加严重了。

区区浴桶的水量淹不死人，就算一时慌乱，呛进口中的水也是有限的。慌乱过后，苏檀儿很快清醒过来，害羞与试图拉开距离的表情占了上风。宁毅拍拍身上的水渍起身出去，苏檀儿坐在里面的木椅上，裹着浴巾咬了咬嘴唇。

"相公……相公怎么会……在这里……"话问到一半，她的声音就低了下去。

宁毅在帘子外回答道："我准备洗个澡，然后……你呢？"

"我……我让娟儿帮我烧水……"

宁毅愣了半晌。

"我回来的时候，院子里没有其他人啊，娟儿出去……呃，你在睡觉。你什么时候吩咐她的……"

浴室里，苏檀儿其实已经反应过来了，哭丧着脸露出一副糗大了的表情，过得好久，才细若蚊蝇地回答："中午……现在什么时候了？"

看看外面的天色，恐怕已经申时了。苏檀儿等了好久，只听宁毅笑道："呵呵，你先洗吧，反正都弄湿了，我去……换件衣服，没事。"

方才将苏檀儿从浴桶里抱出来时，身上的袍子被水弄湿了，宁毅看看身上的状况，转身出门，还没到门口，就听得有些为难的声音又从里面传了出来："相、相公……等等……"

"嗯？"

"水……有点儿冷。"

宁毅换掉外袍，随后赶快去小厨房里生火、烧水。他目前的体质不错，这种天气就算全洗冷水澡问题也不大，他只是觉得，在那样一个房间的浴桶里泡着，全是冷水不合气氛，但方才烧的热水也不多，苏檀儿洗肯定是不够的。

下午，宁静的院子里，树叶沙沙地响，宁毅一面烧水，一面与那边的苏檀儿说着书院的事情：书院要关闭，李频要离开，中午的饭局等。

"二叔说，都是一家人，不分什么大房、二房、三房，那都是外人看着热闹，他几个儿子不懂事，这个家，将来终究是你掌最好，最近看你太累了，让我叮嘱你多休息……哦，对了，他还说，天下的生意，一时之间是做不完的。"

宁毅一边提着热水过去，一边说着这些话。被墙壁隔开的房间里，苏檀儿微带笑意的话语传出来："相公信吗？"

"不管你信不信，反正我是信了。"宁毅笑着点头。

大概是这样的回答令苏檀儿觉得赖皮，她一时间有些气结。走进浴室外的大门时，宁毅道："天下的生意，一时之间做不完，这句话单听还是有道理的。"

"那也分时间紧迫的和时间不紧迫的啊……"苏檀儿在里面呢喃了一句，随后道："不管这句，其他的呢，相公信吗？"

"做人要实诚。"

宁毅推开帘子进入浴室时，苏檀儿已经用两块浴巾加上衣服将自己包裹得严严实实的，此时正蜷缩在那椅子上。她的身材原本就高挑婀娜，这样子蜷缩起来虽然只露出脸，却依旧有着一股异样的魅力。她虽然红着脸，但还是望着宁毅："这可不算回答。"

"做人要实诚……二叔看起来蛮实诚的。"宁毅说着将热水倒进浴桶，伸手探了探。

"相公不实诚。"

"不实诚的人才老觉得别人不实诚，我呢，还是相信二叔的。"

"赖皮。"

"很热，水温应该差不多了。你跟你二叔有矛盾，不能因为我说你二叔实诚就这样污蔑我吧。"

苏檀儿笑着望定他，一字一顿地道："相公赖皮、不实诚。"

"好吧，唯女子与小人难养也。"

"相公最圆滑了，赖皮、不实诚。"

"不跟你计较。"宁毅掀开帘子准备出去，后方声音继续传来："不说真话，不实诚。"

"好吧。"宁毅叹了口气，转身从那门帘退出去，仅仅露出一张脸，他眨了眨眼睛，"刚才走进来，真不是故意的。"

这句话说完，苏檀儿瞬间瞪圆了眼睛，一张原本只是微微粉红的脸转眼间涨得通红，她抱着身子坐在那儿，想说点儿什么，又有些说不出来。宁毅放下帘子出去好久之后，苏檀儿才掀开浴巾走下地。

浴室原本是一层门帘加一层木门的结构，木门关上了，外面的人便进不来。苏檀儿原本以为是娟儿在家，于是没有将门完全关好，此时才过去扣上了木门的门闩。

她依旧是兜肚、绸裤、赤足的打扮，此时半个身子都已经被水弄湿了，一时间自然干不了。想起那家伙方才可能看到的情景，她的脸又红了，双手抱着胸口靠在那门板上。他在外面肯定在笑呢。她心中如此想着。

脚步声响了起来，宁毅轻声哼着歌走过浴室外的院廊，预备去烧自己的洗澡水。苏檀儿抿了抿嘴："相公不实诚！"她小声喊了一句，估计外面能听到，但也不敢喊得太大声。听得外面的脚步声微微顿了顿，她吸了吸鼻子，随后笑着朝浴桶走过去。

苏檀儿沐浴完毕，随后轮到宁毅。待到他洗完澡，时间已经接近傍晚，眼看是下午五点左右的光景，宁毅坐在院子中间的凉亭里等着头发被风干。婵儿、娟儿已经回来，在夕阳的光芒之中与宁毅打招呼。婵儿过来晃了晃："姑爷洗澡了？"聊了几句天之后又去忙自己的事情了。

过得一阵，苏檀儿笑着过来。她的一头长发被简单地束起，身上是湖绿色的衣裙，坐下之后，她眯着眼睛望了望远处的夕阳："这么说，相公晚上要与文兴他们去燕翠楼？"

"嗯。"宁毅点了点头，随后仰起脸想了想，"不知道那里当红的姑娘是哪位。"

"最当红的，叫作吕霞。"

"你怎么知道的？"

"我去过一次，女扮男装。"苏檀儿捂着嘴笑了起来，随后道，"相公玩得开心些，毕竟李公子也要走了，替妾身向他道个别，说句一帆风顺。至于那些不怎么实诚的，大可不理会。"

"嗯？"

"其实照妾身想来，相公若是与李公子两人去玩，要比同文兴这些人过去好得多，他们没什么意思，怕扫了相公的兴。"

苏檀儿这人性格强势，但对家里人很好。当然，能被她认为是家里人的，只有区区几个。过年的时候她也拉着宁毅挨家挨户串门，平日里这类宴席上，她每次都很照顾宁毅。虽然这种照顾对宁毅来说其实无所谓，但苏檀儿这种"多余"的举动足以证明她是真的将这段婚姻当作一段婚姻来经营的。

宁毅既然走到了这一步，就不会去追求什么纯粹的爱情。对他来说，上辈子与苏檀儿的位置有些类似，假如他处于相同的人生中，被安排了一个配偶，自然也只能如此"经营"下去。虽然用的是这样的词语，但他并不反感，毕竟不可能要求两个人一见钟情卿卿我我，在哪种情况下，你只能按照这种情况的模式来看事情。

苏檀儿接受这段婚姻最初自然是因为没有办法，但既然接受了，她表现得确实足够真诚，也给了一个原本的陌生人足够的尊重。对方已经很用力地表达了她的诚意：若是可能，我们便这样过下去吧。对此，宁毅是很认同的。

她从一开始便没有多少选择，而宁毅看见的，是一个十九岁的女子全心全意的认真和努力，一方面认真顾及她的生意，另一方面认真顾及她原本就没多少选择的家庭，这便是她的真诚。宁毅欣赏这样的表现，他原本就做着过不下去就走人的打算，既然能过下去，留下来当然也是计划的一部分。

虽然曾经是在某种相对刻意的"经营"下过着这样的生活，但如今对彼此都有好感，这样已经很理想了。苏檀儿这时候说出这番话来，也是觉得宁毅无须去敷衍家中这帮二世祖。宁毅笑了起来："无妨，扫不了兴的。"

"相公既与李公子他们去，便不让小婵跟着了。"苏檀儿说着，从衣袖中掏出几张银票来，"相公身上的银子怕是不多了，这里有五百两，相公拿着，若是有喜欢的，便多捧捧场。相公有第一才子之名，出手可不能太寒酸。"

说着，她又笑了起来："二房、三房那班兄弟确实不怎么争气，家若是放到他们手上，铁定会被败光。二叔、三叔肯定也知道，可他们不过三四十岁的年纪，同父亲一般，如果孙儿辈出来了，成才了，他们到时候还能当上爷爷一般的掌权人呢，所以，说'不争'，就是不实诚。二叔、三叔是为自己争，可不是为后辈争。文兴他们才傻呢，怎么也当不了家的，只能当当家人的儿子……"

苏檀儿低下头，声音轻柔了一些："相公往后莫要站在二叔那边说话，好不好？就算是故意的，妾身也想听相公说二房、三房的坏话……我觉得相公该是站在妾身这边的。就爱听相公说二叔、三叔不实诚，不爱听相公说二叔实诚，便是故意的也不爱听。妾身在这方面，小心眼着呢……"

她抬起头来，微微抿了抿嘴，笑着与宁毅对望，笑容中微带恳求。夕阳的光洒下来，落在那脸庞上。就在这片刻间，宁毅觉得自己被这小心眼打动了。

不论真假，她确实很可爱……

天光暗了下去，然后江宁城里热闹了起来。这里的夜生活自然不只逛青楼一项，还可以看看秦淮夜景，尝尝小吃，在茶楼上坐坐，听听故事、小曲，不过相对而言，逛青楼确实是其中最为时髦的一项。

城内城外紧张的局势，几年一次的水患，都触动不了这繁华奢靡的景象。有钱人始终是有钱人，况且在江宁、扬州、东京这类富庶之地，官府的掌控还算是有力的，过些时日即便关了城门，大部分青楼妓寨还是照常营业。而且由于闭了城门，物价更高，收费也更高，而没有其他地方可去的富人们去的频率也会变得更高，这段时间反倒会是这等娱乐场所的黄金时段。

宁毅与李频、苏文圭、苏文兴等人到燕翠楼前的时候，约好的其余几人也已经到了，大都是苏家子弟的朋友，有两名是没多少名气的才子，想来见见宁毅、李频。这次过来的不仅仅有二房的苏文兴、苏文圭、苏文田，也有三房的苏文洛、苏文季，平日里比较亲近苏檀儿这边的苏文定也过来了，总之，苏仲堪是见人就招呼一声，今天反正是他出钱，让苏家一群小辈过来玩。

如苏檀儿所说，苏仲堪这人不怎么实诚，对于家主之位兴趣肯定是有的。不过话得分开说，即便如此，他眼下也没必要对宁毅要什么无聊的小手段。这次的宴会只是个闲笔，一方面以苏家的名义送别李频，另一方面也是真心想让家中这帮孩子跟宁毅、李频这两人多接触，毕竟这帮孩子不怎么成才苏仲堪是明白的，如果是为了折辱宁毅，那恐怕也只会打自己的脸，何况还有个长袖善舞而且必定会站在宁毅一方的李频在。

燕翠楼没有那种常出行首、花魁的青楼出名，如金风楼、绮兰所在的凝雨楼这几家名楼算是江宁青楼的第一梯队，燕翠楼算是第二梯队中最好的一类，排名勉强能进江宁前十，服务相当周到，娱乐项目也繁多，但给人的感觉未必有金风、凝雨那般高雅，纯属品牌效应。譬如江宁知府或者驸马康贤这等人宴客，说去燕翠楼，那是没面子，不过诸多富商平时还是喜欢来这里捧捧场。文人当然也来——许多人没那么多讲究——但来得不多，这里毕竟并不是首选。

今天大家一路过来时，并没有人开口谈诗论文。苏文兴、苏文定等人平日里也爱装一下才子，但此时有自知之明——宁毅、李频这两人都在，江宁城中小有名气的才子都不好在他们面前胡乱献丑，之前还有陈季问遇上宁毅之后写诗不敢落笔的事情，何苦谈些自讨没趣的东西。这些人中，大房、二房、三房的都有，平日里也有些摩擦口角，但此时有志一同，只谈生意，不说诗词。

以己之长，攻彼之短，他们这种行为倒是颇合兵法。苏文兴、苏文圭、苏文季这几人在家中都正试着管理一家店面，一路上，苏文季就跟宁毅比较聊得来。这小子号称苏家的"小孟尝",本身能力不足,但用人得法,姿态放得也比较低,言语谦和,让宁毅觉得颇为有趣。人际关系上有长处已经很不错了,不过,真正能管人的人,对人才还必须有权衡制约的能力,这方面恐怕是苏文季的弱点。

这些能力需要长期培养,与本身的资质、后来的教育也有关,要用一个本身有百分能力的人才,自己至少得有六十分的能力才行。宁毅不是培养不了,但这等事情他自然没必要说出来,路上听苏文季说着这方面的心得和一些商场趣闻,宁毅笑着点头表示受教。苏文季心中便更加高兴,难得能在宁毅这等人面前表现一番,于是又说得更加深入一些。

偶尔苏文兴、苏文圭也会插话:"立恒,经商这等事情你不懂,别听他瞎说,他唬你的,太湖那笔生意,文季这小子根本不知道问题出在哪儿。"

"谁说我不知道!"

"你就是听你手下的掌柜瞎扯,他们说什么你信什么。"

"我至少会分辨什么话有道理!"

双方免不了吵起来,马车中,宁毅与李频看得有趣。过得一阵,苏文季又过来跟宁毅说:"要不然晚上你回去问二姐,看看她怎么说……哼。"

尽管苏檀儿是女子,几房之间也在明争暗斗,但真心说起来,不会有人否认苏檀儿的商才。至于宁毅,他或许是个大才子,但对于经商之类的事情丝毫不懂。无论是苏仲堪还是苏云方,都跟这帮孩子说过当初让宁毅入赘的理由是什么,席君煜反倒是因为太有商才才落了选,这一点毋庸置疑。

于是这些人一路都在炫耀商场上的心得。就在他们努力地将商场的精彩展露给宁毅与李频看,并且表现自己的出色的时间里,马车终于到了燕翠楼。大家下了车,在门口与几个应邀而来的朋友会合。苏文兴首先进入燕翠楼,不一会儿却在前方遇上了熟人。

大部队进入燕翠楼大门时,已经看见苏文兴与薛家的薛进在那儿针锋相对、冷嘲热讽。薛进旁边是他的兄长,如今薛家年青一代为首的薛延,据说是薛家今后的家主人选。另外还有薛家的朋友、客人,看见苏家突然进来十多人,他们也聚集过来。燕翠楼的妈妈、龟奴见势不妙,连忙过来说好话、打圆场。

青楼楚馆中,客人为争风吃醋上火是常有的事,但此时不过几句口角,大家又各有身份,倒不至于真吵起来。只是薛进见到宁毅,脸色就有些不好。"道士吟过两首"之后,他基本不敢写诗了,老觉得会被人嘲弄。这时候两边都有些闹哄哄的,薛延与苏文圭等人笑着打了个招呼,加上妈妈居中调停,薛进又与苏文兴互相嘲讽了几句便作罢了,但心中还在想着针对宁毅的话。宁毅身边的李频倒是与对面一人打了个招呼。

"青狄兄,你也在。"

"德新兄,幸会了。"

那人也是一名才子，名叫柳青狄，与李频、曹冠等人名声相若。招呼一打，薛进抬头介绍了一句："这是家兄的好友，柳晏柳青狄。"这边便是一阵"久仰"之声。薛进盯着宁毅，宁毅扭头看青楼的布局摆设。

方才只有薛进与苏文兴时，便不时会发生口角，火气都快压不住了，这时候人一多，看起来反倒其乐融融。互相招呼了几句，暗暗讽刺了几句之后，薛延笑道："燕翠楼特色，终究还是大堂这边坐着舒服，我们今日在大堂看表演，不知诸位意下如何？"

这边苏文圭笑道："薛兄慧眼江宁谁人不知，今夜薛兄既在这里，我们自然也在大堂坐坐，不过我们去二楼。"

一般来说，青楼外楼一二两层的构造都差不多，基本都是围绕着前方舞台的戏院般的构造，里面有包间，可以狎妓喝花酒。不过舞台上的表演比较大众化，而且大庭广众之下，客人也不可能对作陪女子做出太过分的动作来。到这里来都不是为了看戏，若真有心狎妓，深入发展，还是得换房间。

宁毅一路随着他们上楼，其间扭头问李频道："这帮家伙又打算怎么争风吃醋？"

李频笑了起来："燕翠楼外堂的表演也是蛮花工夫的，例如吕霞之类的当红女了，有时候不受提前邀约，她们在外堂表演，若是看上了谁，下台敬上一杯酒，然后才会随之入内堂作陪。呵呵，大庭广众下的一杯酒，挺有面子的，商人、才子，谁都好，都喜欢这等各使手段夺得美人归的情节。"

宁毅点点头："这么说起来，就算被看上，还是得花银子。"

"这个自然。"李频笑道，"当然没这么单纯，譬如你是老相好，或者干脆立恒你为她写一首好诗词，她自然过来敬你。总之，无非这些路数，要出风头，也得下些功夫才行。"

"哦，待会儿李兄可是打算写一首夺得美人归吗？"

"这有些难，那柳青狄的诗才可是不输于我，何况你看薛延他们的表情，分明是此地常客，赢定了。当然，你的这班兄弟怕是也知道这些，之所以有信心，无非是见到你我二人皆在此地。待会儿若只有我写诗，就算输了，吕霞多少也得上来打个招呼，但若立恒你也写上一首，'第一才子''鬼才'之名，再加上你这班兄弟的银弹攻势，这事的结果可就难说了。"

"哦，总之很有面子……"

"哈哈，便是为了面子……"

走向二楼看表演的包间时，两人说笑着。事实上，李频对这类事情还是蛮感兴趣的，就算宁毅不写，他多半也会写一首，接接那柳青狄的挑战。宁毅回头看看，只见下方大堂里，那个名叫柳青狄的书生正朝这边望过来，还笑着挥了挥手，很是友善的样子。不过宁毅的目光滑了过去，因为舞台一侧一个房间的窗口的景象忽然将他吸引了过去。

那窗口并不起眼，因为在舞台侧面，估计也不是用于宴客的地方，宁毅会注意到，是因为方才劝架的妈妈此时正在走进那个房间。然后，宁毅看见了那里露出来的一张脸，竟是聂云竹。

她也不知在那房间里看了多久，见到宁毅的目光望过来，她顿时笑了起来，朝他轻轻挥了挥手。宁毅也笑着挥手时，另一道身影从那窗口的一边探了出来，也是一名女子。她有些好奇地望望聂云竹的表情，随后在大厅里搜寻熟人的身影，看见宁毅时，她的眼睛眨了眨，整张脸皱了起来，是元锦儿。

敢情这两个家伙跑过来卖皮蛋吗⋯⋯

宁毅心中正想着，那元锦儿不知说了什么，聂云竹笑着没好气地瞪了她一眼，也说了几句。随后只见两人打闹了一番，元锦儿推着聂云竹离开了窗口。一秒钟后，她又回身，朝着这边的宁毅吐舌头做了个鬼脸，仿佛这样就霸占了她的云竹姐，之后啪的一下将窗户关上了。

宁毅顿时笑了出来。

聂云竹与元锦儿两人的确是过来卖皮蛋的。

距离元锦儿跳水离开金风楼才几天，如今外面还在疯传她自金风楼消失的内幕，金风楼的杨妈妈眼下还在生气。不过元锦儿本身是个闲不住的性子，她将手头的钱全入了股，便打算跟着聂云竹出来拉些生意，享受一下女强人的感觉。

其实这笔生意是以前便有的关系，元锦儿与燕翠楼的陈妈妈认识，这次拉着聂云竹过来开拓市场。代售松花蛋的生意相对燕翠楼的规模和收入来说本身是小事，既然是熟人，说一说就成了，倒是附带的一些事情比较麻烦。

"刚才说到哪儿了？杨秀红这人的性子行里的人谁不知道，你这疯妮子，身在福中不知福。松花蛋只是小事，回头锦儿你还是去给她道个歉服个软，隔得久了伤人心，那个刀子嘴豆腐心的女人，喊⋯⋯话说回来啊，我是不管下面的姑娘赎身之后干吗，可你们这样的真让人头疼⋯⋯"

走进房间，那陈妈妈坐到铜镜前开始补妆，口中还没完没了地絮絮叨叨，当然，也是以往与元锦儿很熟了，因此说话随意。

元锦儿眯了眯眼睛。

"知道了知道了，唠唠叨叨的，鸡婆得不得了，人丑话多讨人嫌知不知道？"

"嗬，这就是你来做生意的态度啊！"

"就这态度了。"

那陈妈妈三十多岁的年纪，长得确实漂亮。她接下这燕翠楼的生意只有几年，背后有个当官的"干爹"当靠山，脾气蛮直爽的。此时她与元锦儿瞪着眼睛针锋相对，聂云竹苦笑着居中调停："好了好了好了，你们两个。"

"哼，要不是云竹站中间，今天非撕了你这妮子的嘴。"

"来撕啊。"元锦儿吐了吐舌头，然后扭头问道，"对了，刚才外面是怎么回事？"

"还能怎么回事，开布行的薛家跟开布行的苏家人对上了呗，冤家对头。不过今天来的人真是厉害，柳青狄、李频，还有那个最低调的从来不上青楼的宁立恒，哈哈，他要是今天能在燕翠楼写一首诗，那燕翠楼可就要出名了……对了，听说你跟那个柳青狄很熟，他怎么样？"

锦儿眨了眨眼睛："诗他是随手写，写得不错，李频也常常留下诗作，至于那个宁立恒……"她望了望聂云竹，"那就没什么希望了。"

陈妈妈一面往自己脸上补脂粉一面耸耸肩："随便，有柳青狄和李德新这两位的诗作就好，至于宁立恒，明天就着人宣传他今晚来我燕翠楼捧场的事情……待会儿倒是要叮嘱阿霞她们好生表演，把气氛炒热一些，最好真弄出些火气来，让那宁毅忍不住最好……"

"诡诈。"

"有什么诡诈的，你家杨妈妈还不是这么弄的，你当好多次那些大才子为你争风吃醋没有你杨妈妈在中间做手脚啊？"

"我风华绝代嘛。"

"黄毛丫头一个。"

两人继续在房间里针锋相对。这样的房间，用的又是铜镜，里面的影像看得不是很清楚，陈妈妈眯着眼睛描眉线的时候，元锦儿不耐烦地过去拿了笔，帮忙描画，口头上两人却还是互相硌硬不休。聂云竹在后方笑着听着，终于开口道："若那宁毅真的写诗捧场了，阿霞会上去吗？"

陈妈妈沉默片刻，随后轻笑着望了两人一眼："那可没这么简单，捧场嘛，还得看有多少银子。"

"苏家也不会吝啬银子吧。"

"若真是这样，为难的可就是我了……"陈妈妈轻笑出声来。

"怎么了？"

"云竹你不知道，阿霞跟那薛家的薛延早就有了私情，这次又有柳青狄在，若苏家那边只有一首好诗词，就算加上银子，我们也会说阿霞比较喜欢薛家捧场。若加上那宁立恒，分量可就不同了。可阿霞是我们燕翠楼的台柱，总不好逼着她在这种时候拂了薛公子的面子，这不是坏人姻缘吗……"陈妈妈叹了口气，"可话说回来，若是苏家那边连第一才子都为她赋诗了，她最后还是将那杯酒敬与薛延，日后传出去，人家会怎么说我燕翠楼，怎么说阿霞？要是说她不识好歹不识抬举，那可就麻烦了……当然，若那柳青狄能写出一首绝佳的诗词来，一次性压倒那李频与宁毅的诗作，就如宁毅作的那两首词一般，这就没问题了……云竹你诗文最好，觉得有这可能不？"

聂云竹想了想，随后微微皱了皱鼻子，幅度虽小却异常坚定地摇了摇头："当然没有。"看得出来，连那想的过程她都觉得有些多余。

"这不就是了嘛。"陈妈妈补好妆起身准备出门，"还好那宁立恒一般不作诗。好了，我先出去了。你们俩……自便就好，有什么相熟的姐妹可以找来叙叙旧，不过不许把我这儿的也拉走。云竹你想的事情我懂，可女人……就这命，总之，不如去当个少奶奶……"

"多话……"元锦儿嘟囔着。

"好吧，我人丑话多讨人嫌，不说了！死黄毛丫头……倒是你，你跟那柳青狄那么熟，他就在外面，不打算出去见见？"

"不见！不熟！"

"那就自己躲好了。"

陈妈妈说完，摇着头出去了。

元锦儿悄悄推开窗看了看，大厅之中，一片喧闹的景象……

燕翠楼中，进出的多半有些商户背景，家境不错的商贾之流爱来这里走走玩玩——不光大厅这边节目不错，内堂之中各个姑娘的服侍也够贴心。这里各方面其实都已经到位了，只是品牌、名气还不够。

江宁看起来很大，但上层的圈子实际上并不宽，常来这燕翠楼的商人们相互之间都认识，这时候大厅之中便有不少人在互相打招呼，二楼观看表演的包厢里、走廊上也不时有人串门闲聊。各种各样的点心、菜肴已经摆了上来，也有姑娘们过来陪酒、陪坐。不久之后灯火渐暗，下方舞台上的各种表演开始，大厅中的声音渐渐小了。

燕翠楼的这场表演是与花魁大赛类似的模式：楼中最好的几位姑娘准备一次小型的晚会式表演，每人演两场，然后有各种各样的捧场。姑娘们也会根据大家的捧场选择中意的人作陪，不光是今晚陪酒宴，异日过来也会有一次优先招待。

这种竞标一般的模式其实是一种很好的经营模式，当然，也得那些表演的姑娘本身有不错的艺业才行。对男人们来说，求的大抵是热闹与面子。楼上的苏家与楼下的薛家今天来的人都比较多，又有三位大才子到场，算是他们的主场，虽然还有两三名家业不输薛、苏两家的老板到场，但今天这样的场面，他们未必会争到底。

乐声在楼内悠然地响着，与之配合的舞蹈也确实不错。楼上楼下偶尔有人打声招呼，也有人互相走动，谈谈生意或聊聊这些表演，也有人在议论薛家与苏家今晚打算争夺那吕霞陪席之类的八卦。

吕霞的第一轮表演是一场舞蹈，排在第五名出场。她走的是妖媚迷人的路线，一副唐时宫装打扮，霞帔舞动间目光流转，眼神与肢体的暗示令人心旌摇荡。在聂云竹与元锦儿看来，这样的舞蹈或许过于直白，但在这次的表演中委实是一枝独秀。她表演完后，柳青狄当即奉上一首诗作，并着人在舞台上念出来："花影双来乱玉屏……"

"李频也在上面作诗了……"整个晚会的层次对聂云竹与元锦儿来说是有些低的，不过她们一直在附近看着，虽然更多的是看下方薛家的动静和上方苏家人中李频与宁毅的动静。整个过程中，李频与宁毅一直在交谈，除了对吕霞的表演认真看了一会儿，对其余的表演都不是非常上心。这时候，只见在楼上不算明亮的灯光中，李频让旁边的女子拿来纸笔，大概是要写上一首诗作献给吕霞。楼下的柳青狄则偶尔回头看看上方的情景，看到李频这反应，他笑了起来。

李频写完诗词，又与宁毅讨论起事情来。

"云竹姐，要是待会儿那宁毅也写诗，怎么办？"

"嗯？"

"李频既然写了，柳青狄又有心挑衅，宁毅说不定也会写一首。写得差了，砸招牌；写得好，结果那个阿霞不给他面子，跑去敬那薛延的酒，那不是很难堪吗？以后传出去，他的名声就毁了，旁人会说，'在吕霞心里，宁毅比不过柳青狄'。"

聂云竹笑着望了她一眼："锦儿你不是很讨厌他的吗，怎么忽然这么担心他了？"

她这样说话自是在打趣。元锦儿的原则一向是疏不间亲，这时候自然是觉得宁毅比那薛家更值得支持，闻言没好气地瞪了聂云竹一眼，噘了噘嘴，懒得为此做解释。过得片刻，只见楼上的宁毅起了身，离开了包间，大概是要去如厕，元锦儿一挑眉，转身往外走："我去警告他别写诗，写了丢面子！"

"喂……"聂云竹笑着唤了她一声，然而元锦儿已经飞快地跑出门了，颇有争分夺秒之势。元锦儿出门之后，那柳青狄似乎是看见宁毅离席，想了想，也起身离开，朝大厅一端走去。聂云竹斜斜地望了望舞台上仍在进行的表演，目光晃动，想了好一会儿，然后关上窗户，走到那陈妈妈先前用过的梳妆台前，眉头微蹙，站了片刻，随后坐下来，望着铜镜中的自己。今天仍旧是村姑般的打扮，她看着镜中的影像，伸手碰了碰脸颊，抚弄了一下鬓角，过了几秒钟，她深吸一口气，拔下将头发绾起来的木簪子。

一头青丝呼地滑下来，她安安静静地坐在那里看着，铜镜之中，一张柔美的瓜子脸，有清纯，有成熟，有妖媚，然后镜中女子的嘴角微微动了一下，有些生涩又有些自然地笑了出来。

感觉就像是一个孩子在诞生后第一次笑出来……

第八章
撑宁毅双美竞献艺　骤生变江宁闭城门

元锦儿鬼鬼祟祟地走过楼内长长的回廊，目光在对面的楼道口搜索着目标，看见那道下楼的身影后，又快步往前跑了一小段。发现廊道上经过的几名姑娘疑惑地望着她时，她才抬了抬头，伸手拉着一小缕发丝，做出端庄的样子往前走，虽然脚下迈着小碎步，但速度还是很快的。

云竹姐对他很有信心，自己可不会这样觉得，但这宁毅毕竟是跟竹记有关系的自己人。这次的事情，那吕霞原本就确定了会站在薛延一边，他是怎么也赢不了的。稍微让他受点儿教训就好，若真眼睁睁看着他丢面子，估计云竹姐心里也不好受。何况那宁毅成名不易，自己也不好见他就这样丢了脸。

当然，在这之前先吓他一跳再说。

透过几处能看见中间花园的回廊空隙悄悄观察，两人自不同的方向走向那交会的路口。元锦儿先在回廊转角的屋外躲了起来，静静地听着那边传过来的脚步声，大厅那边的歌声此时也传了过来。与此同时，也在那个路口交会的另一条走廊上，柳青狄正快步走过来，当宁毅的身影出现在视野之中时，他笑着拱起手："宁兄，幸会……"

"呜——"

"呃……"

宁毅的对面，柳青狄的身后，元锦儿陡然走了出来，一时间，三人表情各异。柳青狄的神情还比较正常，宁毅忽然看见眼前出现人，而且同时出现两个，瞬间愣了愣，愕然地张开了嘴。

元锦儿原本想要吓人，但这时受到的惊吓恐怕更大。她本来迈出了一个优美的如舞蹈般的跨步，打算拦在宁毅身前，得意的笑脸随着身体的站直往上升，谁知才跨出去，一个男人的后背陡然出现在她面前。她的眼睛在抬头挺胸的过程中瞪圆了，意识到这家伙是柳青狄之后，她伸手一捂，轻呜出声，顺势一个转身，就那样低下头，捂着鼓起的腮帮，咻的一下，又如同幽灵般滑了回去。

　　宁毅就那样看着全过程的发生，脸颊抽动了几下，不知道该笑还是该干吗。元锦儿跳出来瞪大眼睛的一幕着实有些惊悚，但回想一下其实也蛮有喜感的，这让他脸上的表情一时间极为丰富。柳青狄做出非常热情的态度拱了拱手，招呼还没打完，就见到了宁毅的表情，他有些不自信地低下头，查看起自己的周身来，暗想：自己的打扮莫非很好笑？

　　"宁兄今天……"

　　"呵呵……这位兄台去方便？"宁毅望着元锦儿消失的方向想了想，笑着退后了一步，朝道路那端摊了摊手，"抱歉。"

　　这一下柳青狄才是真的愣住了。他出来打招呼的理由原本很简单——这宁毅从来不参与这等应酬活动，今晚好不容易让他遇上了一次，他本身也有自信，想要斗诗斗文，成就一番佳话。宁毅这人平日里既然性格平淡或者说古怪，自己过来煽煽风点点火说几句风凉话也没什么，谁知道招呼一打，遇上个这么奇怪的反应。

　　这宁毅不知在想什么事情，表情那般古怪，但显然没怎么注意自己——这一认识俨然给柳青狄泼了盆冷水。他本来还想打个招呼再开始话题，然而对方和善的表情分明是在心不在焉而又善意地说着："没事你就过去吧。"仅仅是一句话、一个动作加一个表情，竟让他觉得自己找不到说下去的气氛了。终于，柳青狄咬咬牙，拱手一笑，不爽地往厕所那边走去。

　　其实他根本就不想上茅房……

　　走出十几米远，他再回头看看，宁毅还站在那儿想事情。似乎注意到他的回头，宁毅还微笑着拱了拱手，他也只好微笑着拱拱手，随后悻悻地走掉了。

　　宁毅看着这人的背影，觉得有些无聊。从他出现的那一瞬间表现出来的态度，宁毅就知道这家伙的目的到底是什么。老实说，今天他写首诗词也无所谓，毕竟李频和苏家人的面子要稍微顾一下，对这人敷衍几句就好。不过，看见元锦儿从那边冒出来之后，他倒是懒得在这边继续聊下去了。听说这柳青狄与元锦儿以往挺熟的，在这边磨蹭，万一他看见了元锦儿，怕对她不太好。

　　他不想聊的时候，对方哪里能说出什么有营养的话来，几个友善的动作暗示，对方就自觉无趣，只好走掉了。看柳青狄的身影消失了，宁毅才朝前方走了几步，过了岔路口，去看拐角那边的元锦儿。

　　糗大了……

旁边，元锦儿背靠着墙壁，一边觉得丢脸，一边反省着。

"怎么了啊？"

长廊拐角的地方，一男一女的身影鬼鬼祟祟地在那边说话。大厅中乐声靡靡，附近也不时传来觥筹交错的声音，有人从其他的路口走过，往那边投去一道目光，随后又离开。宁毅向元锦儿提出了问题，而元锦儿原本有些懊恼的脸色在他出现的瞬间转化成了些微的怨怼。

没事，反正每次见她她都好像有点儿怨气。

"没怎么，想吓你一跳怎么了？"

"哦……刚才确实被吓了一跳。"宁毅笑着点头，眼看元锦儿一副打落牙齿只好和血吞的表情，"刚才在上面就看见你们了，你们过来干吗？"

"当然是推销松花蛋，这里的陈妈妈我认识。"

"很漂亮的那个？"

"嗯。"元锦儿点点头，随后又皱眉，"没想过要跟你说谁漂亮！哼，要不是因为云竹姐，我才不会过来提醒你呢……警告你，别拿什么诗词出来显摆，要写下次写去，不要在这里写！"

"哇哦。"宁毅想了想，点点头，"那个吕霞姑娘，跟薛家的某个人已经发展到这种地步了吗？"

元锦儿挑眉看看他，随后表情缓和了一点儿："你想得到就好，吕霞今晚那杯酒给定薛延了，你们怎么也争不到的，到时候你写的诗词越好，以后越被人说热脸贴了冷屁股，哼……"随后她又望望宁毅，"你们也猜到一点儿了？"

"呵呵，方才在楼上与德新说，那薛进上次才吃了大亏，薛延虽是他的兄长，但没有必胜的把握，当不会这样乱来，但如果没有你这些话，怕就真的要出丑了……"

"知道就好。"元锦儿的脸色阴转晴了，随后她又道，"云竹姐在这儿，我才来通知你的，明天好好谢谢云竹姐吧。"

宁毅笑着点头："嗯。对了，你与那柳青狄……"

这句话刚问出来，对面杏目一瞪："不认识！"

叽叽喳喳叽叽喳喳，两人在这边聊了好一阵子，元锦儿甚至出了些主意，比如"你要不在外面躲着算了，就当自己不在场"，随后方才分开。那边大厅之中，第二轮表演已经进行了一段。

元锦儿一路折回先前的房间，发现聂云竹不在。云竹姐是不会先走的，想来是去找陈妈妈了。元锦儿再度离开房间，这一次她注意了一下柳青狄的位置，免得遇上了尴尬。燕翠楼中也有一些认识的女子，见到她，若是无事的，免不了惊喜地说说话。问清陈妈妈位置的过程中，大厅之中名叫吕霞的美人在舞台上思考了许久，随后，只见她走下舞台，在旁边倒了一杯酒，又为难地咬了咬嘴唇，方才低头走向薛家所在的酒桌，神情之中微带羞涩。

她将那杯酒敬与了薛延。

大厅之中有人笑有人骂，这样的时刻，不高兴是难免的，苏家所在的二楼包间陷入了沉默，可想而知会是怎样的气氛。

这之前柳青狄与李频都作了诗词，双方都出了一笔不薄的银子，不过宁毅终究没有出手。元锦儿微微耸了耸肩，往陈妈妈那边走去。好在陈妈妈此时并非在应酬客人，推开那间应该是服装间的房门后，她看见了陈妈妈，随后往陈妈妈周围正在忙碌的几位女子瞧了瞧。

"咦？云竹姐呢？"

"你家云竹？"陈妈妈想了想，"没见着啊。"

"呀……"

片刻之后，她听见熟悉的琴音响起来。

此时，燕翠楼的招牌吕霞已经表演完了，也选择了今晚陪酒的对象，虽然其余几名女子也会做出选择，但毕竟吕霞才是真正的重点。其后虽然还有几场表演，但这个结果一出来，令得大厅之中一时间闹哄哄的，后面几场表演几乎可以说是在今晚最差的氛围中展开的。大家有的在说薛家的财大气粗，有的在议论柳青狄与李频的才气，当然也有的会对苏家这个小小的失利或摇头或奚落或嘲笑一番，那琴音便是在这样的情况下自舞台上响起的。

喧嚣还在继续，那琴音渺渺，最初并不引人注意，仿佛细微的风夹杂在众人的话语声之中，却并不显得孤高或是格格不入，而是伴随着话语声响了起来，因此，一开始没有多少人注意到它。元锦儿对这琴音大概是最敏感的，也花了几秒钟去分辨，随后，她微微地、不可置信地皱起了眉头。

"云竹姐……"这嗓音低低的，也如那琴音一般，渺不可闻。

随即开始变化的是那陈妈妈的表情。接着，那琴音变得清晰了一些。两人在这样的琴音中去往旁边的房间，元锦儿伸出手，深吸一口气，随后推开了能看到大厅的窗户。

其实，那道弹琴的身影，她已经在脑海中看见了……

方才宁毅与元锦儿分开，回到二楼时，苏家人还在议论如何让吕霞到自己这边来。纵然多少明白薛家那边肯定也有筹码，但苏文圭等人还是有信心的，主要因为这燕翠楼他们常来。这中间，苏文定亲近大房，苏文圭、苏文兴属于二房，苏文洛、苏文季则属于三房，自然不会结伴而行，但这时候还是选择了抱团，将能拉的关系结合起来。

结果看上去还是很美好的，有认识这楼中比较厉害的管事的，有跟陈妈妈很熟的，也有亲自捧过吕霞好几次场自觉关系密切的，统合一下更是觉得胜券在握。这个时候，苏家这些人已经上上下下不断打点，并且也拿出了一大笔银子来，加上李频的诗作，自然很是自信。

　　如果不是因为吕霞跟薛延的关系已经发展到了某种程度，只要给足面子，写一两首惊艳的诗作词作，今晚苏家未必没有胜机，但到了这个时候，已经不是比斗的问题。当然，元锦儿说的躲在外面等到歌舞完毕后再进去自然不是什么好办法，宁毅上去笑着与李频说了这事，李频也笑了起来。"哈哈，难怪下面自信满满的样子，我早在怀疑，原来如此。"他的态度却很是豁达。他与宁毅说笑几句，拿纸笔写了第二首诗，仍旧交予旁边的女子拿下去。那诗既非讽刺，也非抱怨，仍旧是给那吕霞捧场的诗作。随后，但见下方吕霞的第二场表演开始了，表演完后，薛家那边出了两百两银子，苏家这边则是三百两，配上捧场的诗作，等待着吕霞的选择。

　　最后的结果出来的时候，大厅内果然是哗然一片，苏家几人也有些愤慨。不久之后，薛延、薛进、柳青狄等人带着吕霞一同上来打招呼。以吕霞的立场，自是先谢过了苏家人的厚爱，薛延等人笑得开心，口中说着话。

　　"哈哈，今日之事，想必吕姑娘也是极为为难的，选一边，势必让另一边不开心。文兴、文季，大家世交多年，我先来道个歉，若是有气，你气我便是。阿霞肯定是为难的，你勿要将此事放在心上……"

　　薛延话语之中是为吕霞挡下苏家的火气，实际上无非是硌硬这边，苏家还要摆出"我不生气"的态度。大家表面上其乐融融地说笑了几句，文兴、文季等人也只能展现出豁达的神态，目光则注意着整间大厅的局势——这时候，多数人的目光都已经往这边看过来了。

　　在吕霞的致歉声与薛延等人的说话声中，李频举起了酒杯，笑道："薛兄与吕姑娘之间的情分，我等早已知晓，今日之事，成人之美，我心甚慰。不知薛兄何时娶吕姑娘过门，我等也算是成就了一段佳话，这才是有意义之事……"

　　听李频这话一说，苏文兴等人都有些迷惑，表面上还是摆出了然的笑脸，薛延与吕霞却是微微变了脸色。李频如果真的知道两人之间的感情，这话传出去人们都信了，旁人就会说苏家人明知会输还是愿意成人之美，反倒显得薛家小家子气；而吕霞这边更是麻烦，她若真嫁入薛家，就是坐实了这一言论，这样一来，怕是断了她进薛家的可能。

　　光线微暗，那柳青狄听了李频的话，出来举杯道："承李兄吉言。今日之事，确是苏家容让，若然立恒也拿出诗作来，在下真是不敢作诗献丑，到时候，吕姑娘会选哪一边，还真是难说……"

　　这搅局的话语没能起到多少效果，因为他提到的宁毅正站在栏杆边往下方的舞台上看。吕霞也没有因此而安心，脸色有些忐忑地注视着李频，李频叹了口气，举起酒杯一饮而尽，笑着不再多言。之后，他扭头去看宁毅，目光随之往下方望去，不久之后，薛延、薛进、苏文兴、吕霞等人都扭头朝下望。

丝竹之声方才已经悄然响了起来。

依然显得喧嚣的大厅里，出现在众人眼中的，是光线有些暗的舞台。一袭白衣的女子坐在那舞台中央，轻抚着身前的古琴，长发在脑后绾成一束，白色的裙摆在舞台上如莲叶般舒展开来，琴音叮咚，即使混杂在人声之中，也给人以柔和而舒适的感觉。

二楼薛家人与苏家人谈话之处本来是焦点，但很多人此时已经往舞台上望去，喧闹的声音渐渐变为窃窃私语声，就像是被那柔和缓慢的琴音给抚平了一般。不知不觉，琴音越来越清晰，大厅里也变得越来越安静。

那女子看起来如舞台上的一幅水墨画，纤指轻柔的弹拨间，自有一股清雅引人的气质在其中。她在脸上围了一圈面纱，微微低头间只露出淡然闲适的目光与粉红色的双唇，虽然看不清全部样貌，但绝对是相当出众的美女。她看起来并不在意大厅中的听众，反倒像是在无人的山岭中或是湖泊上悠然弹奏着。

或许只有少数人能够明白那道身影在片刻间产生的感染力。

"这是谁啊？"二楼栏杆边，薛进轻声问了一句，自然是问吕霞，但吕霞有些疑惑地摇了摇头。薛延看看身边几人，低声道："这是什么曲子？"

一旁的柳青狄皱了皱眉，下意识地往宁毅那边看了一眼，只见宁毅偏着头往下看，手指在栏杆上轻轻地敲打着。柳青狄摇了摇头道："以前像是听过，不过……此时难以确定……"

"像是《水调歌头》……"吕霞轻声回答了一句。

"这歌曲前段时间到处唱，听过没有二十遍也有十遍了，这旋律……"有人低语出声，"弹错了吧？"

他说得也不是很有信心，声音还未落下，舞台上的女子终于抬起头，清澈的目光扫过全场，只在二楼这边稍稍停留了一下，面纱后，歌声悠然传出。

"明月几时有……"

《水调歌头》。

这首词在近一年里已经在江宁传唱了无数遍，对众多青楼熟客来说已经没有多少新意了。然而，这时的歌声与平日里的不太一样，它虽然循着往日里的乐曲的骨架，但给人的感觉是悠然而空灵，又不失词作本身的大气，令人难以判定这首歌到底是正规还是离经叛道。大厅中一时间又有人窃窃私语起来，片刻后便即安静——这些人大概意识过来这首歌很好听，有什么话听完之后再说为好。

当然，无论曲调怎么变化，下一句歌词总是一样的。

那是:"把酒问青天。"

"不知天上宫阙,今夕是何年……我欲乘风归去,又恐琼楼玉宇——"

大厅内没有多少人说话,琴声、歌声在片刻间影响了周围的一切。白衣、古琴、长发、面纱,清越婉转的歌声中,仿佛是纤尘不染的仙子骤然降临人间,这一幕形成了强烈的冲击。那乐声与平日不同,唱法也与平日不同,但又并不离经叛道,骨架其实仍旧没变,只是每一个转折、每一个颤音、每一段曲调的升降都仿佛有了自己的灵魂,在空灵嗓音的配合下,赫然创造出了属于自己的全新意境。

"高处不胜寒。起舞弄清影,何似在人间……"

一阕唱完,女子微微笑了一下,又专注于琴上。宁毅倒是在二楼看见了她方才看似不经意投来的目光,他轻轻地摇了摇头。当然,这改变不了下方女子目光中的恬淡与微笑。她已经有三年未做过这些事情了,而她其实原本也没有必要去做。

在这之前,宁毅未曾真正听过聂云竹以古韵的方式唱歌,但他知道这曲子是怎么来的。《水调歌头》的现代唱法宁毅教过她,也跟她说过自己喜欢这样的唱法,她当时其实是有些不以为然的,不过始终没有反驳。此时这一曲,简直就是将两首曲子以近乎神奇的方式糅合在了一起,却偏偏不给人任何突兀感。

"好几层楼那么高呢……"

"至少这件事上,各种诗词唱曲也好,公子方才说的乡俗民谣也好,若是云竹办不到,整个江宁城中,怕是也没有几个人能办到了……"

想起她或俏皮或自信满满时说的那些话,想起她听到他那些歌曲时有些欲言又止的神情,宁毅此时大概明白了其中的含意。不过眼下,他只能如旁人一般,静静地听着这歌曲唱下去。

"转朱阁,低绮户,照无眠——不应有恨,何事长向别时圆——"

大厅一侧的一扇窗户后,元锦儿望着台上那道身影,静静地听着这首歌。后方陈妈妈也在听着,只在某个时候皱眉说了一句:"这是云竹……"

她以往也听过聂云竹的琴曲,而且是以专业的态度去听。在金风楼时,聂云竹这方面的造诣便是绝佳,不过气质上有几分孤傲高绝。当然,这也是大众喜欢的一种意境,陆采采也是类似的气质,可陆采采的气质流于自怜,终究还是比不过聂云竹的那份清冷孤傲。

然而,这时,那份清冷没有了,曾经的疏离孤傲也消失不见,取而代之的是溪流一般的自然与柔和,温柔地笼罩了一切,润物无声。几乎没有人愿意打扰这样的歌曲与意境,她上台后,不需要以高调的态度压倒一切,就像是……根本不会引起任何争议,直接感染了所有人……

不需要与吕霞等人对比，因为二者根本就不是一个层次和体系。

"人有悲欢离合，月有阴晴圆缺，此事古难全……"

女子微笑而怡然地唱着这首词，不久之后，当她轻启双唇唱出"但愿人长久，千里共婵娟"这两句时，却似乎有了些恋恋不舍的感觉，嗓音与琴音过了好久方才停歇。她低着头，安安静静地坐在那儿，等待了好一会儿，掌声终于响了起来。

说话声混杂在掌声中，一楼二楼的一些人开始询问身边的女子台上人的来历，或者兴奋地跟身边人商量让她过来。

在这样的声音中，女子在舞台上站了起来，笑着微微鞠了一躬以示酬谢，却并不说话。随后她朝舞台的一方走去，却并非往后台——方才吕霞就是从那里下去，在旁边的小台子上斟了一杯酒，送去给薛延。此时那女子也在台上拿了一只瓷杯，却没有碰那酒壶，而是走到旁边，倒了一杯茶水。

大厅里，人们不解地看着这一幕，在窃窃私语声中注视着接下来的发展……

"这到底是谁啊？"

"以往未曾见过啊……"

"新来的？"

一曲《水调歌头》之后，大厅里细细碎碎的声音此起彼伏。若是旁人来唱这歌，得到的评价恐怕不是平淡便是离经叛道，但在这时，竟全然无人对唱法表示质疑，他们感受到的，只有那恬淡的歌声包含的巨大感染力。

聂云竹三年前便是金风楼的台柱之一。她生于官宦人家，幼时是享誉一时的才女，后来在金风楼中，琴艺歌艺卓然成家，当时虽然性格还有些棱角，但技艺在江宁已经是数一数二的大家，若非她刻意收敛，不去与人争，便是四大行首、江宁花魁这些头衔，她也未必没有一争之力。

如今的吕霞虽是燕翠楼的台柱，但在花魁赛中不过处于前十六的位置，比之三年前的聂云竹都大有不如。此时聂云竹经过三年的沉淀，洗尽了铅华，脱去了心中的枷锁与负担，在琴艺歌艺上已然有了更高一层的蜕变。这种蜕变在青楼之中是难以寻找到的，是她后来找到了依靠与寄托，方能真正心静，达到这种境界。不过，这时候仅仅是在燕翠楼中表演，孰高孰低，没什么可议论的。

二楼平台的走廊上，薛延与柳青狄等人听完歌声，忍不住问道："这……是谁啊？"

吕霞摇了摇头，声音细若蚊蝇："我也没见过……"随后忍不住望了望在一边微蹙眉头的宁毅。那女子唱的是《水调歌头》，该与他有些关系，可为什么这宁毅会是这等表情？

说话间，那个在台上从容地唱完歌，如墨莲般吸引了所有人目光的女子已经倒好了茶水，双手捧着杯子安安静静地上了楼，一路朝这边走了过来。片刻之后，包括吕霞在内的众人下意识地让开路，看着那女子走过去，在宁毅身前停了下来，盈盈屈膝行了一礼，微笑着将茶杯递了过去。

方才在楼下，吕霞也是以类似的神态将酒杯递给薛延。此时两人都在楼上，相距不远，一身红装的吕霞与那白衣女子比起来，存在感大有不同——白衣女子已然成为焦点。在众人关注的目光中，宁毅笑了笑，伸手接过茶杯，一口饮尽，随后将茶杯交还。

后方，李频鼓起掌来，随后苏家众人也开始鼓掌，掌声响彻大厅。

到得此时，众人哪里还不明白，分明是这女子看不惯那吕霞选了薛家人，因此出来对宁毅表示一番，这一点光从她演奏的曲目上便能看出来。若是一般的女子出来做这等事情，未免有些小家子气，但这女子的歌声直接震撼了所有人，就算她是苏家人请过来的，众人也首先好奇起她的身份来。

楼上，宁毅与那女子其实正在掌声中悄悄地说着话。

"不用做到这个程度的……"交接茶杯时，宁毅微笑着摇了摇头，"元锦儿方才已经告诉我内情了，其实不算多大的事情。"

"我知你性情淡泊，未必会当成大事。"面纱后，聂云竹笑了笑，"可我看不过去。"

这话语简简单单，却有着一股无须多说的力量，宁毅原本有些话要说，这时候又觉得多余，于是只以一句话总结："不管怎么样，谢谢。"

"会的不多，能拿出手的大抵也就是这些了。"

"吓到我了。"

"嗯？"

"不止几层楼那么高，怕有十几层了。"

"呵呵……"

就在这片刻间，两人已经低声说了好几句话，掌声也渐渐停下来，众人看着宁毅与聂云竹在廊道上站着，等着下面的事情。宁毅瞥了瞥周围，想着该不该让聂云竹到一边坐下。聂云竹其实也不时瞥向四周，脸变得有些红，低了头，轻声提醒："你该打赏我……"

"嗯？"

"打……赏。"她的声音更轻，几乎是在以口型示意，因为旁边的人都在看。

宁毅这才反应过来，哦了一声从身上掏钱："嗯，没错没错……我有五百两……谢谢姑娘的辛苦表演。"

方才打赏吕霞，苏、薛两家加起来才有五百两，就显得现在这笔打赏实在很惊人了。宁毅的神态也似模似样——大声说完对于表演的感谢，尽量让周围的人听到，最后又小声附了一句："诗词便不替你写了。"眼下尽量将影响缩小才是正理。不过，听完这话，聂云竹微感窘迫。宁毅递出银票见她不接，也有点儿尴尬。李频翻了个白眼，随后有轻笑声响了起来，宁毅这才反应过来不妥。

聂云竹红着脸，微微跺了跺脚，随后朝宁毅身侧挤了挤眼睛。宁毅将银票放到身后一名燕翠楼中女子捧着的小木盘上，一脸黑线。

"那我便走啦。"聂云竹笑着说了一句，听着周围的笑语声，低头走出了人群围成的圈子，往那边的楼梯口走去。

宁毅吐了一口气。苏家人眼下应该不会有被薛家人压倒的感觉了，当然，接下来需要考虑的事情恐怕还有不少。聂云竹淡出三年，若因此再度成为话题人物，肯定是不好的，而她是为自己而上台，无论出于何等考虑，有麻烦，自己都必须帮忙摆平。

宁毅考虑着这些事情时，聂云竹已经走到了楼梯口。这时候还有许多人的目光停留在她身上，并在窃窃私语。不过，其中似乎有另一种格格不入的议论声响起，初时还无法察觉，随后听得有人咦了一声，原本还在望着聂云竹的柳青狄闻声回过头，蓦地瞪大了眼睛，低喊出声。宁毅循声扭头往下方的舞台上望去。本来受着众人注视、一直低头的聂云竹也转过身，往舞台上瞧了一眼，只这一眼，她便愣住了。

乐声已经响起，一名绿裙女子正站在舞台上。她容颜清丽，身姿高挑婀娜，明显是适于舞蹈的体形。只见那姑娘腰肢轻晃，右手拿着一朵花，轻轻地按在淡雅的双唇上，目光望向大厅穹顶的某处，迷离中似乎有着淡淡的妩媚与醉意。身形缓缓转动间，她朝着二楼某处扫了一眼。

虽然舞蹈刚开始，但女子身形优美，几个简单的动作明显能看出是大家。不过，最令人吃惊的并非她那几个简单的动作，而是大厅之中有人喊出来的名字。

"元锦儿……"

"是元锦儿啊……"

"她竟然在这儿……"

二楼，宁毅错愕地张大了嘴："这也太乱来了……"廊道那边，聂云竹也是目瞪口呆，几乎是下意识地望了宁毅一眼，宁毅也正好望过去。假如不是在这青楼之中，而是在每天早晨相处的小楼，两个人估计要扶着额头在台阶上排排坐了。

元锦儿气质上则多以活泼朝气示人，但舞蹈功底委实深厚，身体柔韧到了极致，眼下就像是上发条一般缓缓拧动着，就在主乐调响起来的一瞬间，整个身体唰的一下舞动开来，衣裙绽放如水面上的莲叶，连续在空中翻飞，发丝狂舞间，美丽的面容偶尔闪现，目光认真而专注。

舞蹈……开始了……

宁毅退后几步坐在座位上，轻轻扶住额头，片刻后终于无奈地叹了口气，伸长脖子往下看着。

单就舞蹈来说，还是蛮好看的。

眼下自己也只能先享受一下了，之后的事，之后再考虑吧……

没有人知道元锦儿为什么会忽然出现在这里，但是当她的名字被叫出来之后，大厅中的人或震撼，或为这舞蹈而惊艳，一时之间，没人记得吕霞方才做过些什么，她原本该是今晚的重头戏，但眼下已经变得完全不重要了。

这舞蹈初时明快，元锦儿如同走钢丝一般舒展着肢体，做出各种惊人的动作，片刻之后，节奏才舒缓下来，营造出温柔与活力并存的气氛。四大行首绝非靠吹嘘得来，元锦儿在这方面本身便有着足够的天赋，又有极高的造诣。当舞蹈在盈盈的躬身中结束时，元锦儿微微偏头，露出一个笑容，大厅之中顿时掌声雷动。

"元锦儿，好！"

"锦儿姑娘……"

各种声音同时响了起来，元锦儿站在舞台上笑着接受了众人的鼓掌与注视，随后偏着头，伸手拢了拢头发，抿嘴一笑，目光扫过大厅几遍之后，没有说话，而是朝舞台一旁走去，随后轻盈地跳下了舞台。

众人愕然地看着她倒了一杯酒，双手捧着酒杯，低头朝楼上走去。

几乎是与方才的白衣女子同样的路线，同样的神情。不少人已经扭头望向坐在那儿的宁毅，李频看看对方，再看看宁毅，忍不住低声笑了出来。此时，除了一些或了然或愕然的笑声，大厅中还是显得比较安静的，大家只是看着元锦儿的行动。宁毅坐在那儿，脸部抽搐，表情复杂。方才聂云竹一身白色衣裙，此时元锦儿一身湖绿，说不定白素贞跟小青的传说就是从这两人来的……

心中想了一阵，元锦儿人未到，目光已经先望了过来，宁毅与她对望。不过，只凭目光，自然谁也杀不死谁。随后，整个大厅里的人便看见元锦儿走到宁毅身前，盈盈屈膝行了一礼，微笑着将酒杯递给了宁毅。

"你还嫌不够乱是吧？……"

"哼，我这是帮忙打掩护。"

"没事找事……"

"管你……快点儿打赏我。"

"你这是打劫吧。"

"比打劫好。"

"好，我今天认栽……不过……"宁毅吐出一口气，开始从身上掏钱，不久之后掏出些碎银子，一男一女在暧昧的空气里交换着目光，其中的含意相当复杂，"我一共还有四两银子……"

元锦儿下意识地朝周围看看，旁边的人已经神色复杂地围了过来……

月明星稀，夜色中，子时的钟声敲响了。江宁城中灯火辉煌，仿佛县城的轮廓与骨架，路上奔驰的马车、拿着灯笼的行人或快或慢地在道路上通过，似血液在流动，秦淮河上波光粼粼，楼船来往间，灯火结成一条条光路。

享受完夜生活的人们此时开始往家的方向而去，街上的大户小宅偶尔传来敲门声与亲切的呼应声。过了子时，城市的灯火渐渐消逝，如同游动的浮萍，自城市四周往中心转薄。一些青楼茶肆的灯火还亮着，但已然有了几分萧瑟之感，楼船画舫纷纷靠了岸，随后灯火渐灭，剩下稀稀疏疏的房间里还有光芒。

夜逐渐过去，黑暗的地方，雾气开始浮动。一个时辰，又一个时辰，到得最宁静的时候，位于城内一处不起眼的河湾边的一座吊脚楼里，暖黄的光芒自窗户透了出来。

这是一间看来有些混乱的女子卧室，原本的摆设或许是相对简单的，但此时的房间里摆放着许多明显是最近才搬进来的东西：稀奇古怪的盆栽，几个模样古怪的小柜子，一些有趣的绳结坠饰，床上还挂了好几串，另外还有几个包着不明物体的包袱，有的没地方放了，就搁在椅子上，梳妆台上堆满了胭脂水粉。灯光亮起时，女子的声音传了出来。

"嗯，云竹姐，再睡一会儿啦……"

蚊帐掀开了一半，咕哝声便是从那木床上传出。聂云竹穿着兜肚与绸裤，正伸手准备穿上薄薄的小衣。床铺里侧的女子翻了个身，拱了过来。

"好了，你继续睡吧……"

聂云竹笑了笑，扣着衣裳下床，穿上缀着碎花的布鞋，将油灯与火折子拿到与周围相比稍显空旷的圆桌上。小楼之中只有一间客房，最后干脆给了扣儿，元锦儿便打着姐妹情深的旗号理直气壮地与聂云竹睡在了一间房里。

两人确实是好姐妹，睡在一起也无所谓，不过，这几天元锦儿也不知道从哪儿陆陆续续弄来这么多古怪的东西，一样一样填充着聂云竹这间原本简单雅致的卧室，弄得室内有些乱。好在聂云竹不是那种真正清冷孤傲由不得旁人介入的性子，见元锦儿自得其乐，便由得她去了。

"那个宁毅……他今天敢来才怪。"床上的女子慢悠悠地滚动着，声音迷迷糊糊的，"不怕被我骂吗？……"

听得她这种语气，聂云竹微微笑了笑。

聂云竹出门的时候，胡桃和扣儿已经醒来了，正在厨房里烧热水，她也过去帮了忙。洗脸之后，她回到房间的梳妆台前，开始简单地化妆、梳头。这期间，床上的元锦儿又咕哝了几句,不过她什么也没听清。

过得一阵,女子已经打扮完毕,换上了正式外出的衣裙。虽然模样依旧朴素,看来寻常,实际上每天早上她都费了一番工夫。随后她将门外的台阶打扫完毕,方才端着放有茶杯茶壶的盘子,在那台阶上坐了下来。

天色依旧是暗的,夜空中能看见月亮,远远的东边,雾气重重,山峦隐约露出轮廓。风吹过来,在秦淮河上呜咽个不停。灯光从背后照射过来,她为自己沏好一杯茶,安静地等待着。

过得一阵,打扮随意的元锦儿揉着眼睛出来了。她的身体苗条纤细、柔韧优美,非常适合跳舞,也并不矮小,不过这时看起来稚气了好几岁。以往聂云竹坐在这里等待宁毅的时候,她要么在睡觉,要么说上几句话就走掉了,今天却是一屁股在旁边坐下,靠在聂云竹的身上继续打盹,似乎是不打算走了。聂云竹搂着她的肩膀。晨风容易让人清醒,不多时,元锦儿便长长舒了一口气,伏在聂云竹的腿上,手探到另一边倒茶喝。

"嗯,他过来的时候我一定要骂他,太丢人了!"元锦儿如此宣布,聂云竹笑了起来:"还气呢?有什么好气的。人家都已经赏给你五百两了,做得很好啦。"

"可哪有那样做的!他是凑的,凑的好不好!到时候大家知道了,我的脸往哪儿搁啊,我还活不活了……"

"可是他反应很快啊,又没有多少人知道。"

"才怪,好多人看到了,那时候好尴尬……"

一想起昨晚的情形,元锦儿便觉得无法忍受。那时候她跑上去,给足了对方面子,要个打赏,对方居然只有四两。一时间没银子也就算了,写首诗给自己也很好啊,可那宁毅竟然回头跟后方的姑娘说了句"五百两",他拿不出来,还是找苏家人凑了钱给了燕翠楼。至少薛家那帮人一定知道了,旁人看出来的也肯定有很多……

她第一次这么糗……不对,是第二次。第一次是跑出去吓他结果被柳青狄吓了一跳,这次他又可耻地掏出四两银子打发自己……凑了五百两更丢人……

从昨晚与聂云竹离开燕翠楼开始,元锦儿便为此吵着嚷着要报复,不过此时也只是在那儿嘟嘟囔囔着,倒是连喝了好几杯茶。天边的鱼肚白出现后不久,晨风渐渐将山雾卷薄,那道左手缠着绷带的身影终于出现在了不远处。他的奔跑节奏与平日里相同,只是到得近处停下时,他与元锦儿对望了片刻。

"你还敢过来……"

"你还敢说!"宁毅挑了挑眉,"嫌不够乱是吧?"

"我有什么不敢说的,四两碎银子!四两碎银子!"

"我只有四两碎银子了有什么办法!你一开始跟我商量过吗?自作自受!"

"我那是替云竹姐打掩护,你那边没做好是你的事情!"

"还掩护？掩护有你这么打的？到今天晚上江宁就会传得闹哄哄了，知不知道？"

"闹哄哄也是说我的！"

"本来没你不会这么闹哄哄，云竹上台的影响也有限，顶多有人好奇一下子。你这一闹，没完了……就会瞎起哄……"

"帮你争面子是看在云竹姐的分上，还说我瞎起哄！多少人求着我起哄呢！"

"谢谢了谢谢了。帮我争面子，你有没有看见你上来的时候那个叫柳青狄的家伙的脸色？都快把我生吞活剥了。后来你跟云竹走了，他还老是旁敲侧击。"

"那你怎么说的？"

"就说不知道，谁知道元锦儿是谁，我从来不认识。为什么会跟着上来，他要问，问你去。"

"就是说我热脸贴你冷屁股……"

"总之人家盯上我了，你找的事。"

"我跟他又不是很熟……"

其实两人倒没有什么很大的分歧，不过吵架嘛，本身是件输人不输阵的事情。斗得一阵嘴，宁毅在茶盘那边坐下倒了杯茶喝，元锦儿再吵得一阵才找聂云竹评理，聂云竹笑着摆出一副两不相帮的模样，元锦儿也就恨恨地跑掉了。

东方朝阳初露，宁毅坐在那儿安静地喝茶，聂云竹抱着双膝，沉默了好一会儿，方才低头笑道："昨晚的事情，其实是我任性了，锦儿起哄也是因为我的任性，呵呵……她本身是爱闹的性子，立恒……能不怪还是勿要怪她了……"

"没事，我也觉得挺有趣的。"宁毅笑着往元锦儿消失的方向望了望。他本身是做惯大事的人，小事上锱铢必较算清利益得失的情况也有，但胆大包天的时候也不少，在不在意不过是一个念头的转折而已，"倒是她当时要上台，不知道答应了那燕翠楼多少条件。"

"锦儿与陈妈妈是旧识了，听说会替燕翠楼的姑娘排演舞蹈，我也会去帮些忙，倒是不麻烦。"

宁毅这才点头："没有太离谱就好。"

"不过……接下来，事情会比较麻烦吧……"聂云竹想了一会儿，方才低声说道，"跟……跟秦老那边的事情，是不是……我去登门道歉，推了比较好？……"

这才是最需要商量的事情。宁毅望了她好一阵子："登台之前你就想过了？"

"嗯。"聂云竹点了点头，"想了一些，不过没想太多。"她有些歉然，"到头来，还是给立恒添了麻烦……"

"没什么要紧。"宁毅摇了摇头，"我会解决。"

"那件事情终究是不太好……"

"确实也是,我去说吧。"

"我也认识秦老,他对我挺好的,我去比较好……"

宁毅想了想,笑了起来:"这样吧,过几天我找个时间,一起过去一趟,道个歉。拒绝掉义父义女的事情,毕竟也不好给人家添太大的麻烦,其余的我会解决,你不用担心。"

"嗯。"聂云竹回答了一声,点了点头。这一次她不再说抱歉,不再说连累,能够一起做这件事情,她只觉得开心和心安。

上台之前她也曾想过一些东西,也知道,那时在二楼的立恒并不在乎这些事情,自己一旦上台,或许是是非非又要染到自己身上来。曾经她很畏惧这样的事情,好不容易熬到了头,离开了那烟花之地,此后两年里,她连过多地出门或者非必要地接近那些地方都有些畏惧。她实在是累了,不愿意沾染这些是非,可这时候又不太一样,立恒不在意,她心中却是在意的。那时她才发现,自己心中竟那样在意,曾经的那些畏惧,此时倒变得微不足道了,因为心中已然有了寄托。想要上台为他演奏一番,只有这点是清晰的。

想要去做,于是聂云竹就那样做了。

"最近城里有些紧张,可能又要关城门,立恒早晨是不是还是尽量别出来了?我怕不安全呢。"之后又聊了几句,宁毅准备离开的时候,云竹才说出这些话来。

"关了城门之后,早晨不会这么早出来跑步,偶尔白天会过来看看。倒是你们几个女子才真的要当心些。虽然说治安未必真会差到哪里去,但那种气氛的确容易出问题。"

"嗯。"

聂云竹点点头,挥着手目送那身影远去,回过头时,发现元锦儿、胡桃、扣儿都透过房间窗台的缝隙往这边看。她叹了口气,笑了起来,微微有些失落,也有些满足,因为过几天,立恒会带着她一块儿过去道歉。

宁毅回到家中时,房间里已经准备好了早餐,苏檀儿看见他便笑了起来。昨晚在燕翠楼发生的事情,她已经知道了。

"听说相公昨晚出大风头了呢……"

话是这样说着,不过苏檀儿与三个丫鬟脸上的笑容委实有些促狭,显然几人方才就在议论这些,此时还感到有趣,忍不住又笑……

宁毅本以为昨晚的事情做得隐蔽,谁知道跑步回来,家中的人都已经知道了。毕竟他当时那番动作瞒得过其他人,却瞒不过旁边的苏家人与李频,被当成趣事取笑了一番。早晨大概苏文定等人过来说了,此时苏檀儿便提了起来。

"一次就给五百两,姑爷大手笔哦。"拿着碗盛来米粥的时候,小婵笑嘻嘻地说了一句。一旁的娟儿回过头去,轻声跟杏儿道:"败家。"其实她俩跟宁毅熟了,这也是打趣,说话声谁都能听到。宁毅没好气地举起调羹要打过去时,她们便笑着跑开了。

"好了好了,相公以前又没怎么去过,少拿这事取笑了。"

虽然五百两银子的确是一大笔钱,但对于宁毅昨晚的事情,苏檀儿只是觉得有趣,并不介意,待到大家都坐定了,方才不经意地问起来:"相公跟那元锦儿认识啊?"

宁毅想了想:"算不上很熟,不过我认识另一个。"

小婵眼前一亮:"那个唱《水调歌头》的白衣服女子?早上文定少爷过来的时候说她唱得好好呢,用了新唱法。本来还以为是姑爷的那套唱法,可是我唱了唱,文定少爷又说不是的。"她说着笑了起来,嗓子里又哼唱几句,自得其乐的样子,"有姑爷教的这种唱法好听吗?"

"人家可厉害了。"宁毅夹了一筷子酸豆角,摇了摇头,笑了起来,"小婵你是业余选手,比不了。"

"嗯。"小婵抿了抿嘴,随后低头喝粥。

杏儿在那边问道:"那她是谁啊?"

"该是哪位仰慕相公才学的姑娘吧。"苏檀儿笑着。

"叫作聂云竹,很厉害,我以前救过她。"宁毅回答了一句,随后一边喝粥一边说起聂云竹追着母鸡坠河的那个早上,从对方笨拙地追杀母鸡到后来连他也被波及,被扇了一个耳光的事都说了,房间里的几人表情都怪怪的。

"是那个……卖松花蛋,然后跟顾燕桢也有些纠葛的聂云竹吧?"

"顾燕桢……啧……"宁毅不置可否地耸了耸肩。

此时早餐已经吃完了,宁毅又说了些有关聂云竹的琐事。苏檀儿偶尔看看宁毅,随后轻笑道:"相公说得这么厉害,若是有机会,倒想见见这位云竹姑娘了……"

"昨晚没什么人认识她,最好还是别外传。"

"妾身知道的。"

要说下去还有很多可说的,不过对苏檀儿而言,已经到了要出门处理些事情的时候,暂时只能压下一些想法,望望一切如常的宁毅。这两天的事情越来越多,她上午带了婵儿、娟儿、杏儿出门,宁毅则打算去书院旁边的院子整理一下那间小小的实验室。

临近中午,宁毅自院子里出来,往书院方向绕过去时,却见两辆马车停在已经关闭了的书院门口。依然是康王府的马车,周佩与周君武这对姐弟与几名护卫似乎刚刚敲了门发现没人,护卫之中竟有那陆阿贵的身影,看到宁毅,他惊喜地打了个招呼。

"方才过来,想不到书院这边已经关门了,正准备转去苏府,倒想不到在这里遇上了,真巧。"

"呵呵,这几日情况紧张,说不定什么时候便要关城门,于是昨天书院里开了个会,将书院暂时关闭了。"

两人寒暄几句,宁毅看看旁边的周佩与周君武,这才笑着问道:"陆兄过来,所为何事?呵呵……不会又是为了踢馆吧?"他望着那对姐弟,打趣道。

"岂敢。"陆阿贵连忙摇头,"我们是过来……"

"我和姐姐是过来拜师的!"陆阿贵话没说完,周君武已经插了进来,摆出非常诚恳的样子,一旁的周佩却怔了怔,微微有些窘,她看看弟弟,又望望宁毅:"我……我还有问题要问的……"

宁毅看着她,不由得笑了出来。陆阿贵在一旁有些尴尬地咳了几声,大抵是知道宁毅的性格,想圆上几句。宁毅想想,望向周佩:"听说你算术很好?"

周佩看着他,眨着眼睛想了一会儿,方才轻哼一句:"嗯。"

"问你几个最简单的问题,你答出来了,就可以问我问题,如何?"

"好。"周佩迟疑片刻方才点头,随后转身,"我去拿纸笔。"

"不用拿了,真是最简单的问题。"宁毅笑了起来,待到周佩疑惑地转过身,方才伸出一根手指,"告诉我这是几?"

小姑娘望望手指,又望望宁毅,再望望手指,又望望宁毅,目光转了两次,她皱起眉头,心中应该是在思考宁毅诡辩和耍诈的方法。过得好一阵子,她终于谨慎地开了口:"陈夫子曾经说过,一就是一,二就是二,对就是对,错就是错,要将这些基本事物混淆,皆是诡辩……"

这话说得缓慢,她看着宁毅的反应,一副大义凛然的模样。宁毅的手指在空中微微动了动:"呃,有人这样说吗?陈夫子是谁?"

"陈秋岚陈夫子,乃康王府客卿,当世大儒,与我家主人也常有来往。"陆阿贵在旁边说着。

"哦。"宁毅点点头,手指仍旧伸着,"说得有道理啊。不过说了这么多,这到底是几?"

"一。"周佩顿了片刻,回答短促有力。

"哦。"宁毅点点头,伸出两根手指,"这是几?"

"二。"这一次没有迟疑,小姑娘一仰头,模样看起来像是说"看你能耍出什么花招"。

随后宁毅伸出三根手指:"一加一等于几?"

"三!"回答依旧嘹亮。

宁毅收回手，笑了起来。前方周佩，旁边周君武、陆阿贵还下意识地等待着宁毅的第四个问题，看见宁毅的表情，周君武啊地反应过来。周佩眨眨眼睛："干吗？你还不继续呢……啊？"

周君武与陆阿贵都在旁边笑了起来，小姑娘这才反应过来，满脸通红："你你你、你要诈……怎么能……"

"呵呵，你想得太多了……做人要有礼貌。要不然……你想赖账？"

"我……我才不赖账呢，你想怎么样？"

"哪有怎么样，开个玩笑罢了。不过，这下我可不用回答你的问题了吧？"宁毅朝陆阿贵耸了耸肩，"肯定很难，不用回答真好。"陆阿贵又笑了起来。周君武举起手，眼睛都要放出光来："我我我，我不要问问题，宁先生，我可以拜师吗？"

"书院摆在那里，想进的都可以进去，只是现在关了门。你觉得有趣，待开门时进去交了学费上课便是。"宁毅随意地说着。

陆阿贵小声道："其实康王爷是希望立恒去王府教授，最好能在王府有个客卿职衔。我知立恒不爱当官，不过这客卿并无强迫之事，只每月领些薪俸罢了。不知立恒意下如何？"

"康王爷怎么知道我的？"

"说来话长。其实康王爷只听过立恒才名，是我家主人开的口，若是可以，还望收下小王爷小郡主，教些有用的东西。当然，客卿之位，也以立恒的意思为主。"

宁毅想了想："那……我还是谢过好意吧。我懂的也不是很多，多两个弟子没关系，到课堂上来听听课，能教的我当然教，不过去王府还是算了。我这人性格古怪，人多的时候说些故事什么的没关系，若是单独教，我还真不知该教些什么。"

周君武在旁边拉了拉陆阿贵的衣服，随后高兴地表态："我也觉得书院好，还有姐姐……姐姐？"

他回头去看姐姐，只见周佩吃了个哑巴亏，这时候还低着头生闷气不说话。不过周君武仍旧很高兴，随后便转过头来："到时候我和姐姐过来书院才有趣。"想来他平素在家中学习或是参加一些大儒的私塾总嫌枯燥，此时巴不得到个新地方玩。

陆阿贵想了想："既然立恒这样说了，我回去便如此禀报，想来问题也不是很大。不过平日会有一两人陪同，当然，绝不致打扰立恒上课。"

"这事我明白。"宁毅点点头。几人随着马车一路前行，后方几名护卫跟着，不久之后，宁毅问道："倒是陆兄说的那'说来话长'，到底指的什么？"

陆阿贵想了想，方才轻声道："其实……前几日立恒与那李频李德新在课室中所言之事，小王爷和小郡主碰巧听到了。我不知道立恒到底说了些什么，不过……"

他原原本本地交代了一番，宁毅这才知道发生了什么事。

"主人这几日皆在思考立恒所言，看得出来，他极其重视立恒这些话，有时候也说立恒'离经叛道，岂有此理'，可总的来说，怕是觉得立恒说到点子上了。今日主人若非有事，原本是要陪小王爷、小郡主一同来的。呵呵，我知主人性格，少不得要与立恒理论一番，不过让小王爷、小郡主拜立恒为师也是主人亲口所说。今日只是来征求立恒意见，主人说依立恒性子，得由小王爷、小郡主亲自过来才显礼貌，待到真正拜师，自不会如此简单，康王爷也得出面的，礼数如此，立恒得有些准备了……"

陆阿贵一面笑，一面说着话，随后又跟宁毅提起另一件事。

"哦，方才立恒说起关闭城门，便是这一两天了。今日十三明日十四，待到十五中元，家家户户祭祀先人，城外失去家人者不少，怕会闹出事情来……"

他的话未说完，急促的钟声与锣声便自江宁城东的方向传来。众人扭头朝那边望去，重重屋舍相隔，自然看不清景象，然而这片刻间，整座城市都仿佛安静了许多，压迫感从东边传来，随后，喧闹声开始变大。

"出事了……"

时间接近中午，街道上，宁毅听见陆阿贵喃喃地说道。

"好的不灵，坏的还真灵了……"

混乱的声音传过来不久，就能够确定是东门方向出了问题，于是大街上的人都朝那个方向望了过去，其中有些灾民不明就里地慌乱起来，纷纷猜测着那边发生的事情。陆阿贵朝周围看了看。

"郡主、小王爷，你们上车，准备回去，城门可能要关了……我要过去看看。立恒，马车会经过苏府，你也一道回府吧，一旦出了事，慌乱总是免不了的。"

宁毅点了点头。陆阿贵朝城门那边赶过去，他则与周佩、周君武上了马车，一路往回驶。宁毅坐在车夫旁边，周佩与周君武掀开帘子看外面的情况。这几日来，城里的气氛一直有些紧张，此时灾民已经混乱起来，道路上争吵声、喝骂声、小孩的哭泣声响成一片，好在官兵与衙役维持着秩序，局面看起来混乱，一时间还没有真正的大乱子出现。

宁毅到家时，苏府之中也警惕起来了，府门已经严严实实地闭上，一些人架着梯子攀在墙壁上往外看热闹，其实大家都有些蒙。娟儿正在正门附近等着他，宁毅从她口中才知道婵儿等在侧门处。苏檀儿与三个丫鬟已经回到家，外面出现骚乱的时候，苏檀儿便叫了她们到各处去等着，要是再过得片刻宁毅没回来，估计就要组织家丁出去找了。

随后，宁毅听得外面的街上有声音响起来："城门关了——"声音一个传一个，逐渐汇集成慌乱与迷惘的声浪，阳光在天空中似乎变得有些苍白……

七月十三的这个中午，在一阵阵骚乱中，江宁城关闭了四门。

起因还是中元已至，虽说七月半才是真正的日子，但七月初一鬼门开，此后祭奠的理由总是能找到的，江宁城街头摆满了各种元宝花烛，城外则是些或多或少有亲人出了事的难民,也无怪苏檀儿、陆阿贵都说十五之前城门必定会关。

不过,城外的难民当中也有能看出这一点的人。进入江宁城的难民过得自然好一点儿,可没有各种文牒、身份证明的根本入不了城,一旦闭了城门,他们就会过得更加艰难。于是在十三这天,东门那边有人煽动难民往里冲,眼看混乱越闹越大,守在那边的官员当机立断选择了闭城——反正这是之前就做好的决定。

东门关闭后,其余三门跟着陆续关闭了。

城市里盲目的慌乱并没有持续下去,秩序还是得到了维持,只是在这个晚上,江宁显得有些安静,人们默默地在院子里、街道上烧着纸钱。即使偶尔有马车、行人经过,也显得清冷萧瑟。靠近城墙的人家,能听见城门外传来的各种声音。

到了第二天早上,除了不再有人自城门进进出出之外,一切都似乎变得正常起来。苏家的宅子里一片祥和,宁毅照例起床、洗漱、吃饭、看书、练字、闲聊。早晨进房为宁毅整理被褥、打扫房间的时候,小婵问起了那位聂姑娘的事情,宁毅随口说了几句,不过也没有多谈,这事眼下倒变得不怎么重要了。

苏府的人多了,出门的人少了,气氛变得更加热闹。孩子们在各处跑来跑去,熟面孔、生面孔都在串门聊天。第三天、第四天依然如此,不过人们渐渐适应了城门关闭这一事实。过了中元,青楼的生意更加热闹了,夜生活也更加丰富,出门者往往三五成群,呼朋唤友,一掷千金,比之往常还要开心地享受着生活。

另一方面,城中的米粮价格已经上升到离谱的程度了。官府售粮每日限量供应,大门大户的屯粮则通过黑市渠道售卖。江宁富商多,只要不出大乱子,官府其实也没法真的严格管制,只能用适当的手段敲打这些大户割些肉,同时帮忙维持城市秩序等。

城门关闭的前后几日,冲击总是有的,苏檀儿变得更加忙碌,又适逢中元祭祖,琐碎的事情不少,于是她仍旧睡得较晚。有一天晚上,苏檀儿又中途睡着了,宁毅过去吹灭了灯,她却又清醒过来,望着宁毅吸了吸鼻子,随后笑了起来:"马上睡了……"这次倒没有等多久,片刻之后,她真灭了灯,上床休憩了。

第九章
负重压苏檀儿病倒　挑大梁宁立恒当家

七月十七那天晚上，两人在二楼的走廊间聊天，苏檀儿吃着宁毅给她的糕点："嗯，明后两天大概没什么事了，我要去外面施粥放粮，救济灾民，立恒你去吗？"

"就是那种摆上吃的东西，让灾民排好队，一个个发放食物，这样吗？"

"嗯，准备粥和馒头，他们排队，每人一小碗粥、一个馒头，能吃一顿了，孩子也发一份。几年前闭城时，我也去发过，东西放到他们手上，听声'谢谢'，挺高兴的，那时候人挺多的。现在还是头几天，人应该不多，不过不多也是好事。"苏檀儿拿着糕点小口小口地啃。

"哦，你不爱国，但其实也蛮多愁善感的……"

"我是女人嘛，眼前这种帮一个人的善良才顾得过来，一个国家那么多人，谁知道都有谁呢。"苏檀儿仰着头笑了笑，随意地回答，"不过相公明天到底去不去？"

"嗯，去啊。"

"好的。"

城门才关闭四天，一切都还未沉淀下来，许多事情还未习惯，有些事情也还不到开始的时候。宁毅去看过聂云竹几次，那边倒没什么事，但这几天不好与她去秦老家回绝收义女的事情。康贤那边肯定也忙，宁毅只出了一次门，自然也没法遇上，虽然陆阿贵说康老要找他理论，但眼下自然没什么可能。

在他预定的行程中，事情无非就是这么多，或许等局势稳定了，那帮孩子也玩够了，宁毅会叫他们来这边院子里，给他们讲讲课。明日出去做做善事，对他、对苏檀儿来说都是一件简单的事情。此时没有多少人知道，第二天会发生那样一件事情，无人提防却又仿佛潜伏已久的阴谋骤然出现了……

　　闭城的四天里，城市里的紧张气氛还没有多少增长，完全断粮没饭吃的人也不算很多。不过，听说苏家今天义赈，许许多多灾民、乞丐都往苏家附近的小广场上聚集过来。

　　此时赈灾的形式与宁毅曾经在电视上见过的差不多，无非是灾民排成几队，每人一大勺稀饭和一个不大的馒头。虽说困难时期才开始，但不少灾民已经是面有菜色，神色恓惶，有默默不语的，也有千恩万谢的，也有低声议论的，说那个是苏家的二小姐，那个是苏家的姑爷……这种义赈对商人来说肯定要收获些名声，这很正常。

　　苏檀儿自然有着博取名声的目的，但她本身也为能做些好事感到高兴，因为她的性格中有善良的一面。不过，对宁毅来说，情况就有些复杂。要说坏的，他见过最深的黑暗、最不公平的事情、最扭曲的人性，但要说好的，他也见过许多公平的舆论和氛围，因此在这样的行动中获取优越感对他来说已经没有意义了，只是当成一件需要做的事情做着。

　　小广场上人声鼎沸，食物发到一半的时候，苏檀儿从那边靠过来："爹也过来了。"

　　"嗯？"宁毅扭头看去，见一辆马车自广场一侧分开了拥挤的人群。车上的是早晨出去的苏伯庸，此时准备回家，不过马车还是在施粥的那排桌椅边停下，然后苏伯庸下了车，过来与宁毅、苏檀儿打了招呼。

　　虽然是父女，不过苏伯庸与苏檀儿之间的相处不像普通的父女那般热络，苏檀儿从不像普通人家的女儿一般在父亲身边撒娇，苏伯庸对苏檀儿似乎也有些无所适从，不知是该表现出慈祥的一面还是严厉的一面，抑或是专业的商人那一面。

　　打完招呼，与宁毅略略说笑几句之后，苏伯庸看看苏檀儿，简单地叮嘱了一番："这几日看你脸色不太好，能休息便休息，勿要太过劳累。"苏檀儿点点头："我知道的。"

　　随后苏伯庸去往不远处的一张长桌边亲自动手发馒头，宁毅则与苏檀儿留在这里，一个施粥，一个发馒头，配合默契。两人在这儿有一搭没一搭地闲聊，某一刻，宁毅的目光晃了晃，他注意到一侧的一列队伍发生了小小的骚乱。

　　那支队伍正巧位于苏伯庸前方，看情况是有人挤了上来，似乎想要插队，于是弄出了一场非常正常的小小的骚乱。在苏家维持秩序的家丁反应过来之前，那人已经拉近了与苏伯庸的距离。当时苏伯庸正抬起头来，手上拿着一个馒头。就在宁毅注意那边不到一秒的时间里，两道身影撞在了一起，这时苏檀儿也正好朝那边望过去。

　　血液喷洒出来。那人手上拿了一把刀，将苏伯庸捅了一刀，苏伯庸踉跄后退，一个转身，那人照着后背又是一刀，然后转身便跑。

"啊——"人群嘶喊起来，很快变得混乱不堪。宁毅掀开桌子朝那边跑过去，苏檀儿几乎也是同时起步，她没有惊呼乱喊，脸上几乎毫无表情。宁毅冲到苏伯庸旁边，以防混乱的人群波及伤者。苏檀儿扑倒在父亲身边，她朝那歹徒逃走的方向望了一眼，简单而短促地朝周围的家丁说了一句："抓住他。"随后只是低头按住父亲的伤口，不再理会那边。与此同时，已经有好些家丁围了过来。

宁毅不停地观察周围，直到确定即便有第二名歹徒也不可能再冲上来之后，方才回过头去帮苏檀儿按住伤口。苏檀儿眼中已经有了泪光，但紧抿着双唇没有说话，恐怕一时间也有些混乱。见此，宁毅朝周围吩咐道："找最近的大夫！拿些干净的布过来！快点儿快点儿快点儿，做你们能做的事情……"

两道刀伤都比较深，一时间虽未致命，但后果难料。苏伯庸意识清醒，此时抓着苏檀儿的手说着话。宁毅皱起眉头朝周围张望，寻找着蛛丝马迹。

可能是预谋，可能不是，但苏家三房，大房是最薄弱的。虽然都说苏檀儿是第三代最厉害的接班人，将来可能掌苏家，但这时依然是在测试阶段，苏家大房始终是由苏伯庸掌控的，他才是主心骨。

这两刀下来，明天苏家会成为什么样子，后果难料……

时间是下午，苏家大房的气氛非常紧张，苏伯庸居住的院子显得有些安静，但里里外外都聚满了人。门偶尔被打开，有人端了热水进去或者端些血水出来。旁边的客厅里，老太公苏愈拄着他的拐杖沉默地坐在上首，旁边是旁支的几位老者，苏仲堪、苏云方则在门外的院子里。

苏檀儿与母亲、两位姨娘以及宁毅在靠门的位置坐着，母亲与两位姨娘都在低声哭泣，后方杏儿、娟儿、婵儿也在抹眼泪。不过，苏檀儿除了事发之初一直流泪，抹掉之后就没有再哭出来，她的坐姿看起来与平日并无不同，但双手紧紧抓住椅子的扶手，指尖都在泛白，眼眶泛红，目光冷然地等待接下来的消息，父亲的或是被抓住的凶徒的。

刚刚回到这里时，她的手上都是血，身上也溅满了斑斑点点的血渍，若非宁毅吩咐婵儿去打水过来给她洗了手，估计此时她的手仍是血红的。不过，她身上沾了血迹的衣服还没有换，发髻也有些乱，好在她还是镇定清醒的。宁毅能做的也不多，此时只能等着事态的发展。

院子里的都是与主系三房关系较近的亲戚，出了院子，等待着消息的人们都在窃窃私语，讨论事情可能的结果、此后的发展、苏家三房的格局等等。

行刺那人被当场抓住，不过这时不在苏家，而是被随之而来的捕快给带去了衙门，苏家也只能等着衙门那边传来初步的消息。

沉默持续了很久，自卧室进出的人没有传出什么好消息，无非是"大爷伤情太重，还在救治"之类的话语。院子里偶尔有人进来，低声问问情况。某一刻，客厅门口那边又有赶过来的人小声说话。几个人的目光朝厅堂里望了望，发现刚刚进来的其中一人是苏文圭，他目光转了转，咬了咬牙，举步走进卧室。

"宁毅，你当时在场，竟然顾不好大伯？"

前几天大家还一起逛了青楼，但此时已经翻脸。他的声音低沉短促，愤愤不平。宁毅挑了挑眉，苏文圭陡然走了过来，愤慨地揪住宁毅的衣服将他拉起来。下一刻，宁毅抓住他的手腕随手一拧，单手将他按在后方的柱子上。

"放开我，你个没用的东西……"苏文圭也知道此时不能大声喧哗，只能低声喝道。宁毅只是微微偏头，目光淡漠地望着他。客厅前方响起砰的一声，那是拐杖磕在地面上的声音。苏老太公站了起来，他已经须发皆白，却仍显矍铄，平日里一向慈和的他这时明显憋着愤怒，跟在他身边的小厮连忙想要扶他，却被他顺手推开，紧接着，他脚步缓慢却沉稳地往这边走来。

眼见老太公渐渐走近，苏文圭眼底闪过一丝自以为得计的得意："放开我……三爷爷、三爷爷，你看他……"他挣扎了几下，宁毅看了片刻，心头叹了口气，放开了他的手，不再理会。外面窃窃私语的人们都看着这一幕。苏文圭踉跄几步："哈，三爷爷，你看他……"一回头，就望见苏愈盯着他的目光，老人神态中含着愤怒，陡然举起手中的拐杖，苏文圭话还未完，只听噗的一声，他流了一脸血——这一拐杖毫不留情地挥在了他头上。

"都这个时候了……"宁毅转过身，低头往方才坐的地方走去，口中低喃了一句。苏文圭啪地被打，几乎是踉跄着从宁毅背后冲出了大厅，脚绊在门槛上，摔倒在地。他挣扎着回过身时，左脸上已经皮开肉绽，口中吐出鲜血与半颗牙齿。老太公的拐杖蹾在地上，一步步朝他走过来。

"都这个时候了……"老人微微摇头，沉声说着，"收起你的小聪明！"

方才那样的情况，苏文圭进来一闹，不管有理没理，此后大家怕是都要说那个赘婿当时在场，如何如何——这样的盘算，宁毅和苏老太公哪有不明白的。苏家三房竞争，老太公要的是平稳，他最不愿看到的就是兄弟之间撕破脸。这次的事情尚未有定论，可若以结果来看，这两刀可以直接拖垮整个大房，谁知道其余两房有没有参与。

事情未定，当下在老太公心中最为紧迫的任务就是阻止苏家发生任何形式的内讧。苏文圭竟在这里耍这种小把戏，让这个已经有好些年慈眉善目的老人终于爆发了。他缓缓走过门槛，朝外面窃窃私语的人群扫了一眼，随后才叹了口气。

"不相干的，没事的，别在院子里挤着……都出去等。"

人群中，苏云方点了点头，往周围挥了挥手，院子里的许多人陆续走了出去。

老人又说了一句:"把文圭也抬出去。"便有小厮过来扶起苏文圭。

对于苏文圭这种极端的愚蠢行为,宁毅从一开始就只觉得荒谬,这人聪明是有点儿,甚至被几个同辈称为"智多星",这时不知道聪明都被用在了哪里。他站在那儿看了两眼,随后转身坐下。当他的手放在扶手上的时候,另一只手覆了过来。苏檀儿仍然抿着嘴坐在那儿,只是将手覆在他的手背上,紧紧地握着,指尖微颤,然后才偏过头望了他一眼。宁毅点点头,将她的手覆在掌下,轻轻拍了拍。

卧室那边又有人出来了,见苏云方在走廊上扶着老太公,那人过来报告了几句,依旧是与之前类似的说法。其实宁毅知道,这么严重的伤势,前面几天都未必能脱离生命危险,眼下若有什么确切的消息,那恐怕是最糟糕的消息,不过暂时也只能在这里等着。

老太公在苏云方的搀扶下转身往回走,经过宁毅与苏檀儿身边时稍稍停了停,伸手在宁毅与苏檀儿的手上拍了几下,神色复杂,最终只是点头道:"你们俩,要好好的。"随后他转身往座位那边走去。眼下还没到要交代什么的时候……

又过得一阵,去衙门的几名苏家管事回来了一名报告情况。

"刺伤大爷的凶犯名叫陈二,据说原为鄂州嘉鱼人。据他所说,三年前我苏氏于鄂州开店收地,雇了地痞流氓将他一家人赶出原住址,他家中的母亲因此而死,他与家人也不得不搬去低洼地点居住。今年,因地势太低,他家妻儿来不及逃走,皆死于水患。此次到了江宁,见到苏家人,他陡然萌生了杀意。此人……牌符清晰,引条清晰,操鄂州方言……"管事说完这些,低下头,微微顿了顿,"但我们去疏通府衙之中几位熟人的关系时,关节却无法打通。陈管家说,官差当时去得有些快,我们怎样也接触不到那陈二……怕是有人在我们之前就已经打点好了一切。一旦几日之后正式开堂审理,就算判了那陈二死刑,恐怕也……"

这边苏檀儿静静地听着,目光未变,只是手上越发用力。那边砰的一下,老太公的拐杖砸在了地上,他一字一顿,咬牙切齿地道:"此事并非只针对伯庸,有人……要动我苏家了……"

商人重名誉,这等逼得人家破人亡的罪名一旦在审理中落实,再经有心人一传,那便是对整个苏家的一个沉重打击。这人不仅仅是捅了人,引得苏家三房局势倾斜,反过来还要将整个苏家都咬上一口。

苏云方阴沉了脸:"薛家?"

苏仲堪摇摇头:"难说。"

老太公沉默了片刻:"再去查,用所有可用的关系查那陈二的背景。城内、城外,一直查到鄂州去,让负责鄂州的掌柜弄清楚三年前可曾有这事,官府那边也继续打探。选在城门关闭之后动手,杀人,反咬……此人手段之毒辣、心机之深沉可见一斑。此当我苏家生死存亡之际,你们要稳住大局,我……也要准备去拜访些人了……"

老太公说完这些,拄着拐杖起身:"若伯庸伤势定下来,差人告诉我。"随后又对苏檀儿的母亲、两个姨娘安慰了几句,走出门槛时,他看了看廊道上的血迹,好半晌才用拐杖点了点:"勿要再纵容这等蠢事。"

说完,老人在小厮丫鬟的搀扶下走了出去。

伤势再重也不可能一直抢救下去,治疗总有告一段落的时候。傍晚时分,大夫那边终于尽完人事。

"大爷仍在昏迷当中,这几日怕有危险,不知道能不能过了这道坎,不过还是有希望的。只是……夫人、小姐、姑爷得有些心理准备,主要是背后那一刀伤及脊背,就算大爷能挺过来,此后,恐怕也会双腿瘫痪……若只有双腿,怕是最好的情况了……"

听完这话,苏檀儿的母亲陡然晃了晃,随后昏厥过去。

夕阳在天边烧出壮丽的云霞,整个苏府此时都动了起来,至于这边院子里有人惊讶,有人哭泣,又有人晕倒,在无比忙碌的宅子里不过是一件小事而已,更多、更复杂、更危险的东西已经在前方那片夜幕里等着了……

苏伯庸倒下去了,但是开始的忙碌并非只有苏家大房。衙门的消息一过来,大家就都明白了,有人要对苏家动手。从下午开始,苏家在城内的力量都忙碌起来,掌柜、管事、帮着出谋划策的员工开始往苏家赶,二房的、三房的……而大房的事情自然更加繁多。

以往苏檀儿掌管大房的生意,说是已经管了一半,但背后实际上还是苏伯庸坐镇。苏伯庸一倒,掌控整个大房这件事就直接压到了苏檀儿身上。老太公那边或许会有意识地分担一些,但这个老人有更重要的事情要做,他毕竟老了,不可能再出来背起整个苏家。

下午老太公离开之后,苏仲堪、苏云方也焦急地离开了。苏檀儿召集了所有能召集的人进府,这一次连以往由苏伯庸管着的那些掌柜也叫了来。其实,就算按照以前的路数按部就班,这些掌柜也能支撑很久,可如果真有人在后面做推手,苏家在全国的生意就会变得很危险,更何况此时闭了城门,消息进出的速度不知道要比以往慢上多少倍。

听了苏伯庸的伤情之后,苏檀儿的母亲当即晕倒,此后是苏檀儿在房间里陪同,宁毅交代婵儿、娟儿等人出去处理一些琐事。华灯初上时,他出了院子一趟,回来的时候,房间里也掌起了灯,苏檀儿的母亲已经醒了过来。接近房间时,听声音,看人影的动作,苏檀儿的母亲与两个姨娘正在里面哭,口中说着话,苏檀儿坐在那儿一直沉默,宁毅听了几句就大概明白过来了。

三个女人正一边哭一边抱怨苏檀儿，抱怨她的好强，抱怨这次皇商的事情。

"早就说过了……女孩子家这么好强干什么……"

"这次的事情，谁知道有没有二叔三叔在里面……"

"他们知道檀儿要做皇商了呢……"

"前几天就在议论……"

"也许把他们吓到了……要真做成了，他们就是竹篮打水一场空……"

"我们这些妇道人家也知道这个道理……"

苏伯庸这人对大房各方面的管理还是很不错的，但他的妻子——苏檀儿的母亲为人就有些弱势，主要是因为只给苏伯庸生了个女儿，在这样的家庭里说起话来也没什么底气。后来她帮苏伯庸娶了两名妾室，可大房仍旧无所出，众人这才觉得可能是苏伯庸的问题，不过到这个时候，各人的地位与风格基本上已经确定了。

早年因为苏檀儿是女孩子，她这个当母亲的对女儿也不是非常疼爱，一心想要生个男丁，这大概也奠定了母女俩的相处方式与父女俩的类似，平素并不是非常亲切。苏檀儿想要接触家中商事的时候她提出过反对，但后来就没怎么说了。到得现在，她就算怀念相对正常的母女关系，但也很难做出改变了。

两个姨娘平日里在苏檀儿面前是没有太多发言权的，到得这时，也只敢哭泣着旁敲侧击一番。

苏檀儿想要拿下皇商，家中知道的人不多，能看穿的也没几个，但就算一直隐藏，也总有摆在明面上的一天，毕竟负责皇商一事的都是官员，江宁织造的这些事情，到了快见真格的时候，总归是要曝光的。关城门的前几天，大概是与席君墨谈过之后，苏檀儿就正式与这方面的人物碰了面，把以往打下的关系一样样摆了出来，今年皇商能不能拿下，接下来一两个月内就能见分晓。

事情一曝光，旁人就都看在眼里了，特别是苏家人。他们原本想给苏檀儿使些绊子，等着她因女子身份失去角逐家主的机会，谁知道这女人暗中来的这一下这么厉害。皇商的事情，她如果真做得漂亮，还有利润，那以后就什么事情都没的争了。

城门关闭这几天来，这件事还在众人口耳之间流传，结果苏伯庸就出了事。苏檀儿的母亲、姨娘平日里接触的尽是府中之人，感受到的善意或恶意也都是来自家中这些成员，这时候当然要怀疑苏仲堪与苏云方。"他们中的某些人很可能铤而走险，就算把家给卖了，也不会让苏檀儿全拿去。""少拿些，总比什么都拿不到好……"女人家的心思，往往就在这上面转了。

苏檀儿的母亲哭哭啼啼，两个姨娘也是哭哭啼啼，言辞之中满是埋怨，各种含沙射影。映在窗户上的人影中，苏檀儿一直坐在那儿低头沉默。

宁毅敲了敲门，门打开之后，只见苏檀儿身上仍是那件沾了血渍的衣服，在床边的小凳子上坐着，双手握拳搁在腿上，目光斜望着地面的某一点，表情冷漠，没有任何变化。

宁毅与床上的岳母、两位姨娘打了个招呼。岳母还在哭，并未理他，目光中有些怨气，更多的是伤心，一方面是怨苏檀儿太过好强，另一方面对宁毅这个女婿多半也是怨的，另外还想到了家里人，想着两个争家产的小叔子，二房、三房的人……大户人家这种事情也常见。

"几个掌柜的都已经到了，所以我过来看看，廖掌柜说有些东西要给檀儿看……"招呼打过之后，宁毅说道。苏檀儿点了点头，这才抹了抹眼角，轻声向母亲、两位姨娘道歉、告辞，带着些公式化的敷衍。出了门，出了院子，苏檀儿与宁毅走在路上，星光洒下来，她目光淡漠地望着四周的景色，沉默地走到居住的院子门口时，小婵已经等在那里了，一见到两人就小跑过来。

"姑爷，热水已经准备好了。"她望望旁边的小姐。

苏檀儿皱了皱眉："廖掌柜……"

"我瞎说的。你已经坐了一天了，如果晚上还要忙，那就先去洗个澡吧。"宁毅说道。

苏檀儿愣了愣，扭头望了宁毅一眼，片刻后，默默地点了点头："相公，谢谢你……"说完这句，她举步朝院子里走去，随后才见她举手擦了擦眼角，不过步伐当中并没有多少迟疑。宁毅朝小婵示意了一下，让她跟上去。

星辰高悬，月亮由圆转缺，像是被什么东西咬了一口，月光、星光、灯光在苏家大宅里汇集成一片，还有各种人声、脚步声。宁毅站在那儿想想，微微叹了口气，这个晚上，大概要彻夜不眠了……

半个晚上，隔壁院子里灯火未熄，苏檀儿与大房的掌柜们在连夜开会，预测可能出现的事情，商量应对的办法，估计背后的敌人，寻找接下来可能的助力。眼下还没有多少头绪，但该准备的事情都要准备起来了。

婵儿、娟儿、杏儿三个丫鬟也都有自己的事情，忙忙碌碌的，于是这边的院子就显得比较冷清。宁毅比较闲，因为在大多数人看来这并非他的事，也不是他有能力参与或者改变的。他拿了半碗花生，在院子中间的凉亭里一边感受着整个大宅的气氛一边慢慢剥着花生，思考着这件事可能的原因以及发展方向。

当然，能够掌握的线索实在是不多，真要说有什么成果，当然是不可能的。

小婵匆匆忙忙走过廊道时，见周围没人，靠过来抱了他一下，放开手后轻抿了一下嘴唇："姑爷，你在担心吗？"她小声说着，想来是打算安慰宁毅。宁毅笑了起来，拿了几颗花生放到她手里："我没事的，去忙吧，看着檀儿些。"

小丫鬟点了点头，将几颗花生收进怀里，想了片刻，转身走掉了："姑爷早些睡啊……"

大概过了一个时辰，娟儿从屋檐下走过时往宁毅这边看了看，随后过来安安静静地坐下了。这时，宁毅正无聊地将花生壳摆在桌上当成与这次事情有关的各种利益方。娟儿应该是看不懂的，她安安静静地坐了一阵子，望望盛花生的碗，又望望宁毅。宁毅瞥了她一眼，将碗推过去："怎么了？"

娟儿笑了起来："刚才经过那边时，小婵从怀里拿出一颗花生来吃，吃了一颗就又去做事了，我去问她，她笑着跟我说姑爷给了她几颗花生，这样就能吃到天亮了……"

"哦，这么厉害……"

"所以我也来吃一颗。"娟儿说着从碗里拿起一颗花生剥开吃掉，随后起身离开，离开时又说，"姑爷早些睡吧……"

宁毅看着她离开的背影，摇头笑了笑。这个晚上真要说有多忙也未必，忙的是苏檀儿与许多掌柜，主要是焦虑，还要商讨对策，但暂时来说，头绪不多。这种情况下，下面的人若是不忙，多半会被说成不本分。目前来说，真要找突破口，最直接的还是衙门里那位陈二，若是一下子查不到幕后黑手到底是谁，剩下的事情，就得等到对方再次发难才会有进一步发展。

想完能想到的事情，宁毅收起花生碗，回房睡觉，睡了一个多时辰才起来。这时已经到了黎明前最为黑暗安静的那段时间，但整个苏家大宅的不安与躁动还是能够清晰地感受到。他端了一杯茶出门时，隔壁院子里已经暗下来了，估计来开会的掌柜们已经离开，婵儿、娟儿、杏儿应该也去稍作休息了，苏檀儿的房间里还亮着灯。宁毅走过去时，她手上拿了一支笔，正望着桌上的油灯光芒发呆，一封信写了一半，摊开在桌上，这信应该是要寄出城的。

宁毅走到窗前，将茶杯放到桌子上，里面的苏檀儿才反应过来。她抬头望了望宁毅，目光很快安静下来，望着推过来的茶杯失神，随后伸出一只手拿起茶杯，低下头。

"天快亮了。"宁毅说道。

苏檀儿点了点头，但没有做出回答，沉默了好久，方才抬起头，微微笑了笑，笑容有些凄然，也有些开朗："娘……和姨娘她们觉得可能是皇商的事情曝光，才会有人铤而走险，有的掌柜……也这么觉得，二房三房的人，可能也参与了……"

"这个世界上不缺白痴。"宁毅点头，"但白痴做不了大事。"

"呵呵……"苏檀儿笑了笑，"就算有，他们也不可能是主导。何况二房三房知道皇商的事情不过几天，他们没这么果决，不可能这么快就下决心把家族卖掉，就算下了决心他们也没这个能力，背后那些人肯定策划了很久。就算是这样……也不能说一定跟我没关系。"

苏檀儿行事有主见有毅力，即便出了这些事，她今晚还是冷静地处理着一切，积极应对，撑起大局。父亲已经倒下，她肯定不能跟着倒下，这种心性比之一般的男子都更加刚强，真正是做事的态度。不过，说起这些，她眼中还是有了泪光，但是，女子很快抬起头，将些许泪水收了回去。

"不管怎么样，事情决定了，要去做，就肯定会有阻力，什么阻力都可能有，如果什么都想避免，那就什么事情都做不成。相公……我会把事情做下去的……做完以后，所有的事情都会清楚。"

苏檀儿望着他，露出一个笑容，随后吸了吸鼻子。这番话与其说是对着宁毅讲，不如说是对她自己说。

宁毅点了点头，转身离开，随后又回过头来。

"茶刚泡的……早些忙完，早些睡。"

"谢谢相公……"

大家算是同一类人，宁毅也明白，危机是危机，这一次或许突如其来的打击太大，但苏檀儿并不需要太多同情。对整个苏家来说，这也只是一次很难应付的危机而已。一切该做的事情、能做的事情，苏檀儿都明明白白，看着她去做就行了。

不过，随后几天里，或许是因为某些意外情况的出现，整个局面还是急转直下……

这几天里，宁毅没有出门。

苏家的局面乱糟糟的，然而宁毅只能看着，插不进手。这几天里，老太公苏愈、苏仲堪、苏云方常常出门拜访这人那人，但衙门那边，有关陈二的调查却还没有新进展。大房的一些掌柜频频拜访织造局的官员，在这样的情况下，还是明摆出对这次的皇商志在必得的气势——苏檀儿所用的，是正确的应对方略。为着这些事情，她已经打点了一年多，一旦表现出来，就是令旁人咋舌的气魄。

苏伯庸还在生死线上徘徊，最后会如何还难说，大家都沉默以待，苏檀儿每天去看望父亲一次，但做起事情来雷打不动。

宁毅偶尔会在二楼上看着那些掌柜进进出出，偶尔打听一下最新的进展，更多的时候，他看书、写字，心中则会将这些发展稍稍归纳一下。

情况不知道是在哪天悄悄发生的，但就在苏伯庸倒下四天后，七月二十二这天早上，宁毅注意到苏檀儿的精神似乎有些变化，她像是感冒了，但这种变化并非仅仅体现在身体上，精神气上与前几晚跟他说话时也有些不同。

这天傍晚，苏檀儿又叫了众多掌柜进府商议事情。婵儿、娟儿、杏儿忙着接待之时，苏檀儿趴在房间里的书桌上睡着了。桌上的几张信纸被风吹了出去，宁毅捡到之后拿进去，他将信纸放到桌上，用镇纸压住时，苏檀儿陡然醒了过来，站起来，却撞在宁毅怀里，退了两步。看见是宁毅，她虚弱地笑了起来："啊，相公。"

宁毅看了她几眼："你是不是发烧了？"

"嗯？"苏檀儿愣了愣，伸手摸了摸额头，片刻后笑了起来，摇了摇头，"没有啊，就是这几天有些累，相公也知道的……事情做完后就没事了。"

这话说完，她扭头收拾起桌上的信件来。随后，娟儿过来说那些掌柜到了，苏檀儿抱歉地朝宁毅笑笑，说了几句话，便随娟儿出去了。

晚上，宁毅站在二楼的窗前看着隔壁院子里的情景：大房的几名家丁、丫鬟守在外面，里面在开会，大家七嘴八舌地议论着什么，苏檀儿的精神状况似乎还好，还说了些话。如此看了一阵子，宁毅叹了口气，转身下楼，往那边院子走去。

尽管开着会，但那边丫鬟中管事的是婵儿、娟儿与杏儿，见宁毅面色凝重，自然不会拦他，不过杏儿还是跟了过去："姑爷，怎么了？"

"到底出了什么事？你家小姐病了几天了？"

"小姐……"杏儿愣了愣，随后几乎要哭出来了，"我们……我们今天也发现了，可是、可是……"

宁毅往房间里走，苏檀儿正背对房门，左手撑在桌子边，低头用右手在桌上点着，看样子是在说什么事情。看见宁毅进来，掌柜们都将目光投过来。宁毅走过去，拍了拍苏檀儿的肩膀，苏檀儿下意识地挥了挥手，宁毅又拍了拍，她才转身回过头来，表情有些疑惑，但还是露出了些许笑容："相公，你……"

左手一离开桌面，她的身体就摇晃起来。宁毅将手掌覆在她的额头上，感觉隐隐发烫。苏檀儿低下头，用两只手攀着宁毅的手掌。

"我没事，没事……"

这句话喃喃地说完，她的身体便软倒下去。席君煜从旁边过来想要伸手，宁毅已经将苏檀儿的身体抱了起来。

"小姐！"婵儿、娟儿、杏儿都冲了进来，掌柜们也都瞪大眼睛，站了起来，议论纷纷，不过，片刻后，有一道声音淡淡地压了下来，并不高亢，但所有人都听得清清楚楚。

"你们继续商量，廖掌柜帮忙主持一下。娟儿，去叫孙大夫过来。婵儿跟我来。杏儿，你留在这里看下情况。一切照常。"

简单地说完，宁毅皱着眉头，抱着苏檀儿，转身离开。

夜空深邃晦暗，天边浓重的雨云朝这座城池笼罩了过来，夜风有些凉，宁毅怀中那具女子的身体却是滚烫的。宁毅将苏檀儿放到卧室的床上时，女子微张着双唇，脸上一片被体温烧红的颜色，还在无意识地摇着头……

还未至夜深，苏家大宅内外却隐约能感受到喧嚣和不安的躁动。厅堂之中灯影摇曳，窗户中溢出微光。苏檀儿的卧室中，婵儿与娟儿守在床边，拿着温热的毛巾给床上似乎有些不安的苏檀儿敷着额头，须发皆白的老医师正坐在床边为苏檀儿诊脉。宁毅站在门口，双手抱在胸前思考着事情。外面的院子里，除了跟着孙大夫的那名药童，并没有旁人进来。

诊断的过程并不长，老大夫放开苏檀儿的手腕，起身往外走，娟儿连忙跟了上去，外面的大门口，眼眶微红的杏儿也过来了。

"二小姐是染了风寒，看症状恐怕已有多日，这中间还碰上了其他一些事情。嗯，染上风寒这几日，怕是也来了，喀……来了癸水。这些加起来令得风寒加剧。若只是这样，倒也无甚大碍，几服药下去，烧退了，便好得差不多了。除此之外……二小姐恐怕是太过操劳，大概是受到大爷的事情的刺激，遭受重击之下，心力交瘁……这些加起来，就不是几日之内好得了的了。"

"心力交瘁？"宁毅皱眉问了一句。

老大夫点了点头："嗯，这次与其说是风寒，不如说是长期的疲劳与压力导致身心俱疲，最重要的问题，还是出在心上，只是加上风寒，一次爆发出来而已。此事不能轻视，我这便开服药，先为二小姐退烧，但治病之法，终究还是要……二小姐心中放得下才行，唉……"

这孙姓的老大夫叹了口气。他是苏家供奉，为苏伯庸治疗也是由他主导，自然明白此时苏家的局势，要让苏檀儿心中放下来，谈何容易。他摇着头在客厅里写好了诊方，随后又叮嘱了一番方才告辞离去。小婵跟着去抓药，娟儿与杏儿跑到床边看昏迷的苏檀儿，随后微带哭腔朝宁毅这边望过来："怎么办啊？"这话像是在向宁毅求助，又像是自言自语。平日里，三个丫鬟管着大房的许多事情，也很有主见，但到得这时，苏伯庸倒下，苏檀儿也倒下之后，终于也不知所措了。

宁毅拿着诊方想了一会儿，方才开口问道："这几天到底出什么事了？"

苏檀儿染上风寒或许是那天下午掉进浴桶里导致的，最初几天似乎就有症状了，但并不严重。苏伯庸遇刺之后，苏檀儿面临的挑战肯定很艰难，但看不出她有退缩或是会被打倒的迹象，几天前的那个凌晨，她还很有自信地说着要搞定皇商，她的精神和自信都在巅峰状态，应变也毫无错处。

就如同一家大公司，它会面临很多打击，很多阴谋，或轻或重。打击到了之后，这边开始应变，是一件很正常的事情。苏伯庸遇刺可以看成一次突如其来的打击，如果苏檀儿会因为一次打击就不反抗直接倒下去，根本就不可能做到眼下这一步。只能适应顺境的人，以后就算能掌管苏家也是寸步难行。

苏檀儿不是这样的性格，宁毅早就清楚，要让她在精神层面上受到打击，不可能是之前那些事，就算对方有更多阴谋和打击过来，她应该也已经有了心理准备。这短短四天里，肯定有什么更严重的事情发生了……

他这样一问，娟儿有些疑惑，扭头去看这几天多数时间跟随小姐的杏儿。杏儿还在流泪，望了娟儿与宁毅一会儿，擦着眼泪哽咽道："我……小姐说了不让说的……"

宁毅想了想，随后在旁边的椅子上坐下来，叹了口气，伸手揉着额头，喃喃地说着："心力交瘁……皇商，皇商的事情出问题了，还是解决不了的问题……问题无非出在外部或者内部。外部的话，可能是得罪了什么织造局的大官，可这几天拜访那些当官的的事情都是掌柜们在做，到不了撕破脸这一步……只能内部出了问题，而且出了问题解决不了。技术上的事情我没太多兴趣知道，暂时就不说吧……"

两个丫鬟在旁边听他喃喃地说完这些，杏儿哭得更厉害了："其实、其实……前几天……"

话没说完，外面已经传来了脚步声，娟儿与杏儿连忙出门。来人是大房掌柜中资历最高的廖掌柜，他从孙大夫那边知道了情况，过来询问一番。苏老太公眼下还未回府，娟儿与杏儿肯定做不了主，只能与廖掌柜小声商议几句。宁毅坐在房间里推测着事情的可能性，随后站起来走了几步，看看床上沉睡的苏檀儿。

这间卧室平日里还是很整洁的，这几天大概因为大家太忙，显得有些乱。宁毅朝桌子走过去的时候，无意间望见床脚躺着一样东西。他俯身拿起来，那是一小块布片，三角形，浅黄色，上面有一道简单的纹路。

布片估计是这两日才掉在地上的，没有什么灰尘，宁毅将它拿近油灯，想起了一些事情。那是有一天在对面小楼的二楼，苏檀儿拿了一块布片给他看，那时她笑靥如花，很是开心："相公，你看这颜色漂亮吗？"

"哦……漂亮是漂亮，但这颜色普通人家可用不得……"

明黄色的布片……苏檀儿当时并未就此话题讨论太多，不过那布片鲜艳，宁毅还记得，而眼下这片布似乎褪了色，变成了浅黄……

这时，外面的廖掌柜提起宁毅的名字，宁毅叹了口气，将布片收回衣袖里。如今苏伯庸、苏檀儿都已经倒下，又不可能叫二房三房的人来想办法，宁毅平日里不管这些事，但在苏家还是有主人的地位的，随后那廖掌柜跟他聊了几句，希望他能表个态，宁毅点点头。

"没什么大事，一切照旧，兵来将挡，水来土掩，只是檀儿的事情别乱传，暂时别让太多人知道她病了，就这样。"

"我知道二小姐的病情需要休养，不能烦心，不过……若真有变故出现，需要拿主意的时候，不知道……"

"那就拿过来，这边会想办法。其余的……就有劳廖掌柜与诸位掌柜的费心了。"

"是。其实，就算有什么变化，大家也都有应对的经验，都是布行的老油条了，还请姑爷让小姐多宽心……"

廖掌柜说的这些其实只是宽慰之词，如果只是江宁一地，任何一个掌柜的坐镇都不会有问题，但若涉及全国生意的变动，就必须有一个主心骨在，不过暂时也没有其他办法可想。

廖掌柜离开之后，婵儿抓了药回来。不久，老太公也匆匆赶了过来，看望了仍旧昏睡的苏檀儿。这件事情令这位老人受到了莫大的打击，不过眼下说什么也没有用，他对宁毅、三个丫鬟都叮嘱了几句宽心的话，才步伐沉重地回去了。

老太公离开之后，院子里终于安静下来，只余下摇曳的灯火和飘散的中药味。这样安静的晚上对院子里的几人来说先前也有过，那时候大家坐在一起说话，下五子棋，偶尔笑一笑，这是一家人的感觉。宁毅来之前，院子里的四名少女也能算一家人，但此时真是太安静了，小婵端了药碗进来，沉默的守候中，娟儿忍不住哽咽出声："我们该怎么办啊，姑爷……"

苏伯庸已经倒下，苏檀儿也昏迷了，就算能醒来，身体一时半会儿也好不了，老太公或许只能让旁人暂时接手大房的事情。她们心里忽然变得空空落落的，未来无法预测，谁也不知道为什么忽然会变成这样，能够依靠的，大抵只有身边几个人而已。如果宁毅真是曾经那个书呆子，或许他也会被排除在外，但是经过这一年多的相处，至少在这样的事情上，宁毅已经被接纳为这个家庭的一分子……当然，娟儿此时问起来，也仅仅是因为无措，虽然宁毅是男子，与她们不同，但真要说他有解决事情的办法，肯定是不可能的。

宁毅正站在窗前收拾书桌上的东西。房间有些乱，因此他将一些东西归了位，有的顺手扔到柜子上看不到的地方。他动作不快，但这时候也已经收拾得七七八八了。他没有回头，只是将一张未裁开的宣纸在桌上折叠了几下，随后展开，往砚台里倒了些水，缓缓地磨起墨来。

"以前没教过你们怎么应付这些事吗？"宁毅低声说道。

三名少女摇了摇头。

宁毅拿起毛笔，沉默片刻："接下来……我要苏家这些年来的账册——七年到十年，要苏家各方面发展的记录、跟各个地区掌柜来往的信件，我要知道苏家生意中发生的每一件事情、应对的方法、最后的结果和会出现这种结果的原因……另外，我要更多的宣纸、墨，要一些细线，还要一些糕点，能饱肚子就行，不要太甜，再准备一大壶茶……暂时就这些了……"

后方一阵沉默，三个丫鬟都有些手足无措，不知道他要干吗。

宁毅回过头来："岳父那边没可能了，老太公那边……可能会叫个人过来帮忙，不过没用。"宁毅淡淡地伸手指了指床上的苏檀儿，"你们家小姐不会放的，她醒过来以后，要做的第一件事不会是吃药，而是下床，谁也代替不了她……所以，要做的很简单。"

他朝苏檀儿那边笑了笑，有些无奈，有些无聊，表情与平日里下棋、说故事时没有太大差别:"我来试试吧……"

娟儿与杏儿还有些迟疑,婵儿吸了一口气,本来也是泪眼模糊的,这时才露出一丝笑容,她抹了抹眼角,转身出门:"我去拿账册和记录……"苏家有总账房,不过大房有大房单独的记录,一份就在隔壁,三个丫鬟平日里管理这些事,是有资格去拿的。

小婵离开后,娟儿想了想,跟了出去,随后是杏儿,她抹抹脸上的泪水,出门的时候方才小声道:"姑爷……就在这里吗?"

"要不然你家小姐醒过来了怎么办?"

姑爷想要帮小姐解决些问题,对于这样的想法,杏儿与娟儿都分不清到底是不是一件好事,会有怎样的结果,但如果是在其他地方,小姐一旦醒来,肯定会立刻想要下床处理事情,这一点,三个丫鬟却是心知肚明的。无论如何得让小姐待在床上,这件事,或许只有姑爷能做到。

杏儿有些难堪地笑了笑,随后出了门。当房间里只有他与昏迷的苏檀儿的时候,宁毅才坐了下来,对着那宣纸与毛笔叹了口气。

"你们这些人,过分了……搞得入赘的也不得安宁哪……"

隐约间,那像是对幕后某些人发牢骚……

丑时过后,苏檀儿醒了过来。

她睁开眼睛的时候,有微黄的光芒在闪动,窗外仍是寂静的夜,却感受不到安宁。头上、身上不仅难受,还像有什么在躁动,但一时间又把握不住难受的方向。为什么会难受呢?许多破碎的画面在脑海中飘过,前无去路,后有追兵,有些东西在崩塌……在这样混乱的感觉中,有家人的声音传来。

"小姐醒来了呢。"

这是小婵的声音,她无须思考与辨认就能第一时间反应过来。苏檀儿闭上眼睛艰难地回忆了一阵,想要起来时,却被小婵拉着被子按了下去。小丫鬟没用多少力气,主要是她非常虚弱,模糊的视线之中,还能看见红红的眼眶。

"什么时候了?"苏檀儿开口问道,声音有些嘶哑,听起来简直不像是她的。

"丑时快过了。"

"小姐别起来……"

"我去热药……"

耳边响起的声音,有婵儿的,有娟儿的,也有杏儿的,说出时间的却是立恒,他也留在了这里。脑中还是难受,可心底有些温暖,她回忆着之前的事情:"廖掌柜他们……"

"小姐你别想这些事了好不好啊?"床边的娟儿哽咽着道。

苏檀儿抱歉地摇了摇头，虚弱地开口："不行啊……"

"廖掌柜他们已经回去休息了。"宁毅的声音响起，随后他对婵儿、娟儿轻声道，"我来跟她说，你们先出去帮杏儿。"

两个丫鬟点头出门，到隔壁的房间里煎药去了。房间里安静下来后，苏檀儿的视线和精神才稍稍凝聚起来。作为她相公的男人如白日里一般穿着那身青色的袍服，搬了张凳子过来坐下看着她，动作、神态与平日里在二楼聊天时相似——随意地偏着头，带着些书生气的淡然与沉稳，虽然年轻人的样貌并不会显得很老成持重，但这的确是她曾经在心目中想过的才子模样。

他的才学比许许多多人都厉害，但他并不张扬，内心深沉、安静，其实有着很强的力量。以往苏檀儿未曾在这方面多想，照理说，"第一才子"这种头衔应该会给人很厉害的感觉才是，可是在家中，包括她、婵儿、娟儿、杏儿在内，在这方面似乎都没有太深的感受，和宁毅的相处从头到尾都轻松自然，虽然陡然知道时吓了一跳，旁人说起时也会觉得自豪，可是，从远处看，旁人看到的是第一才子的光圈，可在近处看的人，比如她们，似乎只能看见这个人。

可不知道为什么，此时看见他，苏檀儿陡然想起了那个第一才子的光环。他也是从晚上一直待到现在也未曾休息吧，虽然说起来是自己的相公，可自己还是影响到了他，相公毕竟是个文人，不该被这些商事牵扯进来，可眼下……她于是抱歉地笑了笑，想要开口时，宁毅拿了块糕点递过来。

像是在二楼聊天时的感觉，苏檀儿几乎下意识地想要去接，可手上并没有力气，那糕点在空中转了个圈，被他吃进嘴里。他咀嚼了一阵，然后咕噜噜地喝了口茶，咽下去，表情淡然。

"这些东西我可以吃，你不行，你只能喝药。"

苏檀儿想要笑出来，可惜随后涌起的情绪带来一阵眩晕与疲倦感，这让她心中有些无奈：这人干吗要逗她笑呢？

然后她听见宁毅说道："有些事情要跟你谈谈。"

"嗯？"床上虚弱的女子再度费力地睁开眼睛。

炭火烧起来了，瓦瓮之中，药气开始升腾，三个丫鬟守在旁边，偶尔扭头望望旁边的墙壁，眼神之中都有着忧虑。

小婵稍微好一点儿，娟儿与杏儿则是心事重重。小姐终于醒来了，可仍旧发着高烧，在这长长的夜里，眼下这个情况其实只是开始。小姐病倒，大房的事情就难了，她们都是跟着小姐从小长大的，知道小姐在其中付出的心血与代价，她是绝不肯退的，不知道姑爷能不能说服小姐。可即便说服了小姐，大房的事情又该怎么办呢？让小姐眼睁睁看着那些心血流走吗？

"姑爷刚才叫我们做的那些，是要干什么呢？"

"看不懂啊……"

"姑爷做实验的地方也有那样的东西……"

"可是能有什么用呢……"

"不知道……"

一边煎药，三个丫鬟一边说着心中的疑惑。先前宁毅让她们拿墨线在宣纸上横横竖竖地弹了些格子，然后他就拿着三年前的账本在上面标东西，有些是地名、苏家的商铺名，更多的是古古怪怪歪歪扭扭的符号，简单的一竖、一个圈、半个圈之类的，完全看不懂。姑爷记得倒是快，只是偶尔会皱眉想想，有两次还将三人叫过去，问那里的收支出问题是因为什么，然后在符号边注明。

姑爷想要了解苏家的情况，可这样能抵什么事呢？谁也想不通。这一年以来，姑爷给她们的感觉都是很亲切很渊博，但毕竟不涉商事。这时候整个苏家都感到了危机，这么多经商几十年的掌柜管事都在忙碌，姑爷毕竟是个书生，就算想要帮忙，恐怕也只是临时抱佛脚的书生气发作，没有多大用处——术业有专攻，肯定是这样。

"姑爷他……"与宁毅最为亲近的小婵低头说着，"姑爷他很厉害的……"

她以往也知道宁毅很厉害，自从与宁毅有了肌肤之亲之后，这种感觉自然更是加强了，可也是有限度的。以往她叫姑爷帮小姐分担些事情，主要还是为了让姑爷跟小姐亲近，有人帮小姐分担，小姐当然会更加高兴，可是姑爷在经商上肯定代替不了小姐。姑爷在这些事情上，即便在小婵心里比一般人厉害很多——这就已经很厉害了——可要说姑爷什么事情都比其他人厉害，小婵也不可能这样觉得。

"我们也知道姑爷很厉害，很聪明，但他不可能什么事情都像写诗那样厉害啊……"娟儿低声道。

"姑爷既然说有办法，就不会骗人。"小婵此时也只能执拗地相信这一点。

旁边的杏儿望着那炭火沉默了许久，终于又伸手抹了抹眼角。

"我知道小姐的脾气，这次只要姑爷能说服小姐好好静养，那就行了。"或许是因为心中压着事，这个晚上，平日里性子最强的杏儿反倒流了许多次眼泪，声音哽咽，"只要小姐好好的，就算成不了家主，小姐也还是小姐，姑爷还是姑爷，我们还是会在一起……只要这样就行了……"

她的情绪感染了旁边的娟儿与婵儿，伤感的灰色又笼罩过来，娟儿哽咽起来时，婵儿在旁边小声地说着："姑爷会有办法的……"

"嗯。"杏儿与娟儿在旁边点头，虽然大概是不相信的。

只要小姐没事就好了，至于其他的，只能让家中其他人去努力了，老太公、廖掌柜、席掌柜、二老爷、三老爷……这么大的家，总有人扛得住的……

丫鬟们煎药的时候，卧室之中，油灯的火光仍旧在摇曳，宁毅坐在床前，喝了一口茶，缓缓地转告了孙大夫的诊断。

"不只是风寒，你自己也清楚。我知道你现在很难受，但心安定不下来，解决不掉问题你没办法安心，但没办法安心就更加解决不了问题，快要成死局了……我知道我这样唠唠叨叨的你也烦我……"

他稍稍顿了顿，苏檀儿微微摇了摇头，随后开了口，语音轻得像是随时都要断在风中的一缕烟："相公，我明白……可我怎么放啊……"她的神色有些凄然。

"放不放都随你。"宁毅将手掌覆在她的额头上，"你现在这样，没办法讨论太多，所以我简单地交代一下，我刚刚看完了三年前大房的几本账。"

"嗯？"苏檀儿有些迷惑。

"我刚刚看完了三年前大房的几本账。"宁毅安静地望着她，重复了一遍，"岳父现在还没脱离危险，你也是。爷爷可能考虑派人接手，不过你不会肯，但从现在开始，你不能下床。所有的事情都摆在眼前，所以接下来我会帮你。婵儿、娟儿、杏儿也都在，不过有些事情只能我代你出面，这是唯一的办法了……

"我知道你所有的疑问，但现在没必要说太多，等明天、后天你清醒一点儿的时候再慢慢谈吧，我也有些事情想要跟你谈。不过现在，我只想说一点。我们认识一年多了，我现在要你知道一件事——我说可以做到的事情就可以做到，这一点我非常认真，而眼下这件事，我会帮你做到……"

苏檀儿握着他的手，艰难地摇了摇头，露出一个仿佛快要哭出来的笑容："相公，这件事……你不知道……"

宁毅制止了她的摇头，微微靠近，看着她："不，我知道这些事情的性质，我是知道以后才说出这句话的，我也想让你知道这一点。至于你有多相信我，就看你怎么看我的人品和我们的交情，但你暂时记得我是这样说的就行了，这是最重要的……

"然后，这几天商量、处理事情会在你的房间里，你可以在床上听，可以看，想也没关系，我做出任何决定都会告诉你原因，你点头，我们再发出去。我知道你不会放手，我也不可能把你撇在一边，所以我不撇开你，我只减少你想事情的过程，你只用考虑我说得有没有道理……这样可以吗？"

苏檀儿闭上眼睛，好半晌，一滴眼泪从眼角滑下来。宁毅放缓了语速："苏家还没到出事的时候，那边还没有出手。你现在先喝药，少想事情，记得我那样说了就行，我说会解决，就一定会解决。然后你好好睡一觉，至少暂时把心放宽，家里不会有事，因为我在这儿。嗯？"

苏檀儿闭着眼睛，点了点头。

"好，我们谈妥了。"

宁毅退回去，喝了口茶。片刻之后，苏檀儿睁开眼睛："相公，我好多了……"

"你们这些做生意的说起这种话来一点儿说服力都没有。"宁毅撇了撇嘴,摇头以示不信。

苏檀儿微微笑了起来,脑海中又是一阵眩晕。

随后,杏儿、娟儿、婵儿端了药碗进来,扶起她将药喝完。在几人关心的注视下,苏檀儿终于沉沉地睡去,临睡的时候说了一句话:"相公也去休息……"

"知道了。"

苏檀儿中途醒过来一次,那时天已经微微亮了,小婵坐在旁边的椅子上打盹,那道身影还坐在窗前的桌边,不知道在写什么。她闭上眼睛,再度进入梦乡,或许是因为那道背影,这一次,心中似乎平静了一些……

第十章

书生意气贻笑大方　姐弟乔装如影随形

苏檀儿再度醒来的时候已经是上午，天阴阴的，看起来要下雨，房间里有些闷。宁毅的身影已经不在窗前，小婵也去休息了，换了娟儿与杏儿在这里守着。据娟儿说，早先老太公过来了一趟，见她在睡觉便示意不用叫醒她，只是随口问了问桌上那些图表是用来干吗的，知道是宁毅所做，也没有多问，只让她好生休息。

区区一个晚上的时间无法让高烧退去，她又喝了一碗药，脑袋昏昏沉沉的，口中满是苦味。心中的焦灼还在，纵然立恒昨天说了那样的话，但最终会怎样呢……她其实多少已经知道了，只是心中不甘，毕竟费了好大的力气。

那道身影不在房间里，想起这事，苏檀儿觉得心中好大一片都空落落的，但终于还是迷迷糊糊地陷入了梦乡当中。这次的睡眠不像凌晨那次，各种梦魇纷至沓来，搅得她无法安宁。再醒来的时候，时间应该是过了中午，宁毅又坐在了窗前的椅子上，正与侍立一旁的娟儿小声说着话，大概是为去年的一项账目，娟儿小声地解释缘由。

小婵过来道："小姐，醒了？"随后宁毅与娟儿也回过头来。

苏檀儿感觉身体很疲倦，不太想说话，不太想动，好在婵儿过来为她加高了枕头，宁毅的手伸过来覆在她的额头上——除了昨晚，以前他们没有过这样亲密的接触，但感觉很是自然。在用手掌测过额头的温度之后，宁毅点点头："好像好些了，待会儿去叫孙大夫过来一趟吧。"然后口中说些"昨天估计有四十摄氏度"之类意义难明的话语。

小婵出门端来碗粥，"逼"着她喝了几小口白粥。不久之后孙大夫也过来了，问了些情况，小婵负责回答，宁毅在桌边继续看账本，记录东西，偶尔开一下口。苏檀儿躺在那儿看着一群人进进出出，有些时候是她与宁毅单独在房间里待着，桌边那道背影看起来动作迅速，目标明确，有条不紊，很能让人心神安定。

傍晚时分，天色暗了，窗外下起雨来，清新的空气飘进房间里，带着一股泥土的气息。

她不时睡去，随后又醒来。这天晚上，廖掌柜等人没有进府，雨幕之中也没有前几日那般躁动的灯火，他们在干吗呢？生意上有没有发生变动呢……苏檀儿偶尔在心中想着。只有宁毅与婵儿、娟儿、杏儿在房间里陪着她，房间的墙壁上挂了几张宣纸，宁毅偶尔看上一眼，算是为这安静的画面添上了一抹意义难明的奇怪色彩。

苏檀儿的卧房虽说常常被用来处理一些生意上的事情，相比一般大家闺秀的卧房要显得大气，但许多女孩子喜欢的东西与装饰还是有的，这时候添上这些宣纸，便将那股女子的气息给打破了。房间里大多数情况下还是安静的，婵儿、娟儿、杏儿小声地与苏檀儿和宁毅说话，进进出出也是轻轻的，混在雨声当中，越发显出房间的安静。宁毅的忙碌与专注自有其章法，没有扰乱安静的氛围。

到这个夜里，苏檀儿才更加明确地想起凌晨的那个念头来：相公是书生，甚至是江宁最厉害的才子。

早些年，还未出嫁，还是女孩儿的时候，她憧憬过未来，也曾不止一次地幻想过，将来会嫁与某个才华横溢的大才子。自己虽然是商贾之女，但苏家好歹也是大商贾，并不是没有这样的机会。

自从她多少懂得人情世故之后，这样的想法便渐渐少了，但憧憬肯定还是有的。曾经发生在江宁的那些口耳相传的才子佳人的故事，后来声名鹊起的曹冠、李频等人，发生在一个个诗会宴席上的比斗传闻，她都很有兴趣地去打听，即便后来去参加濮园诗会大多是为了谈生意，但听到其他诗会的事情，看见许多好的诗作，也能让她觉得物有所值，虽然那些事物仿佛是另一个世界的东西，可并不妨碍她去喜欢去憧憬。

然后，生活还是生活，她按照计划成了亲，招了赘，相公说是书生，但与才子是搭不上的，只能说是个书呆子。生活是生活，她依然可以憧憬那些大诗人大才子。然而，当发现自己这个相公似乎并不如预想的那般呆，当某些东西开始重合的时候，她觉得有些无所适从了。

自己的相公被一些人称为江宁第一才子了，自己应该怎么做呢？她平时其实感受不到大才子大文人应有的特征——以往听说书，看戏曲，里面都说得明明白白，大才子应该之乎者也引经据典，就算是离经叛道一点儿的传奇小说里，大才子也是随口就能展现才华，到哪里都该是中心，让人无法亲近的那种。她曾经想象过，嫁给了大才子，相处方式应该是"官人辛苦了""多谢娘子关心"，总之，是如同戏台上那般正式而有距离的。可若没了那些距离，自己应该怎样做呢？

平日里简单随意地说话，不张扬，不夸耀，幽默风趣，可这样的人，竟被人称为第一才子？那两首词她不时会看看，他们之间不像普通的夫妻，有时候简直像是朋友——可她从未听过有这样的好朋友——他们每隔几天就在二楼说说话，说什么都行。男子与女子之间可能成为这样的朋友吗？一些话本传奇里常有女扮男装然后与人为友的，可她未有假扮。或者，有这样的夫妻吗？似乎也从未听说过。

她其实是喜欢这样的感觉的，喜欢到……不知如何去改变，也不知如何去更进一步。"相公是大才子"这个认知，一直以来在她心中有些模糊，直到此时才清晰起来。

从下午到晚上，她听见相公轻声问了几个问题，皆是这几年账目中最为关键之处。相公是个聪明人，他在认认真真地做这些事——这事苏檀儿很快就清楚了，可是，再有天分的人对此也是无能为力的。相公是个大才子，自己才是商贾之女，这些事情原本该是自己做的，一直以来自己也在努力地做好，努力不让相公为这些事情烦心，可现在终究还是将他牵累了。

结果会如何反倒不重要了，相公不可能做好这些事的，他为了宽自己的心，说："我一定会做好。"可这些事情不是有决心就能解决的。无论如何，在他入赘之后，自己还是让这些事情牵累了他……

她心中想着这些事，睡一阵醒一阵。

到得午夜时分，雨还在下，更显出夜晚的安静，油灯的光芒在摇曳，苏檀儿在房间里只看到宁毅坐在椅子上的背影。他正在看与各地掌柜来往的信件，察觉到后方的动静，回过头，随后放下信笺，起身走过来。

"醒来了？想喝点儿水吗？"

"嗯……"苏檀儿微微点了点头。

宁毅将枕头加高，从旁边倒了一杯温水，过来喂她喝了几小口："杏儿跟娟儿睡了，小婵今天也很累，所以刚才骗了她去休息一下。不过待会儿吃药的时候，你最好是醒着的，呃，你如果要……"宁毅看着她迟疑了一阵，随后起身，"我去叫小婵吧。"

宁毅的迟疑有其原因，白天他就故意消失过几次，主要是留时间给她下床方便什么的，她风寒虽重，但下床的力气其实还是有的，并不至于真的瘫在床上。这些私密的事情不好开口，若在平时，苏檀儿脸上不知道要红成什么样子，但此时她只微微感到窘迫，见宁毅要离开，方才开口道："相公……不用的……"待宁毅停下来，她说道，"相公真不用避讳……"当然，他若完全避讳或者根本不想这些事，难受的多半也是她。

宁毅笑了笑："好些了？"

"好些了……"

"退烧还得两三天。"宁毅看了她几眼，可以说的话有很多，但最后他摇了摇头，"你心里难受，不吵你，想吃东西或者有其他事情再跟我说。"

他拿了封信件在不远处的椅子上坐了下来。房间里安静下来，外面的秋雨早已成为背景，苏檀儿望了那身影许久，终于开口道："相公……为什么会答应这门亲事呢？"

以往两人之间也有过类似的谈话，但这时候问出来，意义显然不太一样。宁毅放下信笺，望着床上的苏檀儿，好半晌之后，方才笑着摇了摇头："想过跟你聊这些，不过……也许过几天，等你清醒一点儿的时候？你现在看起来不好受。"

"妾身没事呢，想要……想要知道。"苏檀儿说得缓慢，"原来相公也想谈吗？"

"我想谈的不是为什么答应这门亲事。"宁毅将信纸放到一边，将椅子搬到床前，坐下，"先前……其实已经说过了，我不知道为什么会答应这门亲事，失忆了。我想说的倒不是失忆以前有什么事情，而是……之后的事情。"

"之后的事情？"

宁毅看着她好一会儿，叹了口气，随后笑出来："你确定你现在想听这些？"

苏檀儿努力笑了笑："不听的话，妾身睡不着呢……"

"好吧。"宁毅点了点头，由于苏檀儿这时意识的灵活性恐怕有限，因此他的语速不快，时而还重复一下，"其实事情很简单，现在不说，有一天肯定也会说到……有一个叫宁毅的男人跟一个叫苏檀儿的女人成亲了，是入赘，所以我们俩就是这么认识的……这些已经是事实，不去想它，缘分也好，阴错阳差也罢，反正就是我们两个了……这样的事情，你是其中一部分，你怎么看呢？"

苏檀儿皱眉想了想，不太理解宁毅这些话的含意："妾身……妾身，很高兴啊……"

宁毅拍拍她的手，微微顿了顿："旁人怎么说都是空的，什么才子啊、入赘啊……总之事情已经是这样了。作为我来说，对入赘没什么看法，对你，我不讨厌你……不，不如直接说，我是喜欢你的，经商也好，性格也好，你很好强，但是不错，这样的性格，我是喜欢的，更何况，你也蛮漂亮的……"

宁毅在床边单手托着下巴，语气淡然平和，仿佛是想到哪里就随意说到哪里。苏檀儿却有些措手不及，即便是在眼前这般虚弱的情况下，脸上都漾起了一阵红晕，结结巴巴地道："相公……相公，是真的……喜欢吗？"

"嗯，是喜欢的。"

"可是……可是，这不是大家闺秀的性格……女子无才便是德，女人家……不该这副样子，他们都说……这个……男人不会喜欢这样子……"语无伦次地说了好一会儿，病中的苏檀儿还不忘用眼神强调一些事情，片刻之后方才沮丧起来，"我……配不上相公……"

"这个时候还这么爱抬杠。放别人眼里，我也只是个吃软饭的，你比很多男人都厉害……"

"相公不是没本事……"

187

宁毅笑了笑："这个时候就没必要一直自我贬低了。这些不重要，争论到明天也没结果……反正呢，不过是我俩之间的事情。我对生活没什么不满意的，也喜欢你，喜欢这座院子，喜欢婵儿、娟儿、杏儿她们。虽然周围有些无聊的人，整天做些无聊的事情，但总的来说，就这样过下去也没关系，挺好的。所以呢，我就想跟你说说这个。"

他握了握苏檀儿有些无力的手掌。她的五指圆润修长，很漂亮。宁毅拿在手中把玩着，随后动作停了下来："如果你也没有太多不满的话，那以后我们也许就要这样过下去了……不管以前是怎么安排的，反正事情已经这样了，不用再去考虑它为什么是这样，反正不讨厌就是了……"

他拉了拉苏檀儿的手，等待着回答，对宁毅来说，这是一个比较重要的决定。刚刚醒来的时候，他是做了随时走的准备的，后来也只是静观其变，不过到得此时，有些事情可以确定了。不用去想那些太过浪漫的因素，总之，既然有了夫妻的称呼，既然苏檀儿的性子他不讨厌，两人的相处还算融洽，改不改都无所谓了，接下来的，无非是好好生活。

苏檀儿望着他，眼睛眨了眨，又眨了眨，最后红了眼眶，流下眼泪，紧抿双唇，说不出话来。宁毅等了好久，才低头笑了笑："不管怎么样，总得给句话吧……"

"相公……"苏檀儿双唇动了动，"这次的事情过后，等檀儿的身体好些了，我们……"那声音哽咽而微带沙哑，目光却是坚定的，她微微顿了顿，吸了吸鼻子，"我们圆房吧……"

不久之后，宁毅点了点头。

"呃……咳，我也不是指的这个，不过……"他笑了笑，"嗯。"

话语淹没在深夜的雨声里，微风吹进来，烛影摇动。这样的表达对苏檀儿来说不知要用上多大的勇气，她躺在那儿，赧然地沉默着。她的病有很大一部分是心理因素导致的，说了这些话大概能让她心头的压力减轻不少。不过，片刻之后，或许是因为想到了什么，她还是轻轻咬了咬下唇。

"若是……若是此次事情过不去，相公……相公会不会……"

"会不会什么？"

"会不会……"苏檀儿有些为难地欲言又止，随后摇了摇头，"算了，不说了。"

"扫兴……"宁毅望着她想了一会儿，也猜到了她的一些想法，他摇了摇头，"我说这话与苏家好不好无关，事情过不过得去，我们之间的事情都是这样……而且这次的事情，要过去其实也简单。"

苏檀儿点了点头，神色这才稍稍放松下来，过得片刻倒是为着宁毅的后半句有些为难地笑笑："这次的事……相公不清楚的……"

"清楚啊。"宁毅回头看了看，"我大概查了一下这三年的账目，苏家的基础还是稳的,不管对手是谁。他们捅了人还反咬一口的确很毒,但是并不能在顾客那边起到作用,苏家的生意在全国都铺开了,没有人会在进铺子之前议论远在江宁的这个老板人品好不好。能起作用的对象无非是近一点儿的合作人、供货商,苏家在这方面会受影响,但这种手段起到的作用不大,以苏家的基础,很难因为某些环节的牵连而直接倒下去,顶多损失一小部分,实际影响主要还是在江宁附近。近一阶段,影响最大的,也就是皇商的竞争了——事情坐实以后,官府会考虑到名声,而不跟苏家合作……"

"便是皇商了……"苏檀儿喃喃重复了一句。

"所以……最主要的还是解决皇商的事情。"

"相公不明白的……"她将头朝向床铺里侧,低声重复,不让宁毅看见她的表情。

宁毅叹了口气,从身上掏出那块布片放到她手里:"不明白皇商,还是不明白这块布?"

苏檀儿回过头来,看了看手上的布,随后又看看宁毅:"相公……已经知道了?"

"老实说,不太清楚。"宁毅摇了摇头,"杏儿有些为难,不好开口,我也就没逼她。"

苏檀儿将那布片拿在手上看了一段时间,偶尔望向一旁,想着事情,待到再度望定宁毅时,脸上有着些许微笑,眼神却凄凉起来。她最近想起这事时常常是这种快要哭的表情,或许已经偷偷哭了不止一次。

"相公,皇商当不了了……三年前我就已经在想了,所以偷偷准备了三年。好漂亮的颜色啊。我本来以为一定能把事情做好,到头来却变成了这样……就像是被谁骗了一样。我们没有加柘黄,用了新办法配出来的,朱砂、茜草、明矾、栀子……这一定是从没有人用过的配方。两个多月以前,我还以为这次把布拿出来一定会把所有人都吓到,到头来……到头来它……"

她吸了吸鼻子,轻咬嘴唇,宁毅想了想:"什么时候开始褪色的?"

"两个月前,根本不知道是为什么。"苏檀儿摇着头,"做出来以后我们试过很多次,太阳晒、火烤、用水一遍一遍地洗,什么事情都没有,还是那么漂亮。明明什么问题都没有,怎么到头来……它就褪色了呢?我不知道该怎么办,爹爹倒下之后,下面的人终于忍不住过来说,可能解决不了了。我让他们继续试,可我也知道,没办法了……"

"这种颜色很难配,而且配方错一点点颜色就差好多,根本不知道应该从哪里调整起,只有我们无意间找到的那张配方上有明黄色……"她稍稍顿了顿,眼中有泪,"没办法了,相公……拿不到了……"

织造业发展了这么多年,在现代称为"色牢度"的判定上已经有了方法,可是对于苏檀儿找到的这个配方，这些方法显然出了问题。或许是某种微妙比例下的化学反应正好产生了那种明黄色——不过，以他目前的化学知识，肯定无法从技术层面上解决这件事。

苏檀儿不是肯轻易认输的人，然而，三年的心血到头来被判定是毫无意义的事情，皇商之争陡然没了希望，再加上劳累、压力、风寒等各种因素叠加到一起，她会忽然倒下就不再是那么让人奇怪的事情。人的精神状态就是这样，前一刻身在巅峰，即便父亲倒下，只要能拿到皇商，危机也能顺利度过；下一刻却发现手头没有了任何筹码，陡然被从巅峰上打下去的时候，一切东西都会更猛烈地爆发出来。

不过，宁毅倒是依然饶有兴致地望着那布片，然后从苏檀儿手上拿起来："不是还有织机的改良吗？我在账目上看到你抽钱出来……"

"改不了多少。原本也是为应付皇商准备的，可这些方面要投进去很多钱，赚到的也不多，若只能拿到岁币那一部分，反倒是个负担——织造局那边，只会把人当成苦力……"

"这就够了，关键还是解决皇商的事情……"

"可解决不了了啊……相公……"苏檀儿说完这句话，随后愣了愣，望着宁毅没受她影响的表情，"嗯？"

"也许很难拿到，不过不代表解决不了。"宁毅笑了笑，"褪色也有褪色的解决办法，至于怎么用，还得斟酌一下……"

苏檀儿想了想："相公……莫非想把褪色的说成好的？不行的……"

她也是聪明人，知道有些时候，事情可以靠说，可以靠宣传，宁毅又有才子之名，还以为他想要把褪色宣传成布的特色。这事在某些情况下可以奏效，但放在这里，就是拿皇家开涮。

宁毅摇了摇头："不是这么做的。我还有些事情不清楚，主要是这次皇商之争涉及的那些织造局官员，各家各户争皇商的筹码，我们到底做了哪些事，织机的改良到底到了什么程度……你如果还有精神，现在可以跟我说说，待会儿我再把办法告诉你，不过……"他低头看了看那布片，"皇商是事情的关键，不管我们的对手是谁，露面也好，不露面也罢，我们都可以利用这一点让他们出来，从而一网打尽。所以，无论如何，皇商……我们还是要争到底……"

"为什么？因为我们有实力！"

上午，雨还在下，隔壁用于商议事情的房间里，宁毅正在对着一帮掌柜、管事正容说话。老实说，这是他来到苏家后第一次在"正式"场合如此高调地开口。青袍纶巾，看起来还是像模像样的，的确有临危受命者应有的风范，至少，看起来很尽力。

他拿着一把扇子敲了敲,左右环顾。

"解决掉皇商的事情,外面那些跳梁小丑的谋划,我们家里的各种议论,都会一次性消失,一劳永逸。至于内内外外盯着我们的到底是些什么人,不用去管,别人会管的,老太公会把事情解决掉,我们只要做好自己的事情,稳定局面,不择手段地把皇商的份额拿到手。

"所以,接下来的一个多月,我会接手这件事情。当然,我知道我在这方面没有经验,大事我都会跟檀儿商量,各位掌柜在这方面也比我有经验,到时候我会向各位请教,还望廖掌柜以及各位多多教导在下……"

宁毅谦恭地抱了抱拳,随后笑了起来。

"不过,皇商一事,接下来我们要开始打开局面了。我是个读书人,没接触过商场,不过世间有些东西是共通的,简单的规则我还是懂。譬如去年过年,我因为猜到一些事情,随口说了一句就帮忙搞定了贺家的生意,呵呵……所以呢,我大概知道,有一点肯定是没错的。"

"好东西,"他将折扇在桌上敲了敲,一字一顿地道,"就是好东西,放在哪都一定是!

"就好像我们读书人,有才学的人,在哪里都会发光,旁人总会知道。所以呢,在要把自己卖出去的情况下,不必低调。廖掌柜、聂掌柜最近负责与织造局的几位大人来往,我们已经摆明车马了,大家也都知道了,可我觉得有一点还做得不够……

"我们只是摆明了要拿皇商的态度,薛家和乌家都看在眼里,可我们没有清楚地摆明我们的筹码。我希望,接下来,各位掌柜不管是在请人吃饭的时候,还是在谈论下一步生意的时候,都可以清清楚楚地告诉别人,我们为了这一次已经准备了好几年的时间!我们不打没有把握的仗!我们已经有了最好的布!这是实力,谁也赶不上!

"如今大武与大辽情况紧张,迟早会起摩擦,到时岁币肯定会出问题。每次这样变动的时候,就是商机出现的时候。以前……就好像薛家跟乌家,他们把皇商一职视若畏途,可是看见情况要变了,看见我们要争了,他们就想要来争了,不过是一时兴起,投机钻营,他们有什么准备?我们不同,我们几年前就已经开始准备这件事,现在已经可以告诉大家了!

"就跟他们说这些嘛,薛家怎么样,乌家怎么样,我们怎么样。虽然我们暂时还不能把筹码完全放出来,但已经可以这样宣传了,让所有人都知道,我们是有备而来的,尤其要让织造局的几位大人都知道,我们才是最好的,准备得最妥当的,我们已经有了改良织机的办法,效率可以提高很多,保证不影响我们的生意,也不影响完成皇商任务。我们有最好的布……哦,接下来我要说的是还需要大家一起保密的事情,但我觉得已经可以拿出来给大家看看了。娟儿,把盒子拿过来。"

侍立一旁的小丫鬟娟儿点点头,转身搬了个盒子放到桌子上,宁毅伸手按住盒子："重复一遍，接下来看到的，请大家保密……当然，大家都是自己人，比我明白这些事，呵呵，我说的话多余了……"

话说完，他笑着缓缓打开那长方形的盒子，一匹明黄色的丝绸出现在众人眼前。在其中几人或皱眉或惊叹之时，宁毅用力地将它往前一推，随后拿起一把刀，有些笨拙地裁下一截。

雨仍然在下，房门已经关上了，宁毅的声音从里面一阵一阵地传出来。

"耐火烧……耐水洗……耐日晒……不褪色……成品我们两个月前才做好……本来想要低调一点儿，可是遇上现在这种情况，我觉得没有办法了……必须做成这件事，解决所有问题……谁家有这么好的布？这种颜色……大家何必慌张，有了这种颜色，皇商不是我们的又是谁的……我虽然是个书生，也知道这次一定行。不是我们要去求那些大人，是那些大人要来求我们……哦，这句话别说出去，但总之……我们有好处，他们也会有好处，他们得到的好处比我们的还大，明摆着的事情……行了，接下来的一个月，我会与诸位做好这件事……"

雨还在下，卧室之中，苏檀儿望着那雨幕，望着隔壁院子房间的方向，觉得似乎能听见些动静，但传来的自然只有雨声。

小婵进了房间，在床边陪着她说些闲话，过得一阵，她才说道："相公现在，不知道是什么样子……"

"刚才杏儿姐过来，说姑爷在说话呢，很厉害，那些掌柜啊，都被姑爷说的话给折服了。嗯，姑爷说得有道理嘛……"

"嗯，是吗？"苏檀儿笑了起来，想着那些"很有道理"的话该是什么样子。

不久之后，那边的商议结束了，掌柜们离开的声音细细碎碎地传到这边来。当然，只是脚步声与离开时发出的其他声音，她若能出去，此时大概会在雨中听见一些掌柜的窃窃私语。

"还真是书生之见……"

"有些还是有道理的……"

"哪有那么简单。"

"不过……那布还真是……"

"没办法，大老爷和二小姐都倒下了，有些事情也只能姑爷出面。只要他在旁边看着，不乱指手画脚，就不会出什么大事……"

"姑爷是个聪明人，有些事情还是懂的……"

"毕竟只是个书生，商场上的事情太复杂……"

这样的议论逐渐远去，消失在雨中。

宁毅回到小楼上，拍了拍手，在窗户边看着这些人在雨幕中离开的身影，随后转身下楼去看望病中的苏檀儿。

又过了一天，当苏檀儿的高烧渐渐消退的时候，宁毅开始代替她，每天驾着马车出府，学着苏檀儿之前的样子，以一个勤奋好学的愣头青的姿态，开始对苏家的生意"指手画脚"起来。

于是，在苏家大房的老爷和预备接大房生意的二小姐都倒下之后，那位入赘的姑爷开始管理起苏家的生意来。

——这在苏家范围内算是个大新闻。

苏伯庸遇刺，苏檀儿病倒，要说其余两房的人没有什么幸灾乐祸的想法，那是不可能的。苏檀儿病倒的消息暂时还没有外传，但家里人大都已经知道了，舆论方面无非是在猜测以往便主干薄弱的大房到底要怎样将眼下的局势应付过去，也有说苏檀儿以往表现再厉害也无非是个女人，扛不起大梁之类的。总之，就在大家都在观望的情况下，宁毅被推出来暂时当了主事人，顿时引起了一番议论。

他不过是入赘的身份，若是在其他家庭，嗤笑谩骂第一时间就已经接踵而至，但自家这位姑爷是有些不同的，进府以来屡屡打破众人的认知——原本以为他只是一个简单的书呆子，谁知却是才华横溢，诗词也好，教书也好，其才能在一年内已然得到验证，家中众人每每说起，也只能叹服老太公的眼光，以为这事是老太公当初一力促成的，老太公肯定知道这书呆子不简单。

到得眼下这样的情况，他终于被大房推了出来，家中众人一时间都持观望态度，无论是二房、三房的苏文兴、苏文季等人，还是一些原本就亲近大房的亲友，都在静静地等着看他是不是在这方面也是那般深藏不露，老太公是不是真的这么厉害和偏心，给苏檀儿找了一个无论文采、商才都了得的夫婿，甚至是以入赘的形式。

这样的安静只持续了三天左右，就变成了哄笑。

尽管诗才惊人，但这宁毅在经商上终究是个外行，而且不过是个书生气的外行。

看得出来他是真心想要把事情做好，但做事的方式委实有些笨拙。连续几天，他每天上午似模似样地坐着马车去城中几间店铺和仓库巡视——大概是之前打听了苏檀儿每天做的事情，于是依葫芦画瓢地照着做。

事实上，以苏家的基础，店铺都有比较信得过的人坐镇，老板根本不需要每天跑，苏檀儿那是为以后接管整个苏家做准备，因此对自己要求极严。而且，店铺如果出了问题，苏檀儿都可以解决。宁毅这般做派持续了几天，尽管他只是看看，尽量不说话，但几个故作随意的问题传出来之后，旁人就大概看出了他的装模作样。

外行人跟内行人毕竟相差太远，事涉专业，宁毅偶尔问的问题或许简单，但看在内行人眼里就变成了可笑。例如苏文兴、苏文季等人或许管不好店铺，对布行的事情却是熟悉的，这两天他们就为着宁毅在布行做的一件事笑破了肚子。起因是宁毅将储存布料时用的一些熏香草药当成了染色原料，在仓库里巡查的时候非常和气地让一个伙计拿扫帚把散掉的"染料"给扫回去，免得浪费了，那伙计尴尬不已——这事没到一天就传遍了整个苏宅。

随后，宁毅那天上午跟掌柜们说的话也传了出来。主攻皇商一路，这大概是苏檀儿的主意，错是没错的，但宁毅说出的那些话，看起来慷慨激昂，还好东西就是好东西，实际上充满了理想化的书生气，就算是大房的掌柜，重复一遍之后往往也会摇摇头——不能说完全不对，但要说有好东西就有了一切，也只能用"书生气"来形容了。

这位入赘的姑爷不懂商，这一点是可以肯定的——原本觉得他"可能懂"的人也不多，几天下来，不过是得到了印证而已。

不过，尽管宁毅接手苏家大房商事没几天就摆了些小乌龙，成为众人茶余饭后的谈资，但有件事情还是做起来了——大房的掌柜们已经开始尽力宣扬这几年为争夺皇商做的准备。不管宁毅如何，这帮掌柜还是专业和厉害的，短短三四天的时间，有关苏家制出了新布，为皇商准备数年的事情就在江宁织造一行中哄然传开，结合前几日宁毅的高调，如今各家布行中的人大都已经知道，由于苏伯庸遇刺这件事，苏家，至少苏檀儿这个女人，已经准备在这件事情上完全展露锋芒，以孤注一掷的姿态放手一搏了。

赢了，她就能借着几年的准备，完美解决皇商的事情，掌苏家大房，甚至以女子身份正式奠定下任家主的地位；败了，那便真败了。不过，横竖苏伯庸已经遇刺，真要说失去，也没有太多可失去的。

"病中还能有这等气魄，一贯地巾帼不让须眉，往后若要跟这位檀儿妹子做对手，压力会很大啊。"茶楼上，薛延放下杯子，摇头笑了笑，"阿进，早知如此，当年让你入赘苏家怕也是段好姻缘。"

今日薛延与薛进以及几位族中兄弟来茶楼喝茶聊天，同是做布行生意的，自然免不了说起苏家最近这番变故。薛进却是无奈地摇了摇头，笑道："我算是看清楚了，我可压不住她。要是她嫁进我们薛家来，我自然好好待她；要是我入赘过去，岂不是一辈子抬不起头来。"

薛进以往也是高傲之人，想不到今日变得这般低调，几个族中兄弟都不免笑了起来，打趣几句，随后自然也免不了又将话题落到苏檀儿那位夫婿身上。

"可惜，就算诗才惊人，也是绣花枕头不抵用，家里出了这种事情，他就算有诗才，又没有功名，能有何用？"

"就说经商，看这宁立恒儿日来的表现，背后怕也是苏檀儿在撑着，帮忙出谋划策。"

"我觉得他以前那些表现是不是也有苏檀儿在背后谋划，有才学的书呆子见多了，恐怕还是要加上苏檀儿的手腕，这名声才能出来。照我看就是这样，苏檀儿为她相公扬名立万而已……"

听得几人这样说，薛进欲言又止，最后摇了摇头："别在这里想当然了，那宁立恒不简单的，人家可不是傻子。"

宁毅当初扬名，薛进几乎成了垫脚石，这时候学得谦虚了，当然是进步。不过薛延点了点头之后，还是在旁边拍了拍他的肩膀："谦虚是好事，不过此事小弟过分谨慎了。那宁立恒固然不是什么笨蛋，但也只是诗才了得，这等文人往往性格古怪，可以理解。可若他真才学惊人又有商才，呵呵，那他为何要入赘苏家？还真是传奇小说里的阴错阳差不成？"他微微顿了顿，"这宁毅，我看在经商一道上中等水准还是有的，或许也有天分，他是个聪明人，但初涉此道，弄出些笑话来很正常。不过，笑归笑，有一点大家还是要清楚——无论宁毅如何，他背后总是苏檀儿在坐镇，这个女人不简单。不管宁毅弄出的笑话有多少，只要他们拿下皇商，所有的事情就会像风一样被吹掉。苏檀儿一边大张旗鼓地争皇商，一边放任她相公出来闹笑话，怕也是算计的一部分。皇商我们也要分一份的，大家可别笑着笑着，眼看人家把好处全拿走了。"

薛延这样一说，众人的脸色才变得严肃起来。皇商这事，薛家、苏家、乌家都已经露出了意图，大家都有自己的关系和优势，可总的来说，苏家的准备确实是最多的。薛进摇了摇头，望了这帮兄弟一眼："我早说过了……"话音未落，他朝楼下望去，"咦？"

薛延随着往楼下望了一眼，只见人群之中，宁毅正抱着一个盒子从路边走过。他没有带跟班或者丫鬟，只身一人，也不知是兴之所至闲逛到这里还是特意来办事。只见他在路边问了几个摊贩一些事情，然后朝不远处一扇院门走去。

"那边是……"

"织造局的……贺方贺大人府邸。"

"开玩笑，他就一个人跑过来了？"

薛家几人面面相觑。这次争皇商终究是要找关系的，据薛延、薛进等人所知，苏家目前已经打通了织造局的许多关节，据说跟好几名官员来往密切，但是要夺得皇商头衔，织造局最有话语权的三名官员贺方贺大人、韩朝应韩大人以及主官董德成董大人中，苏家真正走通了的路子，只有那韩朝应一人。

作为主官的董德成态度一向暧昧，是不会轻易表态的。今年局势有变，贺方也还未表态。他应该还是属意之前几名中型商户按旧例继续接任皇商，如今几家人都想走他的路子，局势又越来越敏感，他便干脆不再接待这方面的来访，前两天薛家还吃了个闭门羹，这几天还在想办法，想不到宁毅就这样跑了过来。

只身一人，看起来甚至像是一时兴起，因为他站在门口似乎还想了好一阵子才去敲门，随后消失在那屋檐下。楼上的薛家人不免又议论起来，有的还取笑了两句。

"不可能的。"

"怎么可能见着……"

"他一个赘婿身份就这样跑过来,想要代表苏家谈这种生意,还真把自己当成临危受命了呢……"

"大概想要干些成绩出来吧。"

没有人认为宁毅能见到那贺方,不过半晌不见他出来,众人也疑惑起来,随后有人下去打探,上来的时候忍不住笑。

"在门房那边说话呢。这宁毅真是好耐心,那门房快被他烦死了……"

听他这样说,众人才恍悟。

"哈哈,书生气,他不会以为这样磨下去就能把贺方这条路走通吧?"

"不是没有过。"薛延皱了皱眉,随后摇头笑了,"不过听起来像在说故事……"

又过得一阵,宁毅还是没有出来,便又有人过去看,回来的时候笑那宁毅还在门房里纠缠,不过还是佩服他的心性,倒也不赖皮,就在那儿一直说一直说,门房估计是没脾气了,也不理他,随便他说。

来喝个茶,居然能看到这等奇事,委实有趣,众人如此说笑议论,在楼上观望了一个时辰左右,也有人心中想着,不会真给他磨出一条路来吧,但随后,宁毅终于拿着那盒子走了出来,回头望了望院门,摇头离开了。又有人下去打听,回来的时候,一副有些想笑又有些佩服的样子。

"跟那门房说了一个多时辰的话,弄得门房都没力气了……还说明天继续来拜访……"

薛延愣了半晌:"这书呆子……"

薛进沉默了一会儿:"看起来,他打算在经商上做出一些事情来给人看了……这种笨办法……"

"真这样磨下去,贺大人迟早会见他一面……"

"那又有什么意义?"

话是这样说,但到得此时,几人脸上多半已经没了取笑之意。这种笨法子,小时候多半被当成故事由父辈说给他们听过,经商不光靠取巧,也得靠脚踏实地,靠耐心。不过,虽然真有人去做,但成功的没几个,可今天看见宁毅这副架势,众人又不免心中嘀咕起来:人家若不在家,为了生意等上多久都没关系;人家摆明了不见,这家伙看起来也没详细打听所有的事情,就来把人家的门房折磨了一个时辰,书生的倔脾气真可怕……

希望渺茫,会不会成功还得观望。时间已经是下午,他们在茶楼上嘀咕的同一时刻,宁毅已经走在附近的街道上,将方才做的事情抛诸脑后。转过一条街,前面便是竹记总店所在的位置,宁毅进去上到二楼。方才兴之所至跑去折磨那门房,午饭也没吃,此时便来补充些能量。两样小菜上来之后,端来最后一碗蛋汤的却是一名穿翠绿衣服的女子,宁毅冲她点了点头。

闭城门之前宁毅说了过些时日陪着聂云竹去找秦老道歉,但这几天由于苏伯庸的事情,两人到此时才第一次见。宁毅想了想,准备开口道歉。聂云竹却没什么责怪的意思,过来之后,她只是上上下下地打量着宁毅,目光有些担心,随后首先开口,轻声问道:"立恒你……没事吧?"

"嗯?"

如今城门已闭,又过了午饭时间,竹记总店里食客寥寥。二楼,聂云竹问出这句话时,宁毅愣了愣。女子在前方坐下,伸手抚了抚发鬓,微微笑了笑:"前些天听说了苏家的事情,说是……苏家的老爷遇刺了,当时听说苏家的小姐姑爷也在,所以这几日便在想,你该没有事吧……"

江宁富商众多,各行各业都相当发达,苏家虽在布行有着显赫的位置,但这些天气氛紧张,出了遇刺的事情,旁人一般没机会听说太多,毕竟事不关己。就算是资讯发达的千年以后,某个商人被打劫了也不是普通人随时能听到的。不过聂云竹此时对苏家已经上了一份心,因此才会在与人交谈中注意到这事。这几日见不到宁毅,她也是心中忐忑,害怕他被波及,出了什么事。

宁毅听她说完,这才点了点头:"嗯,我倒是没事,不过……家里弄得蛮紧张的,所以这几天也被套进去了,一直在忙。"

听他确认没事,聂云竹那有些担忧的神色才缓下来,她又笑了笑:"苏家老爷……没事吧?"

"刚刚脱离生命危险,瘫痪了,以后不能走路了,真要好起来,怕是得好几个月的时间。"宁毅吃一口菜,摇了摇头,不过语气倒还随意,"现在情况还是保密的,没敢往外说。"

"嗯?为什么啊?"

"行刺的人被抓住了,现在在衙门里,咬定是苏家先害得他家破人亡的……明显背后有人操纵。受害人是死是活,最后会影响判案,所以这边先拖几天,能拖多久那就难说了……"

"有人……要害苏家吗?"聂云竹瞪大了眼睛。

宁毅笑了笑,随口将这次的事情解释了一番,语气之中除了对岳父的伤势有些叹息之外,其余的描述皆态度淡然。以往两人聊天的时候大抵也是这等气氛,不过这次聂云竹还是担忧起来,随后又想这等事情应该不会影响到他一个入赘之人。片刻之后,聂云竹随意地问道:"那……你家中那位檀儿妹子,能处理这次的事情吧?"

"她正巧染了风寒病倒了。"宁毅叹了口气,"所以最近我在帮忙坐镇。"

"呃……"聂云竹本是随口一问,这时却愣了愣,不知道该露出怎样的表情才好,最后还重复了一句"没事吧",也不知是问苏檀儿的情况还是宁毅的情况。

"没事,休息一段时间就好,也有压力太大这类原因,总之休养一段时间就好了。"

如此问候了几句,聂云竹笑了起来:"这么说,最近苏家的生意是立恒出面照看了?"以往她就觉得宁毅有才华,只是不得伸展,竹记也是在他的指点下才运作起来的,这次终于有了这种机会,作为朋友,自然会为之高兴。

宁毅失笑着摇头:"呃,不算是,只是现在苏家的生意必须有一个这样的人来主持而已。具体项目上我懂得也不多,最近几天先瞎折腾给人看。对了,前两天出了件事情,我把储存布料时放的熏香、樟脑什么的当成了染色原料,让他们别浪费,全都收起来,呵呵,差点儿被人笑死……"

宁毅一边吃东西一边说着自己的笑料,聂云竹听了一半,不知该露出怎样的表情,只能没好气地笑出来:"立恒故意的吧?"

"喊,当然啦,我这么厉害,怎么可能出那种小状况,对不对?"宁毅眨了眨眼睛,"我故意逗他们的,他们都不知道,嗯,这事可别说出去啊……"

"你这样一说,我又不信了。"聂云竹笑着皱了皱眉,"不过,立恒既然出面了,事情一定不会有问题的,对吧?"

"哈哈,也许吧。不管怎么样,最近几天估计都会在外面闲逛,上午去看看铺子……嗯,我现在可是要看好几家铺子,比你这铺子的规模要大哟。中午或者下午也许过来吃个饭。正事不多,那些掌柜都成了精的,不用我教他们做什么,所以过两天,我找个时间陪你去见见秦老吧……本来已经答应了,可前几天没时间,今天本来想过来道歉的。"

聂云竹望着他,随后抿了抿嘴:"立恒现在很忙的话,不用急着抽时间出来……"

"不忙,没什么事情。"宁毅恢复正色,摇头吃了口米饭,"苏家问题不大,解决起来也不麻烦。有人半只脚伸在坑里,我只负责把这个坑挖大一点儿,等着人掉下去了再看看坑里的是谁就行。"

他神态轻松,与以往跑步、闲聊时的状态无异,然后笑着说起这几天在布行见到的一些小事。聂云竹托着下巴在饭桌对面听着,待宁毅问起时,便讲讲闭城之后的情况。虽然气氛紧张,城内也出了几起大大小小的事件,不过整体来说,她们还不至于遇上安全问题。

宁毅对于苏家的事情轻描淡写,并没有提及太多,聂云竹自然也不好多问,但是等到宁毅离开,她心中不免也会想想宁毅正式操纵苏家商事时的作风和表现。在她看来,宁毅一旦出手,肯定是会让人刮目相看的。作为朋友,她喜欢听这些事情,就如同秦老赞叹宁毅的时候她也会觉得与有荣焉。

傍晚时分，去燕翠楼教了舞蹈的元锦儿过来，听说宁毅来过，便笑嘻嘻地打趣聂云竹。

"哦，可算来了，云竹姐这下不用整天担心了吧。"

待聂云竹提起苏家的危机时，元锦儿瞪大了眼睛："他家中那个娘子可厉害呢，她都病倒了，宁毅怎么可能做得来？"

"我也不知道，他没说太多，不过立恒既然出面了，肯定没问题的。而且他方才也说了，问题不大，他会解决。"

"宽心的话。"元锦儿露出不以为然的眼神，"术业有专攻啊，云竹姐，我都知道的。那个宁毅，他厉害是很厉害啦，但也不可能什么都懂，生意上的事情，我敢打赌，他肯定比不过他那个娘子！"

元锦儿说得在理，聂云竹想了想，微微露出犹豫的神色。元锦儿看看她，在旁边坐下："反正不是我们的事情，这次可帮不了忙了。不过苏家那么多人，又不是让他一个人出头，只是需要一个可以出头坐镇的而已，别担心啦。嗯，这样吧，明天我去问问几个跟苏家相熟的姐妹，看看苏家到底出了什么事情……"

元锦儿虽然给自己赎了身，但这些关系暂时还没有断掉，毕竟她一直想要借此揽生意。

第二天下午，宁毅又去竹记吃了顿饭，与聂云竹聊了一会儿才离开。这天晚上，元锦儿躺在床上，与聂云竹说着打听到的情报。

"啧，原来苏家想要当皇商呢，最近闹得沸沸扬扬的。如今薛家、乌家，还有什么陈家、吕家都把他们当成了对手，哦，苏家自己都在内斗。不过，如果真的做成了，这些事情都会迎刃而解……你那个宁立恒啊，在这方面可全是按照书呆子的办法去做的……"

"什么我的宁立恒……"

"那就别人的宁立恒，行了吧。他最近两天想要去见贺方贺大人，却没找关系——虽然关系也没什么用，但反正他就直接过去求见了，昨天、今天，把人家门房烦了一个多时辰才走，真是锲而不舍，听说明天还要去。就两天的时间，布行里的人都在传了……估计他打算每天去烦一个时辰，一直到那贺大人见他。真笨，他不是有那个驸马爷的关系吗，只要稍微说说……"

"自己能做到的事情却随便用别人的关系，以后会被看不起的。"

"喊，反正……好笨的人，吵架的时候可看不出来他有这么笨……"

两人穿着小衣躺在床上，聂云竹笑了起来："这叫有原则，可不叫笨，那个贺大人迟早会见他。你老想着找关系……"

"哼，如果他不是宁立恒，云竹姐你也会说他笨的！而且就算见到了，人家不高

199

兴，他也不可能说服人家，到头来还是要有关系才有用。要不然来打赌！"

"不赌这个，我赌立恒一定会解决这件事。"

"好，那我……那我赌他解决不了！"元锦儿想了想，忽然促狭地笑了起来，"赌注是什么？我的想到了，如果他解决不了，我赢了，云竹姐你就要跟那宁毅坦白说喜欢他！"

"我、我又没有……那个……"微光之中，聂云竹脸上陡然烫了起来，她扭过头去望着那边的元锦儿，见元锦儿微微仰着下巴，挑衅般地眨着眼睛。两人对望片刻，聂云竹有些羞恼地皱了皱眉——她其实不喜欢锦儿老拿这事来打趣，这时候她深吸了一口气："那你呢？要是立恒解决了事情呢？"

"他这么厉害，我跟云竹姐一起喜欢他，以后不说他坏话。"这显然是元锦儿的恶作剧心理发作，她有些得意，依然仰着下巴望着旁边的聂云竹。聂云竹瞪了瞪眼睛，随后偏过头去望着蚊帐的顶，好半响才一字一顿地说道："赌，了！"

"喊……"元锦儿的气焰立刻消了，她在床上安静了片刻后往聂云竹那边靠靠，聂云竹往外面挪挪，她又靠过去，聂云竹才笑了出来，却也叹了口气："没可能的事情呢，走开！你讨厌……"她伸手推了推死皮赖脸的元锦儿，"就爱乱来！"

"我跟你开玩笑的嘛，云竹姐你怎么可以真赌……"元锦儿缩成一团，哼哼几下，"不管输了赢了，不都让那个宁毅占便宜了吗？我可不要把自己搭进去……"

"不管输了赢了都不可能去说的，说了以后大家还怎么相处……把立恒当成什么人了。"

"男人都是喜欢的……而且我是觉得云竹姐你真喜欢他，我有时候看着都着急呢……"

"我……"聂云竹想了一会儿，随后望着蚊帐叹了口气。

"怎么了？"

"我……"

"……"

"我是喜欢他。"过了许久，聂云竹终于说出这句话来，心情相当复杂。元锦儿沉默地看了看她，随后伸出双手来比画了一个叉："好吧，开玩笑的，作废……"

聂云竹也伸出双手在空中交叉了一下，随后一只手在元锦儿的鼻头上刮了一下，元锦儿笑着往里面靠去，房间里安静下来。过得一阵，窸窸窣窣的声音又响了起来，元锦儿死皮赖脸地再度靠过来，伸手抱住了聂云竹的一只手："云竹姐，我刚才让你的呢……"

"嗯？"

"虽然我觉得不太可能，但我也希望宁毅真能做到啦，因为是认识的人嘛。不过我知道云竹姐你想站在他那一边，所以我就只好站在另一边了。嗯，锦儿让你的哟……"

"知道了。"

"不过我还是觉得他做不到……"

"……"

气氛低落下来，两人都沉默了……

就在聂云竹、元锦儿这边注视着宁毅动作的同时，许多人也在观望宁毅的动静。宁毅不是真正的关键点，没人相信他真有什么用，只不过当苏檀儿沉入背后之后，有关苏家决策的蛛丝马迹，就必须从宁毅身上寻找了。

他在布行里摆些乌龙，这不重要，顶多添些笑料，可是笑完之后，那帮掌柜继续一丝不苟地为争夺皇商烘托造势，这自然才是苏檀儿的真实意图。宁毅陡然跑去拜访织造局的贺方贺大人，虽然看起来无厘头，还吃了闭门羹，但薛延、薛进等人都提高了警觉，或在旁边看着他到底能不能取得进展，或注意着这之后苏家的动静，寻找苏檀儿的真意。

不光是薛家这类对手，苏府之中，席君煜等诸多掌柜也都不怎么看得懂眼前的局势，不明白宁毅突然看中贺方这条线到底是因为他书生气发作，真认为自己只要见到对方就能说服对方，还是背后也有苏檀儿的操作，有着更深的意图。

"这到底是要干什么啊……"宁毅第二次在贺府吃闭门羹的这个晚上，席君煜便与一名相熟的掌柜在自家院子里一边喝酒一边聊着这些事。对于宁毅的行动，他固然是摇头笑笑，可对于苏檀儿的意图，这次有了宁毅的搅局，他还真的是猜不到。

"姑爷所做之事，或许只是烟幕，例如把熏香当染料倒是无伤大雅，只是这次去贺大人府邸拜访倒真是鲁莽了，没有进展都无所谓，就怕得罪了贺大人，那就麻烦了……"

"唉，就当背后有二小姐的授意吧，至于你我……暂时只关心这皇商之事就好，反正……他书生意气，做了决定，你我也不好指手画脚……"

与此同时，江宁的另一侧，也有一些人单纯地观望着宁毅本人的行动，至于什么苏檀儿、苏愈，他们大抵是看不进眼里的。

"吃了两天的闭门羹了，说明天还去吗？"驸马府的凉亭之中，康贤听着陆阿贵的报告，笑了起来，"这小子，到底想要干什么？难不成他真以为见了面就能说服那贺方？"

一旁，最近无意中听见这些事情、随后关心起来的一对小姐弟交换了一个眼色，跑到一旁窃窃私语起来……

就在这个许多人都在关注宁毅或苏檀儿的夜晚，苏家那座院子里，一切倒是显得平静温和。

苏檀儿的房间里，棋子落下的声音不时响起来，伴随着叽叽喳喳的说话声。婵儿与杏儿正在床边下五子棋，苏檀儿躺在床上看着，偶尔开口指点一番。杏儿难得赢婵儿一局，遇到这个时候就会忍不住开口抗议。这边的说话声变得太大的时候，那边正在与娟儿商量事情的宁毅就会开口训斥一番："没看见房间里有病人吗，这么大吵大闹怎么休息啊！"

"说话最大声的是小姐呢。"杏儿说道，婵儿也点头："对啊对啊。"苏檀儿笑了起来："我就喜欢热闹，你不许人下床还不许人说话啊。"

"一点儿病人的态度都没有，死不悔改……"

"我病好了。"

"好你妹啊好……"

"你说哪个？"

"嗯？什么？"

"你说哪个妹妹啊？小三小四小五小六小七，还有那么多堂亲表亲，我数数，小梅、小琪、小洛……"苏檀儿掰着指头数了起来。她最近蛮悠闲的，所以常做些无聊的事情。宁毅没好气地笑了出来，拿起一些本子扔在棋盘上。

"婵儿、杏儿，你们和娟儿一起，把各地织机改造升级的流程给写出来。慢慢商量没关系，资金怎么调动，哪一块管哪一块，掌柜、管事的是谁，都知道吧……干吗看着我？就是让你们来做，随便想想，有个思路就成……"

宁毅说着这些的时候，苏檀儿也在床上张了张嘴："相公，这件事……"

"你有其他的事情。"宁毅拿起一些信件过去，扔到床边，"既然真这么闲，帮我看看这些天送来的东西吧。"

苏檀儿一把将信件拿在手中，仿佛是害怕被宁毅抢回去一般，随后她笑了起来，望望房间里的三个丫鬟："但是……相公，织机的改造升级，这件事太大了……"

"反正最后得你点头才行，管她们呢。不过她们一直跟着你，也许有更好的参考意见。"

苏檀儿想想，终于还是点点头，随后望向手上那些信件："这些是……"

"最近几天江宁城内所有掌柜的意见统计，包括他们递上来的信件。我已经看过好几遍了，也问了婵儿、娟儿她们，不过最了解的还是你，我想让你说说感觉——这些人的想法，谁看我不爽，谁想要试探我，谁无所谓，谁不知所云，他们的性格以及为什么会这样。嗯，反正你也闲不下来，是吧？"

苏檀儿笑了笑，随后正容打开了那些东西，片刻之后开始思考、分析起来。

最近几天晚上大都是这样的情形。苏檀儿已经退烧，除了确定苏伯庸会残废的那天情绪低落，随后就振作起来。宁毅对她有限制，她也在尽量配合。如今身体虚弱的她还得休养好一段时日，平日里婵儿或者娟儿会留下来陪她，宁毅离开之后她便下床到院子里走走、坐坐，虽然还免不了去想很多生意上的事情，但真正高负荷的思考还是减少了。

当然，宁毅许多时候也很不靠谱，譬如晚上将要处理的事情随手扔给三个丫鬟去做，做完之后扔给苏檀儿看看。好在事实证明三人都做得不错，当然，将织机改造升级的计划给三人去处理这种事情仍旧会让苏檀儿担心，但宁毅既然清楚自己在做什么，那就算了，反正最后她会把关的。

时间就在这样的气氛里过去，婵儿、娟儿、杏儿一起商量着方案，宁毅跟苏檀儿偶尔插句嘴，更多的时候，苏檀儿是在思考那些掌柜的意图，与宁毅交谈着、分析着。这样的情况持续不了很久，做完之后还有时间闲聊什么的，到得宁毅回房后，大家就准备休息，灯火泛黄的房檐下，小婵端着水盆往宁毅那边过去，苏檀儿的房间里则传出笑声与交谈声，随后，院落逐渐转向宁静。

清晨，江宁城在鸡鸣声中醒过来。

洗漱完毕，吃过早餐，宁毅与婵儿上了马车，一块儿去往江宁城中的苏氏总店。接下来的事情很简单：早晨开个会，随后宁毅与婵儿一家家店铺逛过去。小婵平日可爱，这时候担任起宁毅的助手来还是蛮认真的，没事就介绍看到的东西，把布行里的事情一点点说给宁毅听。大概是因为宁毅摆的那个把熏香草药当染色原料的乌龙让她觉得很丢面子，那天下午她怨念地看了宁毅好久。

怨念归怨念，大部分事情还是她帮宁毅挡过去的。宁毅跟一帮掌柜开早会的时候，她便拿个小本子坐在旁边，一副一丝不苟的专业模样，偶尔会针对某个想法发言，说"这个跟小姐说的不太一样呢"，宁毅只是在旁边嗯嗯嗯地点头。

早会开过之后，宁毅与小婵便随着马车在江宁城中兜一圈，上午其实没什么事情，只是随意地走走。江宁依旧繁荣，但士兵、衙役来来去去，气氛相对严肃，偶尔也能看见一些打架斗殴的事情发生。小婵坐在宁毅身边掀开帘子看，随后低下头沉默着，宁毅伸手揽着她肩膀的时候，她偏过头去，如小猫一般用脸颊蹭蹭宁毅的手。

"姑爷，你今天还是一个人去找那个贺大人吗？"

"嗯。"

"可是不安全啊。"

"没事的。"

"可是我担心……"她咕哝了一句。宁毅越发觉得她像是一只小猫，忍不住摸摸她的头："外面的情况没差到那种程度，不用这么担心。不许不高兴，乖啦。"小婵便用力摇了摇头，片刻后看看宁毅的表情，却是笑了起来，低下头轻声说话。

"其实呢，小婵是个丫鬟，在有些人家，这样子会被打的呢……呃，姑爷有自己要做的事情，小婵知道的；外面的情况没那么坏，小婵也知道，可……可是对姑爷和小姐，小婵还是忍不住担心，嗯，忍不住，所以，想着只让姑爷知道就行了……"

她握起小拳头，眼神认真地捶了捶心口，随后红着脸低下头去，宁毅一时间也不知道该怎么回答才好。待到马车到达最后一家店铺，小婵便恢复了正常，蹦蹦跳跳地下了车，在店中伙计的面前继续保持着很认真很专业的样子。

中午时分，让小婵与几人回苏府后，宁毅往贺方的府邸走去，这是预定好的第三天拜访。中途他无意间与乌家的乌启豪在街上碰了一面，大家聊了一会儿，乌启豪问候了一番苏檀儿的病情，之后才笑着离开。相对薛家，乌家这两兄弟比较会做人，大概也是因为平日里摩擦不多。快要抵达贺府的时候，宁毅忽然被人拦住了。

那是两名身着青衣小帽、看起来同许多大户人家家丁一般的矮个子，两人拦住宁毅，随后将他拉到旁边的巷子里，其中一人行了个礼："老师。"这是小王爷周君武。另一个显得比较矜持，不过这身青衣小帽的打扮显得颇为有趣，自然是他的姐姐周佩了。

互相打了个招呼之后，宁毅才有些疑惑地问道："你们两个这是干吗？偷跑出来的？"

"没有啊没有啊，穆叔叔他们都在旁边呢。"周君武连忙解释。宁毅往外面望去，只见几名同样改了装扮的人正朝这边望过来，神色隐隐有些戒备，想来便是王府中的卫士。

"其实呢，我和姐姐听说老师想要见那个贺方，觉得老师一定是有办法一次就说服他，我们想要见识见识，就出来了。哦，对啦对啦，老师看我们这身打扮可以吗？我们就扮成随老师一块儿进去送礼的跟班，一定不说话，不乱来！绝不添乱！嗯，我们还准备好了礼品。老师多了两个跟班，却没有拿多少东西，这样明显不好，所以为免老师麻烦，我们先准备好了，很值钱的哦，有灵芝、进贡的果脯、白珍丝绒……我们已经打听过了，那个贺方贺大人一定会喜欢的。我们就想看看老师如何说服那贺方……"

小君武一脸兴奋，不断地挥手强调他们绝不添乱，周佩则立在旁边不说话。她跟宁毅之间有芥蒂，但看还是想看的。主要是因为康贤昨晚分析了一番宁毅要做的事情，最后得出结论，宁毅几乎不可能直接用口才将那贺方说服。既然不是靠口才，那肯定是靠其他的东西。姐弟俩后来合计了一下，觉得肯定是阴谋、把柄、威胁之类的手法。

见到一个朝廷命官，抓住他的把柄威胁一番，甚至把事情办完了他还不能说话——肯定是这样的，这么邪恶的事情，真是想一想都觉得刺激，于是两姐弟今天便乔装打扮，守在这里，准备跟宁毅交涉一番，进去长长见识。

宁毅眼角跳了跳。直到周君武把话说完，一脸期待地望着他时，他才摇了摇头。

"添乱，你们不许跟着……"

宁毅对于这突如其来的情况有些无奈，摇了摇头。不过，眼前这两个小鬼显然不是摇头便可以打发的。

"为什么啊？"这次开口的却是周佩。

"商业机密，怎么能乱说？以后你们就知道了，没有你们想的那些东西。"

"那……那老师想要怎么做？怎么才能说服那个贺方呢？"

"没看见人家都不肯见我吗？有什么说服不说服的。"

"那……我们可以想办法让老师见到贺方……"

宁毅微微眯起眼睛望着眼前两个孩子。周君武也笑着望过去，片刻之后，他的脸上现出迷惑之色："呃，不行吗？"

宁毅笑了起来："你们一个小王爷一个小郡主，蛮无聊的嘛，干吗关心这些事情？"

"没有啦没有啦，我们说起来是小王爷小郡主，实际上就是纨绔子弟，很没用。"周君武解释了一番，扭头看看姐姐，随后又回过头来眨眨眼睛，大概是觉得太过贬低自己，随即做出些许纠正，"呃，也不是没用，不是没用，就是，就是……父王也不管事，将来我们估计也没事做。我和姐姐不想这样，我们想要做一番大事，所以想要跟老师学习怎么威胁人……呃，不是，是交涉，交涉……"

"可我没打算威胁人。"

"啊？那老师怎么拿到皇商呢？"

"这说起来就复杂了……"

巷道之中，一大两小不停地交涉着，过得一阵，似乎终于达成了什么协定，宁毅离开巷子，朝一名以前见过的王府卫士点了点头，随后两姐弟也走了出来，上了一辆马车，远远地跟着。拐过这条道路的街角，附近的茶楼中，坐在二楼窗户边的薛进等人将宁毅的身影收入眼中，谈笑起来。

宁毅这人所做之事本身不是重点，只是他这几天以苏家大房管事人的身份拜访贺方，俨然不达目的誓不罢休的态度终于引起了一些关注——傻子做傻事，凭着一股冲劲不是没有成功的例子。薛延今天有事，便没有过来，薛进等人在茶楼上说说笑笑，猜测着宁毅今天能不能进去见到贺方，见到之后能不能真做成什么。

谁知，第三天的发展出乎了所有人的意料。或许，在某种意义上，也算得上意料之内……

"哈，你说他……放弃了？半个时辰就走了？"

夜晚，燕翠楼中，薛延、薛进等人谈论着下午发生的趣事，薛进笑着摇了摇头："原本呢，我还跟阿祥他们打赌，说今天是第三天，说不定贺方已经决定了会见他，所以我赌他能见到贺大人，但肯定做不了什么事，结果输了五两银子……谁也没料到，今天他待了半个时辰就走了，也没说明天会继续来，就这样放弃了……"

一旁一名堂兄弟也笑着开了口："最有趣的是，我们后来去打听了，贺大人已经知道这宁毅登门拜访的事情，虽然觉得他一个赘婿没什么话事权，但对方这么连续几天都过来，诚意可嘉，所以今早就知会了门房，如果他今天也像昨天一样，等了一个时辰，走的时候仍不放弃，就让那门房带他进去，想听听他会说些什么，谁知道……哈哈……"

"书生便是书生。"薛延摇着头，"想要做些事情，一开始总是心比天高，其实什么都不懂，想法又多，最让人头疼的就是这等人了，估计苏檀儿此时也在家里为难呢。扶不起的阿斗，有才学，窝在家中写写诗、赏赏风月也就罢了，就好像那些诗人词人，忧国忧民，感叹怀才不遇比谁都厉害，可若真让他们去为国为民，不是没那个心，是根本没那个能力。呵呵，庸才就是庸才，纸上谈兵……"微微顿了顿，薛延又笑了出来，"不过苏家有此庸才对我们来说也是好事，以后大家与这宁立恒可得好好亲近亲近。对了，阿进，有机会的话，替我邀他一次，大家为织造同行，生意归生意，交情还是要讲的。上次在这里，大家意气之争，我与阿霞也有些不是，到时候一块儿吃个饭，我亲自向他赔罪，哈哈哈哈……"

就在薛进、薛延跟其他人议论着今天下午的事情的时候，苏檀儿却并未为此头疼，对这件事情反应比较大的倒是苏家的另外两房，据说苏仲堪在这个晚上拍了桌子，还差点儿摔了东西。

"胡闹！他一介书生，什么都不懂！真一直拗下去，见到了贺大人给人家留个耿直的印象也就罢了，这样算什么？！以后贺大人怎么看我们苏家？！他这……他这简直是在拖所有人的后腿！"

这段话从苏家二房传出来之后，整个晚上，大宅中的人们都在议论此事。当然，无论二房还是三房，都没有明确表现出这样的态度，去老太公那边抗议或者找苏檀儿聊天的事情一件也没有发生，因为眼下最大的一件事，便是苏檀儿真的想要拿下皇商，这对二房、三房来说，都算得上威胁。

同样的夜里，就连听说了这件事的聂云竹与元锦儿都有些迷惑。今天下午，宁毅带了一对姐弟过来吃东西，看起来倒是没有受到多少影响，不过，恐怕那时候宁毅也不知道那个贺大人已经准备见他了。

"唉，云竹姐，我猜他今天晚上一定很不高兴。"

"应该……不会吧，立恒性情豁达……"

"再豁达也会不高兴的啦，而且……就差半个时辰，真的蛮可惜的，他怎么不坚持下去呢？"

"可能是……他觉得贺大人真的不想见他，又或许那对姐弟在外面等着，他赶着出去……"

"那对姐弟是什么人啊？会不会是他在外面生的儿女？"

"胡说八道，立恒才二十出头，哪有这么大的儿女……"

"也许他在入赘之前有个童养媳……"

尽管出于善意，不过这边的想法其实也差不太多。在眼下的江宁城，唯一抱持着不同猜测的，或许只在城市一侧的驸马府中。

"他是故意的？"凉亭之中，康贤听了一对姐弟的叙述，微微愣了愣。

这对姐弟回家吃完饭洗了澡才过来，而在今天傍晚，康贤就已经听说了宁毅失去了与贺方见面的机会，是因为他没能坚持完第三天最后半个时辰的消息。

"嗯。"周佩点着头。小姑娘一身清爽的秋裙，小脸红扑扑的，有些兴奋，俨然参与了某些了不得的事情。晚上过来的时候，她就已经在车上与弟弟猜了很多次了，"驸马爷爷，这宁立恒干吗要这样啊？"

"呵呵，我也想不通。"康贤想了一会儿，也疑惑地摇了摇头，"他没跟你们说？"

"嗯，他不肯说。君武说可以帮他见到贺方，他立刻拒绝了，这人……根本从一开始就没打算见那贺方。我只是想不通，他是怎么知道贺方今天会见他的，所以干脆提前半个时辰走了。"

"他应该不知道，不过今天是第三天……"康贤叹了口气，"立恒……他大概是算准了'三'这个数字。如果是一般人，通常会坚持三天，贺方毕竟不是真的什么人都不见，他只是不与人谈皇商之事，见人还是可以的，毕竟苏家是织造大户。第一日未见，此后真要见，并做出被他的诚意打动的样子，一般会等到三日或三日以后。立恒是故意做出半途而废的样子，因此选在第三日，少了半个时辰，嗬，这家伙……"

康贤摇头笑了起来，但眼中仍旧有着疑惑："可他这样做有何理由？给贺方留下这等印象，还如何解决皇商之事？小佩、君武，你们还跟他说了些什么？"

"我们做了笔交易。"周君武在旁边笑了出来。

"交易？"

"嗯，他不许我们进去，也不许我们帮忙，我们觉得奇怪，问他到底能不能解决苏家的危机，因为姑爷爷你说他很厉害。他大概怕我们添乱，最后还是说了他正是在解决，不过还有很长时间，而且商场上的事情说不准，所以没办法告诉我们他到底在干吗。我们就做了笔交易：我们不添乱，但以后这一个月会常常过去跟着他，看看他到底在苏家干吗。他后来答应了哦，说只要我跟姐姐不添乱就行。我们打算扮成布行的小伙计，要不然书童也行，我叫书童甲，姐姐叫书童乙，哎呀……好吧，姐姐你当书童甲……"

小君武一脸天真纯洁，口中滔滔不绝，直到脑袋上被姐姐摇了一下，才连忙改口。

对面康贤的眼睛已经眯了起来:"你们两个小鬼头,因为最近不让你们出去,整天让你们在府中读书,故意的吧?"

"哪有,我们想见识一下姑爷爷你赞不绝口的老师到底有多厉害嘛。"

小男孩满脸的真诚,手暗中拉了拉姐姐的衣服,一旁的周佩也连忙点头:"是啊,驸马爷爷,如果确定他很厉害,我就会心甘情愿拜他为师。你也说了苏家这次遇上的事情很难应付,要是他不找人帮忙都能解决,我和君武才承认他很厉害……嗯,我们保证不添乱,不乱跑。"

"嗯嗯嗯嗯……"小男孩在旁边扮演啄米的小鸡。

康贤眯着眼睛望了他们好久,方才没好气地笑了出来:"好吧,术业有专攻,他若不能解决,那是正常的,但若真解决了,这中间的事情,你们不妨见识一番。他既然应允了此事,想来也不至于把你们教坏了。不过有一点还是记好了——出去之后,绝不许离开穆护卫等人的视线。我也会常常派人去看,只要出现一次,开城门之前,你们俩就都不许出门。记住了?"

"嗯。"两颗脑袋用力地点了点,随后姐弟俩相视一笑:终于自由了。

苏家在江宁毕竟是三大织造巨头之一。宁毅最初几日里做的这些事情,于一天一夜的时间里,在江宁织造业界传开。造成的影响姑且不谈,第二日下午,宁毅去到竹记,与聂云竹会合,随后朝秦府的方向走去,这是为了兑现之前说好的去找秦老道歉的约定。

早些时日,聂云竹其实很期待这件事——宁毅带着她去老人家家中道歉,这其中似乎有着某种象征性的意味,不过今天,她并没有多少兴奋或激动的心情,昨晚与元锦儿的谈话,让她心中有了许多其他的情绪。她偶尔望望前行的宁毅,在有一搭没一搭的闲聊中考虑着一些宽心或者安慰的话语。

不过,这些话语最后还是没有说出来……

第十一章
小孔成像格物启蒙　阴谋浮现叛徒显影

　　城门关闭之后，秦老最近一段时间都待在家中，出门不多，偶尔会有康贤等老朋友过来聚聚，但也不可能如以往下棋那般频繁。宁毅与聂云竹过来时已是下午，双方在客厅里稍稍交谈之后，宁毅与秦老在书房外的院子里走走聊聊，聂云竹则被秦夫人及芸娘叫了过去。她们都已经知道了聂云竹的事情，因此对她嘘寒问暖，颇为亲切。

　　先前让聂云竹认秦老为义父的打算只由宁毅提起过，秦老与聂云竹之间还未正式挑明，这时也由宁毅说起这事比较好。

　　因这事出现的一些问题，宁毅自然不可能说与自己与聂云竹无关，当然，他也不认为聂云竹有什么责任。事情难说对错，但既然发生了，处理掉，不给人添麻烦才是正道。好在秦老也是明白人，当宁毅将上次发生在燕翠楼的事情大概说了之后，他也就明白了对方的意思，并且明白了对方为什么会提起这些。

　　不过，沉吟半晌之后，他没有立刻对此表明态度。

　　"今年水患，上游灾情的规模已有数十年未遇了。江宁一带虽已闭城，但比往年倒还显得平静，立恒可知为何？"秦老顿了顿，"江州一地，虽然灾情严重，但此时收容的无家可归的灾民已有二十余万，而且人数还在不断增加，可……据说秩序井然，未有疫情发生。另河东道因黄河决堤而受灾的汾州、晋州等地，这边郎州、归州，也都妥善做了后续安置。若在以往，此时恐怕疫情已起，难以控制了，今年虽然也有疫情，但被一些秩序好的州县隔开，并未持续蔓延……"

　　"哦。"听秦老说起这个，宁毅点了点头。自从城门关闭，外面的信息难传进来，宁毅也不怎么关心，听他说了，才大概知道江宁以外的情况。

"江州、汾州、晋州、郎州、归州等地，大多用了或是参考了立恒的那些方法，虽看起来简单，但效果甚好，我最近便在思考其中的道理。无论如何，数十万人因立恒而受惠。立恒今日过来，却只是与我谈些名誉小事……"

秦老笑了起来，宁毅摇了摇头，笑道："一码归一码。原本想占点儿便宜，秦老你不拘小节，答应了是人情，不答应也是应当。有了人情之后，再得寸进尺便不好了。秦老你可以不在意，我却不能当成理所当然，这才是做人的道理。此事难说对错，但现实毕竟是现实，会存在各种问题，再给你添麻烦就不好了。最主要的倒不是我过意不去，而是云竹觉得过意不去……"

秦老点了点头，随后再未说话。过得许久，两人在书房摆起棋盘，老人方才说道："前些日子听明公说起你与李频的那番谈话，立恒近日与明允可有见面？"

宁毅摇了摇头："最近事情蛮多的，不过他找了一对古灵精怪的姐弟过来找我拜师。呵呵，没见到也好，听陆兄说见面时说不定会骂我一顿……"

"呵呵，是周雍家的那对姐弟吧，可造之才，只是身份所限，将来真想要做些什么恐怕也是不易。"秦老笑了笑，举起一颗棋子，随后顿了顿，"倒是立恒此番说法，我曾与明允讨论数日，之后听说了苏府之事，明允说得复杂，立恒心中可有数了？"

"应该能解决吧。"宁毅并未将此事放在心上，随口回答。秦老看了看他，随后将棋子落下："如此便好。那李频既是你好友，我听明允说他也颇有才华，他若上京，我可代为修书一封，为其引荐。"

"如此我便替德新多谢了。"宁毅笑了起来，"对了，那吏部侍郎傅英，以前不会跟你是一伙的吧。"

"胡说八道的小子……"秦老笑骂了一句，随后叹了口气，"那李频中选之时我已辞官，不过傅英确是我当年提拔上来的，此人性子有些偏，但做事还是不错的。在某些事情上，党同伐异之举朝中常见，我也无法多管。听明允说，李频当日策论正好与傅英欲行的加俸之策相左，言辞又激烈了些，士子嘛，本是如此，语不惊人死不休的文章每年都有，谁知道傅英的反应也如此激烈，估计是被某些政敌当面讽刺了，嘿，这种事……"

从头到尾，秦嗣源没有提起宁毅那日与李频说的话，两人下了一盘棋，只说些小事，也有一些外地的情况。宁毅与聂云竹告辞离开之时，天色已近傍晚，双方都没有再提收义女这件事。

"立恒……已经说了吗？"回河边小楼的路上，聂云竹轻声问道。宁毅点了点头："说了，不过人家没点头，也没摇头。"

"嗯？"

"呵呵，秦夫人她们对你挺好的吧。"

"嗯，挺好的。"聂云竹笑着点头，"就是怕反过来牵累了她们。"

"往后当成亲戚走走吧,不用刻意认些什么,过段时间就水到渠成了。都是好人,当朋友什么的也成。"

"嗯。"聂云竹想想,点头,"芸姨娘让我明天陪她一块儿上街买东西,让我带上锦儿一起。"

"挺好的。"

将人送回了家,宁毅准备转身时,聂云竹方才开口将他叫住。

"立恒,苏家的事情……"聂云竹望着他,想了一会儿方才找到词语,"一定可以做好的。"

宁毅愣了愣,随后笑了起来:"放心。"

他回到家中已经是吃饭的时间了。

时间渐渐进入八月,这是严肃、纷乱,看起来却又平稳如昔的一个月,除了一些真正有心、有头脑的操盘者,很少有人能看清楚这个月里江宁的织造业到底发生了什么,那些涌动的暗流到底有着怎样的轨迹。

城门已闭,日子还得如常地过下去,看起来每一天都与往昔并无二致,工作的工作,生活的生活,青楼之中依旧夜夜笙歌。城市内外的灾民则已经过得越发窘迫,若非外面几个州使用了新的灾情调控方法为这边减轻了压力,恐怕这座城市的压抑感会更加严重。当然,即便严重,那也是只有普通平民能感受到的东西。

织造局的皇商事宜将在八月下旬第一次浮出水面,据说到时候会有一次织造界的集会,以庆贺这次赈灾得力的名义做一次庆祝,然后让有意的商户拿出布料来,献与皇室。决定已经做下,但消息只在私下流动。既然要庆祝赈灾得力,各位商户肯定得拿出实际行动来,施舍足够的粥饭,为官府分担压力。

以往接下过皇商的几家商户自然不会放弃,而苏家、薛家、乌家表现出来的意向也带动了部分中型商户,将最近织造业的局面弄成了一潭浑水。这其中,虽然苏伯庸瘫痪,苏檀儿卧病,但苏家表现出来的气势仍旧是最强的。七月底,苏伯庸的伤情稳定下来又公开之后,苏老太公的奔走和各种关系终于奏了效,那刺杀苏伯庸的凶犯陈二供认,的确是受了指使才来刺杀苏伯庸,苏家害死他满门的事情纯属栽赃。

陈二背后到底是谁无法查出来,因为他也不知道,但坏名声被洗刷之后,苏家拿下皇商的筹码无疑又增加了,大房的掌柜、管事们士气大振。二房、三房则相对沉默——就算苏家被坐实逼死人全家,外地的生意受到的影响也有限,反倒是一旦拿下皇商,论受到威胁,二房、三房首当其冲。如今老太公在为争夺皇商开路,莫非今后苏家真的要由苏檀儿来掌舵?

情况纷乱,谁也看不清八月底会变成什么样子。二房、三房看起来很平静,薛家、乌家以及其他一些商户也在以各自的方式就皇商展开竞争——谈生意,找关系,背后的阴谋、算计,明面上一件都没有出现。在这期间,宁毅开始以苏家大房暂时的掌舵人的身份融入江宁织造这个大家庭。

他参与了一些应酬,当然也认识了一些人——以往是书生身份,不必参与这些事情,如今苏檀儿卧病在床,他就必须参加一些应酬。这期间最重要的大概要数七月底那次织造行聚会,这是每月都会有一次的集会。在江宁,织造行有自己的行会,行首便是如今身为江宁布业龙头的乌家。

应酬时,宁毅见到了乌启隆、乌启豪两兄弟的父亲乌承厚。作为行首,他是一个看起来谦和而有威信的中年人,还特地找宁毅谈了许久:"大家份属同行,虽是对手,也是良师益友,一直以来,哪家哪户若有货物一时不到位,别家都会伸出援手,这便是交情。立恒贤侄的才名我早已听闻,此次皇商之事,苏家胜算颇多,薛家的些许言辞,贤侄不必往心里去……"

他之所以说这些,大抵是因为薛家与苏家早有嫌隙,据婵儿、娟儿说,每次都是乌家从中调停。这一次见到薛进与薛延的父亲薛盛,苏家人也是不冷不热的,倒是薛延对宁毅态度不错,特地找宁毅吃了顿饭,为上次的事情道了个歉。

另外还有陈家的陈涤新、吕家的吕天海等等。近一个月的时间里,宁毅大概了解了江宁织造业的整个轮廓,而织造界的这些人,对他也有了简单的认知。

才学肯定是有的,第一才子嘛,但书生进到商行,明显有些无所适从。虽然参与的应酬不多,但宁毅说话有风度,有气质,不过也有改不掉的书生气。苏家有难,这位入赘的男子明显想要帮把手,然而没有经验就是没有经验,一个月下来,他其实一件事都没有做成。

事实上,于贺方那边摆了个乌龙之后,他做成的事情,总共只有两件。

第一件是他谈成了一笔生意。虽然这原本是一笔没什么悬念的生意,但既然是宁毅签了字,功劳当然得套在他头上。这事没什么好谈的,但总算是一件事。另一件则是,他在绞尽脑汁之后,对其中一家商铺做了一项改革。

当时在众人眼中,宁毅是很有自信的,他绞尽脑汁想了好些天,制定了一些规条,让其中一家店铺的伙计先采用。为此他给这帮伙计培训了三天。比如,当顾客进店的时候说"欢迎光临",还规范了一些用语,加上了许多看起来很专业的名词。不过这项改革只进行了三天——他们把顾客吓跑了很多,因为让人觉得局促。

这项书生式的改革就这样失败了,沦为了江宁织造的笑谈,宁毅似乎也受到了打击,此后除了每天固定的巡视,不再有什么动作。

这期间他也见到了贺方,当然,并没有就皇商的事情谈太多。他也随着几个掌柜去揽生意,跟一些织造局的官员见了面,不过没有起到什么作用。以往有的人觉得他不会这么简单,例如薛进,不过二十余天过后他们就失去了兴趣,理由很简单,一个书生进入商界,就该是这副样子。

在皇商的事情上，这家伙是起不到什么作用了，或许根本是个幌子。不过，其他家并没有因此而放松警惕，因为苏家的这帮掌柜一直都在宁毅的表演下不断运作，将苏家的呼声推到了最高。

没有什么阴谋算计，这期间，苏家一直在以光明正大的阳谋推进着拿皇商的进程，薛家也好，乌家也好，对于这样的事情根本毫无办法。归根结底，苏家做了好几年的准备，他们却没有，底蕴一薄，至少表面上就只能落在后头。

而在这期间，周佩与周君武两姐弟常常来到苏家的布行，等着宁毅过来，并渐渐与宁毅形成了稍显古怪的相处方式……

看来平静、枯燥、紧张而单调的八月就这样渐渐滑向月底，黑暗的潮涌在如常的表象下蓄积着，此时还没有人知道，接下来的几天以及随后的一个月将会彻底改变江宁织造业的格局。当然，或许许多人已经知道了，只是猜错了方向。

宁毅只是随意地、无聊地看着，对他来说，生活中比较有趣的事情有好几件，不过此时江宁布行的众生相并未进入他的脑海深处，他偶尔随意地看一眼，便将目光转向了其他地方。

该发生的迟早会发生，现在他要做的，只是耐心地等着它发生。

中秋过后，气温渐降，前几日下了几场雨，这时才晴起来，清爽的风仿佛给这座闭门近一月的城池带来了些许活力，白日里天朗气清，入夜后星光也是清澄明净。

到了这个月，城内城外的饥民已经被逼到了极限。当然，据说往年还有比今年更让人为难的情况。弦已经绷得紧紧的，但极限到底在哪里还是难说得清。官府偶尔放粮，一些大户也帮忙施粥施饭，城内城外都有照应。每到这种义赈时，官兵就会帮忙维持秩序，因此未出什么大乱子。

不过，灾民中出现了一些团伙帮派，打架抢粮的事情常有，官府与大户放完粮施完粥饭后常有这类乱子出现，管也不好管。闭城之后死了一些人，饿死的其实是少数，因斗殴、抢夺去世或是之后因无钱就医渐渐被拖死的则占了大部分，但总的来说，人数据说比往年有所减少。

生活在这个时代，往年如何早已听过不知多少遍，多数人有着恻隐之心，但眼下的情况已经不错了。日子还是要过的，生意继续谈，宴会继续赴，只是整座城池变得安静了不少，加上前几日秋雨绵绵，寂静凝滞的感觉更加严重了。

中秋诗会照常开了，仍与往日一般热闹，只是诗词的内容与往年有些不同，从花团锦簇描写各种盛景或者感怀风月的类型变为由团圆夜感叹那些不团圆的事物，以描写如今城内城外的灾民景象为主。李频、曹冠、柳青狄等人都有新作出现，也有些以前就有名气的诗人词人这次突破不小。当然，去年闹得沸沸扬扬的那首《水调歌头》

的作者并未参与进来,他因为参与家族商事而深陷其中,无暇他顾。有的人议论起他在商事上的笨拙,或嘲笑,或感叹,倒让"宁立恒"这个名字的神秘感减少了许多。

中秋过后,日子再度走回原本的轨道,人们一日一日等待着水患的影响过去,城中诸多商户也在这样的气氛下如常运作着。

这天上午,清爽的晨风吹过,八九点的时候,江宁城中一座苏氏布行仓库旁边的小房中,几个人正在忙碌。这间仓库与旁边的店铺是连起来的,只是眼下生意不怎么好,名叫娟儿的丫鬟偶尔会跑进来看看。

在房间里忙碌的是宁毅与周佩、周君武姐弟。这对姐弟一身青衣小帽的伙计打扮,但皮肤白嫩,一看就知道是有点儿来头的小孩。他们两人已经莫名其妙地跟了宁毅一个月,部分苏家人都适应了他们的存在,只以为是主家的孩子或是宁毅的弟子,因此被宁毅带着四处转转。宁毅有时候让他们端茶倒水,有时候甚至让他们帮着搬些货物——当然不重。

对这对姐弟来说,这样的生活也蛮新奇的。前天宁毅甚至给他们发了第一个月的薪俸,每人一两二钱银子——符合当时童工的标准。姐弟俩对比了一下外面的物价,虽然这一两二钱银子没什么大用,不过用劳动换取报酬的感觉还是很好的。

当然,将他们当童工使唤只是偶尔无聊,多数时候,宁毅还是尽了一个老师的责任,比如空闲下来时给两人讲讲课,也给周佩讲现代的算术课程,以相对随意的方式将加减乘除与此时的筹算方法互相印证。最初,周佩对阿拉伯数字的代号不以为意,后来却常常问些这方面的问题。

三人之所以折腾今天的事情,是因为宁毅前几天去实验室的时候被两人一路跟着,于是让他们参观了一番,大概说了一下物理的概念。宁毅找到几个可以用作凸透镜的琉璃片,准备弄架望远镜出来玩玩,当时兴之所至向两人显摆了一下聚焦、放大的原理。周佩比较不以为意,说这事很简单,谁都知道。由于望远镜还在做,于是宁毅准备做个很简单却未必谁都知道的事物来看看。

方才宁毅让人帮忙在一块木板的中心挖了一个小洞,此时他拿黑布做了一顶遮光的帐篷,三人躲在里面,点亮了一根蜡烛,放在木板一侧靠近小洞的地方。接着,宁毅将一张用竹框糊起来的厚宣纸放在木板的另一侧。这就是简单的小孔成像的实验。

娟儿站在门口望着这边的黑布帐篷,有些疑惑,不一会儿听得里面在说:"看,这边的光是倒过来的。"

"呃……"

"啊,老师,怎么会这样?"

"肯定是变戏法。"

"戏法也是有道理的。"

里面叽叽喳喳了一阵,娟儿靠过去时,宁毅已经从黑布中走了出来,对她笑了笑:"进去看看,不是很有趣,不过一般人应该没看到过……"

娟儿疑惑地走进去,随后看见那木盒子的一侧显现出倒过来的蜡烛火焰。

最近一个月来,宁毅都是每天开个早会,再沿固定线路走一圈,随后自由发挥,看起来勤勉,做的事情却不多。多数时候跟着他的是婵儿,有时候是娟儿,几个丫鬟跟周佩、周君武这对姐弟已经认识了,懂礼貌的周君武常常叫她们"婵儿姐""娟儿姐"。周佩比较矜持,但对她们,对宁毅,也已经是对熟人的态度。

"有的人会说是奇技淫巧,所以你们暂时不必看得太重。不过,有些事情很有趣。譬如这两块镜片,它们相隔这么远放着,就能将东西放大……嗯,我已经让陈木匠帮忙凿好了圆筒,然后想办法把它们固定一下……"

宁毅一贯喜欢用闲聊的方式讲课。这天上午,长长的竹筒被放在窗台边的桌子上,周佩、周君武以及进来的娟儿轮流朝里面看,然后目瞪口呆。镜片暂时不能固定,宁毅只找到了大概的焦距,将镜片用一圈圈的宣纸围起来,放进竹筒里,随意看看。镜片没固定,很容易倒下去,因此这架小望远镜还没办法移动,不过,效果其实已经相当惊人了。

"光通过小孔形成倒影,说明光线是通过直线传播的。但在有些情况下,譬如将一根筷子放进水里,它就弯了,说明在这里,光会转弯。不过,这架望远镜是很多东西和原理结合的产物,一旦人们可以研究到这种程度,所有的东西就都能弄清楚,那就不用像我这样慢慢去碰运气,你直接就知道你要做望远镜得用什么样的镜片,凹、凸面应该是什么样子……当你知道更多原理后,你们也会知道怎样去精准地造出那些凹、凸面来,以及怎么精确地控制它们。

"不过,你们不用考虑怎么造这些东西,我想让你们知道的是……一种想事情的方法,'因为……所以……'的结合,不要知其然不知其所以然。很多工匠沿用老办法,却不知道老办法为什么有这样那样的效果。你们如果知道了原理,就可以造出更加透明的镜片和看得更远、更清楚的望远镜,效率会以十倍、百倍增加。做任何事情道理都一样……

"周佩你喜欢的筹算也是这样,而且它将这个道理展示得更加清楚。可以从一加一等于二、二加二等于四不断延伸,我们是人的世界,那是一个数字的世界。其实要计算光怎么折射、怎么放大、放大多少,都需要数字来辅助。数字的世界就是单纯的因为所以,逻辑关系很清楚……我不想你们将来变成匠人,但我希望你们可以弄清楚这种逻辑关系,它应该会很有用。

"当然,筹算之中也有一些比较极端的例子,很有意思,譬如……"

做完实验之后,宁毅又发散说了很多。周君武对那边的小孔成像装置念念不忘,偶尔摆弄摆弄望远镜。周佩对于方才的实验也感到惊奇,不过这时还是认真地听宁毅说话。娟儿听一会儿出去看看店铺里的情况,在没人的地方感叹一番:"姑爷好厉害啊……"

再过得一阵，席君煜经过这边，进来与宁毅聊了一会儿。周君武和周佩就过去倒茶和搬座位，这也是两个孩子与宁毅的默契。事实上，除了听课，他们这一个月来也在疑惑宁毅为什么什么事情都没做。

席君煜今天是路过这边。布行的聚会还有三日便要召开，到时候各家各户的筹码都要正式摆出来，因此他来看看宁毅的状况。事实上，各个掌柜如今都在奔走，席君煜今天上午刚刚跟一家商铺的当家见了面，这时准备去赴另一场应酬。

"虽然看起来我苏家的呼声最高，但商场尔虞我诈，各种意外不得不防。如今虽有韩大人支持我们，董大人也属意我苏家，但难说会不会有什么变故出现。薛家、苏家在官场上都有颇厚的关系网，难说会不会临场翻盘。如果有什么后着，还得尽早安排才是。"

席君煜在苏家属于少壮派，锐意进取，但为人清醒，听他说完，宁毅点了点头："官场上的事情，老太公那边已经尽力了。席掌柜，我不是很清楚其中门道，以往可有类似的事情？"

"布行以往未有争得太过厉害的情况。当然，掩在明面下的算计谁也说不准……呵呵，或许是我多虑了，苏、薛、乌三家都是有底蕴的，这次既然到了这种程度，大概不会再有什么变化出现。这个时候他们若还能一下子翻盘，只手遮天，恐怕早就吞了我苏家了。"

"应该不可能了。"宁毅笑了起来，"打开门做生意这么多年了，到时候我们将东西摆出来，就算他们私下有什么动作，也不可能睁着眼睛说瞎话说我们的东西不好，我们又不是小商户。呵呵，其实这次也是被逼得没办法了，一个行刺，一个栽赃，然后就是夺皇商，到现在都还不知道幕后主使是谁，若非如此，这个月也没必要这样高调。总之，破釜沉舟，过得了就有以后，过不了就什么都没的谈了。之前一点点抠出来的十五万两如今已经一次性铺下去用以改进织机，就等着拿下皇商了，退路什么的，是真没有了……"

席君煜点点头，叹了口气，随后抬头笑了起来："只有三天了，应该不会有什么问题，别担心。另外，劳烦姑爷转告二小姐，无论如何，此次之事已经做到最好了。"

"尽人事，听天命。"宁毅点点头，"席掌柜最近辛苦了，有劳。"

"分内之事。"此后两人又寒暄了几句，席君煜邀请宁毅一同去参与那边的聚会，见见织造局的一位官员，宁毅摇头推掉了，说他去了意义也不大。席君煜离开之后，周佩与周君武才皱着眉头说起话来。

"为什么不去啊？"

"说不定能说服那人呢……"

宁毅收拾着东西，笑道："我事情这么多，干吗非得在那上面费心？"

"可你根本没事。"周佩撇了撇嘴。

"谁说我没事？待会儿要去吃饭，下午要到街上逛逛，去陈木匠那里拿望远镜的外壳，顺便研究一下怎么固定比较好。呃，我还打算在外面漆一层漆。对了，我还要顺便去东市那边看看有什么新出的话本小说卖。哪件事不比应酬重要？"

"应酬不好老师家里会出问题的啊。"

"可他们不是应酬好了吗？我去也没什么用，拿下皇商该做的准备都已经做好了，你们两个也知道了。我们不用搞什么小动作，我们就跑跑关系，让所有人都摸着良心说话就行，不用那些织造局的大人徇私向着我们，我们也送了钱，送了这样那样的东西，也不让他们难做，只要他们不昧着良心说话，我们就有把握拿下皇商。"

"如果他们昧着良心为苏家说话不是更好吗？这样就十拿九稳了。"

"那当然也不错啦……"

"反正，我觉得老师你没尽力……"周君武有些不爽，宁毅笑了笑："放心，放心，该做的我都已经做了，本来就是件小事，不知道你们干吗这么着急。时间已经不早了，走吧，带你们吃午饭去……"

他准备离开，周佩陡然过来拦在他面前，笑着道："呃，等等，只有三天了，可不可以让我们也看看那块布？"

宁毅想了想，随后一偏头："呵呵，好吧。"他拿出一把钥匙打开了旁边的柜子，随后拿出一个锦盒打开，给两个孩子看了看，周佩与周君武围着摸了几下。

"哇，真的比家里看到的要漂亮！"

"这种颜色的布以前没怎么看过啊？"

"秘方嘛。"宁毅笑了笑，随后跟两人约法三章，"不过有一点先说好，你们两个家伙回家不许乱说，不许找人帮忙，不许想办法暗示织造局的几位大人……当然，你们现在也没那个影响力，不过我要公平。"

"臭美，我们才不帮忙呢。"周佩笑着翻了个白眼。

小君武在旁边点头："如果拿不到皇商，肯定是那个什么董德成收钱了，收了很多钱。"

"呵呵，走啦，吃饭去。娟儿，一块儿走了！"

中午时分，一行四人走出布行，随后，同样扮成布行伙计或路人的王府护卫也从四周跟了上来，阳光洒下，叽叽喳喳的声音飘荡开来。

"这就叫'善战者无赫赫之功'吗？可是老师你确实什么都没做，娟儿姐，对吧？"

"呃……姑爷有做很多事啊。"

"你当然帮自家姑爷说话，可我和姐姐什么都没看到。不过也是啦，本来就不用做太多，本来以为是大危机，可是一步步一步步就变成这种情况了。这叫阳谋吧，姐姐？"

"不知道……"

"为什么啊?"

"那些人就做了一件事,然后什么阴谋都再也没用过了,不是很奇怪吗?"

"是啊是啊,老师,姐姐说得有道理,你不觉得很奇怪吗?"

"阳谋嘛,不怕阴谋。"

"对哦对哦,姐姐……啊——"

"吵死了。"

距离织造局的集会还有三天。平静的中午过后是波澜不惊的下午,宁毅去拿了望远镜的外壳,然后买了些小工具,准备更好地将镜片镶起来。

时间过了傍晚,入夜,到夜深之时,一家家青楼酒肆门口人群开始散去,席君煜在街口向几名掌柜告了辞,拒绝了一位掌柜同乘马车回家的邀请,说今天天气好,他决定一人走走。

沿着秦淮河一路前行,到了一处相对僻静的河湾,他朝周围看了看,随后走向旁边的小码头。不一会儿,撑船的水声响起,船夫撑着小舟朝河水深处划去,席君煜站在小船上,望着远处一团朦胧的光圈,目光安静。

那是一艘看起来并不热闹的小画舫,两艘船儿靠近时,席君煜举步走了上去。画舫中央的厅堂,看起来一场宴席刚散去不久:灯光晦暗,一张张桌子上都摆着残羹冷炙。正前方,一名男子坐在主人席上,端着一碗白饭,低头填着肚子。听见脚步声,他吃了一颗肉丸,仍旧低着头,一边用筷子从菜碗里夹菜,一边说话。

"我方才还在想,是不是将人打发得太早,或许留下一位美人陪着,这饭吃起来会更香。还好席兄来得早,现在倒是一样了。"

席君煜走向一边,顺手拿起一只碗:"我可不是什么美人。"

"呵呵,不过……席兄总是会给我带来好消息。"

那人笑着,抬起头来,灯光之中,眼前这人赫然便是乌家的大少爷,乌启隆。

由于熄了些灯笼显得有些昏暗的小画舫中,席君煜朝周围看了看。乌启隆笑着从旁边拿了一口饭锅摆出来,他也就过去盛了饭,随后在桌前坐下,将一盘菜倒进碗里。

"每次热闹以后都是这样,剩下满桌饭菜,不知道谁真的吃饱了。"摇曳的灯火中,乌启隆夹了一筷子青菜扔进嘴里,嚼得嚓嚓作响。

"至少饿不着。"席君煜淡淡地答了一句。

"我每次都觉得饿……有一次我很羡慕那位宁立恒。前不久,大家吃饭,邀了他、廖掌柜、罗掌柜……"乌启隆想了想,"他一直在吃东西,他是真的在吃东西。"

"不相干的人自然能吃饱。"

"也是。"

简单的对话之后，两人坐在那儿吃起饭菜来。虽然看起来是些残羹冷炙，但都是名厨精心烹调的，此时吃起来味道仍旧相当不错。咀嚼的声音在船舱里响起，水波轻摇，过得好一阵子，乌启隆才放下筷子，手指在桌面上敲打着。

　　"明天，后天，后天晚上，所有的事情都要摊牌了。这个时候，没有消息就是好消息，席兄，应该不会有什么变化了吧？"

　　"没有。"席君煜摇了摇头，"陈二供认刺杀是受人指使，摆在面前的危局已破，皇商一事没有了阻挠，所有人都很高兴，虽然不至于被冲昏头脑，但至少大家都看得清楚，拿下皇商，大房的一切问题才能迎刃而解。眼下……只有破釜沉舟，他们已经没有退路，只能顺着现在的局势往前走，真要变，已经没有可能了。"

　　"这便是好消息。"乌启隆给自己倒了杯酒，笑了笑，一口喝下，"我这边也已经准备好了，做得不多，家父只是拜托董大人在那晚安排一下顺序。呵呵，我乌家的织工一向超过苏家，占个先入为主的便宜就成，其余的，交给诸位织造局的大人了……"

　　他说完，笑了笑，待到那边的席君煜吃完东西，放下碗筷，他方才摇了摇头："两天之后，苏檀儿已经没有接手苏家的可能，苏家内斗，那帮草包只会败光所有家业，那边已经没有前途了，真不来我乌家？"

　　席君煜看了他一眼："你知道我要做什么。"

　　"你我相识多年，几年前我邀你来我乌家，你为了苏檀儿不肯，我理解。如今你为个已成他人妇的女人，啧，你真行……"乌启隆一声叹息，看着席君煜的表情，又笑了笑，"好的，我知道，他们尚未圆房。皇商归属决定之后，你当然可以操纵一些掌柜对付宁立恒，让他们永远没有圆房的机会。苏檀儿几年的心血付之一炬，肯定也要找个撒气的。可你的愿望真很难实现，席君煜，苏家一垮，以苏檀儿的性子，一定会咬牙扛起这个家，到时候你在背后帮忙，几年十几年以后，如果她终于肯承你的情，你们或许能在一起，可真的很难……"

　　乌启隆顿了顿，席君煜淡然开口："到时候，乌家已成皇商，时机一到，甚至可以发展成天下第一布行；而苏家，经过数十年积累方有如此规模，老太公一死，苏家必然会垮掉，几十年都再上不来，大家不会再成对手，我对你，自然也没有了威胁。"

　　"我从未在乎过这等威胁，只是感到可惜。"乌启隆皱了皱眉，"江宁一地，我、我二弟、薛延、你，都比不过苏檀儿。平心而论，几年时间，她抓住一项就不放，一直推动其发展至此，此为商场正道，她确实厉害，我等皆不如她。放眼江宁商场，年青一辈除苏檀儿，唯濮阳家濮阳逸、唐家唐煦能让我自愧不如。可惜，她毕竟是个女人，虽然将我放到她所处的位置，我未必做得到她所做之事，可她终究有局限，要面对许多不必要的麻烦。"

　　乌启隆吸了一口气："老实说，我从未有过要专门对付苏家的想法。若非逢此局势,我这里、薛家都盯上了皇商,我也不会这么做。苏檀儿既然做好了准备,那么,该是她赚的,就是她赚的,没人跟她争抢。到了她想要出手的时候,偏偏大家都盯上了,只能说她生不逢时,既然进了局,尔虞我诈就是如此。可我确实从未想过要对付谁,不过是生意。我乌家早已是江宁第一布商,席兄,江宁不过是方池塘,你本可往海里去,莫非真要待在这池塘里吗?"

席君煜笑了笑:"无非是做事而已,哪有那么多大道理。"

"倒也是。"乌启隆笑着摇摇头,"我知你想法,人生在世不过是做些事,有了想做的便去做。可……不过是个女人,有一天当你走到更高处,也许会觉得这些事情很无聊。或者几年以后你发现这个女人平平无奇,对她再也没了当初那种感觉,你会后悔的。你知道吗,我十八岁成亲,三年后她去世了,我发誓绝不再碰其他女人,可一年以后,忽然有一天,我想起她的时候却发现忘记了她长什么样子,后来我娶了两个小妾……女人都一样。"

"人都是这样。"乌启隆说道,"我辈男儿,要做便做些大事。女人什么也做不了,而且她们都一样,放开苏檀儿,你就会发现还有很多跟她一样的女人。你知道吗,许多女子喜欢搔首弄姿故作姿态,无论她是装的还是真的,只要有一次,第二次我绝对不会把心思放在她身上。这都是小事,但在这些事情上送你一句话:直道相思了无益,你既无心我便休!"

"你今天废话很多。"

"呵呵,我知你未必会听,但只要有可能,我就要说,因为还有三天,这事就解决了。你就因为人家没有圆房,打算在她身边缠上十年二十年?往前一步你就能看见海,一步就行,以后的十年二十年你会截然不同。这次苏家之事,成了固然好,但皇商就算送给苏家,我也未曾放在心上,我乌家还是乌家。你我携手,格局绝不会只在江宁一地。"乌启隆笑了笑,"当然,此事终究得你同意。"

越是会做事之人,意志越是坚定,席君煜不是不会想事情,要说服他肯定很难,但该开口的时候还是要开口。他说完这些,席君煜依然表情平淡,过了许久,方才说道:

"最后两三天,勿要节外生枝。苏檀儿不简单,未必没有后着,她为了岁布之事,从各地抽调资金,已经准备了两年有余,数十万两银子都已经砸下去了,等到皇商之争结果揭晓,她所有的期待都落了空,会干出什么事情来,谁都不知道。"

"呵呵,席兄是说降价冲货?"乌启隆开心地笑了起来,"我倒巴不得她这样做,坏了规矩,所有人一起来打她,苏家垮得更快。你们家老爷子不会让她这样做的,苏仲堪与苏云方也不会肯,她要是这样做,就是把整个苏家都拉下水。"

他摇摇头,声音因开心和自信而提高了些:"要说我如今提防的,苏檀儿、廖掌柜为了将苏家的声势营造到如此地步,皆已尽力了。苏愈是最厉害的人,当年一个人撑起苏家，奠定了江宁布行鼎足而三的局面。此后他出面或许勉强能力挽狂澜，可他老了，撑不了多久。当然，这是以后的事情，如今他已经放开手，能起到的作用也有限。其余的，还有谁？莫非临危受命，得众人瞩目，力挽狂澜的宁兄？"

席君墄眯了眯眼睛，神色怠懒。老实说，他不是很喜欢听到这个名字——无能之辈，偏偏娶了苏檀儿，此时苏家竟还把宁毅推出来暂时掌局，一个无能之辈偏偏拿走了原本属于他的东西。

"少自大，人家是江宁第一才子，诗才横溢，你暗行龌龊之事，当心事后他对你口诛笔伐。"

"哈哈，有理，有理。"乌启隆拍着桌子笑起来，随后微微肃容，"此人倒也并非蠢人，观他气度风范，比苏家众人其实懂事得多，这些天来行事虽然笨拙，但算不得非常鲁莽，可见他还是有用心去想、用心去学的。只是苏家境况如此，他也难免心焦。若是平时出些小事，让他掌掌局倒也难出大错，可眼下……他一个书生，面前又是如此局势，对手都不是同一个层次上的人，他一个聪明点儿的入门汉能起到什么作用。此事从头到尾都不是他能参与进来的，只能说……生不逢时了。"

"这次过后，想必他会明白很多。"席君墄想想这些时日以来宁毅的一些动作，轻轻地摇了摇头，随后转身往外走，"没有其他事情就行，谢谢款待了。"

"大恩不言谢，你当涌泉以报。"乌启隆开了个玩笑，随后挥挥手，"想想我说的话，前面就是海，为了方池塘不值得，乌家的大门随时向你敞开。哦，还有那句，直道相思了无益……"

"你既无心我便休。"走出去的席君墄重复了一遍，背影消融在那船舷的黑影中，"最好是不再有这样的见面。"

"此事已定，当不会再有变故。"乌启隆回答了一句。待到那朦胧的身影随着小船远去之时，他才叹了口气，拨开眼前的碗筷，站起身来转身离去，同时低叹："可惜了……"

无论如何，席君墄是他一直想要挖过来的人才，他以后要掌乌家，得有一套自己的班子。乌家现在能拿下皇商之职固然可喜，一些计划可以提前，算是锦上添花，但就算拿不到，乌家也还是乌家。他还年轻，开拓的机会以后多的是，唯有这样的人才可遇不可求，他真心看重的是将来，而不是眼下这些利益。

不过，既然有这样的利益，顺手拿了当然也无所谓。他站在船舷边，想起苏家这一个多月以来的慌乱，那激进当中隐含的惶恐，那位号称当初以一人之力将苏家带上江宁顶峰的苏老太公的焦急奔走，以及对面薛家幸灾乐祸的傻笑嘴脸，不由得又笑着摇了摇头。

真是可笑。

江面上的光又暗了一些，小小的画舫在波澜中驶向前方。

天亮了，又暗了下去，今天是八月二十四，再次天亮时，是二十五这天早上。宁毅睡了个懒觉，于是错过了早会。这天晚上便是由织造局举行的布行年度总会，盖因秋日乃收获的季节，各个行当中，这样的总集会，每年都会有一次。

八月二十五下午，宁毅回到家的时候，整个苏家大宅感觉上还是忙忙碌碌的，只是他不明白为什么还会这么忙。天气很好，秋日的下午，暖风和煦，有的树叶变得金黄，还未落下，在风中微微摇曳着。穿过院落间的道路往小院那边过去时，宁毅看见两个家丁匆匆忙忙跑过，估计又是哪个总管在骂人，声音隐隐从侧面传来。

大房这片区域相对安静一些，归根结底还是因为住的人不多。将要抵达时，宁毅遇上两名偏房的表兄弟带着跟班出来，大概刚刚去见了苏檀儿。遇上宁毅，两人打了个招呼，寒暄了几句，对于宁毅这么早就回来隐隐有着责备的意思，因为今晚皇商的名单就要揭晓，诸多掌柜如今都在外面忙着，至少今天这个时候，他该在外面坐镇才是。

略略寒暄过后，双方告辞各自离开，宁毅一路回到小院。里面安安静静的，苏檀儿穿着一身绿色长裙坐在院落中央的凉亭里，正仰起头望着旁边一棵梧桐树上的叶子。旁边二楼上有人影闪动，大概是娟儿或者杏儿在整理东西。看见宁毅的身影，苏檀儿回过头来露齿一笑："相公回来了。"

"真悠闲。"宁毅走到凉亭里坐下。

"相公才悠闲呢，早上赖在床上不肯起来。"

"本来就没我什么事了。"宁毅笑着，"今天上午去得晚了，早会没赶上，然后一个上午都在看着他们瞎忙，准备各种各样的东西。我想，需要准备的东西哪有这么多……喀，廖掌柜有时候过来跟我聊天，他说：'遇上这样的时候，我一般也很紧张，昨晚睡不下，喝了点儿酒，结果早上差点儿醒不来……'半个时辰后，罗掌柜经过时，过来跟我说他其实也很紧张……"宁毅淡淡地陈述着。

苏檀儿早已扑哧一声笑了出来，待听到罗掌柜的话时，笑容怎么都止不住，最后笑得只能伸手扶着旁边的栏杆。

宁毅摇摇头："都是好人哪，知道我因为紧张起不了床，这么忙了还过来安慰我一下。还有席掌柜，中午跟我说了上次你们做江州生意的时候有多紧张……"

"相公早上明明是故意的。"

"哪有，确实没起来，你看，这可是我工作一个月以来第一次迟到。老实说，每次看见大家忙得一塌糊涂，我什么事都没有，心里就觉得过意不去。今天大概是他们最忙的一天。"

"相公不实诚。"苏檀儿含蓄地笑了起来，宁毅摇了摇头："你看，我们之间有很深的误解，我在外面忙了……咯，忙了一个上午，你倒是悠闲，坐在院子里看风景，谁勤奋谁偷懒一目了然，你还说我不实诚……"

他在外面一个上午也是在发呆、到处乱逛中度过的，不过此时说起来倒是毫不脸红。在这些事情上两人也算是知根知底，苏檀儿笑了笑，随后低下头："妾身其实在紧张呢。"

"有吗？"

"毕竟是好几年的心血，又出了那样的变故，前些日子真是觉得主心骨都没有了。现在……现在好多了，可紧张肯定还是会有的，就像相公说的，成败就在今天晚上。方才妾身在这里细想几年来的事情，之前曾预料到有这样决定局面的一天，或者成功了，或者失败了，想过到时候妾身的心情，只是未曾想过会变成这样。"她微微赧然，"相公紧张不？"

"呃，紧张肯定也会有的……"宁毅想想，点了点头，"适当的紧张有助于集中注意力。"

苏檀儿望着他："相公真是比谁都镇定。"话语之中，对于宁毅的这份镇定似乎有些许嫉妒之意。

"呵呵。"

"今天过后，相公想要做些什么呢？"

"等今天晚上的事情搞定了，我当然回去教书，反正你的病也好了，休想让我再帮忙。我显然不是经商这块料，有目共睹。"宁毅笑着，"而且我当初入赘就是为了吃软饭，不用太费心，还可以过有钱人的生活，衣来伸手饭来张口，这日子多好，谁不许我跟谁急。"

"反话。"

"真话。"

"哼，所以，相公就是要接着吃檀儿的软饭？真打算这样？"

"呵呵，如果没什么问题的话，就这样不改了。其实我觉得这样很不错，你看，我会教书，又会写诗，还有'江宁第一才子'的名声，我出去叫一声'求包养'，愿意的富婆应该还是蛮多的，带出去也有面子。怎么样？过了这个村可就没这个店了……"

宁毅说笑了一阵，大意是准备将自己当成商品推销出去。这个玩笑在千年后大概算得上寻常，此时毕竟超前了一点儿。苏檀儿止不住地笑，伸手遮住嘴，但也低下了头，满脸通红："相公不要脸……"

"你这句话伤了我的心，这笔生意可就难谈成了……"宁毅摇头叹息。

"呃，那好吧。"苏檀儿勉强肃容，"反正妾身是……我是……"

"富婆。"

"嗯，妾身是富婆，所以，檀儿的软饭就给相公吃了……这笔生意妥了。"

她拿出了生意拍板的气势来，宁毅却是笑着摇了摇头："哪有这么简单。你刚才伤了我的心，生意得重新开价，富婆这么多，干吗非得选你呢？"

"呃，可是妾身……妾身是……妾身是跟相公成过亲的，妾身是……"苏檀儿板着脸准备自夸一番，然而考虑了一阵，终于还是赧然地泄了气，低头笑道："相公啊……"

"算了。"宁毅笑着挥挥手，"今天过后，还是照旧吧，我真没打算干什么，觉得麻烦。"

"可妾身觉得对不起相公……"

"嗯？"

"妾身没想过要将相公当成赘婿来对待，原本就没想过这样，只是……只是妾身性子好强，有想做的事情，偏偏成了这副样子，成亲以来……呃，总之妾身从没希望相公觉得……觉得……妾身也不知道自己在说些什么了……"

她为难地组织着语言，随后终于露出有些赧然也有些无奈的神情。

宁毅点了点头："我知道。"

苏檀儿看了他一眼，确认他并非敷衍后才舒了一口气："妾身也知道这样不好，不像个大家闺秀，不像那些……呵呵，富婆，可檀儿也只能这样子了……"

"这才是称职的富婆……"宁毅喃喃地说了一句，苏檀儿没听清楚。这年月"富婆"跟"女强人"自然是两种概念，后者几乎连概念都未曾真正成形。

她想了一会儿。

"其实妾身方才在这里还想起一件事，想要跟相公说的……"

"什么啊？"

"妾身与相公成亲的时候偷偷地跑掉了，那时候不是要给相公下马威什么的，而是因为妾身不知道该怎么办。檀儿……毕竟也是个女人……"她微微低了低头，"檀儿知道那样不对，可是檀儿不会向那时候的相公道歉，若是再有一次，虽然知道不对，但妾身说不定还是会那样处理……"

她抬起头来望望宁毅，宁毅点头："因为那时不认识？"

"嗯，那时檀儿不认识相公，相公也不认识檀儿呢……可檀儿现在想跟相公说，檀儿一定不会再做这样的事情了。"她说话之时颇有勇气，但说完之后还是低下了头。宁毅过了好久才笑出来："这不还是道歉吗？"话音虽小，但苏檀儿还是听到了，顿时有些脸红，一副恼羞成怒憋不住的样子，不过最后还是没有反驳。

两人在凉亭里坐了一会儿，在此期间，杏儿抱着一些东西从楼上往下看，看见两人也不打搅，自己做自己的事情去了。临近傍晚，婵儿、娟儿也回来了，宁毅起身时开口问道："心里紧张的话，晚上的宴会要一起去吗？"

苏檀儿笑着摇了摇头:"还是不了。相公就想吃软饭,难得做些事情呢,这一个多月以来都是相公在主持,今天是最关键的日子,还是相公去主持吧,妾身就一边紧张一边在这里等着相公的好消息了。"

"啧,没问题,看我今天发力,把皇商的名额高调地拿回来,然后功成身退!"

宁毅撑开双手在夕阳的余晖里伸了个懒腰,旁边,苏檀儿微嗔地瞪了他一眼。皇商归属大幕将启,小小的院落却安闲地融入了这片温暖的夕阳里。

夜幕降临时,小小的车队驶出了苏家大宅。宁毅、苏仲堪、苏云方,加上大房、二房、三房的几名成员,以及主要的管事都在这车队之中,一共二十人不到。小婵和宁毅坐在一辆马车上,微微有些紧张。马车驶出不远,一辆没有标志的马车汇入苏府车队,不远不近地衔在后方,上面坐着的是康王府的护卫,打扮成小厮与丫鬟的周家姐弟则一路小跑着跟上了马车,随后进了宁毅所在的车,准备一同看看宁毅主持的皇商事件的最终结果。

不一会儿,位于秦淮河边名叫绿漪楼的酒楼进入眼帘。一辆辆马车陆续抵达,布行商户——薛家、乌家、陈家、吕家……以及一些织造局的官员纷纷从马车上下来,远远看去声势浩大。这类事情在江宁常常都有,行人看上一眼便不再理会,然而正在寒暄的这些人都已经绷紧了心弦。

今天晚上会发生的事情对江宁织造业来说绝对是一件大事。其中的焦点,自然便是苏家、薛家、乌家对于皇商的争夺。从月前发生的那次刺杀事件中,有心人已经嗅出了隐含的火药味,等待着今天晚上这场商战的分晓。

宁毅掀开车帘,深吸一口气,笑着走了下去。

夜色中,灯火如龙,在长街前后绵延开去。

"哈哈,谢老板,好久不见……"
"陈老板,最近可好?"
"今日宴会过后,一起去聚宝赌坊转转?"
"近日手风不顺哪,何况今日之事……"
"上次青州那批货物,李兄仗义援手,感承高义……"
"份属同行,本应守望相助……"

灯火之中,绿漪楼上人声鼎沸,距离今晚这场宴会开始还有一段时间,人群明显在逐渐壮大。马车过来时,某位与织造行有关系的人立刻从上面下来了。二楼,宁毅与苏家众人已经来了有一段时间,被安排入席的同时,也在一一应付过来打招呼的商户——看好苏家的,不看好苏家的,有合作关系的,没合作关系的,总之,都不会无视苏家。

不过，相对宁毅、苏仲堪、苏云方这几个苏家的主人，今晚倒是廖掌柜几人受到的重视更多。也无怪那些人如此，旁人原本猜测今晚要么是苏檀儿出面，要不然就是苏家的老太公苏愈亲自过来，若是这两人来，今晚苏家的拍板人自然是他们，谁知道这爷孙俩谁都没有出现，于是那些真正关心皇商之争干实事的人物就将注意力放在了如今实际上为苏家大房操盘掌舵的廖掌柜等人身上。

至于苏仲堪与苏云方，这两人肯定插手不了有关皇商的事务。可如果今晚苏家竞争皇商失败，那这两人的地位就完全不同了，再加上他们以往便算得上江宁织造业的大亨级人物，此时受到的重视当然不会少。一旁的宁毅如今虽然名义上有着苏家大房的拍板权，但不过是个象征，象征着苏家主家的位置并未被廖掌柜等人架空，真要决定什么事情，那自然是不可能的。

因此，这时候与廖掌柜等人打招呼聊天的，大都是各家各户的实权级人物——关心皇商归属或是为其他布商操盘的掌柜，有时候也有之前便走通了关系的织造局官员过来说笑，暗示今晚没有问题。

至于苏仲堪、苏云方身边的，大抵是一些商家的大佬，与他俩地位相仿的人物，譬如一些中型布商的家主。如布商的行首——乌家的家主乌承厚到来之后，首先也是向他们打招呼，聊些布行的事情。

至于宁毅，一直在与各种各样的人寒暄。大家确认苏檀儿不会到场之后，对宁毅的态度依然非常热情，当然，谈的话题虽然天南海北，但与布行的事牵涉不多。无论如何，他今晚毕竟会站在这座舞台的中央，家中力量比苏家差的往往不会傻到完全不给宁毅面子。若家庭状况差不多，有的人就学会了不在意这些。薛家人与苏家人算是到得早的，两家的区域泾渭分明。薛盛只简单地向苏仲堪打了个招呼，未曾理会宁毅。薛延倒是过来笑着说了不少话，提起前几日遇上李频，还说城门再开之后李频上京的送行宴一定要请他云云。

薛延与李频算不上熟悉，上次在烟翠楼才有些接触，但是宁毅开始管理大房之后，薛延请宁毅吃过两次饭，每次气氛都蛮不错的。薛延这人只要想做，姿态还是能够摆到位的，这时候也就将李频当成了熟人。不一会儿，乌家来了，乌承厚与两个儿子都分别过来与宁毅说了些话，乌启隆为着宁毅今早迟到的事情还打趣了几句："今日听罗掌柜提起此事，看来立恒虽然一向淡然，但遇上今日这事，毕竟还是有些紧张哪，哈哈……"

乌家作为布行行首，与各家各户的关系一向都不错，薛家与苏家关系紧张，他们往往会居中调停一番，这段时间乌启隆、乌启豪两兄弟都与宁毅碰面不少，至少面上说是熟友也无妨。宁毅摇头笑笑，有些无奈："原本想要一直到最后一天都坚持做好这些事情的，谁知今早居然晚起……呃，这事你们都知道了……不会又传开了吧……"

"呵呵。"乌启隆放低声音，压抑住笑，"怕是已经尽人皆知了……"

"啧……"宁毅愣了愣，随后翻了个白眼。乌启豪也在一旁哈哈大笑起来。

"宁兄的事情不怕人知了，如今江宁谁都知道宁兄小事糊涂，大事可不含糊，今晚这皇商……喀，老实说，大家是对手，我就不祝你什么了，哈哈……"乌启隆豪爽地笑着，"不过，宁兄这边虽然厉害，我们乌家可也有撒手锏哦，到时候无论成败，你我都得心服口服才是。"

两兄弟为人豁达，旁边的众人听了，也是大有好感。三人寒暄了几句，两兄弟转身离开，宁毅笑着望望他们的背影，转而开始应付其他"熟人"。

快要开始的时候，诸人陆陆续续落了座。绿漪楼二楼非常宽敞，这次有资格过来的商户基本都有专属的座席。苏家众人围着一个大圆桌，其余的商家每家也分配了一张圆桌，有几家商户来人不多，但也没有安排拼桌，因为这次的宴会还得决定皇商的归属，各家各户都得有自己的位置。

苏家、薛家、乌家分别位于会场的三端。会场内渐渐安静下来，还有人陆续到来，织造局的官员分别跟各家打了招呼，叮嘱了几句。

皇商的标单，其实并非按照通常那种公平投标的方式竞争的，这主要是因为往年皇商的特殊性。岁布的问题让大家避之唯恐不及，如果进行公开投标，结果没人来，那就很没面子了。经过数十年的变化，皇商的任务，后来演化为"敬献"的形式——你有什么好东西献给皇室，皇室就会顺势给你些特权，当然，表面上不会这样做。

真正送入皇宫的布匹会比较赚钱，皇家如果要，其实根本不分时辰，献上去也是不分时辰的，但每年这个时候，织造局都得分配好岁布的份额，若几个固定承接皇商的商户抱怨太多，他们往往也会匀出一些来，指派例如苏家、乌家、薛家，这里有批任务，你们得帮忙分一分。没人敢不给面子，不给面子以后就一定会被穿小鞋，当然织造局也不至于太过分。

于是，以往几十年里，织造局决定的模式多半是这样：各家各户有什么好布，轮流出来炫耀一下，供大家品评，也算自己的成绩，最好的献于皇室。虽然暗地里早已决定了每家每户负担的岁布份额，但表面上还是做得很漂亮，办得如同一个成绩交流会与好布鉴赏会。今年表面上还是这样，但内里其实已经大不相同了。

大家对此其实也都心知肚明。

大家窃窃私语，注意着苏、薛、乌三家的情况，廖掌柜等人也在从其他人口中打听风向。落座之时，他对宁毅低声笑道："看今日气氛，皇商当无问题，这月余的努力终究没有白费，多数人皆看好我苏家……"他顿了顿，随后叹道，"终是二小姐有先见，几年前就已在着手。我往日虽隐隐有所察觉，但并不清楚这事的发展，大老爷出事之时，还真以为苏家要栽个大跟头了……不过，小小手段终究比不过真正的厚积薄发，有那布料在手，才算真正有底气，这一个月的事情，才算得上所谓的阳谋。"

宁毅微微努了努嘴，环顾四周："真的没问题吗？"

"问题不大。"廖掌柜也朝周围望了望，"吕家最近有一款新布，好是好，可惜不太符合皇家的要求，名叫'熏茶丝'，我已经见过。薛家以往有一款招牌紫浣布，一直受大户喜爱，要价比较高，但最近应该没什么新东西出来。乌家虽是织造第一，实力雄厚，不过他们最突出的是织工，有骆神针在他们家中，布匹织工方面总是胜旁人一筹，但在我苏家这金曦锦前，织工就算好一些，意义恐怕也不大……"

为着皇商之事，廖掌柜等人功课做得很多，这时候侃侃而谈，随后又微微皱眉："不过，刺杀大爷的真正幕后主谋还未找出来，那人若真是受薛家指使，就怕他们还有后着……"

廖掌柜朝薛家那边望了一眼，随后摇头笑笑，安慰宁毅："可能性不大，而且……人事已尽，这事既已发展至此，便安心看着吧……"

宁毅点点头，不再说话，随后回头示意婵儿将带着的一个锦盒放到面前的桌子上。又过得片刻，有一名官员过来与廖掌柜说了几句话，廖掌柜笑了起来，朝宁毅这边偏了偏头："董大人他们已经来了。这次我苏府声势最隆，董大人为了这次宴会好看，安排我苏家压轴。"

"压轴很好？"

"往年皆是最好的布匹压轴，有几款如今还持续供应给皇家……"

从话语之中能感觉到廖掌柜其实有些紧张，但他还是笑着将这事告诉了宁毅，随后又传达给周围几名掌柜。

"压轴……"宁毅喃喃念叨了一句，坐在那儿想了好一会儿，微微摇头笑了笑，"今晚的事情定下了……"由于他的语气有些像是在提问，旁边的廖掌柜笑了笑："还未可知，姑爷，这也是很难说的。"

同一时刻，会场之中，有人朝苏家这边望了一眼，手上玩弄着一枚青玉扳指，低语从唇畔逸出："今晚的事情……定下了？"那声音太轻，像是低喃，又像是在轻声询问手上的扳指，嘴角有一抹淡然闲适的笑意。

离正式的宴会还有一段时间，因为总是要等到足够珍贵的东西夸耀了之后，才适合吃喝与狂欢。谁也没有想到，真正属于今晚的事情，几乎半个时辰之后就发生了，其中的转折是如此突兀和夸张，众人的反应是如此张扬激烈，背后潜藏的黑暗是如此深沉，内幕是如此曲折，以至于这件事在此后数月乃至数年里，都成了江宁织造业乃至商界不断说起的一道深痕……

第十二章
偷梁换柱先发制人　机关算尽自食恶果

　　这种宴会的开端总是很枯燥。
　　董大人对于这一年江宁发生的各种事情的总结啊，对于未来一年的一些期望啊，换汤不换药，每年都会说，今年由于情况变得特殊，董大人还含糊其词地说了好些东西。事实上，对于江宁织造业的真实情况，在座的许多人要比这董大人明白得多。
　　"今晚吃蟹……"作为这晚事情的见证者与参与者，王家的王文卓在灯影摇动间低语了一句。楼下隐约传来香气，他偏过头与身旁的一名管事交谈："今晚的事情，你怎么看？"
　　那王家管事低声道："自然还是希望苏家能胜出，而且看起来问题不大。"
　　"乌家和薛家也不是省油的灯，你看看那边，那两家人也不是非常紧张的样子，而苏家……老实说，这宁立恒让我觉得有些气馁……"
　　王家在江宁算是中型偏小的商户，一直以来与苏家都保持着良好的合作关系，此时自然希望苏家拿到皇商，他们必然也会有好处。王文卓望望那边的宁毅，觉得这是唯一不太可靠的地方。那王家管事笑了笑："他一介书生，无须去管他，我们知道背后还是苏家二小姐在管事便行了。今夜终是苏家准备充分，如今只待收线，当无问题。"
　　"只要薛家不动什么手脚，我还是放心的……"
　　薛、苏两家关系不睦，因此王家对薛家好感不多。月前苏伯庸遇刺之事，不少圈内人认为是薛家动的手。当然，这种罪名是非常严重的，明面上自然不可能有人说出来。

私语声中，前方董大人的讲话也已经接近正题，众人安静下来，在音乐声和菜肴香气中等待着今晚最重要的事情开始。

"今日请大家共同鉴赏我齐家新近织造出来的雪纹纱。此纱所用丝线织造不易，制成之后，轻、薄、柔韧。大家请看，此纱几近透明，其上的天然纹路洁白如雪，我们用特殊的织机控制丝线根数……"

入夜其实不久，绿漪楼上，诸人皆已落座，一家织户主事正将一匹纱在会场中央展开。周围的圆桌上，水果、点心等物皆已上齐。诸多织户、官员在他说完之后议论了一番，随后那贺方贺大人起身，笑着宣布若有感兴趣的可以上前品评，于是各桌都有人去到中央，近距离验看那纱布质量，与那齐家的主事谈笑交流。

今晚的聚会有关岁布，有关皇商，也有关各家织户此后在江宁的地位。当然，交流也不会仅止于争夺皇商一项，对自家东西有信心的，都会拿出来露露脸，此后或许某些有意向的织户就会过来谈合作或其他事情。此时展示才刚开始，那齐家主事一说完，就有人笑着围过去观看，余下的人则坐着聊天。

"这纱还不错……"

"分丝的法子，早几年乌家便已有了……"

"不过乌家那布产量不高。"

"这齐家可交……"

这时候当然不可能详谈，但有兴趣的都已经上去看过质量，之后还会有一个晚上的时间慢慢考虑慢慢商量。就算没什么兴趣，例如苏家、乌家、薛家也会有人过去品评一番，说几句好话。展示一开始，气氛就变得热烈起来。

齐家之后，贺大人又叫另一户人家出来说说这一年的事情，众人都认真听着。有些商户或许会在这样的聚会上透露一些想要透露的信息，未必不是来年的一个风向标。说完之后，这一家没有拿出新布料来，所以紧接着是下一家……

进入这一环节之后，众人都有些认真，对于皇商的关注暂时倒是淡了一些，都专心地看着眼前的事物，讨论对自己有益的事情。王家也看中了一样布料，王文卓与旁边的掌柜商量了一番，决定待会儿在宴会上去那边探探话风或者意向。

这次参与聚会的商户一共有二十余家，每家每户都会有些话说，但不一定都有东西拿出来，全看自愿。聚会开始不久，贺大人道："请吕家出来说说这一年来发生的一些事情。"宴席上，方才一家展示布料引起的窃窃私语渐渐停下来，众人安静地等待着那吕家的布料展示。

吕家主事出来做了简短的总结后，旁边的人拿过来一个锦盒，他笑着拍了拍锦盒："以往我吕家熏茶丝受大家关照，近日，我们沿用熏茶丝的手法，制出了一款新布，尚未命名，先拿出来与大家品评一番，请诸位前辈指正……"

他打开盒子,让下人将一款黑色的布匹展示在众人面前。人群中发出惊叹之声,王文卓也张开嘴看了几眼,随后几乎是与家中管事同时望向一旁,随意地打量着周围一些商户的反应,当然,最主要的还是苏家、薛家、乌家这几户人——那吕家的熏茶丝原本便是江宁有名的布匹,这次聚会上也有可能威胁到位置最高的这三家。片刻之后,他才将目光收了回来,与管事相视一笑。

"看起来,三家皆有撒手锏,对这吕家倒是无所谓。"

"本当如此。"

"不过这黑布当真不错,我上去看看。"

王文卓说着起身。在座的商户之中,不少人方才也在观察乌家、薛家、苏家众人的脸色。乌家人一直都在微笑,每一家东西展示出来之后,乌家都会派人上去很有风度地交谈一番,然后问些问题,这时候也未变。薛家也显得自信满满。苏家也类似,如今暂管大房的第一才子宁毅的右手一直按在桌上的锦盒盖上,手指悠闲地敲打着,一种安静、自信的感觉油然而生。这时候廖掌柜也未跟他交谈,而是与身边的掌柜笑着说了几句,然后起身上前,旁边苏仲堪也走了过去。

吕家的布动摇不了这三家的位置,但在江宁来说,已经算是很不错的布品,一时间掀起了聚会中的一股小高潮。乌家的乌承厚这时也站了出来,与苏仲堪针对这布交谈了一阵,给了颇高的评价。自由上前的时间结束之后,那黑布被陈列在楼层的前方,以便此后大家都能看见。

下一家出来之时,纷纷议论还未停止,直到这一家开始展示,这些讨论才稍稍平息。不过,吕家那黑布的余韵一直未消,到得几家都展示完后,贺方出来说出薛家"大川布行"的名号时,宴会场中的气氛才像是陡然被一刀切断。这个晚上,几乎所有人都在等待的时刻终于到来。

圆桌边,宁毅敲打的手指停了下来,廖掌柜等人正了正身子。薛延朝这边笑笑,捧着一个木盒上前,说起薛家这一年中的好事。二楼大厅之中安安静静的,所有人都注意着薛家将要拿出来的东西以及苏家的态度。当薛家终于将一款贵气的紫色新布展示出来时,整个空间的气息似乎都凝滞了十数息。人们安安静静地等待着旁人的反应,多数朝苏家望去,就连薛家人都朝苏家投过去注意的目光。苏家的掌柜看了一会儿之后,互相交换着眼神。

一秒、两秒……终于,廖掌柜环顾了一周,整理了一下袍服,笑着站了起来,准备上前去看。在他跨出一步之时,宁毅皱了皱眉,手指再度落下,后背靠了回去。随后,他听见周围的私语声混成一片,众人陆续起来走上前去。

"苏家没反应?"

"怎么搞的?"

"薛家没有后着?"

"苏家准备了几年时间，光靠刺杀苏伯庸看来意义不大，苏檀儿未倒。"

"这次苏家的孤注一掷见成效了。"

"压轴，皇商恐怕要归苏家。"

"乌家还难说，但若乌家有心，按照以往的情况，本应乌家压轴。"

"厚积薄发，真正的厚积薄发就是这样了。"

"苏愈这下该放心将一家子交给他孙女了。"

窃窃私语声中，众人笑着走上前去。薛家作为江宁织造的三大家之一，众人虽然错愕，但不会不给它面子，场面顿时热闹起来。当然，这样的热闹中，人们各有各的心情。热闹归热闹，当薛家将那紫色布匹放上前之后，薛延走回座席，整个过程从他脸上都看不出到底是什么心情。随后，他偏过头，小声与弟弟说话。

"我在想，苏檀儿今晚，可能真的会拿下皇商。"

"方才苏仲堪、苏云方的脸色变得有些怪，呵呵。"

巨大的疑惑与纷乱的议论笼罩着会场，贺方起来挥了挥手也没能起太大作用，他照例说了让下一家出来的话，乌承厚笑着从座位上站了起来，之后带了一个锦盒上前。就在人们错愕的时候，乌承厚笑着说起话来。

人群后方这才安静下来，王文卓朝乌承厚望了一眼，皱起眉头："怎么薛家之后便是乌家？"

"是啊……"王家管事点了点头，也很疑惑，然后偏偏头，继续方才的交谈，"无论如何，苏家这次只要拿下皇商，心也就定下来了，若苏檀儿接不了家业，后果堪忧……"

"我已经准备好在今天之后……"

他们只顾说着方才未说完的话，没注意乌承厚在上方说的话有些干，大部分人虽然听了，但心中疑惑未减。一旁薛家兄弟皱着眉头，窃窃私语："呵呵，我一直在想，苏家是不是将苏伯庸的刺杀案想得太过复杂了……"

"反应很激烈，不过也难怪，只希望他们到头来出些岔子……"

"我到现在也不是很信他们真能做出什么能压倒所有人的布来，宣扬得倒是厉害……"

"苏檀儿病倒，那些掌柜也只能这样了。无论如何，到最后一刻，就会……哇！"

薛进这句话尚未说完，望着前方的眼睛突然直了。众人一边聊天，一边也在听乌承厚说话，这时候，一张金色的织锦陡然在众人面前展开。乌承厚这人说的话没什么意思，但他只是随意将那金色的织锦展开片刻，就将所有人的目光都吸引了过去。

薛进、薛延都愣了半晌，与身边管事说话的王文卓也不由自主地调整了身体，伸长了脖子。薛延看了半晌，完全忘了方才一心二用与弟弟交流的话题，感叹了一句:"乌家人这还真是……咬人的狗不叫……"

"乌家也拿出撒手锏了……"

"这布……不对!"薛延陡然反应过来,朝一旁望去。

前方那乌承厚的身边,金黄色的布匹被展开,盒子里还有同样被染成金色的丝线,那颜色鲜艳亮眼,华丽异常。乌承厚还在说话:"这灿金锦是由我乌家找到的特殊的染布配方染制而成,织造过程由骆神针负责,因此……"

他微微顿了顿,笑着停下了介绍。不知什么时候静下来的厅堂中,一道着青袍的身影已经越过了几张桌子,望着乌承厚身边的金色织锦,那是不知什么时候起身的宁毅。此时众人都还坐着,他却缓缓走到了近处,随后微微停了停。整个会场中的人都望了过来,贺方想了想,随后站起来:"宁贤侄,乌家尚未说完,你还未到上前之时,请你先回席上?"以往大家都是"贤侄""大人"这样互相称呼,关系看起来不错,这时贺方的语气也亲切。

宁毅却没有反应,安安静静地站着。人们的目光开始在宁毅与乌家众人之间来回,有人渐渐想到了一些东西,随后又有人想到了更多……

"不太对……"

"怎么了……"

"不对,不对,不对了……"

"乌家……"

"苏家出问题了……"

一些东西如雪球一般越滚越大,然而一时间仿佛只有某种气氛在改变,没有人议论,只是望向彼此的眼神变得复杂起来,渐渐更加复杂。气氛变得躁动起来,似乎话语声立刻便要响起。廖掌柜走了过来,试图让宁毅回去。前方乌承厚也望了宁毅半晌,一直有些迷惑地微笑着,随后开了口。

"呃,无妨,宁贤侄自可来看,无妨无妨。说起来,我前几日还与宁贤侄聊了一事,家中也有新布拿出,宁贤侄若有诗兴,想请贤侄为之赋诗一首,倒也不用太好,只是借借贤侄的名气。总之,此布已经拿出来了,也不用再多做介绍,骆神针的织工想必还是值得夸耀一番的,来来来,大家不用客气,请指点,呵呵,我也不多说了……"

几名亲近乌家的管事站了起来,但依旧没有多少人说话,只有难以听清的些微耳语穿梭其中。

"出事了……"

王文卓皱起眉头,随后伸手揉了揉额头,目光复杂难言。

"是……乌家?"薛延有些难以置信地靠上椅子后背,同样表情复杂地失笑出声,"呵呵。"

宁毅与廖掌柜处于所有人的视线当中，廖掌柜说了一些话，宁毅却是皱着眉头，什么也未说，只是望望乌承厚，望望那边笑着走过来的乌启隆、乌启豪两兄弟，有时候目光不知道望向哪里，只有一刻，他似乎一咬牙，想要继续往前去，但是廖掌柜拉住了他的肩膀。

　　接下来的时刻，整间厅堂似乎被某些东西割成两块，一块安静，一块喧嚣。宁毅终于退回座位上坐着，他只是望向场地中央，目光复杂，不知道在想些什么。其实那样的目光所有的生意人或许都见过，那是某些人一腔热血投入商场却被商场的黑暗陡然吞噬时的目光——复杂难言，难以置信却说不出话来。许多人都猜到了一些，就算不能确定自己的猜想，也多少感受到了气氛。

　　嗡嗡嗡，嗡嗡嗡……

　　乌家人回到了席位上，金灿灿的织锦被放在前方，但那种分裂的感觉没有离开，无论是寂静的那块还是喧嚣的那块，人们都在等待某些事情的最后结论，他们看看仍旧微笑的乌家，看看苏家席位上沉默的宁毅与交头接耳却还保持着镇定的几名掌柜。薛家一方也已经猜到了许多事情，薛盛皱着眉头，对两个儿子叹了口气。

　　"真咬人的狗不叫，乌家的厉害就在于此，不动声色，看着所有人都吵吵嚷嚷，它在背后安安静静地翻手为云覆手为雨……呵呵，苏家这段时间声势何其之大，最后却没有用，这一招真是太狠了。江宁织造鼎足而三的局势将不复存在，苏家完了之后，你们要引以为戒……唉……"

　　以往薛家与苏家关系不睦，但他此时的叹息中已然没有了任何幸灾乐祸的心情，他仿佛看见了一个时代的落幕，带着微微的惋惜与惆怅之意。

　　并非因为苏家不行，而是因为乌家太过厉害。薛延看了看那边坐着的宁毅，过去的一个月里，这个书生发挥的作用大概是最小的，感觉像是站在狼群中的一只羊。他原本也没有什么反抗的余地，往日自己也觉得他可笑，不过此时，那道背影显得分外孤寂。他还是做不了任何事情，也没有做任何事情，只是这时就让人有些同情了。

　　终于，某一刻，贺方的声音响了起来，将一切推向末尾……

　　灯影摇曳，时间如凝滞一般沉淀在绿漪楼中的这片空间里，目光与议论声交织在一起，似乎在将空气挤压向某个方向或是那个几近固定的结果，而随着这样的挤压感越来越重，贺方的声音终于再度响起："最后，让我们苏氏布行的掌柜来为大家说说过去一年里布行的生意，另外还有……"

　　说完之后，几乎所有人都注视着苏家这边。苏仲堪、苏云方安静不语，微微皱眉。一旁廖掌柜低头沉默了一会儿，随后露出一个笑容站了起来，朝周围众人抱了抱拳，准备上前。后方，名叫小婵的丫鬟有些犹豫地去拿姑爷压在右手下的锦盒，用了一下力，却没有抽动。

　　宁毅坐在那儿，只是微微偏着头，像是在想着什么事情，目光看来淡然、安静，这时候却显得有些冷寂，余光偶尔朝乌家那边看看，右手一动不动地放在那锦盒上。

想要上前的廖掌柜这时候察觉出宁毅的态度，他为难了片刻，回过头来，试图伸手去拿锦盒："还有机会……"他轻声说着。宁毅笑了笑，随后冷然道："放手。"

"姑爷，还有机会……"

这边安静了一会儿，人们虽然听不到宁毅与廖掌柜的对话，但谁也没有说话，只是或叹息或冷笑地望着他俩。过得片刻，宁毅的声音在厅堂中淡淡地响了起来。

"我们……退出。"

等待中的反应终于出现，窃窃私语声立刻响了起来。不过，这只是个开始，人们仅仅能够感受到那种气氛。廖掌柜皱了皱眉头，看看周围，又压抑了声音道："还有机会的，姑爷你别乱来……"

他已经为了这事在巨大的压力下忙碌了月余，做了所有该做的努力，这几日以为人事已尽，也没有太多会失败的理由，才乐观了一点点，因此，方才乌家拿出那明黄织锦的时候，没有人知道他心中的惊愕到了什么程度。

今晚情况复杂，但作为当局者，已经能够整理出一个轮廓——乌家拿出布料的时机，董大人的安排与态度，一切的一切，反压过来之后，如噩梦般惊心。事实上，今晚真正控制苏家大房局势的廖掌柜这时候的压力或许才是最大的。但即便是在这样的情况下，他方才仍旧按捺住了所有的情绪，将宁毅拉了回来，这时候还打算做最后的努力，至少把该做的事情做到。这时候，再怎么冲动执拗也改变不了任何事情，形势比人强的时候，蛮干其实什么作用也起不到，只是徒然让旁人觉得苏家没有风度。

不过，宁毅还是摇了摇头，开口复述了一遍："我们退出。"

廖掌柜按捺住火气，正要再说话，前头贺方已经皱着眉头站了起来："宁贤侄，今日只是让你苏家参与这次聚会，说说你苏家的成绩，与在座诸公交流一番。我江宁织造局堂堂正正，可从未让人参与何种不光彩的圈子，你在这里口口声声说退出，敢问你到底是要退出什么？年轻人，说话之前可得三思。"

他这话说完，旁人在窃窃私语中点着头，有人轻笑出来，说着宁毅失态的事情。廖掌柜有些着急，宁毅缓缓站了起来，望定了乌家那边，乌承厚、乌启隆父子也微笑着朝这边望过来。众人左右瞧瞧，陡然听得宁毅喝道："你们不能这样做……无耻！"这话不是歇斯底里地喊出来，却饱含着愤怒。

"宁立恒，不得放肆！"

贺方站了起来。旁边一直微笑着观看事态的董德成拍了拍他的手："无妨，无妨，宁贤侄年轻气盛。不管是谁，不管对今日的宴会还是对我织造局有意见，但说便是，本官从不阻人说话。"

由于宁毅是对着乌承厚说的这话，同一时刻，一些亲近乌家的商户也站了起来，准备配合乌家继续欺负苏家，乌承厚却伸了伸手："宁贤侄莫非在说我乌家？"

这头，董德成的话音才落，苏仲堪、苏云方、廖掌柜都微微变了脸色，害怕宁毅真愣头青把织造局也给扯了进去，正要说话，但见宁毅目光扫了董德成一眼，随后点点头，深吸了一口气，笑了起来。从头到尾，除了乌家拿出那织锦时的些许失态与方才这声怒骂，其余时间就算旁人能看出他的不妥，他也一直保持着风度，这时候像是终于按捺住了怒意，望向乌家那边。

"呵呵，也好……世伯不是说要小侄帮忙想首诗词吗？适逢今日之事，小侄忽然想到一首诗最为适合，我写出来，世伯可想看？"

"哈哈，如此甚好。"乌承厚笑着，当即回答道，他朝周围望了一眼，"我乌家世代商贾，平日里实在有些粗鄙，不沾文气。宁贤侄乃江宁第一才子，人所共知，你愿为今日写诗，能有何问题？诸位，我等今日在这绿漪楼头聚会，能得江宁第一才子赋诗，实在是件盛事。来来来，快给贤侄呈上纸笔。"

一些人笑着站了起来，也有些人心中叹息：这个时候不管再写什么，都只是徒惹人笑而已，虽然宁毅是大才子，但这样的情况下又能有何用处？此时诗词写得再好，异日旁人说起，也只会说宁毅经营商道丢了面子；而就算诗词将乌家骂得再厉害，旁人也只会觉得商贾之家本身如此，倒是反过来给乌家造了势，丢了自己的面子。

不过，事到如今，话已出口，也没办法再收回去了。宁毅站在那儿望着乌家人，两名小厮将纸笔放在他身边他也未曾理会。这样过了好一阵子，他才终于回身，拿起毛笔，顿在空中。

一群商户围了上来。人群内部稍稍安静，外面还有窃窃私语声。酒楼下方的香气传上来，人群中，乌承厚、乌启隆、乌启豪笑着望着桌上的纸。

终于，笔锋落下。

有人俯下身，认真看着，随后微微疑惑地念出了第一句。

"《酌酒与裴迪》……"

话语声传出去，有人朝周围望了望。

"今日有叫裴迪的在？"

"莫老四，你实在丢人……"

"什么？"

"这是古诗……"

人声纷乱，一些人也疑惑起来。在场之人虽然皆是商贾，但许多人还是有些学问的。《酌酒与裴迪》明明是唐代王维的诗作，宁毅竟然只是要抄上一遍？不过，以宁毅往日那奇怪的作风，难说不会是故意弄个这名字却写上一首新的。然而，接下来的一句就将这个猜测推翻了。

"酌酒与君君自宽……"

宁毅写字颇快，字算不上好也算不上差，有些潦草，或许证明了他心中的愤然。诗作写完，众人都看向宣纸上称不上佳作的草书：

"酌酒与君君自宽，人情翻覆似波澜。白首相知犹按剑，朱门先达笑弹冠。草色全经细雨湿，花枝欲动春风寒。世事浮云何足问，不如高卧且加餐。"

未动一字，宁毅写完，执笔低头看着："王摩诘珠玉在前，在下就不乱写了，此诗便送给乌家世伯，如何？"

乌承厚望着那首诗，随后望望宁毅，面上的笑容却是丝毫未变："此诗甚好，说得虽让一般人觉得不好听，却正合商道。贤侄今日愤怒的因由我无心追究，但这诗作，我收下了，此后必定好好保管。"

宁毅也笑着，吐出一口气，放下毛笔，随后转过身，低声道："我们走。"说完抓起桌边锦盒，顺手朝窗外扔去。他看起来用力不大，但锦盒径直飞出窗户，盒盖在空中哗地打开，一抹明黄从众人眼前划过，落往楼下。

小婵啊地低呼一声，快步跑下楼去。宁毅这时还未走到楼道口，乌启隆笑着走了过去，拍拍他的肩膀，低声道："宁兄才华横溢，却何必涉及不熟之商道，在家中写写词作教教诗文岂不更好，呵呵。"

宁毅笑着看了他一眼，并未回答，随后继续下楼。

背后的议论声开始变大……

虽然出现了这样一段插曲打乱聚会的步骤，但接下来的固定程序还是得继续，苏家人可以不管皇商，但其他人该说的话还是得说，众人回到座席上，议论未减。这期间，也有两个分别做丫鬟、小厮打扮的孩子愤然跑下楼去，但这样的事情已经无人理会了。乌承厚则让人将宁毅写的那首《酌酒与裴迪》好好收了起来，与周围一些人礼貌地交谈着。

乌家行事一向不急不缓，不过这次的事情颇有于无声处听惊雷的利落劲。从宁毅扔下楼的那匹黄布，多数人大概猜到发生了什么事，但在这样的情况下，连苏家都因为没办法证明而无法说话，旁人也只会认为乌家真是厉害，苏家那样子铺垫了几年，之前又辛辛苦苦地铺陈了一个月，乌家却能转手就翻盘。

从今天开始，苏家便要渐渐退出江宁织造三大家鼎立的格局，真正得到壮大的是乌家，薛家也已经无法再跟乌家争，只能一直屈居第二的位置——众人激动地议论着这一转折点，也开始重新考虑苏家的定位以及与苏家的关系。至于宁毅，那算是一个可怜人，他只是被塞到了中间，原本就无能为力。

有人从楼上望下去，见青袍书生的身影正站在楼下，回头望着这边，大概是要记住这栋楼，放几句可怜的狠话。这一切，不过是败者萧条的残像而已，只有丫鬟小婵跟在他身边。楼上的人看了几眼，就与旁人说笑着回过头……

接下来，他们要适应一个新的格局，对布行中人来说，更像是要适应一个新的时代。至于败者，那只会存在于饭后的谈资中，多看一眼都是浪费时间。

于是，楼上的气氛重新热烈起来。

"今天这里的蟹不错，没吃到……可惜了。"

楼下，宁毅站在道路边望着那绿漪楼的招牌，有些惋惜地叹了口气。

"那……"小婵皱起眉头，有些为难，"小婵去要些，打包回去？"

"脑有包……"宁毅笑了起来，随后拍了拍小婵的肩膀，"走了，回去吧，忙了一个多月，无事一身轻了……"

夜风拂动，主仆两人往马车驶来的方向走去，后方，周佩与周君武跟了过来。

难得凉爽、轻松的夜晚……

接下来的几天，江宁下雨了。

城门还未开，绵绵的秋雨仿佛将整座城池都溶了进去，道路上行人身影匆忙，却也有着深深的疲惫与倦怠感。城门未开，就做不了多少事，而有些平日里简单的事情，此时也得花费比平时更多的工夫。米价粮价日高，各种纷争也渐渐增加，这样消极的日子里，谁都有些累。

不过，如果将江宁布行一系独立出来，此时的情况却稍有不同——一场风暴开始酝酿，各家各户都在进行富有活力的运作、新的绸缪、新的联系，准备看风向、找趋势、占位置。身为江宁第一布商的乌家拿下了今年的皇商，预示着接下来可能为扩张做准备，当然，几个月内恐怕还难有很大的动作，皇商拿下之后就要担起巨大的责任，现下乌家还要为皇商的岁布做些调整，但只要稳定下来，就必然会大步前进。

与之形成对比的是开始动摇的苏家。皇商那一晚之后，苏檀儿终于现身，准备积极地稳定住苏家即将面临的动荡局势，找以往的各位合作人试图稳定关系。苏家也有些底蕴，现下得到的答复自然还是好的，但在水面之下，难以弄清楚有多少人已经开始打退堂鼓，有多少人已经暗中与其他商家进行联系。

薛家对于这些事情无能为力，他们只能安安静静地等待，悄然布局，蓄积力量，在接下来的某些局势中，更多地瓜分掉可能由苏家那边放出来的市场份额。以往针对苏家做准备最多的便是他们，此时未必不能抓住机会，获得更加巨大的利益。

这些东西还未真正成形，却已经如同白蚁一般迅速地腐蚀着之前的整个结构，一两个月之后，整个局面可能就会真正崩盘，乌家走向新的高峰，苏家则退出江宁三大布商的位置，退回中型布商的规模，然后……在明眼人看来，或许还会进一步衰弱。

苏家内部的变乱，从某种意义上来说，已经开始了。

如今的苏家院子里，蔓延的皆是有关皇商之争那晚的议论。大房、二房、三房已经清晰地划出界限，明里暗里开始有声音说宁毅无能，说苏檀儿无能。当然，这几天，苏檀儿还在各处奔走，忙碌得无法理会家中这帮人，这些人暂时也没胆量直接对着苏檀儿说什么，但在苏家内部，要求苏檀儿停止掌管商事的呼声已经响了起来，苏家内部每日都在争吵。

不光是二房、三房一些不争气的子弟，这样的言论也开始出现在一些苏家老人口中。苏仲堪与苏云方这些年来蓄积的力量终于开始释放，预备在苏伯庸倒下之后，给予大房致命一击。在苏家面临内忧外患的情况下，这些事情，就连苏老太公也已经无法用高压手段压下。

这些事情离成为定论还有一段时间，但在绝大多数人看来，苏檀儿在不久之后退出苏家的商业舞台已经是一种必然的趋势，无论她此时如何努力去维持、去阻止，都已经是兵败如山倒，而她本身是一名女子，在这样的危机状态下，就更难给人以稳定感——许多人或许承认苏檀儿的商业本领，即便这次失败了，她往后也可能扳回来，但是他们很难相信苏家还会让她继续掌舵。

在这期间，各种抨击宁毅的言论恐怕是最多的，虽然并未被搬上台面，但私底下，就连原本亲近大房的许多人的说法都不怎么好听，甚至有人开始说这书生配不上二小姐。

那一晚之后，苏檀儿完全回到了原本属于她的位置，宁毅便没有了任何事情，这些日子又回到了以往无所事事的状态。外面下着雨，私塾也未开，他便在家中看看书写写字，偶尔拿支小圆筒摆弄一番，看不出与以往有什么不同。

城门未开，因此私塾仍旧关着，但在苏家院中，已经有几个人找到豫山书院的山长苏崇华，要求将自家孩子弄到其他班上去。这几人的孩子原本是宁毅教授的学生，父母大概是已经决定了要亲近二房三房，因此不再希望孩子继续由宁毅教导。苏家之中，私塾一向是老太公最重视也控制最严的地方，站队的活动发展到这里，显然意味着这次并非儿戏，这些事情几天内也已经在苏府内大范围传开了。

临近九月，天又晴了起来，据说城门也可能在这几天打开。城内的紧张气氛似乎稍有减弱，但在苏家的宅院当中，这种气氛却是每日都在加深。院廊上，两名丫鬟端着一些东西走过去，一面走一面窃窃私语。

"搞砸了这么大的事情，那个姑爷还能像没事人一样呢。"

"还是什么第一才子，一点儿用都没有。"

"二小姐也被他连累了吧。"

"苏家不知道会怎么样。"

这样的气氛中，偶尔走过的丫鬟们如此议论一番已经变成常态，只是今日这两名丫鬟似乎有些不走运，快要到廊院转角之时，陡然看见一张冰冷的俏脸等在那儿："你们两个，去那边帮忙，他们在隔壁的院子搬东西，人手还不够。"

"娟、娟儿姐……"

"没听见我说话吗？大家都在做事，还不快去！"

"可是……四小姐叫我们……"

"四小姐那边不着急，我另外叫人。快去！"

"是……"

两个丫鬟面有不豫，但终于还是匆匆忙忙地去了。

娟儿皱着眉头快步朝前方走去，不一会儿，又在一处院门口听得里面的人谈起宁毅，自然也不是什么好话。这次她抿了抿嘴唇，终于没有再进去。人人都在说，这些事情也不全是她管得了的。她只是低下头，快步往院子那边走去。

此时小院之中，婵儿正在执着扫帚扫地。娟儿走过去看了看宁毅的房间，又看看楼上："小婵，姑爷呢？"

"呃，出去了吧。"小婵抱着扫帚，"早上说好不容易天晴了，出去逛逛，娟儿找姑爷有事？"

"方才经过门口，周家的那对小姐弟来找姑爷。"

"嗯，可娟儿你的脸色不太好。"

"方才遇上几个什么都不懂的……"

娟儿冷冷地说出方才听见的那些话，婵儿抿了抿嘴，脸色变得也有些不好。这几日以来这类话语大家听得都不少，就算站出来骂一顿也无用，而她们知道的事情根本不能说。

"姑爷真委屈……"娟儿微微蹙眉说着。平素的她有些安静，这时候却是真心为宁毅感到难过。

"杏儿姐昨天也骂人了……"婵儿说道，"不过姑爷倒是蛮悠闲的样子，昨日我也问姑爷他生不生气，姑爷在摆弄那什么望远镜，就是随意地摇了摇头，什么话都没说。"

婵儿模仿着宁毅随意摇头的样子，也难说到底像不像，其实她也是在意的。娟儿又与她说了两句，赶着回复周家两姐弟去了。

娟儿离开之后，小婵抱着扫帚望了宁毅的房间好一会儿，咬了咬嘴唇："姑爷啊……"低喃了一声，她才拿着扫帚，用力地扫起地来。

这个时候，宁毅与聂云竹在小楼之中见了个面。

他去书院旁边的小实验室拿了些东西，随后闲逛来到这边，想不到聂云竹正好在家。八月二十五之后，两人还是第一次见。

在门口陡然看见他，聂云竹的表情明显有些如释重负。两人也没怎么打招呼，宁毅只是提着个小袋子，随意地挥了挥手，聂云竹站在台阶上，露出一个笑容，事后看起来，那简直像是一个迎接疲累丈夫回家的妻子。

"最近怎么样？"

"店里好好的，锦儿在那边，所以我休息。"聂云竹偏了偏头，让宁毅进去，"你呢？"

"也好。就是这几天下雨，所以没办法出来，天晴了，我就出门走走。"

"那就好。"

客厅的门开着，直接通往伸到河面上的露台，秋日的阳光洒在那边，一棵歪脖子树倚着小楼生长，在露台上投下树荫。

聂云竹想了想："其实……我听说这几日的事情了。"

"哦。"宁毅看了她一眼，笑着摇了摇头，"呃……事情肯定没有外面传言的那么恐怖，不过最近几天确实有点儿吵……"

"不如……我弹些曲子给立恒听听，宽宽心？"

"会不会有些麻烦，你好不容易休息一天……"

"没事的。"聂云竹笑着，垂下眼帘，"我……我也就会这些了……"

露台临河，一眼望去，四周风景宜人，歪脖子树洒下的树荫不多，大部分露台还是在懒洋洋的日光之中。宁毅拿了个垫子在露台边随意坐下，聂云竹端着茶盘过来时，见他正坐在那露台的地上，背靠着墙壁，屈起一条腿，望着远处的景物，她不由得笑了笑，将盘子放下。

"我去拿琴。"她轻声说了一句。宁毅望望她，点了点头。

过了片刻，琴音响了起来……

不知不觉间，宁毅睡着了，睡梦中感觉暖洋洋的，犹如浮在温水里，又像是母亲的手从身上温柔地拂过……聂云竹不知道弹的是怎样的琴曲，他是乐盲，以往也不是很喜欢这些古琴曲，但这时候还是沉浸其中。聂云竹偶尔轻哼几句乐曲，像是小女人低喃的琐碎句子。他偶尔往她那边看看，秋日的光芒洒下来，落在她身上犹如金粉，衣袂如雪，青丝微动，女子神情专注，然而当他望过去时，她会在弹琴的间隙冲他温柔一笑。

她进去的时候原来换了衣服……蒙眬间意识到这点，宁毅渐渐睡了过去。对岸柳荫如屏，秋风吹来，河水自露台之下流淌而过，露台上树叶簌簌而动，偶尔落下一片叶子，琴曲汇入水声、树叶声中，女子轻吟低唱，声音婉转空灵。

那乐曲不知道是何时停下的，女子坐在那儿许久未动，望着不远处男子的沉睡姿态。几年来，这是她第一次如此长时间地持续演奏，以往即便兴之所至，自娱自乐，也不会到这样的地步。那些时日里，即便是之前在青楼中的时候，她的演奏，更多的其实还是为了自己。不久之前在燕翠楼中，她的演出则存了胜负之心，真正表演的成分反而浅。唯有这时，她在这里全心全意地为他人演奏，长时间的，只是为了让他沉睡下去，希望他能感到舒适，得到抚慰。

风从河面上吹过，她推开古琴站了起来，轻轻地走动，悄然收拾起茶壶、茶杯与点心，又害怕宁毅睡着睡着会倒下去，便在这秋日的光芒中坐在旁边，静静地望着那睡脸。

也不知什么时候，风变得有些大了，她去到房里，不久之后抱了一床薄毯子出来。在男子身边蹲下时，女子微微迟疑了一下，不知道将毯子放上去会不会吵醒他，而且这床毯子是她跟锦儿的，有着专属于女子的气息。就在这片刻的迟疑间，宁毅的眼皮动了几下，随后醒了过来，他揉了揉眼睛，手撑住地板，站了起来。

白衣白裙的女子抱着那床毯子，不由自主地跟着站起来，有些不知所措。

"嗯，抱歉，不知道怎么回事，睡着了……一定是你弹得太好了。"

宁毅还有些迷糊，笑了笑。聂云竹却没有回答，偏过头。白色的丽影上前一步，踮起穿着白袜的脚，仰着头，将唇瓣贴上了他的双唇。

柔软的、温暖的、有些颤抖与生涩的触感，让秋日的光芒迷失在这河湾的木楼间，风拂过，阳光穿过檐角，有一片树叶在风中飘落，静静地望着这一幕……

流淌的河水之上，这个落在秋意之中的吻柔软而安静，只是简简单单的四唇相触。宁毅微微愣了愣，面前的女子睫毛颤动着，片刻之后，她抱着那床毯子退后了一步，红着脸，低着头，但随即又将头抬了起来。

"云竹……云竹没有其他事情可以做，只会弹几首曲子，唱些歌，除此之外……除此之外便只能这样了……"

她认真地笑了笑，随后又低下头去。

"这几日听到立恒你的事情，着急得不知道怎么办才好，可是你一直没过来，今日见到你没事，真是高兴……可是我也知道，遇上这样的事情，就算立恒你心中再豁达，肯定也是有些不开心的，若是……呃……"

"你这样做很冒险……"

宁毅微微叹了口气，随后伸手触上了她的左边脸颊。聂云竹的颈项下意识地缩了缩，目光有些无措地转动着，过得片刻，她却是微带怯意地偏了偏头，将脸颊靠了上去，感受着那手掌的轻轻摩挲。宁毅也稍稍偏了偏头，片刻之后才神色复杂地笑了出来。

"呵呵，最近几天，在家里的确感觉挺烦的……一帮人叽叽喳喳地吵，苏家一帮人怨气都快冲天了……嗯，看来我也蛮可怜的，搞砸了生意，出了大丑，被人摆了一道还被所有人当成傻瓜看……呵呵，这个算是……"许久之后，宁毅似乎觉得有趣，摇了摇头，"呵呵……"

聂云竹抱着毯子站在那儿，脸颊贴着对方的手掌，感受着掌心的热量。原本她一直不敢抬头，到得此时，才觉得有些奇怪，朝上方望了望，视野之中，那道身影靠了过来，眨眼间，双唇便被堵住了。

"嗯……"她的身体微微退了一步，后背直接贴在了木墙上。阳光之中，宁毅的身影欺了过来，隔了那床薄毛毯与她贴在一起，但她并不觉得讨厌，一只手也沿着后背搂在了她的腰肢上。树叶沙沙作响，金色的阳光在其上闪动，闪得她晕陶陶的。

稍稍清醒过来时，她发现自己几乎已经躺倒在露台上，因为背靠着墙壁，还没有完全倒下去。宁毅蹲在她身边搂着她，让触在一起的双唇稍稍离开，眼睛望着她，脸上还在笑，那笑容有些古怪，也有几分释然。聂云竹已经无法去思考其中的含意，两人的身体几乎贴在了一起，胸口起伏不定，并且随着心脏的每一次跳动，那种互相挤压的感觉就越发清晰。宁毅的左手搂着她胸口的侧面，几乎触到胸口与肋间的肌肤。她的嘴唇动了动，她试图让自己冷静下来，但自然失败了。

先前冲动地吻上去之时，她考虑过这样做的后果，只是未曾想到某些事情会那么快。她未曾经历过这些事情，但既然对方喜欢这样，那也就……

"云竹的身子以前未被其他男子碰过，不过……立恒若想要，我是喜欢的……"

她脸色绯红，话语轻得像是蚊子在飞，但近在咫尺，宁毅自然听得清楚。他只是望着聂云竹的神色，脸上的笑容未变。也是在此时，一道轻微的声音在露台一旁响起。宁毅与聂云竹闻声偏过头去。

出现在露台门口的，赫然是一身绿裙的元锦儿。她或许是刚刚回到家，听见露台这边有声音，因此兴冲冲地跑过来找聂云竹，才跨过门槛两步，就愣在了那儿，轻咬着右手食指，脸上还带着笑容——这大概是她方才进来时的表情。三个人面面相觑，元锦儿保持着咬手指的动作，眼珠骨碌碌地转着，脸上红一阵白一阵，随后陡然一转身，想要跑。

然而她跑错了方向，于是又是一个回头，结果被门槛绊了一下，砰地摔倒在门边的地上。作为一个女孩子，从声音上听起来，这一下摔得真惨，连宁毅的眼角都抽动了一下，何况她还是一直咬着手指摔下去的。两只脚还伸在门槛这边，其中一只脚上的绣鞋摔掉了，她也未加理会，连滚带爬地继续跑。

这边已经没有了方才的气氛，聂云竹目光转啊转，不时偷偷望向宁毅，看见他望过来，她立刻低头看向地面，随后又转往左边的空处。宁毅放开她时，她还抱着那床毯子，背靠着墙壁，双腿蜷缩了起来。

"我、我……我去看看锦儿……"她这样轻声说了一句，望了宁毅一眼，随后爬起来朝那边追去。

"呵呵……"

宁毅还在笑，同时在方才的位置靠着墙壁坐了下来，仰起头，望着树叶间的日光和不远处的古琴，脸上的笑容加深，那是感觉得到了什么的开心的笑容……

他当然知道聂云竹今天情绪变化的原因，方才也在为此高兴。在这个世界上，总有些人是真心为你考虑，无论你是否需要，这总是一件令人开心的事情。他没打算瞒着聂云竹，只是方才一直未曾聊起这个，因此也没必要先将这些日子里发生的事情交代一番，没想到她会做到这种程度。

这下子，简单了……也麻烦啦。

厅堂那边，聂云竹似乎是追到了元锦儿，因此隐约有争吵声传来，元锦儿似乎很伤心，哭哭啼啼的，当然，有没有真到这种程度还得看到才能知道，只是那声音听来有些像。

"云竹姐你怎么可以这样？光天化日之下，你们两个就在露台上，想要，想要……退一步说，你们在露台上，在外面，我都不说什么了，反正江上没人看见……可你们就算想要这样，也不该……也不该拿我睡的毯子吧……宁立恒是个大变态！"

元锦儿大喊着，在墙壁那边狠狠地踢了一脚。墙壁是木质的，她在这里住得久了，能准确把握住宁毅的位置。这一脚的震动传来，宁毅的后背像是被狠狠地敲了一下，他微微离开木墙，不可抑制地笑了出来，笑声越来越大，随后，他握紧拳头，忍不住在露台上狠狠地敲了好几下。

元锦儿满腔愤怒，宁毅没脸没皮，只有聂云竹夹在中间最难做人也最为害羞。片刻之后她走到露台上，一袭白裙的身影羞怯怯的，双手手指在身前绞得几乎发白，忽然从弹琴歌唱的仙子变成了下凡后不会做饭而被婆婆骂的小媳妇。宁毅望着她笑了笑，然后拍拍身边的地面。聂云竹走过去，有些不好意思地弯曲了双腿坐下，拉了拉裙角，盖住脚踝与袜子。

"呃，刚才说的事情，现在还算数吗？"宁毅握了握她的手掌，笑着问了一句。元锦儿这一搅局，想做什么事情都没有气氛了，不过，该坦白的事情，终究还是要坦白；该说清楚的关系，这时候也没办法再避过去。当然，以这样的言辞做开端，让聂云竹一时间又羞赧起来："锦儿、锦儿在家呢……"

宁毅又笑了出来。金光之中，露台上的两道身影说着话，聂云竹时而羞涩，时而认真，时而惊讶，但握在一起的两只手始终没有放开……

从小楼出来，踏上回程的路途时，已经是下午了。宁毅想着之前发生的事情，包括告白，微微叹了口气："万恶的旧社会……"如果是在一年多以前就与聂云竹有这样的情况，他或许会选择与之另找一个地方生活，但如今在苏府，不仅有苏檀儿，也有小婵，虽然聂云竹未曾想过要让他为难，但这才是让他觉得有些为难的地方。

当然，这样一说，倒像是一个男人占了便宜又卖乖的风凉话了……

路过秦老府邸的时候，宁毅准备进去坐坐，看见陆阿贵正站在门外，才知道康贤今天也在这里。

进了屋,他发现周家那对姐弟也在。见到宁毅,小君武跑过来"兴师问罪":"老师,我和姐姐上午去找你,你去哪里了啊?"

"呃,上午有点儿事……"宁毅拍拍他的头。那边康贤与秦老刚下完一局棋,这时与宁毅寒暄了几句,邀他过去对弈。周君武搬了张小凳子坐过来,周佩则有些沉默地跟在旁边,偶尔看看宁毅的表情。宁毅与秦老、康贤两人有一搭没一搭地聊着,他心里有事,蹙眉落子,下得片刻,康贤说道:"最近几日城门便要开,这两个孩子的拜师礼准备在近日操办一下,如何?"

宁毅看看周君武,又看看周佩,笑道:"这样还让我教?不会对我很失望吗?"

"胜败乃兵家常事,驸马爷爷说的,何况这本身就不是老师最擅长的,所以就算输了,也是因为他们太卑鄙,我还是很喜欢望远镜那些的。"

周佩沉默片刻:"我跟你学习筹算之道,又不学经商。"

"如何?"康贤笑了起来,秦老在旁边拉了拉小君武的手:"两个好孩子。"

"既然这样,当然教了,不过拜师礼暂时还是别办吧,有点儿张扬。"

康贤想了想,落下棋子,又闲聊了几句,方才问道:"近日有心事?"

"嗯。"宁毅执起一枚棋子,点了点头。

"其实这几日老夫一直在等你过来求助,可惜你却一直未来。"

宁毅看了他一眼:"呵呵,康老高义。"他未曾想过这事,于是笑了出来,康贤却有些认真。

"能成大事者未必能事事精通,我知你性情,不愿轻易欠人情分,因此之前没插手,可到得这等程度,解决此事于我来说不过举手之劳,你开个口有何为难?你我之间的交情,莫非让你觉得连这点儿人情都不好欠我的?"

他这句话说出来,宁毅环顾四周,也变得严肃起来,片刻后方才点了点头:"好吧……"

偌大的江宁城,这里或许只是一个供闲人会聚的小小角落,就像石子扔进池塘,惊起小小的涟漪,随后水面就恢复了平静。

不久之后,城门开了,李频离开江宁去往东京求官,临走之时还为乌家之事宽慰了宁毅一番。豫山书院复课,一些孩子放弃了上宁毅教授的课程,苏仲堪似乎也想要在学堂之中弄些小动作,让一些夫子议论、排斥宁毅,不过在宁毅一向自得其乐的风格之下,这些动作暂时没起到什么作用。

一切事情都在按照大家预期的方向发展。乌家拿到了皇商,正在为皇商的事情做着准备。苏檀儿试图稳定住苏家的局势,但看起来还是在滑坡。她将大量资金投入到原本是针对乌家的市场上,在众人看来,就是一个女人歇斯底里地为想要低价冲货破坏市场而做的准备。当然，她的计划如今还未实施，不会有多少人想要打倒她。

苏家之外，在苏檀儿的努力下，滑坡不算严重，其余人大概是等着苏檀儿真正下台或者一切都定了再考虑是否放弃苏家——就算之后苏家仍有中型规模，也会有一部分人放弃苏家。至于苏家内部，苏檀儿面对的压力越来越大，虽然苏伯庸还未去世，暂时还能撑住，但具体能撑多久就很难说了，一部分原本亲近大房的堂兄表弟眼下也开始往二房三房靠拢。

外面的人们津津乐道于乌家这次的毒辣手段，津津乐道于那首《酌酒与裴迪》以及宁立恒的难堪与此时的安静、灰头土脸，当然，说得更多的，还是布行将来的格局、乌家的扩张。由于又一个月没有任何动静，江宁布行的局势看起来在快速变化，人们都快忘记宁立恒这个人了。在无任何人了解也不觉得有必要了解宁毅最近动向的时候，一些东西终于开始出现端倪。

那是九月底，中秋之后那场布行年度聚会刚刚过去了一个月。在这一个月的时间里，一切原本是那样明晰，可到了某一天，对外界来说，没有任何征兆，情况就变得诡异起来。

如果放在千年以后，那情况就仿佛一只股票稳稳当当、理所当然地到达最高点，当所有人都认为它一定会持续下去的时候，它却毫无征兆地掉落、崩盘，谁都不明白问题到底出在哪里。当人们渐渐明白过来之后，才终于看清楚那些东西里曾经蕴藏的黑暗以及最初就笼罩在所有人上方的那道身影……

那些东西是从乌家某间小作坊里蔓延出来的……

江宁织造业在众人眼中向来有着不少闪闪发亮的人物，一些精于商业、精于算计的商才在各个舞台上活跃，施展着他们的才能，例如苏檀儿，例如席君煜，例如乌启隆、乌启豪兄弟，又例如乌承厚、薛盛，乃至老一辈的苏愈，都有着自己值得称道的成绩，方才有了如今的地位，这些商才其实在哪个行当都能做出成绩。

另外也有部分精于技术的人。各家各户或多或少有自己的长处，某种程度上托赖于这些人的支撑，这其中，名声最高的大概要数乌家的骆神针。

乌家的骆敏之是江宁布行第一的乌家最重要的元老之一，今年四十出头的他曾经一手将乌家的织工技术推到巅峰。这些年来，苏家、薛家、乌家虽说三足鼎立各有各的长处，但相对而言，苏、薛两家就算有长处，也并非那种非常明显的，足以在决定性层面拉开距离的东西，只有乌家的织工在高端层面上向来可以说比旁人高出一筹，这都是因为骆敏之这些年来的努力。

如今，这位乌家管事通常情况下已经不再管理太多琐事。这人爱逛青楼，嗜酒，爱受他人追捧，性格有些狂放，当然在织工一项上，足以称得上才华横溢。乌家给了他想要的一切，他则只需要考虑如何保持织工方面的领先。不过，最近一段时间，他稍稍忙碌起来。

　　作为乌家最受重用的管事，最近有关皇商的事情，包括作坊与仓库方面，实际上就是他在操控与看顾。这件事眼下对他来说，与其说是一项责任，倒不如说是一项荣誉，因为在技术层面上，无论是织工还是印染，都已经得到了解决，他需要做的事情，就是看着作坊将需要送入皇宫的布匹制出来，严格检验过之后存入仓库，准备在不久之后作为第一批布料发去汴梁。

　　看起来责任重，实际上能做到的人乌家遍地都是，骆敏之此次是管理者，实际工作自然由原本就负责这些作坊、仓库的管事去做，他只是每天过来看上一次，其余时间便由他的长子骆夏坐镇，与一帮掌柜、管事拉好关系，也是为骆夏将来进入乌家的管理层做些准备。

　　骆夏并没有真正继承骆敏之在织工上的天分，但从小崇拜父亲的他至少在勤奋一项上算得上可圈可点，就算开拓不足，至少守成有余。按部就班地学习，按部就班地当个掌柜，这一人生规划并不会有太大的问题，而且如今乌家正要进行大规模的发展，正是他做些事情的时机。这次被父亲交付了这一职责，他便也努力地与众多掌柜、管事处好关系，为将来做准备。在此之外，每日的检查也是一丝不苟。当然，就算这样，也没有多少有技术含量和操作性的实事可言。

　　他当然也明白，管着这些事情，没事才是常态。父亲让他过来其实只是让他与前辈们见见面、处好关系而已，并不指望他真做点儿什么。只是年轻人之前早在乌家布行里干了好几年，多是在父亲管理之下的织工作坊里学习些管理之类的小事务，这一次终于被委以大任，然而每天过得比之前还要枯燥，根本就没有他可以做的事情，心中多少有些失望，但也只能以成大事者必定要能够忍受枯燥这样的商业道理来开导自己。

　　个月以来骆夏都按部就班地工作，每日里与几名前辈说说话，讲的其实都是关于骆敏之的事情。这一次乌家能拿到皇商一职，除了在乌启隆等人的操作下巧妙地拿到了原本属于苏家的染布配方，另一个撒手锏便是骆敏之的织工，否则，若只是同样颜色的布匹，乌家的优势也不算大，不可能如此轻易地让苏家了解情况后铩羽而归。一个月前的那场宴会上，名叫宁立恒的苏家人因为了解这些情况而愤然将自家的布匹扔出窗外，实打实就是因为骆神针的存在。

　　当然，整天聊自己的父亲，年轻人心中固然有着自豪，但常常与别人说这些事情其实也有些枯燥。有的掌柜会跟他说些风月场所的事情，已经成亲的骆夏在这方面固然不是愣头青，但老实端方的他对于与那些叔叔伯伯辈的老油条谈论这些事情或是一起去光顾那些地方还有些不好意思。他每天按部就班去几座作坊、仓库转一圈，按部就班地记录情况，这些地方都有叔叔伯伯在，轮不到他指手画脚，但或许也是因为这样的性格，九月底的一天，是他第一个发现了某些不协调的地方。

"爹，秦明楼那边的小仓库里的那些灿金锦，看起来好像有些褪色……"

这天晚上在家中吃饭的时候，他有些不太自信地提了一句。褪色是件大事，骆敏之微微愣了愣，随后道："秦明楼那边？那是第一批出来的，染坊何掌柜也说恐怕不怎么好，不过……你看见的是哪里的？"

"角落里的那些。"

"角落里……那是废布，嗯，最初的一批，而且是我和陈管事他们觉得不理想的布，顺手就扔在那里了，角落里又潮湿，难免的……嗯，明早我们去看看。"

最近一段时间，乌家已经在规划皇商之职稳定下来之后的发展，他作为乌家最出名的招牌之一，整日里都忙于酒宴应酬。事情已经发展了一个月，要出什么问题早就该出了，江宁布行中的许多人甚至已经将苏家抛诸脑后——如此平稳的局面，哪里还可能再出什么波折。

不过骆敏之是个明白事情轻重的人，既然儿子回来这样说了，第二天他就随着骆夏去秦明楼附近的小仓库看了看，果然如此。那批锦是得到染方后弄出来的第一批，他拿去试验织造方法也有些不满意，于是扔掉了。废布嘛，放在阴暗潮湿的角落里，有些脏乱难免，褪色倒是看不出太多，于是他将儿子安慰了一番，此事作罢。

骆敏之并未将这些废布放在心上，骆夏暂时也不再去想它，每日里依旧行走于几座作坊、仓库之间。皇商一职已经定下，大概还有一个月，第一批二百二十匹灿金锦便要发货。这种锦缎目前算是乌家的招牌，又不可能放开了大规模生产，这几家小作坊也是日赶夜赶，还在不断地试图进行改良和筛选，最初那几批制作出来的锦缎，也有因为各种各样的不足而被筛掉的。每日里看着纺织，看着印染，看着那些金灿灿的成布，某一天，骆夏又去了秦明楼的废布仓库一次。

角落里那匹布的褪色已经变得明显了。虽说放在角落里的这些布匹褪色很正常，但某种不祥的预感还是从骆夏心底闪过。一旁的架子上还有几匹被废掉的锦缎，这些保管较好，他打开盒子看了看，发现有几匹看起来已经不是那种金黄色了。

"这些是拿了苏家的配方刚刚调出来就生产的，肯定会有差，这一批都不可能拿出去给人看……"

这是父亲之前说的话，骆夏想了想，回头去检查了其余一些成布。一如那"灿金锦"的名字，所有的布匹都是明黄色的，华丽非常。只是接下来的几天里，那几匹褪了色的布料总是在他的脑海里晃来晃去，令他的精神有些恍惚。

时间已经进入十月，这一天，他去到仓库里，直接打开那些已经封好的盒子，并将装在里面的锦缎一匹一匹拿出来摆好，当看管这边仓库的秦管事过来时，那些绸缎在桌子上已经堆叠了两米多高，金灿灿的，有些晃眼。没人能拦住骆夏，他还在继续摆，而出奇的是，几名看管仓库的伙计也在那儿拆盒子。

"骆夏！你……"秦管事的话没有说完，因为他也看见了，在那堆金灿灿的绸缎中间，赫然有两匹呈现出不一样的颜色。

骆夏抱着一匹布转过身："秦叔叔，第一批灿金锦出问题了……"

秦管事只迟疑了片刻就用力一挥手："拆，全拆了！"

第一批灿金锦出了问题，骆敏之、乌启隆等人听说此事后都被吓了一大跳。不过还好，其余的都还好好的，当所有的布料被放在一起时，有几匹布料褪色明显，但其余的颜色依旧鲜明，至少证明后来这些锦缎没问题，是乌家之前还不熟悉那染料配方导致出了一些小问题。

"我们暂时还不清楚问题到底出在哪里，这些天来，我们这边对配方也做了些调整，只能回头查查，看到底是因为什么。嗯，能及时发现褪色问题，这已经是最好的情况了。"

那些未褪色的布匹被堆叠在一起，金灿灿的，看起来如一面不倒之墙。乌启隆在庆幸之余下令尽快查明原因，之后命人将这些布匹重新装箱。小小的波折在生意场上常常会有，此时波折已去，发现这事的骆夏因此受到了奖赏。

距离第一次交货还有二十天，剩余的任务其实已经不多，几家作坊仍旧在热火朝天地工作着。没有人再提起褪色的事情，摆放着那些布匹的仓库房门也被关闭，钥匙由秦管事亲自拿着。但就在几天之后，情况突变。

十月初九这天下午，一名伙计经过仓库时，发现这间这几天只有秦管事能够进去的仓库的房门是打开的，于是他走了进去。光芒不算明亮的仓库中，秦管事坐在一侧。他原本就有些老了，须发皆白，这几日显得有些憔悴，旁人只以为是他最近太忙所致，直到此时，某些东西才终于显出了端倪。

坐在那儿的秦管事目光有些呆滞，神情憔悴，一只手不停地抖动着，双眼直勾勾地望着另一侧堆叠起来的那些布匹，仿佛看见了什么可怕的东西。

伙计叫了他一声，但老人没什么反应，于是伙计回头喊了一句："来人啊！"再回过头望向那堆布料时，伙计赫然发现，有些昏暗的房间里，那面原本浑然一体的布墙的颜色有些参差，混杂在其中的八九匹布已经或深或浅地变了颜色，不复原本的明黄。那褪色的布匹混杂在布墙当中，看起来就好像是一张古怪的脸，两只眼睛一上一下，扯着扭曲的嘴唇，在这房间之中露出了笑容……

日光也仿佛褪了色一般被阻挡在门外，迟迟不肯进来。数月前或许是发生在苏家布行作坊中的情景，到得此时终于如同被复制一般，一项一项开始在这里重现。

不远处的作坊里，工人们还在热火朝天地工作，一匹匹新布被染了出来，一名名管事在人群中谈论、说笑，所有人都在预定的规划中准备走向美好的未来……

接到消息时，乌启隆正与骆敏之在一家装修华美的茶楼上喝茶，商量第二批布要做的创新以及今天晚上需要与一名大布商碰面解决岁布缺货的问题,一名伙计过来,小声地告诉了他发生的事情。

"你说什么?"那声音太小,乌启隆觉得自己并没有听清楚,于是重复了一遍。

"秦、秦管事病倒了,还有……布在褪色……"

"什……什么布在褪色?"

"那些灿金锦……"

"我知道是那些灿金锦!那些褪色的灿金锦不是已经挑出来了吗?还没找到原因,你到底在说些什么东西……"

"可是……"伙计又将作坊与仓库那边的情况重复了一遍。即便如此,乌启隆一时间还是有些难以置信。每一个字他都听懂了,可就是没办法在脑海中形成具体的形象。距离交货给皇家还有十多天,布……或许全都出了问题?要褪色?

"你……你到底在说什么?"他偏了偏头,目光晃动着,随后再转回来,"到底什么褪色了……"

已经过去了一个半月,到得此时,某些东西终于蓄积起力量,打破了蓄意营造出来的天堂般美好的幻觉,将所有人都狠狠地拉了回去……

这个时候,宁毅正从学堂边那间小实验室中出来,在这个秋末冬初的下午关上了房门,准备回家。最近他没什么应酬,甚至见了家里的许多人连招呼都不用打,异常悠闲。

"到底怎么回事,不是只有第一批出了问题吗?"

"回二少的话,原本大家也都以为只有第一批。先前出事之后,那些布料已经被秦管事锁在了作坊边的仓库里,原也是怕在交货前再出问题,每日里只有秦管事进去看上一阵。一开始谁都没注意到有什么不对……呃,其实也不是,听说这几日已经有人注意到秦管事的精神有些不对。今日发现之时,大家方才反应过来,很可能是第一批货出问题之后,秦管事就已经注意到了剩下的布料每日里依然在褪色的情况,只是前几日那情况不明显,秦管事每日里进去看,也不敢乱说,恐怕……还心存侥幸,但随着褪色的布料每日增加,秦管事也知道出大问题了……"

"这个……"马车之中,乌启豪皱起了眉头,左手捏成拳头,似乎想要骂出来,但终究没有出口,"怎么不早说?"

只是这个问题的答案,他心中其实也是明白的。

"封锁消息了吗?"

"发现之后便立即封锁了消息,知道的人不多,只是秦管事的状况看来不太好,已经叫大夫过来看了……"

"秦伯伯……终究还是尽责的……"

乌启豪皱着眉头，说出这句话之后便坐在那儿没有再开口。他是在一户布商的家中被家丁叫出来的，现下还没完全弄清楚整个情况，只是结合前几天第一批布料出现的问题，意识到情况很不好，简直像是被什么东西突如其来地抄了后路。他现在根本不敢去假设最坏的情况，只希望是自家的什么失误弄出来的个别情况，毕竟这是新布，出些问题也是正常的。

他掀开车帘，发现距离那边的作坊已经不远了，正在这时，一家苏氏布行的招牌映入眼帘。这些日子每每在江宁城中看见这招牌时他都有些想笑，若是与其他人一块儿看见，则多半要议论一番。对方"客观"地说说苏氏未来可能出的各种问题，利益会如何流失，他则在旁边摇头笑笑，不予置评，享受着某种成就感。作为乌家人，尤其是继承人之一，他真有"会当凌绝顶，一览众山小"的感觉，无论是苏家还是旁边说那些话的人，都已经不足挂齿。然而，就在此时，他放下了帘子，试图挥去心底涌起的一股烦躁。

不可能跟他们有关的，都过去一个多月了……

他不愿再去细想。马车一路抵达那家小作坊，在门口遇上了骆神针的马车。他与骆敏之打了个招呼，从彼此的眼神里都能看出担忧，两人没有多谈，一同走了进去。

作坊里，制作灿金锦的工作还在热火朝天地进行，明黄色的布料在空中招展，灿烂得惊人，看不出任何有问题的可能。那边，伙计们喊着号子，将一些布料从巨大的染料池里拖出来，一名管事在旁边不住地呼喊："悠着点儿悠着点儿，一点儿问题都不能出，咱们这可是为当今圣上做的布料……"

作坊的情景映在夕阳当中。

乌启豪与骆敏之从一边走进仓库。这里原本就守卫严密，这时候又增加了人手。小仓库里，灯火已经点了起来。除了乌启隆，几名乌家大管事也到了，都是负责各道工序的人，也是得乌家信任的元老级成员。摆在他们面前的，便是那一面由灿金锦组成的布墙，其中那些褪色的布料一目了然。

骆敏之只是看了一眼，便与其中两名掌柜去检查那布料上的一些标志。

"秦、秦伯伯，怎么样了？"乌启豪只抬头看了一眼那布墙，便皱着眉头闭了闭眼睛，不过第一句话还是向兄长问了这事。乌启隆正坐在一张凳子上，闻言摇了摇头，沉默许久方才说道："大夫说没事，只是太累了……"

"为什么会褪色？"

"不知道，但是……"说着，乌启隆霍然站了起来，朝弟弟挥了挥手，几步走向那布墙，随后拿起靠在旁边的一匹布靠在那布墙上。

"你来看，这匹布是今天制出来的，这些布是一个多月前制出来的，看看，一个月的时间，一模一样，没有一点儿褪色的迹象，我们拿出去试了，染色……都非常牢固，可是这些褪色的，呵呵……"乌启隆笑了笑，指指骆敏之等人正在检查的那几匹布，"我们刚才已经看了，时间……时间是从一个多月以前开始的，一个半月到一个月二十天之间，它们基本上是依次褪色的，我们刚才去看了那些废布，也是一样的情况。还有这里……"

他拿起旁边一块有些皱巴巴的布。那布仍旧是金闪闪的明黄色，只有扔到其余的锦缎当中时，才稍稍显出颜色不太协调的迹象："这就是压在时间点上的几匹布之一。先前看起来也是一般，毫无褪色迹象。我们方才拿去浸了水，以火烘烤，然后我割下一片拿过来，它已经开始褪色了。其余的还在试。"

"怎么会这样？"

"是啊。"乌启隆有些讽刺地笑了笑，坐下来望了望仓库四周，"染方出了问题？"

这简简单单的一个问题，却让所有人顷刻间沉默下来，面面相觑。过了许久，乌启豪方才问了一句："可能吗？"

"怎么可能？"乌启隆蹙眉摇头，"我们安排在苏家的又不止那一个人，在这样的情况下若是还拿到错的方子，除非这个人……除非这个人从一开始就能把我们所有的计划都看在眼里。才几年的时间，怎么可能有这样的人，就算是苏愈，也不可能做到这种地步吧。我们这次争皇商本身就是今年才做下的决定，难道有人要告诉我，有些人几年前就在布局？能在几年前就布局的也只有苏檀儿了，但几年前她怎么可能针对我们？"

"她若真的一直都在背后看着，自己拿下皇商能得到的好处要比这样子多得多……"

"暂时……可能是我们自己出了问题……"乌启隆揉了揉额头，随后望望前方几名掌柜，"骆叔叔、聂叔叔，眼下还是麻烦大家封锁消息，让染坊的各位师傅检查一下方子，分析下问题可能出在哪里。此事太过奇怪，暂时不能妄下结论，大家做好自己的事情，我与父亲也会跟织造局的董大人多做沟通，将交货的日子顺延。织造局此次已将皇商的任务交予我乌家，因此不会坐视我乌家出事……我乌家花了数十年才走到这一步，大小难关遇上过不知多少，大家一向是风雨同舟，如今，在江宁城的布行之中，我乌家认第二，便无人敢称第一，这次只要大家尽力去做，便一样不会有事……这边的事情便交由各位叔叔了。"

此房间里的不仅都是乌家心腹，也都是经历了各种风浪的商场老手，与苏家的廖掌柜等人是同一级别，乌启隆即便不开口，他们也大抵知道自己该做些什么事，此时齐声应诺，之后聚集在一起商量起来。

乌启隆、乌启豪两兄弟一路出了门。夕阳在天边褪下了最后的残红，作坊之中，火把、灯笼都已经燃了起来，伙计们换班、吃饭，由下一批伙计上来接手。诸事未停，但两兄弟此时的心情难言：这些布不断地生产出来，制好之后送入那仓库之中，若是全部……褪色……那他们现在到底是在干什么？

这一个多月对他们来说，每一件事都在往前走，走得异常有意义，他们都明白自己在做什么、有什么用处。可做了这么久之后，回头看看，才发现基石似乎出了问题。那么这一个多月来忙忙碌碌的，他们到底在做些什么呢？霍然间他们像是找不到归宿了。

"哥，真的有人在暗中对付我们？"

乌启豪已经想了很久，此时望着这些在瞬间失去意义暂时却不得不仍然进行下去的忙碌景象，开口问了出来。乌启隆眉头紧蹙，摇了摇头，回首望望那边的仓库门口。

"现在怎么知道？不该是这样的。现在……现在只希望是我们自己出了问题吧，若不是……"

他皱着眉头，觉得难以理解。的确，游目四顾，他们看不见任何敌人，皇商之争之前，他们未曾感受到敌意；皇商之争之后，就算有人有敌意，也已经无法付诸实践。他们的确出了一次手，但所有的策划都在暗中，从理论上来说，不该有任何人察觉他们的准备，他们就像是一头老虎，以迅雷不及掩耳之势吃掉了一只山羊，整个过程没有遇到任何问题，没有弓箭，没有猎人，没有刀枪，甚至连只山羊都来不及反抗，一切完美而流畅，可到头来，他们发现身上有了伤口，却完全不知道那伤口是何时何地出现的，而且这伤口之严重，甚至可能致命。

到底是谁……

老虎霍然惊醒，开始往四周的黑暗中查看，然而游目四顾还是看不见任何东西，森林里充满了敌意……

"若不是……那就是有人早在几个月前便一直在我们的背后看着我们了……"乌启隆喃喃说完，乌启豪下意识地朝后方看了一眼，转了个圈："那到底会是谁？苏愈？苏檀儿？另外还有谁？苏家的几个老人？"

"不像……"乌启隆摇了摇头，"不像……不太可能啊，这根本不像是他们布的局。席君煜也不可能，我们拿到的又不只是他一个人的东西。这次……到底是谁阴的我们？"

"别想了，哥，或许只是某件小事上出了问题呢，现在我们不能自乱阵脚，先查清楚。"

乌启豪安慰了兄长一句，乌启隆随后也点了点头："嗯，回去就开始查，暂时……"他望着前方工作中的作坊和更远处灯火亮起的江宁城，"暂时……先看看吧。"

夜幕落下，黑暗刚刚降临。

他们穿过小作坊外昏暗的通道，走到有灯光笼罩的作坊门外，上了马车，带着不明所以的焦虑心情一路往家的方向驶去。道路时明时暗，很多人这时候还完全不知道下午在江宁一角发生的事情。

苏府中，宁毅刚刚洗了澡出来，坐在院子里的小亭中乘凉，小婵端来一碗煮熟的花生，两人在桌子边无聊地玩着猜颗数的幼稚游戏。不久，院门那边传来话语声与脚步声，苏檀儿与娟儿、杏儿回来了。她今天大概又是东走西跑地忙碌了一天，不过见到宁毅之后，她还是抿着嘴笑了出来，心里觉得很充实。

以往这样的晚上，常常会有孩子过来玩，或者是一些亲近大房的堂兄弟过来要钱、聊天，但这些日子以来，这类人少了许多。婵儿去准备了一些简单的饭菜，不一会儿苏檀儿也洗了澡出来，接着是娟儿去洗澡。之后大家一块儿坐在凉亭里聊天、说话、吃些东西，即便是商场上的事情，如今苏檀儿也会毫不在意地与宁毅说起来，当然，宁毅通常只是随意地开开玩笑，让大家取笑一番。

星月之下，又是悠闲的一天……

第十三章
覆手为雨随意摊牌　意欲破局有心无力

天气渐渐转冷，但宁毅每天的生活习惯与先前的日子相差无几：每天早晨跑去秦淮河边，与聂云竹见上一面，偶尔也会讲讲这一天的安排，下午或者去竹记总店，或者来到这里喝杯茶听听琴。最近一段时间里，他与聂云竹相处时总会有个电灯泡隔在中间，准确来说是在旁边——看起来无所事事的元锦儿老是会坐在他旁边陪他听聂云竹弹琴唱歌。原本宁毅与聂云竹之间的关系已经挑明，或许可以往很不纯洁的方向发展一下，这种情况却令宁毅与聂云竹不得不纯洁起来，这让宁毅觉得很遗憾。

当然，退一步来说，有两个花魁级的美女坐在旁边也不是普通人可以享受到的待遇。聂云竹的弹唱称得上一绝，若元锦儿没事下场跳支舞什么的，就更享受了。可元锦儿这点儿便宜也不给他占，她像是男孩子一般盘着腿托着下巴坐在宁毅身边听得津津有味，看起来自得其乐，像个小和尚。若是聂云竹离开去拿茶盘、点心什么的，她也不跟着去，就坐在宁毅身边，一本正经，很是可恶。

为此，两人互相冷嘲热讽地交锋几次之后，曾有过几番开诚布公的交谈，那多半是在聂云竹离开之后，两人大眼瞪小眼的时候。

"待会儿下去跳支舞来看看啊，小妞。"宁毅跟这家伙反正有些不对盘，也不用挑多好的词汇了。

"不跳，我就是坐在这儿听云竹姐唱歌的……你就知足吧，知不知道以前在金风楼想让本小姐作陪得花多少钱？"

宁毅翻了个白眼，不跟她在这方面一般见识。最近苏檀儿给了他一把钥匙，他已经成为一个可以随意拿钱的小白脸，反倒不太好随意拿钱了，因此近期比较贫困，此时自然不会去扯钱这方面的事情:"啧,你这样子不行的,坏人姻缘这是。"

"哪有坏人姻缘?你跟云竹姐不是很正人君子的朋友关系吗?那你们就这样啊。你想要得寸进尺做那些坏坏的事情,我可不许。你才不是什么好人,你家里有妻子,你能抛开家里那个苏檀儿跟云竹姐在一起吗?"

"老实说这很难。"宁毅想了想,随后望着一旁的江水喃喃自语,"问题有很多,而且男人都不是什么好东西,总是吃着碗里的望着锅里的……"

元锦儿原本想说这话,见宁毅如此恬不知耻,她一时间瞪圆了眼睛,一副气鼓鼓的样子,但她也是久经考验之人,随即便恢复了自然,嘴一撇:"望着啊,望着啊,就是让你望着没的吃。"

宁毅有些怠懒地看着她:"我本来也不是很想吃的,不过你整天这样子提醒我,我忽然就变得很想吃了,这怎么办?"

"那就看我们谁厉害啦。"元锦儿冲着宁毅抛了个媚眼,可爱非常,宁毅笑了起来:"只有千日做贼,哪有千日防贼的。"

"哼。"元锦儿不愿听这个,脸一板转到一边。不过,之后她继续陪着宁毅坐在这儿听歌,一副死猪不怕开水烫的样子。聂云竹觉得有趣,也不去赶她。待到宁毅走了,她便反过来缠着聂云竹拼命告状。不过,眼下这样的情况,聂云竹哪里会为了这样的事情生气,就算元锦儿说起宁毅那副吃着碗里的瞧着锅里的的嘴脸,云竹也是笑而不语,甚至感兴趣地问"他真的这样说了",俨然一副"他真的想要吃吗"的模样,元锦儿便有些气馁。

事实上宁毅对这类事情在意不多。作为一个男人,想自然也是想的,不可能不想。聂云竹样貌美丽,性情柔顺,而其坚忍的一面也非常吸引他,大家都已经到了这一步,聂云竹对这些事情已经是千肯万肯,那天若没有元锦儿忽然出现,两人也就顺水推舟发展下去了。

不过,另一方面,这些东西在他心中占的成分不多。在聂云竹来说,更多的是享受与宁毅来往的这种感觉。平心而论,在这个年代,虽然也会出现一些浪漫的、被人称道的爱情故事或者坚贞的爱情传说,但男女之间的相处模式,注定了不可能有真正的平等或者尊重,许多男人就算对女子爱惜,也是建立在如今这个年代的模式的基础上。

宁毅真正能够让某些人感觉到的,或许就是那种极度"古怪"的、"特立独行"的行事风格。他当初救下聂云竹却被扇了一个耳光后能那样毫不在意地走掉,后来也能随意地与她闲聊瞎扯,也能够在聂云竹的琴音里睡上一个下午,懒得去表现自己的厉害或是才子的一面,就好像他能在无聊的时候陪着苏檀儿在阳台上坐一晚上,能够乱开求包养这些玩笑。

虽然随意,但宁毅表现得并非像无赖或是无节操,他从来都有自己的气质与风度，只是随意而已。其中夹杂的尊重、平等的感情成分，或者在那些女子来说应该叫属于爱情的成分，都是这个年代的女子永远不可能感受到的东西。当然，喜不喜欢那就见仁见智了，例如某个叫作周佩的小姑娘，就整天觉得宁毅这老师太没形象，不够威严。

宁毅与元锦儿相互间的冷嘲热讽、明争暗斗常常令聂云竹有些手忙脚乱，大家在一起的时候她俨然又回到了曾经当歌姬的时候，没事便抱着古琴弹唱一曲助兴。只当观众不肯帮忙的元锦儿很"可耻"，虽然聂云竹有自得其乐的感觉，但与元锦儿同样"可耻"的宁毅偶尔还是会把节操拿出来擦一擦，在元锦儿消失的片刻间问候几句，聂云竹只是笑着说："开心呢。"她常常将元锦儿"告密"的内容拿出来与宁毅分享一番，当然，都是不太敏感的"吃着碗里的瞧着锅里的"那类。

宁毅下午在小楼那边待的时间不多，上午放了学，要么是带着周家的小姐弟在书院旁的实验室里教些东西，研究一下物理、化学；要么是与小婵走走逛逛，吃些东西；要么去秦老家中说说话下下棋；要么去竹记店里坐坐。城门已开，水患已经进入善后阶段，一旦开了酒禁，竹记便要将高度酒拿出来出售了。

路上偶尔会遇上之前在商场上认识的人，乌家的，薛家的，其他苏家的朋友或敌人，也会遇上苏家的一些掌柜。这样看起来，江宁城也不大，不过大家遇上了也没什么话可说。对宁毅，这些人或者耻笑或者不屑，宁毅也明白，只是懒得理他们。

倒是在苏家的时候，常常会有些乱七八糟的事情出现。譬如前不久就有个与苏家有些亲戚关系的年轻掌柜指责他，说之前皇商的事情全是因为他没有将那布料的配方管好才出了问题，假如不是因为他没有经验，在这一项上重视不够，皇商的事情到后来本该是十拿九稳的。

类似的事情不会少，宁毅早先就已经有了足够的心理准备，不论是苏家人房内部的一些矛盾，还是二房与三房的力量，这个时候都冒了出来。或许对他们来说，只要能打击到与苏檀儿有关的人，都算是一种胜利。宁毅虽说是入赘，毕竟是苏檀儿的丈夫，只要能让他离开苏家，不管以什么手段，对苏檀儿来说，显然都是一种有力的打击。

虽然能不能做到是另一回事了，但各方面的压力总是免不了的。宁毅眼下的应对，只会被人认为是采用了毫不抵抗的龟缩态度，理亏嘛，只能这样，但心里的憋屈不会少，总有一天会爆发出来，造成更大的破绽。人们现在等待的就是这一天，只要宁毅出点儿问题，眼下已经有些焦头烂额的苏檀儿就会变得更加不好过。只不过最近几天，情况似乎变得有些奇怪。

"最近，族中五叔、七叔都已答应下来——半月之后，再开宗族大会，会正式讨论最近家中出现的问题，到时候，他们会重新提起檀儿以女子之身涉足家中商务的问题。大房的事情，今年之内，也该有个了结了。"

下午，苏仲堪所在的院子里，几名亲近二房的掌柜、堂兄弟，包括苏崇华在内，正与苏仲堪坐在房间里喝茶，随口聊着家中最近发生的事情。近两个半月，苏家动荡不宁，二房、三房的生意也受到了颇大影响，不过作为二房成员，他们此时却没有多少沮丧的情绪。苏仲堪说着这事，那边一名堂兄弟开了口。

"只是怕到时候三伯还是不肯回心转意。咱们苏家的情况，就算其余的叔叔伯伯都站在我们这边，他老人家一句话下来，恐怕还是会继续这样拖下去。"

苏愈在老一辈中排行第三，这人说的"三伯"，就是指他。

苏仲堪摇了摇头。

"爹应该不会再说什么了，若真要说，看到最近一个月家里的情况，他早就出面了。大房、二房、三房，终究会有个结果，他老人家也明白。他老人家求平稳，希望家和万事兴，对于大哥的事情，他应该是真的很生气，但大哥眼下已经这副样子了，檀儿又出了这样的错，想必他也会觉得大房再在风口浪尖顶着也不好，真退下去，也是保全了檀儿侄女，让她以后能好好过日子。"

"想来也该是如此。"一名堂兄点点头，"如今家中，大家对此事基本上都有了如此认知，这些天来，我与大房的几名掌柜联系，询问此后的意向，他们大都表示，若从大房划出，愿意来我们这边。只可惜最核心的几位还未表态，席掌柜年轻气盛，说是要与大房共存亡。呵呵，他对二丫头的心思家中许多人也是知道的。另外，廖开泰也不愿表态……"

"廖掌柜若是说上一句话，相信许多人要变立场。"其中一名掌柜说道，"不过他对大老爷确实忠心，出了那样的事情之后，他仍未对大房有怨言……哦，只在布行年会后的某几晚与人说那宁立恒书生气，实在是太过任性，否则原本还有一线机会……最近一段时间找不见他，因此也没办法从这方面入手……"

"呵呵，宁立恒……"有人笑了起来。

苏崇华笑着靠到椅子上："此人才学是有的，可惜于商事一窍不通啊……"

"倒是廖掌柜，听说是被檀儿侄女派上京了？"

苏仲堪点点头："具体干什么就难说了，不过向家中报备的确实是上京。我当日还笑，这檀儿侄女莫非昏了头，知道江宁的关系走不通，想要上京告状不成？不过我猜她是另有想法。告状这种事，没有真凭实据，我们在东京又没有太好的路子可走，她也该知道是不可能的。"

"她最近似乎是盯着乌家来布局，想要低价冲货搅乱市场，说不定真是昏了头想要孤注一掷呢。"

"低价冲货，那就是把咱们整个苏家往火坑里推了，傻子都知道结果会怎么样——整个布行都会联合起来打我们。"苏仲堪笑了起来，"就算她想做，家中也不会允许的，这道命令一发下，恐怕当天晚上就会开宗族大会，我们倒省了事了。"

"不过，这两天外面倒是有些奇怪的传言。"一名姓任的掌柜想了想，开口道。

"嗯？什么传言？"

"乌家的情况似乎有些奇怪，这两日的情况与之前一面调整供需抽调岁布一面大刀阔斧与其余商户谈论发展有些不同，有传言说他们的灿金锦出了些问题。这两日，乌承厚这些人在谈生意时似乎有些心不在焉，织造局甚至有传言流出来，说他们在与董德成商量将第一批灿金锦的交货时间延后，只是眼下还确认不了。"

"那是怎么回事？"苏仲堪皱了皱眉。

"恐怕真出了些小问题，这种事情常有。昨天似乎听说他们家负责皇家那批布的秦中南秦管事突然病倒了。因为这样那样的关系，事情总会被传得太过头。"一名掌柜摇头说道。

先前开口的那名掌柜也摇头笑了起来："应该是，我觉得是薛家在放消息。今天下午甚至听见有人说，乌家在皇商之事上中了我苏家的计，被二小姐暗中算计了去，眼下出问题了。"

"中计？"苏仲堪愣了愣，随后仰头笑了，"这必是薛家乱放传言无疑了。如果真中了谁的计，要么是中大哥的，要么是中二丫头的，大哥那些日子意识都尚未清醒；二丫头嘛，她若是假卧病，或许有可能在用什么计，不过前次她是真的积劳成疾，忽然病倒，孙大夫也说了她压力太大，又骤逢大哥倒下……此事当无疑问。若真是中计，听说当时的事情皆由立恒处理，他们莫非中了立恒的计策？"

他说到这里，众人都有些无奈地苦笑起来。老实说，自家人笑自家人有些不好，但对宁毅，他们都已经熟悉了，旁人或许会说这人神秘，看不懂，但都是一座大宅子里的人，宁毅每天做些什么，家中的人都清清楚楚——

整日里就是给一帮小孩子上上课，讲讲不着调的故事，据说还做些旁门左道的小实验什么的，此外就是下围棋，到处走走逛逛吃东西。苏檀儿倒下之前他几乎从未接触过商事，那日年会之后也不再踏足布行。如果说这样一个整日无所事事的人在那一个月内做了什么事，一直悠闲到现在才被发现，还整日里忍受各种硌硬与辱骂纹丝不动，那他简直就不像是人。更何况，若真做了什么，此后一个半月的时间里，各种变故都可能出现，他根本不可能完全不去理会。

众人喝着茶，笑了一阵。片刻之后，一名堂兄弟皱了皱眉："不过……若真的是呢？"

"呃……"苏仲堪微微愣了愣，房间里的气氛随即也冷了下来，众人面面相觑。

那堂兄弟想了一会儿："此时想起来才觉得实在奇怪，这宁立恒之前全不管商事，二丫头病倒之后他确实是用了心打算弄好的，可八月二十五之后，二丫头接了手，他忽然就又抽身了。要说他在当日受到了打击确也有可能，只是……抽得未免也太过彻底了，此后对商事竟然完全不再过问，旁人说他骂他他也一派云淡风轻的样子，照旧如以往一般过日子，简直像是完全未将这些事情放在心上，丝毫看不出影响来……他若真那么生气，此后不该内疚或是在意吗？他的修养莫非真有如此厉害？"

他这样一说，众人心中也有奇怪的感觉涌了起来。确实，这一个半月以来，家中明争暗斗，潮起潮落，里里外外都在为着许多东西而争夺去，所有人都费了最大的力气。不少人也将目光聚焦在这个书生身上，将他作为争斗的一部分，试图不断给他脸色和不快，从而将他挤出苏家，至少给苏檀儿造成干扰。然而这对夫妻，一个在旋涡最中央执拗地做着些别人看不太懂的傻事，另一个……如今看起来简直像是不将这些事情放在心上一般如常地生活。一直以来大家都觉得他在忍，不过能忍到这种程度，确实有些超出常理了。

不过这也只是随口一说的猜测，片刻之后，众人就摇头笑了起来。

"那书生哪有这般厉害……"

苏崇华大概是对宁毅最了解的，此时也笑得最欢快："想得太多了，乌家不过出了些小问题，也亏得你们将道听途说当真。立恒若真如此厉害，那可就不是你我认识之宁立恒，而是诸葛卧龙喽，临危受命，做些该做之事，做完后抽身而走，万物不萦于怀……你们可认识这等人物？不过他确实有些文才修养，性情也与旁人不同，往日他因诗才受所有人质疑，也懒得出口辩解半句，此时受些谩骂议论，要忍还是没问题的……"

"呵呵，崇华说得对，你们啊，确实想太多了……"

说笑间，众人将这些事情抛诸脑后。不过，或许是因为下午聊过这些事情，这天傍晚与回家的宁毅相遇时，苏仲堪忍不住多看了他几眼。一身青色长袍的年轻人手上拿着一本不知道是从哪里买回来的旧书，一面走，一面看着西方天际的落霞，不知道在想些什么，注意到他的目光，才回过头来冲他笑了笑："二叔。"

双方打了个招呼，错身而过，苏仲堪微微摇了摇头。确实，宁毅太年轻，看得出一份属于年轻人的从容，倒是看不出太多老谋深算，而这样的从容，放在年轻人身上，多半也是装出来的。这一个多月以来他受了那么多白眼和谩骂，估计正憋在心里，只是不得不做出这种样子来吧……他这样想着，随后将心思放在了今晚如何说服几个叔伯中最为年轻的九叔上，不再考虑有关宁立恒的这些事。

小打小闹，那些小辈的事情，他就不必参与了。

同样的傍晚，秦淮河畔一家酒楼的房间里，乌启隆与席君煜见了一面。两人这天算得上偶遇，毕竟各自还有事情。例如席君煜，他最近与许多苏家人以及大房的掌柜的有所来往，努力引导和铺陈着一些东西，眼下已经有了效果，今天晚上也与几名苏家子弟约好在附近吃饭，因此剩下的时间并不多。

"席兄，最近如何？"

"一切都好，倒是你们乌家，这两天出事了？"

乌启隆望了他一阵，随后喝了一口茶："没事，只是想问问你，之前所说之事到底考虑得如何了。这一个半月以来，你努力让苏家人将皇商的事情怪到宁毅头上，我也让人帮你在外面宣扬，现在大家都认为，苏家落选皇商最大的问题就是宁毅未曾守好染方，不过看起来效果似乎有限。到了现在，你怎么想？"

"谁说效果有限？"席君煜笑了笑，"事情未到最后一步，谁知道会怎么样？如今苏家的状况，无论是苏檀儿还是宁毅，心里肯定都憋着不满。苏檀儿如今自顾不暇，想要抓住最后的机会，还来不及细思这些心情。宁立恒……他就是一直忍着，但总有一天会忍不下去的……一旦在苏檀儿手上丢了大房，之前发生的事情，她就都会想起来，到时候她就会记起来所有人都在说这是宁立恒的错……"

"若不是这样怎么办？"

席君煜摇摇头："那不是我现在要考虑的事情。"

"嗬，真是你的性格……"乌启隆笑了起来，随后靠到椅背上，"还是那句话，我乌家的大门随时为你敞开，到了必要的时候，还是请多少考虑一下。"

席君煜沉默地望着他，先是点了点头，随后想想，方才说道："你不太对劲，莫非你们那边真出什么问题了？"

"确实有问题，作坊出了几次意外，秦叔叔忽然病倒了，事情发生得太快，又压得太紧。我们现在在考虑跟织造局那边就延期交涉一下，问题不大，但总不是什么好事，知道的人又不能太多，所以我在想，如果家里能多些可用的人就好了……"

"忙你自己的事情吧。"席君煜说完，转身离开。

乌启隆目送他出门，随后喝了一杯茶，在房间里安安静静地坐着。时间过了傍晚，转向夜晚，灯火变得明晰起来的时候，有一道人影敲了门，随后进来。如果有苏家的人在，必定能认出眼前这人来。这次进门的中年男人也是苏家的一名管事，姓齐，名光祖。关上门后，他与乌启隆打了个招呼，在一旁的席位上坐下来，皱着眉头。

"齐叔，怎么样？"

那齐光祖望了望乌启隆："大少，乌家是否真的出问题了？"

乌启隆笑着低头喝了口茶："齐叔，若我乌家真出了事，对你也没有好处吧？"

"昨日与周掌柜谈过了。"齐光祖皱着眉头，"周掌柜与白掌柜在苏家大房这些掌柜中最为低调谨慎，因此二小姐才让他们俩负责那染方的研发。皇商的事情之后，苏家开始自查，他们俩这段时间也极受冷落，可接到大少你的传信之后，前晚我与那周掌柜喝酒时真吓了一跳……大少，到底出了什么事？"

乌启隆的神色严肃起来："到底出了什么事不是该我问你吗？齐叔，那周掌柜到底说了什么？"

"他……他没说什么。"见乌启隆不肯说，齐管事深吸了一口气，"可整个过程里，我看不出他有任何担心，我到昨天才看出来，他似乎……不光不担心苏家的调查，甚至连眼下整个苏家的形势都不担心，这明明该是他与白掌柜负责任的事情。大少，有一句话我记得最清楚。"齐光祖顿了顿，"他当时喝醉了，说……整个苏家，他最佩服的，除了老太公之外，就是……"

"呵呵，是你家二小姐吗……"乌启隆几乎能猜到接下来的话，举起茶杯冷冷地笑了笑。

那边齐光祖有些为难地望着他："不是……是……宁姑爷。"

乌启隆愣在了那儿，将茶杯从嘴边移开，片刻之后，眼珠转动着，似乎不知道该将茶杯放在哪里才好。终于，他深吸了一口气，随后张了张嘴，又长长地呼出一口气来，目光转回齐光祖身上。

"你说……什么？"

乌启隆自酒楼离开，回到乌家之时，夜已经深了，乌家大宅内外灯火通明。最近一个半月内，乌府喜气洋洋的氛围一直未散，这样的喜气，在每一个下人身上都可以看到，只有跟在家中地位最高的一群人身边的家丁们才能隐约感觉到不对，于是一看到乌启隆进了府门，一名守在门口的家丁便小心地过来了。

"大少爷回来了。二少爷和老爷半个时辰前已经到家。另外，三爷、五爷、六爷、骆掌柜、聂掌柜他们也过来了，此时正与老爷在偏厅议事。"

这个时间点，一般人家刚吃完晚饭，如果是在以往，家中诸多管事人都得在外面应酬到深夜才能回来，只有这两日是这样的状况。乌启隆点了点头，一路沉默地朝偏厅那边走去，才到走廊上，只听得里面砰的一下，是茶杯摔在地上的声音。

"这就说解决不了了？不过才三天的时间，就说解决不了了？"

摔了茶杯正在说话的正是父亲乌承厚。这么多年来，乌启隆很少看见他如此失控的状态，主要还是因为这次出问题的后果太过严重，转折也太过突如其来，令所有人都有些措手不及。陡然间中了当头一棒，大家都蒙了。偏厅之中，正在与父亲说话的是族中的五叔。布料染色的技术由聂掌柜负责，但主要的管理者还是五叔，此时大抵也只有他能够跟父亲说些讨价还价的话。

"可是……的确是解决不了。本身不是我们这边研究出来的方子，拿到之后这两个月里，家中的师傅都在尝试改动，可这方子实在太敏感，无论什么改动都会让颜色大变，苏家甚至在里面用了一些原本染青色布料才用的原料。如今……不是说一定解决不了，运气好的话，或许……"

五叔乌承克也有些为难。乌启隆走进房门，上方的父亲看了他一眼，随意地一挥手，让他在旁边坐下，转过头再与五叔对峙。

"运气？"

"呵呵，苏家花了两三年才研究出这张方子，我们现在一点儿头绪都没有，陈师傅他们说……也许只能靠运气……"

商场上，说要解决问题，得到的答案居然是只能靠运气。上方的乌承厚瞪着眼睛，整个正厅都陷入了安静。过了好半晌，乌承厚才张了张嘴，退后坐回座位上："这么说，可以确定了？不是我们出了问题，我们确实是……被苏家摆了一道？"

偏厅里，没有人敢说话，没有人敢下这样的结论。或许大家都有想过，但如果真是这样，此后需要付出的代价，才真是大得可怕。一阵沉默之后，骆敏之摇了摇头："此事尚有蹊跷。若真是苏家布下这样的局，那他们直接拿下皇商岂不更好？苏檀儿花了几年的工夫来做这件事，谁都能感觉到。你看看现在的苏家，焦头烂额，就算真有什么转机，这一个半月以来的动静也足以让他们损失许多。我与三爷、聂掌柜他们都考虑过，如果说两个月前就有什么阴谋，对苏家来说风险实在太大……"

一旁在乌家排行第三的乌承远点了点头："骆贤弟说得没错。我们原本并未打算用苏家的方子，两个多月以前才临时起意，苏家若真有另一套配方，我们不可能不知道。此后数次推论都证明毫无问题，我们方才用这灿金锦。要说苏家从一开始就布了这个局，他们如何能从一开始就笃定我们会入局？要说他们算得如此天衣无缝，我不信，苏檀儿并无如此能力，就连苏愈，他老谋深算也并未至此程度……"

"但不管怎么说，我们目前的情况就是这样了……"乌启隆自进入房间之后就坐在旁边没有说话，但看起来情绪不高，只是淡淡地望着偏厅里的众人。乌启豪看了兄长几眼，才叹了口气，开始说话。

"事情既然已经这样，总得考虑接下来的应对。我与父亲今日跟董大人谈过，交货日期延后应当没有问题，但现在的麻烦是，一旦我们正式向织造局提出延后，那这事就得放入正式的公文里，到时候就不是董大人可以压下来的，乌家出问题的消息必然会传出去，最后会变成什么样子很难说。现在距离约好的交货日期还有十天，十天之后就得想好怎么应付了。"他顿了一顿，"不管延后一个月还是两个月，最后要解决问题，我们都得把这方子给调整好。五叔、聂叔叔，不管拼命也好，碰运气也好，我们只能试试了。另外，如果苏家那边有真方，我们也得尝试一下，到时候……大哥，就得看你那边了……"

乌启豪朝兄长那边望望。

另一边，族中的六叔摇头道："若不是苏家在布局，倒的确可以这样做，眼下还不能确定这一点。"

"可眼下只能按这样的猜测来处理了。"乌承远插了一句，"现在的确是确定不了，可若非苏家的布局，而真是因为巧合，我们自己出了问题，能处理的没有去处理，到头来岂不也会沦为笑柄？"

语声有些急促的争论当中，乌启隆在乌启豪的注视下站起身来，拍了拍弟弟的肩膀："爹，各位叔叔伯伯，我……我最近在处理西北那边的事情，对于江宁城中未关注太多，这次的事情知道一些，可知道得不是太详细，请问最近……苏家到底在干些什么？"

乌启隆有乌承厚的风范，这时候语声虽然不高，但心中显然有了些结论。众人看了他一眼，乌承远想了想，随后在座位上坐下："内讧了吧。"

"情况不好，苏仲堪跟苏云方发力了，这时候正闹得不可开交呢。"乌承克摇头道，"苏檀儿焦头烂额，到处赔罪、拉关系，想要把原来的合作都维持住。"

"听说……好像没什么效果。苏檀儿是有本事，但之前她身后有个苏伯庸，如今苏伯庸听说瘫痪了，最近一段时间都下不了床。李家、年家都已经准备跟苏家大房停止合作，苏家的有些小生意也受到了影响。主要是大家都在说苏檀儿很快就掌不了大房的生意，薛家最近也在拉拢这些人，苏家的生意一旦缩水，一些原本关系就不怎么密切的倒不如首先跟薛家合作……"

大家最近都在忙，对于苏家的事务了解不多，倒是骆敏之近期饭局颇多，关注过一些，此时大家七嘴八舌地说着，乌启隆皱了皱眉："那苏檀儿本人呢？"

"维持之前的合作关系啊。"乌承远笑了笑，"苏伯庸倒了，眼下，苏家二房、三房的生意都在缩水，她还想要把本来由苏伯庸掌的那些生意都维持住，怎么可能……"

乌启隆望着三叔，目光没有多少变化："可整个苏家大房在干什么呢？"

"整个苏家大房，她……"乌承远望着这个侄子，挥了挥手，随后手却在半空中停了下来，过了片刻才摇了摇头，却没有说话，似乎是明白了什么，或者是一早就有想过，只是不愿意说出来，因为怎么想都觉得匪夷所思。房间里众人的脸色都有些变了——这时候想到的，不是什么好事情。

"其实……"乌启隆苦笑着，缓缓开了口，"其实……三叔、五叔，你们几天前也许就考虑过了，不是吗？"

"那是倒果为因，不可能的。"乌承克面色阴沉地说了一句。

"这个时候也没办法了，就算是倒果为因……"乌启隆摇了摇头，"三年的准备，皇商前期一次性二十万两银子的投入，之前投入得也许更多。苏檀儿改良她手下那些织机，我们原本以为她是为了应付大量岁布的需求，对皇商志在必得，可皇商的事情之后她还没有停手，外面的人都以为她疯了，骑虎难下，想要针对我们乌家提高产量低价冲货……"

"女人脑子坏了什么事情都干得出来。"乌启隆喃喃道，"可要是不是呢？爹，各位叔叔伯伯，低价冲货，坏了行情，所有人都会联合起来打她，所以我们从来不怕她这些动作，但如果从一开始，这女人就盯着我们乌家的份额，她在等我们自己把份额空出来，那会怎么样？"

前方乌承厚望了这个儿子许久才开口，声音有些沙哑："若真是这样，她现在已经准备得差不多了。"

"是啊。"乌启隆疲惫地笑了笑，下一刻，抬高了声音，"现在整个市场上没有人在盯我们乌家，我们要扩张，甚至要走出去，其他人都在考虑怎么让开。以薛家为首，大家都盯着现在的苏家，等着它哪一天忽然崩盘，然后他们去分那些份额。可如果苏家根本就不会崩盘呢？只有这个女人从我们拿下皇商……"

他挥了挥手："不，甚至在我们拿下皇商之前就已经在等了，一旦我们这边出问题，整个江宁的布商，盯着苏家的那些人，都会闹个大笑话。乌家的市场份额一让出来，在其余人反应过来之前，苏檀儿就会把它们吃得七七八八，其余人都只能干瞪眼。

"一个半月的时间，我们觉得什么问题都没有，把人家当成手下败将甩在后面。其实呢，人家已经引开了整个江宁织造业注视的焦点，偷偷地做好了所有的准备。苏檀儿把手下那些织机更新换代，提高现在看起来没用的出货率，大家都在笑，只有我们，反应过来之后，人家已经准备了一个多月……"

难以言喻的窒息感笼罩着整间偏厅，过得片刻，乌承远还是摇了摇头："这是最坏的可能，如果是这样，这个局也布得太夸张了，我们怎么可能一点儿都感觉不出来？"

乌承克皱了皱眉头："就算真是这样，苏家人现在也不好过。苏檀儿还能撑多久？我们能撑多久？大不了就延期，拖两个月，拖死她。"

"不管夸不夸张，摆在我们面前的就是这样的局势，而且……"乌启隆望望乌承克，"五叔，人家不会等我们自己倒的。前天作坊才出问题，秦叔叔才病倒，昨天你有注意到吗，有人在外面放谣言了，说我们乌家在皇商上出了事情……当然啦，商场上捕风捉影胡乱臆测是常有的事情，可这未免也太快了。谁都知道背后有人在放谣言，眼下还没引起多少人重视，可是……"

他从怀中拿出一张宣纸："回来之前我已经查了苏檀儿这一个多月来的动作。现在也许能看得更清楚一点儿，皇商之后，苏家大房所有的调整和支出，都是针对我们乌家来的，处心积虑啊。一个半月的时间，我们没头没脑地往前走，人家已经无声无息地把刀枪剑戟全架好了，每一把都是对着我们的要害过来的……爹、五叔，你们感觉出来了吗？"

乌启隆苦笑着，摇了摇头，望了望苏府的方向："那个女人已经偷偷摸摸地做完了所有准备……开始动手了……"

那张宣纸在厅堂中传阅着。一个多月来，这些举动看起来都是笑话，只要乌家不出事，所有的布线都毫无意义，而乌家会出什么事？就是在这样的认知下，他们一路高歌，朝着自认为的最好的方向大踏步走去，当他们发现前方是死地还在疑惑时，才发现周围已经尽是锋芒。

看着那张纸上罗列的苏檀儿近一个半月里针对乌家所做的布局，众人都觉得脊背发凉，森冷的气息从脚底涌上来。如果这是真的……

"我还是不相信。"乌承远挥了挥手，"如果真是这样，那就不是我们自己走进去的，而是他们诱使我们走进去的。从两个多月或者更早以前他们就开始算计我们了？苏檀儿努力了三年来布一个这样的局？我们之前不是没考虑过可能拿到假货，整件事情刻意一点点，大家就都会看出来！没人能布这样的局！这件事情……不是想一想就能做到的，整个过程有多难，意外有多少，大家都明白。苏檀儿不可能这样做，苏愈也不会拿这样的事情来冒险！他们能拿皇商为什么不拿？他们如果不能拿，之前为什么要造势到那种程度？差一点点都坑不了人。就说拿到方子一项，若是太难，我们拿不到；若是太简单，我们不会信，后来我们复核了多少次，才确定这事没问题，谁能做到这种程度？！"

"她已经开始动手了，还有几天就能看出来，其实我也希望只是我在瞎猜……"乌启隆坐在那儿，摇摇头，"可如果不是，那整件事想起来就……嗬，就很有趣了……

"苏檀儿当时病倒是真的，苏愈那段时间也没办法处理这样的事情，他毕竟老了。可有一个人，或许我们都疏忽了，或者说从一开始，我们都没把他当成一回事。整件事情里他看起来什么都没做，然而苏檀儿病倒之后，其实所有的事情都是他在做。他带着我们兜圈子，每天简直像是在那里说笑话，可也是他很愣头青地跑出来，说要大张旗鼓地宣传那黄布，宣传他们苏家最有实力……

"现在想想，其实有一点很有趣。我也好，薛家的人也好，当时都有一个习惯性的想法。我们每次在酒楼茶馆说宁毅最近又干了些什么傻事的时候，都忘不了提醒旁人一句：'苏檀儿很厉害，苏家还是在用最光明正大的办法抢皇商，所以别被宁毅的表演给骗了。'大家都是聪明人，都盯着苏家那块布。

"三叔，你还记得我小时候你告诉我的吗？如果要让人看见一样东西，最好的办法不是把它放在最显眼的地方，而是摆在那里拿东西盖起来，或者埋在地里铺上一层沙子。欲盖弥彰，此地无银三百两……宁毅从头到尾都在告诉我们：苏家有最好的布，苏家有最好的布，苏家有最好的布！而且，我们都觉得自己是聪明人，看到了后面的重点，于是慢慢没了警惕心……

"他是个傻子嘛，商界白痴嘛，苏檀儿生了病，有点儿疏漏难免。如果是苏檀儿本人来，我们也许会更加警惕，因为一些小错误本来不该犯，可他一直在犯小错误，我们没有一个人觉得这不正常。呵呵，到头来，他没做什么事情，反正最后我们拿到了黄布的方子，他就那样看着，然后……'白首相知犹按剑'……他做完事情，把东西一扔，走了。这一个半月以来，他就跟以前一样，对商场上的这些事情甚至看都懒得看一眼，可到现在还没人知道，他是真的根本没把这些当回事……"

乌启隆仿佛是自言自语地说完了这些，坐在那儿讽刺地笑了笑。

一旁的乌启豪皱着眉头："宁毅？这怎么……不可能吧……"

乌启隆抬起头来："呵呵，我也希望是自己搞错了，可你们知道吗，今天我去找我们安排在苏家的内应谈了谈，他告诉我一件事情。前两晚他跟苏家负责那染方的周掌柜聊天的时候，那周掌柜喝醉了酒，说了一句话。他说，整个苏家，他佩服的人，除了苏愈，就是家中的宁姑爷……"

有人瞪大了眼睛。

乌启隆顿了顿："反正，还有几天时间，不管怎么样，十天以内我们都得跟织造局请求延期。如果真是苏家布的局，到时候所有的东西都会跟着过来，那时候我们就知道他之前到底是不是演戏。如果真的是这样……"他望着门外的黑暗，想起那书生的身影，"我会有些怕他……"

回忆起宁毅那段时间以及最近这段时间的表现，众人仍旧错愕难言，互相交换着难以置信的眼神。可这个假设如果是真的，足以令人脊背发凉。

过得片刻，乌启隆才揉了揉额头，叹了口气，喃喃道："可怜的席君煜，他还不知道……"

日光和煦，席君煜走过屋檐下的院廊，稍稍停了停之后，方才进入一旁的房间，朝里面的两人点了点头。

"陈掌柜，荣记那边的反应怎么样了？"

被称为陈掌柜的男子名叫陈友和，听席君煜问起，他摇了摇头："荣立那边还是坚持要提价，他们打算涨到四两二钱。"

"那就是在抢了。"席君煜皱着眉头，不过，最近一段时间类似的坏消息已经屡见不鲜，他也没有表现出太大的波动，只是阴沉着脸在桌边坐下，"吕记那边可以谈到四两。"

"也已经说了，但是荣立说，眼下大老爷已经不管事，一旦二小姐下来，苏家大变动，元气难复，他们就只能等着亏本，所以一定要这个价。"

"二小姐不会下来！"席君煜顿了顿，"苏愈不会这么短视，就算死撑，他也会帮忙把大房撑在那里，以二小姐的能力，迟早还会再上来的！"

他说得斩钉截铁，但房间里却陷入了安静。自家事自家知，眼下的情况确实很不好，二房三房拼命想要把大房拆掉，就算是苏愈，现在似乎也有点儿力不从心了，老人家也阻止不了那么多人说这说那。苏家大房的生意最近一个月在江宁附近受到了影响，最主要的还是有的供货和分销的商户分别要求提价和抬高利润，多数现在还在拖，苏家这边死咬着不松口，让这边等等那边等等，但隐性的影响恐怕已经将大房的总利润拖下了两成，不过，最可怕的还是往后的发展问题。

"一步错，步步错……"

席君煜憋着一口气骂了一句，随后阴沉着脸摇了摇头，开始处理桌子上的一些文书，比如出入货单。旁边两名掌柜也阴沉了脸，陈友和也摇了摇头："要不是皇商那段时间的疏忽……"

房间里的几人没有再说下去，但谁都知道这段话指的是什么。最近一段时间，有一种说法开始在苏家范围内流传，是在对那明黄布作坊的情况做了自查之后才兴起来的。

譬如有的事情很多掌柜自己就能负责，但也有不少事情需要一个总控全盘的人来掌局。那家负责研究新布的小作坊原本由苏檀儿亲自负责，并无问题，但在苏檀儿病倒之后，在某些层面上出现了疏忽。现在苏家这些颇有运作经验的掌柜觉得，若非那段时间宁毅在明黄布的运作上太过亢奋，太过大刀阔斧，许多小细节上的问题原本不该出现。

如果那段时间由苏檀儿亲自掌局，当他们在宣传策略上选择了激进的方向时，她肯定会对小作坊的保密手段做出一定的微调，以适应这种方向，但宁毅掌局之后，他毕竟不懂这些小细节上的东西，因此方针未变，周掌柜、白掌柜一边要努力保密，一边又要配合上面的高调宣传，总会露出不少痕迹，因此才让乌家在最根本的战略层面钻了空子。

这事众人一想起来就觉得格外憋屈，他们什么都做好了，最后却输在了那个愣头青身上。经验，所有的问题都在于经验，当时无论让哪个掌柜出手掌控大局，应该都不会出这样的问题。

亏得那个书生还格外义愤填膺地写什么"白首相知犹按剑"，丢人……

以往大家对宁毅以无视居多，觉得若然胜了肯定没他什么事，败了也是没办法，所以这样的说法在最近半个月里才变多，也因此，最近一段时间，苏家当中针对宁毅的言论也变得激烈起来。席掌柜原本还算与人为善，说情有可原，但这时候终究还是感到郁闷了——在陈掌柜等人眼中，席君煜此时的些许失态便是为此。

房间里安静了一阵子，只有哗哗哗、沙沙沙的纸张翻动声响起。沉默之中，席君煜朝旁边看了看，方才有些恼怒的目光已经平静下来。

所有的事情已经准备得差不多了，宗族大会半个月内就会召开，到时候檀儿被解了职位，正好让这样的言论达到高潮。如果是二房三房那帮人这样指责，或许反而会引发她的敌忾心理，但如果一直是身边的人这样说，她在颓废的情况下是很难避免迁怒之心的。人心人性，无非就是如此。

苏檀儿争夺皇商的计划暴露之后，苏家炸开了锅，各种言辞都有。没有人知道，这些有关宁毅的言论全是他在背后引导和推动的。他没请人去宣扬，只在某些场合的谈话当中说了几句足以引发人思考的言辞，让他们去想，让他们去推导。另一方面，他也在不断增加大家"什么都没有做错却输了"的感觉，增加那种委屈、憋闷感。从头到尾，他都保持了一个理智者的身份，甚至会帮宁毅说些话，当然，这些话最终只起到了反效果。

一切都铺陈得很好，他长于此道。原本更加理想的情况是宁毅终于忍不住失态，在家里做出不理智的举动来，可惜那个书生的确很能忍，面对各种挑衅，知道辩解无用，就什么话都不说，还装出一副悠闲的态度来，但没关系，他已经开始暗示家中这些人：这厮一点儿内疚都没有。

脑中随意想着这些，忽然间，乌启隆的那张脸闪过脑海，他皱了皱眉。

"陈掌柜，最近乌家怎么样了？听说出了些问题。"

"不是很清楚，听说一个管事忙得病倒了，好像叫秦业吧，前两年打过一次交道。"陈友和抬起头来，"有些人就议论说乌家要出这样那样的事，估计是薛家在背后放的话。皇商的货快要交了，接下来乌家会为了岁布的事情忙上一阵子，薛家估计想要占点儿便宜。"

"哦。"

苏家人眼下肯定不喜欢乌家人，但是作为手下败将，刚刚被那边坑了，这时候也绝对不喜欢整天听旁人说起乌家的八卦。陈友和说得随意，席君煜也就点了点头，随后想：乌家能有什么事……不管它，乌家现在要出的事情，跟苏家的已经不在同一个层次上了，他们会越走越远。什么事情都随他们去，眼下，自己把事情做完就成了。

总之，一切都很顺利。

他望了一眼窗外院落中下午的阳光，气氛安宁，却隐约有些死寂的感觉。距离苏家宗族大会还有不到半个月，到那一天，一切都将尘埃落定。大房这些人眼下都有些颓废，尽着人事，天命未知。或许只有他，明确地知道自己的位置在哪里，在干些什么事情，只有他是有归宿的人。

于是他笑了笑，灿烂得就如那片阳光。

午后安静的房间由于闭了门窗显得有些昏暗。房间里满是药味，在那捂得严严实实的病床前，容色秀雅的女子手上端着粥碗，将调羹举起来吹了吹，随后往病人的嘴边送了过去。

"宗族大会……听说七爷爷也决定让我下来，二叔最后说服了他……三叔那边忙着挖人，最近几天都在说可惜廖掌柜眼下被派出去了……荣记那边想要抬高价格，吕记也是，多麻烦啊，过段时间他们又得来回跑……"

一勺一勺喂着病人喝粥，口中缓缓地说着家中的事情，床边女子的神色其实也有些疲倦，只是嘴角带着淡淡的笑意，疲倦之中有些讽刺的感觉。她伸手抚了抚发鬓，偏着头看着床上的父亲，其实心中有几分苦涩。原本是过来探病，不想再说这些烦心事，可是回想起来，父女之间一直以来的交流，除了那些纯属应酬的话，似乎就只有这些。

　　苏伯庸遇刺已经过去了两个半月，这段时间里，苏伯庸已经确定瘫痪了，两条腿没了感觉，左手也受到了一定的影响，如今还是身体虚弱，需要每天换药，无法下床，精神似乎也受了影响，许多时候心情不好。苏檀儿每天都会过来，但父女俩聊的大抵就是这些，许多时候母亲与姨娘在，她只能说几句问候的套话。苏檀儿沉默了片刻才道："今日在街上看见许多卖柑橘的，爹爹以前……喜欢吃的吧……呃，今天没什么风，爹爹要不要将窗户打开些？相公说打开比较好，呃……什么空气对流……然后阳光晒进来，心情也会好……"

　　能够找出来的真心话也就这些了，说到宁毅时，她笑得开心了些。

　　苏伯庸点了点头，随后又摇头："还是……不要打开吧，天冷……觉得冷……另外，檀儿啊，立恒他最近，都在干些什么啊？"

　　苏檀儿微微笑了笑："相公不是每天都来看你吗？他最近，也就是教教那帮孩子，每天出去走走玩玩……"苏檀儿的笑容渐渐退了下去，她淡淡地说着宁毅最近的事情。她心中明白父亲问这些的原因是什么，之前在这张病床上，父亲就感叹了几次："看不透他啊。"其实也是在提醒她。

　　这些事情是说不透的，相公到底有多厉害，能做到什么地步，苏檀儿心中也在好奇，但是父亲的想法与自己的不同。又聊了几句，她朝门外唤了一声，让父亲的丫鬟秀荷进来，她将粥碗递给秀荷，然后起身告辞。

　　这一个半月里，她每天都有很多事情要做。要稳住眼下的局势并不容易，她也费了大力，好在已经不再像之前那般毫无头绪了，做起事情来，心中其实是安定的，精神良好，只是身体上忙碌。

　　苏檀儿出门之后，一直跟随着她的娟儿便迎了过来，看出小姐的情绪其实并不算好。

　　下午还有地方要去，还有事情要忙，主仆俩出了院子，却听得旁边院子里有急促的说话声传来。

　　"都已经这副样子了，你还在想些什么？"

　　"不是那么简单的事情，姐姐。"

　　"我都已经听说了，可这大房不是她一个人的，她要干什么大家都陪着就算了，现在都已经这副样子了……大房是伯庸的，你要帮伯庸守住这一份……"

　　"我知道……"

　　"要不是那宁毅什么都不懂，横插一脚……"

这样的交谈声时隐时现，当两道人影出现在那边的门口时，交谈的人看样子明显愣住了。

苏檀儿端庄地行了一礼："二娘，古叔。"

"呃，檀儿啊，你过来……过来看老爷……"

"二小姐。"

说话的是家中的二姨娘与她的弟弟，她弟弟也是大房的掌柜之一。尴尬地打完招呼，双方分道扬镳，待走到没什么人的地方，娟儿抿了抿嘴："小姐，二夫人和古掌柜商量着投降呢。"

"我知道。"苏檀儿微微笑了笑，"也不是只有他们。"

最近一段时间大房出了这么些事，内部其实已经有了不少分歧。有的人觉得大房肯定拿不到家主了，别再多争，保全原本属于自己的利益就好，就算以后是苏仲堪或者苏云方掌这个家，总不至于将他们赶出去，留下的越多，大家往后的日子也越好过。两个姨娘，甚至自己的母亲，似乎都是抱持这种态度。当然，苏檀儿若真开诚布公地和她们谈一下，她们多半会表示"绝无此事""我们妇道人家不管商事"。

不过，换个角度看，她们其实也是在为大房、为苏伯庸、为自己好，只是稍稍短视和令人心凉，此时，她们依然在用她们仅用于宅斗的女人心思考虑着这些事。

"娟儿，还好你没有生在大户人家。"

"嗯？"娟儿眨眨眼睛。

"这个家里，没有人情味呢。"

苏檀儿微笑着。娟儿抿了抿嘴，她作为一个丫鬟，不好对此发表看法。两人在靠近花园的池塘小桥上停了停，苏檀儿看着水里的倒影，整理了一下头发，低喃道："其实我也没多少人情味……"

"没有，小姐和姑爷都很好的。"

"跟爹爹之间，我也亲近不起来……只是委屈相公了。嗯，最近一段时间，白天他都在外面吧？"

"嗯，家里有些人说话很难听，姑爷懒得跟他们争，可是肯定也不喜欢听……上次婵儿还被气哭了呢。"

苏檀儿皱了皱眉，眼中闪过一丝厉色，好半晌，方才深吸了一口气，朝娟儿笑笑："人都记下来了吧？"

"呃……"娟儿微微愣了愣，随后低下头，"小姐怎么知道的？"

"因为我是姐姐啊。"苏檀儿理所当然地说道。娟儿有些不好意思，低头难为情地笑："我、我和婵儿都记下来了。上次……上次在家里跟婵儿偷偷地记名字，还被姑爷看到了。"

"哦？相公怎么说？"

"说我们小心眼。"

苏檀儿扑哧笑了出来,随后收敛了笑:"记好了给我看看,不要告诉相公。"

"嗯。"娟儿点点头,得了这免死金牌,随后就板着脸开始告状,"小姐,其实最近几天,他们说得越来越过分了,有的还让姑爷自己从苏家离开……我们还有多久才能把事情解决啊?其实姑爷才是最委屈的,有些时候,娟儿也听不下去了……"

"相公他……"

苏檀儿顿了顿,回想这两个多月以来的事情,尤其是皇商年会之后,自己的忙碌倒在其次了,宁毅身处众人的谩骂指责中依然云淡风轻,何止是娟儿、婵儿、杏儿看不下去,自己每次也都想要站起来骂人,甚至有几次是宁毅拍了拍她的肩膀让她回去。唯有她能够清楚地感受到每一次事情背后的力量,那随意的身影后方蕴藏的岿然及坚定,而每一次这样的事情也让她觉得,自己有些对不起相公。成亲之初,本以为这些都是自己要扛下来的东西,自己也很努力地想要做到,可到头来,还是那道身影站出来,轻描淡写地挡下了这些。

"不会拖多久的,消息已经开始放了,如果乌家那边的反应正常,差不多……"她望了望周围的景色,"差不多这几天可以开始摊牌了……"

说完这句话,她心中似乎微微释然。"好长的两个半月啊……"她喃喃道,叹了口气,"事情完了以后,完了以后……"心中想到什么,脸上忽然有一抹红晕闪了过去,她低头望了望水光中的倒影,然后下意识地举手拢了拢头发,侧着脸看了看水里的自己。果然,要等到完了以后才行,现在的自己真是憔悴,这样是配不上他的……

水中的她笑了笑。女子放开头发,举步前行。

"走吧,准备摊牌了。"

午后的日光照出女子那洒脱而自信的身影,小丫鬟开心地跟在后面。

这一天是景翰八年农历十月十四。虽然已经决定了要摊牌,也走了些程序,但还得等待几天。不过,就在这个下午,某些事情就发生了。这些事情看起来发生得相当自然,但事后想起,或许又会让人觉得有些突兀。

这个下午,在一间茶楼里,宁毅或许是兴之所至,为一件小事随意地收了线。当然,在他看来的这件小事,对旁人来说,或许大得难以想象。

早一天,宁毅便与乌启隆在街上遇见了一次,看起来像是偶遇,双方也顺口打了个招呼。这一个半月以来,这或许不是他们第一次遇上,但的确是第一次打招呼。乌启隆当时正在跟某个布行的商人聊着事情,看见宁毅,远远地拱了拱手:"宁兄,近来可好?"宁毅也拱手回礼:"还好。"之后两人分道扬镳,当时宁毅懒得将这事放在心上。

今天，上完课，他跑去东集买了一本旧书。这应该是一本由胡商从西方阿拉伯地区带进来的书，上面有不少图形，涉及炼金一类的知识。宁毅也是随手买下来，决定之后找人代为翻译。买完书之后，他去茶馆里喝茶，叫小二拿来纸笔，照着那些图形描画，猜想这本书大概讲了些什么内容——这种猜想也算是回忆以往知识的一种方法。正埋头写写画画，一道人影走到旁边。

"宁兄，真巧。这是什么？"

宁毅抬头看看，果然很巧——来人正是乌启隆，当下点头打了个招呼。随后，乌启隆却是在茶桌的另一边坐下了，于是宁毅随口介绍了一番。

"应该是从阿拉伯地区传来的，这是北边的波斯文，看不懂，不过从图形来看，应该是涉及几种金属的化学反应……化学懂吗？呃，类似炼丹……"

"宁兄真是涉猎广泛。呃……金属的化学反应？"

"金属的提纯转化之类的。"

"哦？"乌启隆肃容道，"那……岂不是非常有用？"

"一般般，这上面说的东西，我们这边的铁匠等应该大都已经掌握了，只是他山之石可以攻玉，他们的思维方式不同，可供参考。"宁毅说到这里，抬起头，望着乌启隆，"乌兄在等人？"

"呵呵，无事，只是随意闲逛，正好看见宁兄在这儿，有些好奇。"

宁毅点了点头，目光没有挪开，乌启隆笑着，两人就这样对望了一阵，过得片刻，宁毅眯了眯眼睛，又点了点头，挥手叫小二："添个杯子。"

他又低下头，在纸上临摹了一个书上的图形，皱眉想了想。杯子被拿过来以后，他也没有看乌启隆，只是伸了伸手："乌兄请自便。"

"谢了。"乌启隆笑着给自己倒茶。宁毅还在低头思考那些图形，忽然，他轻轻叹了口气，仿佛听到了乌启隆开未说出口的那些话，于是有些恍然地喃喃自语："哦，布开始掉色了……"

乌启隆的笑容瞬间僵住了，手上也晃了一下，但最终他还是拿稳了茶壶，轻轻地放了回去。他偏着头，目光认真而凶狠地盯住宁毅，脸上微微抽动了几下。有些东西从心底涌上来，仿佛噩梦终于化为现实。另外，他还有几分错愕，在他的预想中，这些谈话不该是在这样的情形下进行，宁毅也不该是这样轻描淡写地说出这些东西。

可在他眼前，一切东西就这样呈现了出来。宁毅还在低头写写画画，似乎对他来说，这一切就和这个初冬下午的点心、茶水一般平常，他只是以与人闲聊的态度说出了这句话：哦，布开始掉色了，难怪你要坐过来。

再寻常不过的一件事。

"果然……是你干的……"

乌启隆要费上好大的力气才能让自己不至于咬牙切齿或是颤抖。

宁毅搁下毛笔，抬起头，与他对望了一眼。

初冬的下午，茶楼里，气氛犹如对峙。

老实说，这并非乌启隆想象中的发展过程。虽然在这之前他就已经在猜测宁毅，猜测苏檀儿，猜测这次乌家面临的情况，并且有了初步的结论，但实际上，至少在今天，他没有想过宁毅会说出这样一句话来。

猜测毕竟是猜测，猜测过后需要一个验证的过程。这两天他与宁毅打招呼，包括此时在对方面前坐下，心中还在想着如何去试探，如何从对方的行为中看出些许端倪来。前一刻他听得宁毅说起"化学""金属"这些词，心中还在想这次的布料褪色果然跟他有关。这也是一个逐渐堆高筹码走向认定的猜测过程，没想到，对方只是那样看了他一眼便直接推倒了一切筹码，证实了他心中的疑惑。

这原本是不合理的，布了局之后，这个时候就选择摊牌吗？不是在正规的场合，不是在深思熟虑之后，只是在这个初冬的午后，在这个看似休闲的地方，竟然随口说起了这种事情。错愕在乌启隆心中涌动着，即便之前就已经有了是宁毅设局的心理准备，陡然涌上来的混乱感还是难以言喻。

不过，宁毅只是望了他一眼，便低下头去，开始给自己斟茶。

"你看起来很生气，为什么？"

这句话淡淡的，宁毅拿起茶杯喝了一口，表情未变。乌启隆却几乎是陡然间咬紧了牙关。

为什么很生气？当然是因为……

因为……

他笑了出来，扭头看看周围，随后靠回后方的椅背："果然是你干的……大家都算漏了……"

宁毅摇了摇头，对此事不甚在意："苏家跟乌家的事情已经这样了，谁干的又有什么区别……那边的情况有多糟？"

料不到宁毅竟然会表情平淡、理所当然地问出这句话来，乌启隆愣了愣，随后失笑道："情况如何，你不知道吗？"

"不是很清楚，最近一段时间家里乱七八糟的，何况这事我也有一个多月没有过问了。"

"你……"乌启隆偏了偏头，瞪大眼睛，"没有过问了？！"

这件事情从几个月前开始出现端倪，甚至可以说，苏家自几年前就开始准备了，发展到现在，波及了不知道多少人、事、物，不知道多少人还在为此而奔忙慌乱，仅这几个月涉及的银钱恐怕就有几十万乃至上百万两，在这样的时候，当他找到了某个关键的人，对方竟然在这里轻描淡写地说"我一个多月没有过问了"？！

他望着宁毅，只觉得荒谬难言。宁毅看了他一阵，随后笑了笑，伸手合起旁边的书册："不过算一算也差不多了，檀儿最近在家里也提了好几次，听说她开始在外面放谣言了，应该就是这时候了。"

"谣言果然也是她放的，是吧？"

"嗯，是啊。"宁毅看起来简直像是在说一件与助人为乐无异的好事，还诚恳地点了点头，语声不高，但听起来很清晰，"现在放的还不是具体的消息，但是会考虑放的，你们跟织造局约的第一批的交货日期应该快到了，那个时候就差不多了。"

荒谬的气氛像是弥漫于整间茶楼，乌启隆一方面听懂了这些话，另一方面却觉得自己俨然在一个完全不现实的环境里。宁毅语气平和，态度诚恳，有着一种事无不可对人言的态度，看起来简直是完完全全置身事外，以一个旁观者的角度陈述着一切。眼下苏檀儿开始放谣言，之后会放具体的消息，这些事情他竟然就这样毫不遮掩地说了出来。乌启隆以前从未见过这样的人，也从未经历过这样的谈判与对峙，整个过程可以说荒谬得无法言表，但有一点是最讽刺的——他再怎么清楚地知道这些步骤，也阻止不了对方说出来。

乌启隆就这样用不可思议的眼神看着宁毅，一时间没能组织起言辞来。宁毅一边喝茶一边往茶楼外看，等待他回神。好半晌，乌启隆才深吸了一口气，咬着牙齿点了点头："这么说，你们觉得摊牌的时间已经到了，是吧？"

宁毅抿着嘴想了想，摇摇头又点点头："呃，不算……也算吧，总的来说这不是我的事，还是要你们跟檀儿谈妥才行。"

"那……你这算什么？"

"因缘际会……一时兴起……什么说法都行。"宁毅笑了笑，"反正你们也已经意识到了，你今天既然过来了，我又有空，你心中想谈这个，告诉你也无所谓，何况早一点儿说，你们也能有考虑和缓冲的时间，我觉得对苏家也会比较好。"他举杯喝了一口茶。

乌启隆稳下情绪，靠近桌子："那么，宁立恒，你觉得什么是最好的？"

"檀儿想要些什么，你们就给她吧。"宁毅摇摇头，"这样能省掉很多麻烦。"

"我怎么知道你那娘子想要些什么？"

"诚意，所有你们能拿出来的，苏家大房能吃下去的……"

"所有？！"

"嗯，所有。"

双方对望片刻，乌启隆笑得冷然而讽刺，宁毅表情淡然而诚恳。过得片刻，乌启隆才深吸了一口气："好啊，宁兄不妨举例一番，这个'所有'包括什么？"

"所有就是指所有，最近一段时间苏家已经做好了布局的那些地方，呃……庐州、寿州、光州、和州、宣州……"宁毅掰着手指数，"这些地方，生意上能让出来的份额，方便一点儿的地产，呃，几种布的配方，我听檀儿提起过几种，有一种针脚很密的是什么来着……是你们乌家的独门方法，毕竟有些份额和生意要配合一下才能顺利交接，然后……"

话未说完，乌启隆的手掌啪的一下拍在了桌子上："宁立恒！你知道自己在说些什么吗？！你今天在这里，当着我的面，要我半个乌家？！"

"应该不到半个。"宁毅看了他一眼，"最近一段时间苏家也有动荡，乌家底蕴雄厚，单凭檀儿这边是吃不下半个乌家的，只是尽量吃而已，三分之一的乌家都到不了就趋近饱和了。有了这三分之一，虽然没当上皇商，但足够证明檀儿有资格任苏家家主。另外，最重要的还不是这点，她这次最生气最在乎的、苏家最生气最在乎的到底是什么，你应该明白，到时候一定要诚恳，只有一次机会……"

"做！梦！"乌启隆咬牙切齿，"你们真觉得吃定我乌家了，就因为这件小事？我乌家这么多年来……"

"人之常情，一开始大家都会这样想。"宁毅淡淡地打断他，"做梦，痴人说梦，人心不足蛇吞象，哪有人会直接让出这些来，所以我说差不多该把话说明白了。其实一个半月，这边该做的都做得差不多了，褪色的布……"

"我们会让织造局延期，我倒是要看看你们苏家能撑多久。"

"是啊，延期……"

"所以，你们放谣言啊，说我乌家的布褪色，尽管说啊，就算一时间有影响，要确定这些也得等到我乌家交货的时候才能定论，你们能怎么办？"

宁毅看了他一眼，叹了口气："嗯，该说出来的肯定会说出来。其实我们不希望等到十天以后，因为消息一散开，其他布商就多少有了准备，到时候我们再拿下来就得费点儿力气了。自己过去拿，总不如你们拿过来……哦，对了，廖掌柜已经去了京城，这事不知道你们知不知道。"

"你们……"

"听说他以前往京城跑过好多次，认识几个大布商，关系也多，这次带了些银子去——苏家大房剩下的也就那么点儿银子了，反正全都带了过去，主要是为了把乌家做成欺君之罪。"

看着乌启隆那扭曲的表情，宁毅笑着摇了摇头："其实我知道你们那边的想法——布褪色而已，说大了是欺君，但圣上这些年来一向宽厚，类似抄家灭族的圣旨当然不会轻易下，苏家有关系，乌家也有关系，但都不是很有力的关系，双方都去运作的话，就是看上面的心情。不过这总归也是个筹码，几万两十几万两银子砸下去，肯定是有用的。如果乌家认罚，结果也许会更好一点儿。呃，如果你们那边有诚意，檀儿会让廖掌柜帮乌家说说话，罚得不会很轻，但抄家灭族太夸张了。"

乌启隆咬牙切齿地笑笑："你也知道欺君之罪不会轻易判。"

"但是要打仗了啊，启隆。"宁毅拿着茶壶，伸手替乌启隆将他面前的茶杯倒满，

"打仗最需要的是什么？钱啊。大家都从打仗里看到了商机，难道没想过这一点？武朝虽说富庶发达，但国家不管什么时候都是缺钱的。三军未动，粮草先行，一旦动兵，需要多少钱来填这个无底洞？多少都是不够的。我们不知道什么时候会打，但肯定会在打仗之前就决定所有的事情，有没有人知道现在到底决定没有？"他望着乌启隆，"没有决定的话，就还有转圜的机会，不过，啧……会不会明天决定，或者这个月底？下个月呢？拖下去也没关系，事情一旦决定，圣上、宰辅、三省六部各级官员都要为钱发愁。你们乌家底蕴这么厚，到底能拿出多少银子来？我不是很清楚这些，反正很多吧，几百万两？上千万两？会不会说得太多了？正好遇上了啊……"

乌启隆的脸都白了，宁毅叹了口气，柔声安慰："别多想了，事情一旦闹大，你们乌家一定是抄家灭族，逃不了的。"

语声平缓，响起在茶楼上方。乌启隆坐在那儿，一时间什么话都说不出来。他在商场中锻炼了这么些年，不是那等平庸无能之辈，一般人再危言耸听也不可能将他吓住。然而这次不同，之前已然有了黄布褪色之事，意识到宁毅环环相扣的惊人布局，此时对方也是循序渐进，态度自然，就这样随手将一个抄家灭族的概念扔到了乌启隆面前。

没有多少人能够在这样的话语中第一时间就缓过神来，毕竟事关已身，抄家灭门。乌启隆之前不是没有想过黄布褪色的严重性，但顶多就是想到挨些罚——许多事情就算够得上"欺君"这个词语，但也不会轻易判定，总有许多可缓冲的地方，这也是他为什么会觉得宁毅开口就要三分之一的乌家实在荒谬。可宁毅这几句话，直接将他们之前未曾想过的一个因素点了出来。

要打仗了啊……

廖掌柜上京，就是为了让你们乌家坐实欺君……

这些东西结合起来……

宁毅静静地喝茶，等他将这些信息消化掉，才继续闲聊般开口。

"苏家能做到的，江宁还有很多人能做到。之前你们拿到黄布的时候，这边就已经定好了，第一次交货，如果你们要求延后，褪色的消息就一定会放出去。"

他一方面说着几乎全都由自己定下的计划，另一方面又像是全不关己一般对眼前的乌启隆乃至整个乌家表示着遗憾：到时候，我们是一定要让你死全家的。

他继续说着："这样的效果不好，大家都知道了以后，整个情况就不再是苏家可以控制的了，我们就算不去京城闹大，也会有其他人愿意发挥一些影响力，把乌家弄下来。当然，苏家肯定会继续做。接下来，你们家被治罪，市场混乱，我们去把份额抢过来，能不能拿到最好的那部分，要费多大的力气，这个……苏家肯定也会遇到一些麻烦。"

"所以我还是希望在皇商交货延期之前把这些事情全都解决。"宁毅给自己倒满茶水，摇了摇头，"时间有些急，不过这也是为了保证你们把东西都拿出来，不用整理得太详细，能交的都交过来就成，吃不下的，檀儿想必会有分寸……

"当然最重要的还是诚意。如果可能，我会把那份计划书拿给你看。那时候我跟檀儿强调过几点：第一，绝不拖延。我们没有谈判的时间了，不管你们怎么说，等到你们提出延期，如果事情还没有办妥，哪怕只有一点儿没有办妥，苏家都会放出消息。放出之后，事情就不是苏家可以控制的了，我们就各安天命吧。第二点其实是第一点的补充，机会只有一次。苏家这边不会说'我们还想要什么东西，你们再去准备'这种话，所以尽量还是一次到位吧。为什么提出这样的要求，你们应该可以理解。"

一次性说完这些，宁毅喝了一口茶。乌启隆双手放在桌子上，靠回椅背。

"意思是……我乌家……要任你宰割？"

"说法不同，不过是这个意思。"宁毅抿嘴，点头，对乌启隆的概括深以为然，"我觉得这样应该是最平和的方式。当然，事情已经摆在眼前了，你心里肯定不会好受，不过到了这个时候，你或许应该跳出局面去看一看。就好像下象棋，既然已经将死了，你总不能期待对手不杀你。已经将死了，下一步肯定是吃掉，这个，能理解吗？"

乌启隆用看疯子的目光看着宁毅，张了几次嘴，都没能说出话来。宁毅也是坦然地看过去，过得片刻，点了点头，喃喃道："你理解了，我真高兴……"

乌启隆的语声压抑而低沉，几乎是一字一顿地道："三分之一……若给了你们，那灿金锦的配方……"

"没有配方。"宁毅摇头，"从头到尾就没有正确的配方，因为褪色了，檀儿当时才会病倒，这种心理压力你们这几天肯定也有。她已经研究了三年，而且是孤军奋战，苏伯庸当时又被刺伤，所以她才会倒下。"

"那我乌家为何还要给你们这三分之一？"

"哦，不是乌家总共只需要出三分之一就能了结这次的事情，这一点先要说清楚，你们也好有个心理准备，虽然苏家只要了三分之一。有一个办法，到时候苏家这边会帮乌家在京城和江宁打点，由于消息会暂时封锁，所以其他人还不知道乌家出了问题，到时候，乌家主动认罚，第一，拿钱逐级打点，苏家会配合；第二，主动交纳罚款充作军费；第三，也是最重要的……"宁毅顿了顿，"你们要主动拿下好几倍的岁布份额，这多少能保证上面不至于抄掉乌家。因为就算打仗，岁布肯定还是要的，或许是给金国……这个负担会有些重，可能导致乌家的市场萎缩。你们除了把自己生产的那些普通布交给朝廷，也可以在市面上多买一些。另外，你们也知道，檀儿最近改良了织机，效率有所提高，所以岁布方面，苏家有帮忙的余裕，到时肯定会有闲布出来，你们这边也是条销路。

"所以，苏家的三分之一，加上给朝廷各方面的开销，三分之一我不知道够不够,但你们肯定是可以应付的。接下来的几年,虽然乌家在外面的市场会继续萎缩,但你们拿下了皇商,几年之后,你们至少还是以前专做皇商的吕家那样的规模。"

乌启隆的拳头砸在了桌子上。

"一开始很难接受,我明白。"宁毅丝毫不为所动,"不过朝廷上层目前到底是什么样子,你我都不清楚,有一条路总比没有好,对不对?如果是另一条,确实,不是没机会,谁知道褪色的事情能不能解决呢。虽然苏家花了好几年的时间,最后他们认命了,檀儿也因为这个生了病,但也许你们的运气特别好,一两个月后就能解决问题。十天以后,你们就可以赌这个机会了。这边会按照计划放消息,然后廖掌柜在京城活动,总之就是这样的流程。或许还有其他的解决办法我还没想到,对了,你们家有什么靠得住的皇亲国戚吗?我觉得可以找这样的人帮帮忙。"

"你……"乌启隆深吸了一口气,指着宁毅,"你们……现在是你们要置我乌家于死地,你却在这里摆出与你无关的态度来帮我出主意,呵呵……"

"你还是不明白?"宁毅望着他,皱起了眉头,"这种事情,不是家家酒。很多时候,你会觉得一件事情有很多很多选择,可到头来你会发现,选择其实就那么一个,你照着做就行了。置你乌家于死地?你为什么说得这么轻描淡写,就好像这件事情跟以前有个人拿板砖砸了我一下没什么两样?你想让我怎么说?

"'这件事情,是你们开的头',你想听这个?'你们不能这副样子,我提醒过你们了',你想听这个?还是'白首相知犹按剑,朱门先达笑弹冠'?'那首诗乌家世伯拿回去裱起来了,他当时还说经商就该这样',你想听这个吗?没有意义,从头到尾我没想过跟你说这些。我只是想告诉你事情现在到底是什么样子。至于它为什么会变成这样,那是你们之后反省的时候要做的事情,现在跟你说这个,能解决问题?

"没人要针对你们乌家。只是有人把苏伯庸刺伤了——哦,别说这个跟你们没关系,你们不知情,这是最重要的——然后你们开始打皇商的主意了,布褪色了,苏檀儿病倒了。苏家出了问题,后续就是解决问题而已,没人想要死人,没人要杀谁全家。解决问题,把事情做到最好,就是这样。

"布行年会那一晚之前,谁也不知道是你们,只不过是谁谁就会跳进来,你们也好,薛家也好,都是一样。现在我告诉你,有两条路:第一,你们全家活着;第二,你们全家死光。我难道还要详细告诉你怎么选吗?苏家这边,就像我说的,既然已经将死了你们,下一步该怎么走,哪怕让你来选,不也是一目了然?"

说到这里,宁毅的目光严肃起来,随后他摇头叹了口气。

"回到前面,我知道这很难办,一开始很难接受,谁都一样。事情出得太快,转折太快,给你们接受的时间也不多。另外,你们心里肯定有气,心想'我就算全家死光也不让你占一点儿便宜',大多数人一开始会这样想,可以理解。不过,一个人是想不出什么东西的，这事太大了，要做的决定也有很多。"

宁毅顿了顿，看了看外面的天色，随后才诚恳地回头望着他："时间不早了，我倒是不介意在这里跟你多说说话，不过，还是早些回去吧，接下来恐怕会很忙，通消息，想对策，一万年太久，现在是只争朝夕了。这种事情，总是大家聚在一起才能想出办法来，不要浪费时间，要争分夺秒。"

他笑着说完，看看乌启隆的神色，随后将旁边那本有关化学的书拿了起来。对面，乌启隆推开椅子站了起来，宁毅想起什么，抬了抬头："哦，这壶茶我请。"

乌启隆站了几秒钟，最终还是什么话都没有说出来，此时的脸色也不知道成了什么样子。快要走下茶楼的时候，他回头望了望。宁毅坐在那儿，低头拿着毛笔继续写写画画，偶尔皱眉沉思，间或喝一小口茶。先前的这番摊牌，其中的凌厉杀机，波及的范围与后果的严重性，在他的态度里，仿佛是与那本过时的波斯化学小册子没什么两样的，"一般般"的东西。

下午其实还早，阳光将那道身影汇入茶楼的剪影里⋯⋯

"让开让开让开，别挤着我⋯⋯"

"小声一点儿。"

"有什么关系，那边又听不到⋯⋯"

细细碎碎的声音不断响起，男孩与小少女躲在三楼廊檐的柱子边朝下看，时间是下午。

位于东集这边的这条街道算是江宁城中相对安闲的一片街区，适合休闲，但此地的青楼不多，倒是茶馆酒楼林立，一家家店铺檐角相接。街道不宽，常有卖各种特色点心的小贩会集，酒馆茶楼里也多有唱戏或说书者聚集。眼下这家香暖茶肆算是附近最大也是最出名的一家茶楼，在三楼可以看见附近许多茶楼的屋顶与街上的行人。不过三楼皆是包间，价格也贵，出现在这走廊栏杆边的两个孩子衣帽华丽，气质也远比一般人家的孩子来得贵气，此时也不知道发现了什么，鬼鬼祟祟地躲在这边。

"啊啊啊啊——他居然给人倒茶了，一定不是在说什么好话。"

"那家伙的脸色变得好奇怪，一下子红一下子白。"

"笑面虎，肯定又在装傻充愣，乌家那个人要被气死了。"

"姐姐你也常常被老师气⋯⋯好吧，我不说了，我错了⋯⋯"

小少女用力地瞪了男孩子一眼。

隔了一条街道的斜对面，那座名叫敬竹林的茶楼上，两名男子看起来正坐在二楼的窗户边喝茶聊天。不久之后，其中一名男子离开了，另一名男子开始低头看书，写写画画。这边酒楼上的两姐弟开始商量要不要跑过去打招呼。

"说不定是在写些有趣的东西⋯⋯"小男孩在栏杆边托着下巴，如此说道。

小少女还没有说话，一道声音在背后响了起来："嗯？那是何人啊？"

两个孩子连忙回头，才发现已经有不少人无声无息地出现在后方。这时候在他们旁边俯下身的是一名四十岁左右的中年男人，国字脸，留了近三寸长的胡须，威严之中带了些富态，脸上有着笑容。被他这样一问，名叫周佩的小少女眨着眼睛，似乎不太想说实话，叫作周君武的男孩子则是陡然一抿嘴，开始快速摇头。那中年男人微微一愕。

"哦，不能说……"

"没，我们不认识。"周君武露齿一笑，开了口。旁边的姐姐滴溜溜乱转的眼珠陡然停了下来。那中年男子哦地点了点头，朝那边茶楼的二楼又望了一眼："不过，为父看此人年纪轻轻，一表人才，想要结交一番。"说到这里他忽然又想到了什么，俯下身去，用只有对方能听到的音量在小少女耳边说道，"说起来，佩儿还有两年就到及笄之年了，方才如此多的才子聊天你不愿进去，莫非与君武在这里……"

"怎么可能！"周佩陡然开了口，随后愣了愣，方才懊恼地将脸转到一边，拍了拍额头。中年男子笑了起来，望向旁边的随行之人："如此一来，倒真不知道那人是谁了，诸位可有知道的吗？"

"回王爷的话，此人乃苏府赘婿，宁毅，宁立恒。"中年人身边一名五十余岁的随行老者笑了笑，拱手低声回答。

"哦？第一才子？"被称为王爷的中年人也是一怔，随后朝那边望过去。那道手上缠了绷带的身影无论如何都显得太过年轻了——当然，也是与第一才子的名号对比之下产生的感觉。他望了望旁边的一对小儿女，眼中有些了然，又有些疑惑。

"早就听说这人有惊世的诗才，只是未曾得见，在场诸位都是饱学之士，不知可有与之相识的？"他原想说"若是如此，可替小王引见一番"，但瞥见一对儿女的态度，又转了转心思，"不知……此人名副其实吗？"

眼前这中年人便是周佩与周君武的父亲，居住在江宁的皇室闲人之一的康王周雍。虽说他顶了个王爷之名，但建树是没什么的，也不像他的姑姑周萱与姑父康贤那般会赚钱。他其实也不好诗文，平日里爱闲逛听戏，斗鸡走狗等也娴熟，没事出去打打猎，偶尔能射中一两只兔子。

当然，诗文向来是全民的消遣，他隔一段时间也会附庸风雅一番。有了这个身份，想要风雅的时候，总会有些风雅过来，这次跟随其后的几人基本都是江宁有数的才子，他这样一问，其中一人笑着拱手站出来："宁毅此人，的确颇有才华。"这说的是好话，但如果苏家几名纨绔在这里，多半得吓一跳，因为出来的这人竟然是早先有些过节儿的柳青狄。不过这话说完，他又笑道："只是最近，呃……呵呵，此事与诗文无关，不说也罢，至于宁毅的诗才，在下向来是佩服的。"

"哦？这宁毅可是出什么事了吗？青狄且说来听听，大伙也一块儿听听嘛。"周雍笑眯眯地望着他。

柳青狄脸色变换，犹豫了好一阵子，方才点头道："既然如此，那……其实这也并非什么新鲜事，只是康王殿下恐怕还未听过。事情得从两个月前说起，当时布商苏家出了一个意外……"

这两个多月的时间里，发生在江宁布行范围内的这番争斗委实有着不错的故事性，先是苏家遇刺，被人揭穿乃某些敌手的陷害，随后苏家遇颓势而愈强，营造声势打算勇夺皇商，到得最后关头却还是被翻了盘。虽说偷他人配方委实不道德，但由于这事一波三折，此时说起来，大家反倒是惊叹其中各方的明争暗斗。不过，待到柳青狄说完，众人才发现宁毅在其中扮演的这一角色委实无甚建树。

第一才子或许诗文作得好，但假如其他方面平庸，反倒让人心中觉得此人只擅夸夸其谈，未免有些意兴阑珊。再看看那边年纪轻轻的男子，这等人便是诗才厉害，那也是因为天分好，因此为赋新词强说愁，阅历终究还是不够。那边的茶楼中，但见宁毅的身影已经收了东西去结账，随后消失在众人的视线里。

"哦，倒是可惜了……"

周雍叹了口气，也不知是在说没了跟宁毅见面的机会还是在说苏、乌两家的争斗。他看了看旁边这对有些不以为然的儿女，目光有些复杂，在让随从招呼众人的空隙中低头沉思起来。

柳青狄这才望了望宁毅消失的方向，眼中闪过一丝得意与恨意。

一旁，那对姐弟抿着嘴互换了一个眼神，有些狡猾。

当车夫告诉他已经到家的时候，乌启隆掀开了帘子。时间接近傍晚，太阳开始变得倾斜，看起来不那么刺眼了，它将金黄色的光从乌家大宅那端倾泻过来，华丽大气的宅门显得格外庄严。每当看见这一幕，他都会不由自主地想到家族的威严和荣誉感。

记得他小时候回去问母亲，为什么我们家的院子特别大，为什么我们家的门跟别人家的不一样，母亲会说，因为我们乌家是江宁第一的布商。

乌家是江宁第一的布商……

事实上，特别是最近一段时间，经过一个多月的奔波忙碌，这样的感受会变得格外清晰，他会想起从小到大父母和旁边的人说那些话，教给他这些认知时的情景。

江宁第一的布商。

这是经过多少人的努力才到达的位置。从小到大，他心中所想的，是如何将这一认知变成不仅是江宁第一的布商。从小他就很有自信地认为自己必然能做到这一点，甚至在之前那段时间里，他一度觉得自己已经看到了成功在招手。

这一切，那份光明，在这个下午忽然就黑了。

到得此时，他身上都凉了。

他几乎想不起自己在马车里的这段时间到底想了些什么，也几乎不记得自己是如何下楼，又是如何坐上马车的，脚步和身体都有些把握不住，轻飘飘的。

这一切都将不复存在了……

他如此想着，朝家里人可能在的地方走去。

他甚至都不知道该怎么开口告诉父亲和其他人这些事情，可有的事情是不能不说的……

乌启豪回到家的时候已经开始掌灯了，家里的气氛有些不对，一名家丁告诉他让他去正厅一趟。路过广场的时候，他看见了很久没有出来过的五叔公正被两名丫鬟扶着往这边走来。今天乌家的灯火亮得有些多。

他知道出大事了。这几日在仓库里，看到灿金锦持续褪色，他就知道终有一天会发展到这个局面，可当这一局面真正到来的时候，他的心还是陡然一沉，一时间来不及与慢吞吞的五叔公打什么招呼，拔腿往正厅那边跑过去。

父亲、兄长、大伯乌承简、三叔乌承远，乃至家中两名极亲密的表亲都已经到了。这两名表亲在家中是有相当份额的参与和分红的，但骆敏之之类的参与重要决策的掌柜们却是一个也没来。此时赶来的众人可能还没有吃饭，因此每人身边都有简单的饭菜，但没人有心情吃。乌启豪看了一眼，往前方走去。

事情比他想象的还要严重，假如只是布匹褪色的事，前几天大家就该有心理准备了，但这时候，父亲的脸色明显有些不对。由于人没到齐，他此时只是坐在旁边的一把椅子上，虽然表面上还在下意识地保持威严与镇定，但眼神已经有些不对了，甚至乌启豪走到近处他才反应过来。随即，乌启豪听出父亲是在下意识地冷笑。

"朱门先达笑弹冠……白首相知犹按剑……呵呵……"那冷笑并非充满敌意的笑，听起来只是有些疲惫。他看了看眼前的二儿子，摇了摇头。

"所有人都被他一个人骗了……人家根本没把我们当回事啊……哦，启豪……"

"爹，怎么了？"

"你吃饭没？叫人拿饭菜来，先吃点儿。出事了，问问你大哥吧……"

乌启豪看见父亲闭上眼睛，揉了揉额头，再睁开时，那目光已经镇定下来，抹掉了方才那片刻的恍惚，变回属于布行行首、江宁布商第一家家主的内敛与凶狠，只是过得片刻，父亲望着房间的一角，还是长长地呼出了一口气。

那不是什么好的信号。

乌启豪转身走向坐在靠门口位置上的兄长。此时此刻，那道身影有些安静，只是目光有些冷。还好，兄长这时候是镇定的，他在想对策。

"哥。"

"坐。"乌启隆看了他一眼，拍了拍旁边的位子。他的慌乱期已经过了，这时候能够按捺下心情。待到弟弟坐下,他方才淡淡地开了口:"仓库里的布还是在褪色。今天下午我在外面遇上了宁立恒,然后……"他顿了顿,看见年迈的五叔公从门口进来了,他立刻与众人一同站起来,"然后我们说了些话,我才知道整件事情……"

　　白日里的光已经完全退去,灯愈亮,夜愈深,乌家大宅里,风摇动着火光,一个个在乌家占有重要位置的人开始往正厅这边聚集。例如与乌承厚一同掌家、有资格参与重要事情的各房兄弟,真正参与了这个家族的生意的堂亲表戚,年青一辈真正受了重用,已经可以参与议事的乌启隆、乌启豪等人,还有曾经在商场上与苏愈同台竞争的乌家前辈。乌家,江宁第一布商,这些正在商场上呼风唤雨或者曾经呼风唤雨的参与者,都被此时的危机惊动,意识到必须齐聚一堂,齐心协力商议对策了。

　　两个多月前,即便是争夺皇商时,乌家也没有出现过这里的人全都聚集一堂的情况,哪怕四分之一的人也没有。特别是乌家的五叔公、八叔公这些元老级的人物,他们曾经也是跺一跺脚就能让江宁织造界震三震的人物,早已退下来安享晚年,到得此时也不得不再度出来应对这一危局。

　　两个多月前,当乌家众人轻松地争夺着那些想要的东西时,那个书生有些儿戏地出现了,有些儿戏地做了些让所有人发笑的事情,如同今天在茶楼上轻描淡写地聊天、说话、斟茶,谁也没有发现什么不妥。然而两个多月之后,那只斟茶的手终于轻描淡写地翻了过来,化为灭顶的杀机,朝着这许许多多人轰然压下!

(第2册完)